[中国新文学发展史研究丛书]

U0749741

文学的双重变革
——清末民初文学史

付建舟　胡全章　著

浙江工商大学出版社
ZHEJIANG GONGSHANG UNIVERSITY PRESS

·杭州·

图书在版编目（CIP）数据

文学的双重变革：清末民初文学史 / 付建舟，胡全章著 . — 杭州：浙江工商大学出版社，2020.1（2021.1 重印）
（中国新文学发展史研究丛书 / 高玉主编）
ISBN 978-7-5178-3614-8

Ⅰ.①文… Ⅱ.①付…②胡… Ⅲ.①中国文学 – 近代文学 – 文学史 Ⅳ.① I209.5

中国版本图书馆 CIP 数据核字 (2019) 第 276919 号

文学的双重变革 —— 清末民初文学史
WENXUE DE SHUANGCHONG BIANGE —— QINGMO MINCHU WENXUESHI

付建舟　胡全章　著

策划编辑	郑　建	
责任编辑	郑　建	
封面设计	王　辉　张俊妙	
责任印制	包建辉	
出版发行	浙江工商大学出版社	
	（杭州市教工路 198 号　邮政编码 310012）	
	（E-mail：zjgsupress@163.com）	
	电话：0571-88904980，88831806（传真）	
排　版	庆春籍研室	
印　刷	杭州高腾印务有限公司	
开　本	710mm×1000mm　1/16	
印　张	19.75	
字　数	303 千	
版 印 次	2020 年 1 月第 1 版　2021 年 1 月第 2 次印刷	
书　号	ISBN 978-7-5178-3614-8	
定　价	59.00 元	

总　序

　　当今文学教育主要是通过文学史来完成的，本科教育是这样，研究生教育也是如此。在学科分类和学术研究中，文学史都是文学中最重要的内容，没有之一。在某种意义上，文学史涵盖或牵涉所有的文学现象和理论问题，所以不论是学术研究还是教材编写，文学史都将是说不完的话题，文学史作为教材"常编常新"，作为学术"常研究常新"。

　　大约从 2008 年起，我和同事们有意编一套中国现当代文学史教材，并且希望有所突破和创新。这种突破和创新不仅体现在教材内容上，也体现在体例上。我们也希望这能对中国现当代文学的教学改革有所推进，避免各种陈陈相因。我发现，很多教材之所以陈陈相因，很重要的一个原因是编纂者缺乏对他书写内容的深入研究，因而多是人云亦云，甚至以讹传讹。我们最大的努力就是把教材编写建立在研究的基础上，以此希望能够提供一些新鲜的东西，于是就有了"中国新文学发展史研究丛书"这个项目，并于 2015 年申请浙江省高校人文社科重大攻关项目，获得通过（编号 2014GH006）。

　　需要特别说明的是关于中国现当代文学（或"新文学"）"时间段"划分及其模式的问题。虽然说中国新文学发展至今只有一百余年的历史，就时间而论其无法与古代几千年的文学史相提并论，但这百余年与古代的任何一百年都不一样，就其发展演变的复杂性、内容的丰富性（如涉及的材料、文学现象、文化背景的交融等）、矛盾的多重性（古／今、中／外、城／乡、传统／

现代等）、作家作品数量上的巨大性（21世纪以来，仅每年出版的长篇小说，就达数千部之多）等特征而论，它是全新的类型和品质，所以中国现当代文学史与古代断代文学史式的简单叙述不同，需要一种新的研究方式。

同时，百年来的新文学本具有一体性，把它简单地划分为中国现代文学与中国当代文学，在20世纪80年代是适合的，在今天则完全不合适了，最重要的原因就是内容上的严重不平衡。现当代文学史在发展上是"自由落体运动"式的，也即文学现象特别是作品在量上是以"加速度"的形式增加的，90年代以来的中国文学"密度"很大，内容非常丰富且复杂，但在文学史的版图里却被"压缩"在非常有限的空间里。现代文学仅30年，而当代文学已有70年，且时间上还在向前延伸，这不仅在时间上不平衡，在内容上更不平衡。当代文学内部，由于内容的丰富性与复杂性，再加上巨大的差异性，笼统地研究中国现当代文学已经不可能，笼统地研究当代文学也不可能，因此，中国现当代文学研究也需要分工协作，需要分"时间段"来研究。

事实上，自晚清以来，新文学经历了多次转型，其中既有晚清以降传统向现代的新旧转型、中华人民共和国成立后"十七年"文学的当代转折，以及70年末80年代初的新时期裂变等这样具有"知识型"层面的大的转折，也有像五四时期新文学的发生发展、20—30年代的新文学繁荣、40年代初至1949年的文学发展的区域性分割、"文革"前后文学演变的反转、80年代文学的盛世想象、90年代文学的"大转型"等阶段性特征非常明显的时段。如此种种，使得以发展阶段为基础，对其特征进行深入、细致的"史"的研究，成为必要。中国现当代文学史研究既需要宏观的演变研究，也需要更为细致甚至琐碎的"横断面"的"解剖性"研究。

狭义的"中国现代文学"最初作为一个独立的学科有它的合理性，它意味着一种不同于过去三千年文学的新文学的开始，但随着新文学的发展，它越来越成为新文学的一个组成部分而不具有独立性，现代文学在实绩上的确具有巨大成就，伟大作家群星闪耀，但从文学史的角度来说，现代文学作为一个宏观时期越来越不合适，它甚至没有纯粹属于自己时代的作家，鲁迅、郭沫若、茅盾、巴金、老舍、曹禺等多跨两个时代，或者从晚清到民国，或者从现代到当代，没有跨越时间之外的叙述，这些作家都不可能是完整的。正是从"完整"的角度，本丛书专著"清末民初"文学一册。我相信，将百余年文学发展的自然时段作为分段的依据，这既是一种分期法和对约定俗成的文学现象的认知，也是一种新的文学史观的体现。这一体例既能有效避免在现代和当代之间人为强制地划定界限，避免对现代文学和当代文学中各自复杂性的化约，也能更为详细地梳理百年文学的纹理脉络，有利于我们更好地把握百年文学的历史走向。

高 玉

2019 年 10 月 23 日于浙江师范大学

目录

绪　论

　　清末民初文学呈现双重变革态势，即衰变与新变：一方面旧的文学虽然逐渐衰退，然而由于其势力还十分强大，加上或多或少地吸收一些新的因素，因而并没有立即退出历史舞台；另一方面，新的文学虽然不断萌生、发展和壮大，然而由于传统的因素难以全部剔除，势力又相对弱小，新旧文学之激战持续不断，即使在五四新文学运动高涨时期也是这样。

第一章
清末民初的白话文运动

清末出现的白话报刊有270多种，以《大公报》为代表的50余种文言报辟有白话栏目或赠阅白话附张，另外尚有为数众多（300多种）的文字浅易的蒙学报、浅说报、女报、配有白话解说的通俗画报等，加上几十种以刊载白话小说为主的文艺杂志和大量行世的白话教科书、白话文告、新小说等，以及改良戏曲和成为时代风尚的白话演说潮流，形成了一场规模空前、声势浩大的白话文运动；其出现和发展不仅是研究中国政治、社会与思想文化近代化进程不能忽略的一环，更是五四白话文运动和文学革命的前驱。

第一节　清末白话文运动的理论建树

　　清末白话文运动先驱已经有了自觉的白话理论，而且清醒地认识到古今中外语言文学发展史莫不循着"语言文字合一"之趋向演进；"古语之文学"变为"俗语之文学"，是包括中国在内的世界文学进化发展的"一大关键"和必然趋势。五四白话文运动的倡导者无疑承继了清末启蒙先驱的白话语言工具观念和历史的文学进化观念。

黄遵宪

一、维新派启蒙先驱的白话（文）理论

　　早在 1887 年，黄遵宪就在《日本国志》中参照日本国语运动经验，明确提出言文合一主张："盖语言与文字离，则通文者少，语言与文字合，则通文者多，其势然也。"[1] 他深谙泰西各国及日本语言文字和文学变革发展之大势，敏锐地意识到语、文合一是中国语言文字发展的一条路径，并寄希望于他日"变一文体为适用于今、通行于俗者"。[2] "适用于今"提出了文体语体的近代化变革要求，

[1] 黄遵宪：《日本国志》卷三十三《学术志二·文学》，上海古籍出版社，2001 年，第 346 页。
[2] 黄遵宪：《日本国志》卷三十三《学术志二·文学》，第 347 页。

"通行于俗"指出了文章语言变革的社会化路径。黄氏提出的语文必须合一、行文必须"适用于今、通行于俗"的要求，开清末和五四白话文运动理论先声。

1896 年，梁启超作《沈氏音书序》，视"民智"为"国强"之根基，视言文合一为开民智之必要手段与途径。梁氏认为："古者妇女谣咏，编为诗章，士夫问答，著为辞令，后人皆以为极文字之美，而不知当时之语言也。"[1] 他对"后之人弃今言不屑用"之现象和起于秦汉以后的"文言相离之害"痛下针砭，认为这是"中国文字能达于上"而"不能逮于下"的症结所在。这是在为提高"今言"的社会文化地位寻找历史根据。梁氏意欲在"美观而不适用"的"文"和"适用而不美观"的"质"之间，寻求一条"文质两统不可偏废"的语文革新路径。1897 年初，梁启超在《变法通议·论幼学》中将语文合一目标明确指向了"俚语"。梁氏极言"俚语"对于社会变革、移风易俗的重大意义，称："今宜专用俚语，广著群书。上之可以借阐圣教，下之可以杂述史事；近之可以激发国耻，远之可以旁及彝情；乃至宦途丑态，试场恶趣，鸦片顽癖，缠足虐刑，皆可穷极异形，振厉末俗。其为补益，岂有量耶！"[2] 尽管黄遵宪和梁启超并未明确打出白话文旗帜，然而由于白话文既符合黄氏"适用于今、通行于俗"的文体革新目标，又符合梁氏"文与言合"的语文革新路径，提倡白话写作已是其语文合一思想题中应有之意。

1898 年 8 月，裘廷梁发表《白话为维新之本》一文，旗帜鲜明地提出"崇白话而废文言"的战略口号，标志着白话文运动理论自觉阶段的开始。他将国家危亡之因归结为国无智民，将民智不开之因归结为"文言之为害"；从语言文字发展史和古人对文字的运用等方面说明"文字之始，白话而已矣"，指出文字诞生时本与语言一致，后人不明祖先创造文字为实际应用之

图注：梁启超

图注：裘廷梁

[1]　梁启超：《沈氏音书序》，《饮冰室合集·文集之二》，第 1 页。
[2]　梁启超：《论幼学》，《饮冰室合集·文集之一》，第 54 页。

初衷，一味模仿古人言语，致使"文与言判然为二，一人之身，而手口异国，实为二千年来文字一大厄"[1]。文章列举省日力、除骄气、免枉读、保圣教、便幼学、炼心力、少弃才、便贫民"白话"的八大益处，将泰西诸国人才繁盛横绝地球之因归结为"用白话之效"，将区区数小岛之民而皆有雄视全球之志的日本之崛起，亦归结为"用白话之效"，从而得出一个大胆的结论："愚天下之具，莫文言若；智天下之具，莫白话若"；"文言兴而后实学废，白话行而后实学兴"。[2]裘文以一种激进姿态首次对两千年来的"文言之为害"进行了认真清算，正式揭开了20世纪"文言与白话之争"的历史序幕。裘氏把"白话"提高到"维新之本"的时代高度来认识，将"兴白话而废文言"与国家民族兴亡联系起来，可谓清末"白话文运动急先锋"[3]。他标榜"白话胜于文言"，把言文一致、朴质天然的白话提高到语言美的高度来认识，在一定程度上触及文学层面。其名文《论白话为维新之本》发表在"百日维新"高潮期，后被《苏报》《清议报》转载，得到了维新派阵营的认可与支持，对白话文运动的兴起和发展影响甚巨，成为清末白话文运动的指导纲领。

　　康门弟子陈荣衮亦是白话文运动理论的先驱。1897年，其《俗话说》一文劈头就说："讲话无所谓雅俗也"，"今日所为极雅之话，在古人当时俱俗话也。今日所谓极俗之话，在千百年后又谓之雅也"。[4]陈氏对语言雅俗之分提出质疑，对国人头脑中根深蒂固的重雅轻俗观念予以针砭，明确倡言"俗话"，对提高白话地位起到积极作用。语言雅俗界限的打破，对俗文学的兴起并最终取代雅文学的正宗地位创造了条件。1900年初，陈氏《论报章宜改用浅说》刊于《知新报》，继续宣扬"论说无所谓雅俗"观点，将"改革文言"视为开民智之法宝，视接近口语的"浅说"为报章应采用的唯一文体。他痛陈"文言之祸亡中国"，言"不改文言，则四万九千九百分之人日居于黑暗世界之中，是谓陆沉；若改文言，则四万九千九百分之人，日嬉游于琉璃世界中，是谓不夜"。[5]他通过对中日报纸数量和销量

---

[1] 裘廷梁：《论白话为维新之本》，《中国官音白话报》第19、20期，1898年8月27日。
[2] 裘廷梁：《论白话为维新之本》，《中国官音白话报》第19、20期，1898年8月27日。
[3] 谭彼岸：《晚清的白话文运动》，武汉：湖北人民出版社，1956年，第6页。
[4] 陈荣衮：《俗话说》，《近代史资料》1963年第2期。
[5] 陈荣衮：《论报章宜改用浅说》，《知新报》第111册，1900年1月11日。

多寡及原因之分析，得出中国报纸不广大之根由在于其多用文言，日本报纸多、民智开、国富强之因在于其报章多用浅说。这一轻"文"重"质"的"浅说"导向，对清末报章文体通俗化产生较大影响，既为一大批文话报指出了由文言向白话过渡的"浅说"一途，又为此后出现的众多白话报、浅说报、通俗报、女学报、妇孺报、蒙学报等预设了话语方式。

《新知报》第三十三册　　　《无锡白话报》第四期　　　《中国官音白话报》第65期

　　清末汉语拼音化运动与白话文运动是一对孪生兄弟，"普及教育"和"言文合一"是其共同目标。拼音化运动倡导者积极展开了各种宣传推广活动，在壮大自己声势的同时，也给予白话文运动很大助力。1903年底，直隶大学堂学生何凤华等六人联名上书总督袁世凯，要求"奏明颁行官话字母，设普通国语学科，以开民智而救大局"；其所提出的五项办法，分别为"设师范学堂""立演说会""出白话报""编白话书""劝民就学"。[1]"出白话报"一项言：

　　　　民情顽固，国家一切政治皆无从措手，朝野上下，划然两截，宜乎？政治风俗，尔为尔，我为我也。今欲开通风气，宜如何而后民始难惑？如何而后民始易晓？是非使人人阅白话报不为功。白话报者，以一人之演说能达之千万人，行之千万里之利器也。不必强人人必阅，要必使人人能阅。

[1]《上直隶总督袁世凯书》，《清末文字改革文集》，文字改革出版社，1958年，第35—39页。

夫至人人能阅，虽禁之不阅，不可得矣！[1]

这一提议得到了袁氏的赞助和支持，扩大了其社会影响。此后，拼音化运动、国语运动与白话文运动虽并非同道，却相辅而行，最终在五四时期汇流于"国语的文学，文学的国语"口号之下，形成了双潮合一之观。

著名报人英敛之也是白话的积极倡导者和重要实践者。1904 年 3 月 26 日，英敛之在《大公报》"附件"栏发表了《开通民智的三要策》，第一要策是"通行白话"，提出"凡是蒙小学堂的教科书，全用白话编成，不必用文话。就是中学堂大学堂的文理，也当改革，但求明白显豁，不必远学周秦"。第二、第三要策分别是"通行新字""实施强迫的教育"。英氏预言："有办此事之权的，倘照这三个法子办去，将来的功效，必有不可思议

《大公报》与英敛之

的"，"用不了十年，国家文明进步，必不可限量"。1920 年 1 月，国民政府教育部颁令，凡国民学校低年级国文课教育统一运用语体文。英敛之的倡议，比这一政令早了 16 年。

二、革命派知识精英刘师培的白话文（学）理论

庚子国变后，亡国灭种危机空前严重，清廷颟顸面目暴露无遗，知识阶层对民智不开酿成的恶果有了切肤之痛，志士仁人则更加认定了政府不足与图治，于是革命风潮大盛。许多革命志士以白话文（学）为载体，以报刊为阵地，以激进的姿态加入了清末白话文运动的时代大合唱。他们的加盟，为白话文运动注入了新鲜血液，壮大了队伍和声势，也提供了新的理论建树。其中，刘师培成绩最显著。

1903 年，刘师培在《中国文字流弊论》中指出了中国文字的五大弊端，提出两项革新措施，其一曰"宜用俗语"，其二曰"造新字"。[2] 同年，他在《国文杂记》中痛诋"中国国文之弊正坐雅俗之

[1]《上直隶总督袁世凯书》，《清末文字改革文集》，第 38 页。
[2] 刘师培：《刘申叔遗书》（下），江苏古籍出版社，1996 年，第 1440 页。

分太严"，以为"今之编国文课本也，正所以革其弊耳"，[1] 对中国长期以来形成的文言为雅、白话为俗的正统观念痛下针砭，着力打破雅俗界限。1904 年，刘师培在《警钟日报》发表《论白话报与中国前途之关系》一文，对白话报的作用评价甚高，誉之为"文明普及之本"，言"白话报推行既广，则中国文明之进化固可推矣"；对白话报

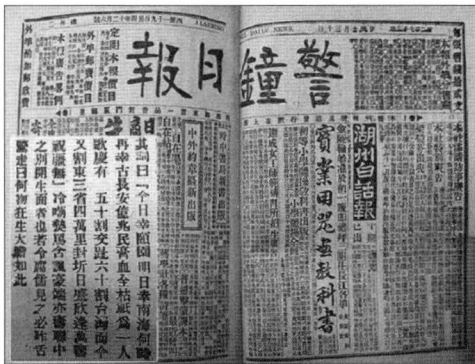

刘师培　　　　　刘师培在《警钟日报》发表《论白话报与中国前途之关系》

的发展前景非常看好，预言"中国文明愈进步，则白话报前途之发达，又可推矣"；对中国自古以来言文不能合一之弊有着清醒的认识，谓"欲救其弊，非用白话未由，故白话报之创兴，乃中国言文合一之渐也"。[2] 他将白话报的长处总结为"二善"：一曰救文字之穷，二曰救演说之穷。文言艰深，仅及于上流社会，不利于文明普及；采用俗语之白话报体则感人之效大，易于达到振末俗、开民智、强国家、救危亡的社会文化功效。近世演说之风虽渐发达，然各省方言参差不一，故演说仅可收效于一乡，难以推行于极远；而"通俗之文，助觉民之用，上至卿士下至齐民，凡世之稍识字者皆可以家置一编，而觉世之力愈广矣"。[3] 刘氏还就以官话作为全国统一语言，以白话报作童蒙教科书等措施，建言献策。

　　1905 年，刘氏在《国粹学报》发表《论文杂记》，站在古今中外

[1] 刘师培：《刘申叔遗书》（下），第 1658 页。
[2]《论白话报与中国前途之关系》，《警钟日报》1904 年 4 月 25 日。分两期连载，未署名，从文中所提旧作《小学发微》可知是刘师培所撰。
[3]《论白话报与中国前途之关系》，《警钟日报》1904 年 4 月 26 日。

语言文学发展史高度，总结中国语言文字及文体演变历史规律，力倡"语言文字合一"主张：

《国粹学报》第一年乙巳第二号

> 英儒斯宾塞有言："世界愈进化，文字愈退化。"夫所谓退者，乃由文趋质，由深趋浅耳。及观之中国文学，则上古之书，印刷未明，竹帛繁重，故力求简质，崇用文言。降及东周，文字渐繁；至于六朝，文与笔分；宋代以下，文词益浅，而儒家语录以兴；元代以来，复盛兴词曲：此皆语言文字合一之渐也。故小说之体，即由是而兴，而《水浒传》《三国演义》诸书，已开俗语入文之渐。陋儒不察，以此为文字之日下也。然天演之例，莫不由繁趋简，何独于文学而不然？[1]

《国粹学报》第二年丙午第十二号

在刘氏看来，宋儒语录和元代词曲之兴盛，都是中国语言文学演进过程中"语言文字合一"这一发展趋势日益滋长的征兆；至于明清兴起的小说，更是"开俗语入文之渐"。他不仅援引英儒斯宾塞时髦的语言进化理论，而且从古代文学中找来"语言文字合一"的历史依据，进而痛斥轻鄙小说的读书人为头脑冬烘的无知"陋儒"。既有放眼世界的全球化视野和泰西圣哲的先进理论根据，又有"三代传经"的荣耀光环和无人敢小觑的深湛的旧学根底，学贯中西的刘师培提出"俗语入文"的主张，其社会反响和影响力之大就非同一般了。[2]

刘师培进而断言："中国自近代以来，必经俗语入文之一级"，此乃"文字之进化之公理"。[3] 这一卓特见解，与五四时期胡适的"历史进化的文学观念"有不少相通之处，只是刘氏在循"天演之例"而

---

[1] 刘光汉：《论文杂记》，《国粹学报》第 1 期，1905 年 2 月。

[2] 刘师培此番关于中国文学演化历史的概述，深刻地影响了此后的中国文学史建构与书写。郭绍虞从这番论断中引申出如下观点："中国文学无论何种文体都有几种共同的倾向，即是（一）自由化；（二）散文化；（三）语体化。"见郭绍虞《中国文学演化概述》一文，原载 1925 年河南开封中州大学（今河南大学）所办《文艺》1 卷 2 期，后收入《照隅室语言文字论集》（上海古籍出版社，1985 年）。

[3] 刘光汉：《论文杂记》，《国粹学报》第 1 期，1905 年 2 月。

主张"言文合一"的同时，并不偏废"古代文词"。他提出的解决办法是，将"近日文词"分为两派，"一修俗语，以启瀹齐民；一用古文，以保存国学"。[1] 在他看来，文言与白话各有其短长，应同时使用，发挥各自所长，而不可偏废。

刘师培这一看法，与梁启超的"觉世之文"和"传世之文"有着相近的思路。不过，梁氏彼时实践的"觉世之文"，主要指向半文半白、亦骈亦散、中西兼采的"新文体"；刘氏践履的则是作为"俗语文词"的白话文。"光汉"时期的刘师培以《中国白话报》为主阵地发表的 40 余篇白话文，是清末白话文写作的重要创获。正是有了文言与白话并行不悖、各有所长、各有所用的共识，清末不同政治立场、不同文学派别的新文学家和古文学家，才纷纷加入白话文运动和文学革新运动的时代大潮中，而由此产生了的社会影响是巨大的。

三、文学界革命旗手梁启超的白话文（学）理论

20 世纪初年，服膺于进化史观、力倡"言文合"之说且大力肯定"俗语文学"之历史地位与文学价值的，是作为"新民师"和文学界革命旗手的梁启超。梁氏不仅在清末学术思想界、舆论界和文学界功勋卓著，而且在白话文理论建设方面，也比同时代人走得更远。

1902 年，梁启超的煌煌大著《新民说》在《新民丛报》连载，其在《论进步》一节中痛陈"言文分"造成的三大"为害"：其一，"言日增而文不增"，造成文不敷用，难达新名物和新意境；其二，"非多读古书、通古义，不足以语于学问"，以至于数百年以来学者"瘁毕生精力于《说文》《尔雅》之学，无余裕以从事于实用"；其三，言文分而主衍形之国识字难，以致"泰西、日本，妇孺可以操笔札，车夫可以读新闻，而吾中国或有就学十年，而冬烘之头脑如故也"。欲求"群治之进"，必须"言文合"；如此，"则但能通今文者，已可得普通之知识，其古文之学，待诸专门名家者之讨求而已"。[2]

梁启超于 20 世纪初年发起的那场声势浩大的包

《新民丛报》第三十二号

---

[1] 刘光汉：《论文杂记》，《国粹学报》第 1 期，1905 年 2 月。
[2] 中国之新民：《论进步》，《新民丛报》第 10 号，1902 年 6 月 20 日。

括"诗界革命""文界革命""小说界革命"和"曲界革命"在内的文学界革命运动,与白话文运动相辅而行,共同推动着中国语言文学驶入近代化发展的快车道。两大运动互为呼应,相互包融,你中有我,我中有你。梁氏那句颇为豪迈的惊世骇俗之言——"小说为文学之最上乘",极大地提高了作为"俗语之文学"的小说的社会文化地位和文体地位。此后,"俗语之文学"不仅获得了与文言作品并驾齐驱之资格,而且被越来越多有识之士视为文学进化发展的必由之路。

1903 年,致力于"小说界革命"事业和"新小说"创作的梁启超,开始用进化史观审视各国文学史,对中国语言文学发展进化之大势做出大胆断言:

> 文学之进化有一大关键,即由古语之文学,变为俗语之文学是也。各国文学史之开展,靡不循此轨道。……寻常论者,多谓宋元以降,为中国文学退化时代。余曰不然。……自宋以后,实为祖国文学之大进化。何以故?俗语文学大发达故。……苟欲思想之普及,则此体非徒小说家当采用而已,凡百文章,莫不有然。[1]

梁启超认为,"俗语之文学"必将取代"古语之文学",小说如此,凡百文章也是如此。他所持的文学进化史观和语言文学发展观,与五四时期胡适所标榜的"历史进化的文学观念"和"白话文学正宗观",不仅理路一致,而且说法相近;后者对前者的承继关系,明眼人不难看出。

梁启超和刘师培的上述理论见解和文学史观,标志着清末有识之士提倡的白话,逐渐从启蒙教育扩大到文学革新领域,"俗语"不只是在普及和实用方面优于文言的启蒙下层社会的必要的语言工具,而且是一种具有审美价值的文学表现手段。在梁氏看来,文体涵盖"凡百文章"及包括宋元以降的戏曲小说在内的"俗语之文学",不仅与"古语之文学"一样具有审美价值,而且是包括中国在内的世界文学进化发展之关键和大势。在刘氏看来,宋儒语录、元代词曲和明清小

---

[1] 饮冰:《小说丛话》,《新小说》第 7 号,1903 年 9 月,实际出版时间在 1904 年 1 月以后。

说之兴盛，"皆语言文字合一之渐"，"中国自近代以来，必经俗语入文之一级"，此乃"天演之例"和"文字之进化之公理"。其"文学"概念，已经接近明治时期在日本得到普及的 literature 一词的译语。近代意义上的"文学"概念和文学进化史观的形成，标志着中国文学观念与世界的接轨。清末白话文运动和文学革新运动先驱尽管还没有明确打出"白话文学"这面旗帜，但显然已经清醒地认识到白话文学必将取代古语文学的历史发展趋势。

梁启超此番见解发表在"登高一呼，群山响应"[1]的《新小说》杂志，刘师培上述言论发表在革命派主持的以鼓吹民族主义而声名大噪的《国粹学报》；他们的白话语言观和文学进化史观，无疑对五四时期一代知识分子产生了直接影响。清末白话文运动和文学革新运动的兴起与试验，无论在理论上，抑或在实践上，都为此后的五四白话文运动和文学革命奠定了重要基石。

[1] 包天笑：《钏影楼回忆录》，香港大华出版社，1971 年，第 357 页。

第二节　清末民初报章白话的语言面貌及其流变

一、"由八股翻白话"还是"话怎样说便怎样写"？

自 1932 年周作人在《中国新文学的源流》中断言"现在白话文，是'话怎样说便怎样写'"，晚清的白话文"却是由八股翻白话"，后世学界大都沿用此说。在人们的印象中，晚清白话文仿佛永远停留在面目可憎的"八股翻白话"阶段，而且"和后来的白话文可说是没有多大关系的"。[1] 而事实上，晚清的白话文已经做到了手口如一，明白如话。清末报章的白话与五四白话文不是"没有多大关系"，而是有着相当密切的历史关联。

林獬 1903 年底创办的《中国白话报》，已经标榜"内中用那刮刮叫的官话，一句一句说出来，明明白白"[2]，属于口语化程度很强的模拟官话写作了。以《中国白话报》《安徽俗话报》《竞业旬报》为代表的南方白话报刊，已经摆脱了由《无锡白话报》开创、《杭州白话报》推广的"文言翻白话"的套路，循着模拟官话写作的路子，贡献了一批质量上乘的白话文。这些文类丰富、文体多样的白话文写作，

---

[1] 参见周作人的《中国新文学的源流》，第 96—98 页。

[2] 白话道人：《中国白话报发刊辞》，《中国白话报》第 1 期，1903 年 12 月 19 日。

林獬

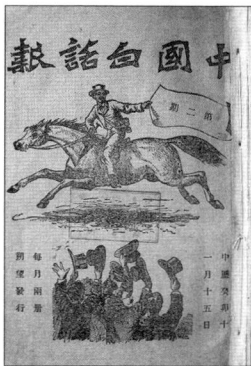

《中国白话报》第二期

对扩大白话文的领地，提升白话的表现能力，丰富文化功能，做出了多方面的尝试。

以 1901 年问世的《京话报》为滥觞，1904 年创刊的《京话日报》为里程碑，主要采用北京官话进行口语化书写的北方白话报刊开始登上历史舞台，并在 1905 年之后取代南方，成为近代白话报刊的中心。《京话报》不仅宣称"全用北京的官话写出来"[1]，而且在其《章程》中明确规定"只用京中寻常白话"，"不欲过染小说习气"。[2] 早期北方白话报人特别注意白话语言的浅显平易。《京话日报》作为北方白话日报鼻祖，既是打开首善之区办报阅报风气沉滞局面的开路先锋，又是当时北京白话报界的龙头老大，其语言标准对京津白话报有着示范和导向作用。我们选一段彭翼仲的白话文看看：

> 我们这个报　因为卖的便宜　街上的人　就给起了一个名字　叫做穷看报　字面儿很挖苦　含着的意思　听到耳里　我们倒很喜欢　穷的都肯看这个报　阔的更不必说了　照例每天印出来　必粘贴在门外一张　让过路的人　息息脚步　随便看一看　总有益处[3]

这段文字真真切切做到了"话怎么说就怎么写"。早期《京话日报》之"京话"可说是大体做到了"话怎么说就怎么写"，始终走着一条口语书写的路子。

南方的模拟官话写作也好，北方的口语化书写也罢，晚清报章的白话最明显的语言特征就是通俗化和口语化。清末报刊白话文的确存在"由八股翻白话"现象，但并非全部，甚至并非主流（只是初期较

---

[1]《论看京话报的好处》，《京话报》第 1 回，1901 年 9 月 27 日。
[2]《创办京话报章程》，《京话报》第 1 回，1901 年 9 月 27 日。
[3]《穷看报》，《京话日报》第 142 号，1905 年 1 月 4 日。

普遍）；相反，"话怎样说便怎样写"的情况却大量存在，比"由八股翻白话"的现象更具代表性和普遍意义。周氏之例证，取自晚清白话文运动最初阶段的《白话报》和《白话丛书》，而非1904年之后白话报刊创办高潮期出现的《中国白话报》《京话日报》《正宗爱国报》《爱国白话报》等，可谓见木不见林，取粗不取精，殊不足充当晚清白话报和白话（文）之代表，并不具备普遍性。

二、清末民初报章白话的雅化与书面化趋向

早期白话报刊语言走的是一条通俗化和口语化的路子。然而，文人积习和重文轻白的语言观念、拟想读者自下而上的调整与受众群体的阅读期待及民元前后风诡云谲的政治气候和文化保守主义势力的抬头等因素形成的历史合力，促使白话报人不得不逐渐调整其语言策略，使白话向着雅化和书面化方向发展，报刊白话的"文话"化趋势日益加重。至民国初年，北京地区各家的白话报，已经"多半间以文话"[1]。与此同时，作为文话大报的文言报章文体继续走着白话化和近代化的路子。文言文的白话化和白话文的"文话"化，是发生在同一时空的语言文化现象，两者的目标均指向"言文合"，可谓殊途同归。近代白话报人之吸纳文言、融汇传统，使之更加凝练、雅致和书面化的尝试，与五四之后现代散文作家有意识地借古文改造白话散文的努力，在实践意义上可谓异曲同工。

然而，长期以来，文学史家对以"新文体"为代表的近代报刊文言文的白话化趋向关注较多，评价亦高。早在1930年，陈子展就将"新文体"之"不避俗谚言俚语"的历史意义，上升到"使古文白话化，使文言白话的距离比较接近"的文学史高度赞誉之，给予其"白话文学运动"和"文学革命"之"第一步"的崇高历史地位。[2] 而民元前后出现的报刊白话的雅化与书面化现象与趋向，迄今尚未引起史家的注意。

早在1904年，林獬、刘师培主笔的《中国白话报》就表现出引"文话"入白话文的倾向。兼采文话和外来词，是刘师培白话文的一贯风格。且不说那些借讲述国学以宣扬革命排满思想的白话述学文，

---

[1] 谔谔声：《报无大小之分》，《爱国白话报》第110号，1913年11月18日。
[2] 陈子展：《最近三十年中国文学史》，上海太平洋书店，1930年，第113页。

即便是偏于政论的白话文，也是文白兼采、语贯中西。以轰动一时的《论激烈的好处》为例：

> 第一桩是无所顾忌　中国的人做事　是最迟缓不过的　这种人有三种心　一种是恐怖心　一种是罣碍心　一种是希恋心　所以一桩事情到面前　先想他能做不能做　又想他成功不成功　瞻前顾后　把心里乱的了不得　到了做事情的时候　便没有一桩能做了　这激烈党的一派人便共他不同　遇着一桩事情　不问他能做不能做　也不问他成功不成功　就不顾性命去做了　他就是不成功　也是于世上有影响的　所以外国人说道　失败者成功之母　没有失败的事情　那里有成功的事情呢[1]

文中的"无所顾忌""恐怖心""罣碍心""希恋心""瞻前顾后""失败者成功之母"等，都并非白话语汇和文法。仅仅使用源自古近书面白话的"俗语"来阐发近代民族主义、民主主义思想和革命排满的道理，显然是不够用的。从这层意义上来讲，兼采文话、外来语汇和句法，也是势所必然。

雅化与书面化是清末民初报刊白话书写语言流变之大势。这一趋向在清末最后几年已经表现出来，至民国初年达到高潮。那么，报刊白话语言的雅化与书面化趋向，对作为表达工具和文学语言的近代白话的发展来说，到底是一种历史的倒退？抑或是白话的提升？

从接受角度来看，出自口语而又与口语保持一定距离，且高于口语，比口语更精炼，更典雅，更有表现力，更富文采，更有文化底蕴，更含蓄蕴藉，才能得到更多读书人的认可，才更有利于白话地位的提升。因而，雅化和书面化有助于提高口语白话的表达能力，有利于提升白话书写的社会文化地位。其对近代白话的成长，倒也并非坏事。从这层意义上来说，民元前后报刊白话语言普遍雅化之趋势，非但不是历史的倒退，反而具有语言"试验"意义和"先锋"意味。我们看到，文言与白话在近代白话报刊主笔手中经过多年的掺杂、搭配

[1] 激烈派第一人来稿：《论激烈的好处》，《中国白话报》第 6 期，1904 年 3 月 1 日。

文学的双重变革——清末民初文学史

与磨合，逐渐锤炼出一些经验和技巧，使得两者之间的结合不似先前那样生硬。白话报读者经过多年的阅读、接受和濡染，已经对文白夹杂习以为常，见怪不怪。

清末民初报刊白话的"文话"化或雅化现象与趋向，在白话文运动乃至中国近现代语言文学发展史上，有着重要的历史意义和学术价值。报刊白话的"文话"化使白话高雅化和书面化，同时也促进了报刊"文话"的白话化，同样发挥了"使文言白话的距离比较接近"的历史作用。既然"新文体"与五四"白话文学运动"或"文学革命"是衔接的，那么，"文话化"的白话文与五四白话文运动也是有历史连续性的。清末民初以"新文体"为代表的白话化的报章文体和"文话"化的报章白话文形成的历史合力，共同促成了白话书写语言的近代转型。五四一代白话文作家无疑借鉴了这一晚清"经验"，承续了这一近代"传统"。

三、清末民初报刊白话的近代化趋势

清末民初，随着以新名词为代表的外来语日益得到普及，外国语法也逐渐渗透到日常语言之中，报刊白话语言的近代化，也就呈现为一种常态的发展趋向。

相对于"文界革命"和"新文体"，清末民初白话报刊在引入新名词的速度上要慢半拍，对报界和文学界的影响也要小得多。正因如此，至今人们谈起新名词、新语句对中国思想界、报界、语言界和文学界的影响时，几乎无人提及近代白话报刊和白话报人，似乎他们从未在其中发挥过什么作用。

其实，即便是从保存国粹立场出发而从心底里排斥日语影响的林獬和刘师培，1903—1904 年间依托《中国白话报》进行的白话文写作实践，又何尝没有大量运用新名词呢？可见，即便是在政治立场、文化思想和文学观念等方面与梁启超存在严重分歧，对借自日本的新名词存有警戒之心，作为白话报人的林獬和刘师培，落笔为文，还是离不开新名词。

民初白话报人及白话报刊在新名词和新思想的社会化普及方面发挥重要作用，已经有了相当客观的社会评价。1918 年初春，《白话国强报》主笔燕痴在总结近 20 年来北京地区白话报的社会功效时，有

一段相当精彩的说辞，从中可知白话报刊对新名词、新思想的宣传和推广情况：

　　北京自有白话报以来　社会总算收益不小　如文明　野蛮　权利　义务　爱国　保种　自由　改良　公益　团体等等字样　几于无人不说　以文明论　有文明园　文明戏　文明缎　演唱各种文明曲词……说到义务二字　随处都有　诸如水灾放赈　都叫作义务　要说起爱国两字来　更了不的啦　什么爱国烟　爱国布　除去爱国饼没兴开　样样儿全都卖钱　再如保种一事　有孤儿院　贫儿院　疯人院　贫民院　可称不一而足　论起自由来　实比从前好了　甚么婚姻自由　妓女自由　言论自由　居住自由　书信自由　行动自由　那都算不了一回　至于改良二字　更是喧腾人口　可谓无处不改良　无事不改良　公益则有牌坊路灯　太平水桶　施医施药　茅厕土车　以上所说　无一非白话报鼓吹的力量[1]

　　如果说燕痴该文主要从正面立论，表彰白话报在开启民智、移风易俗方面做出的突出贡献，从中可见其在新名词和新思想的宣传方面做出的努力的话，那么，对新名词持揶揄态度的《群强报》"谐谈"栏目主笔耐尘先生1913年2月发表的那篇题为《新名词集会》的谐文，则透露出时人，尤其是保守派人士，对新名词和新思想的复杂心态：

　　有黄祸君　爱国人　维新党首领也　生于二十世纪　生平不受压力　以自强为宗旨　于各界皆有最优之名誉　世界之哲学家　心理家　皆崇拜之　近因文明进化时代　发起一合群社会　召集同胞　在大□舞台开成立大会　到会者约数千人　公推代表君为临时主席　登台演说报告宗旨　研究天演　共谋

《国强报》第二千五百六十号

《群强报》

───────────

[1] 燕痴：《论白话报之功效》，《白话国强报》第67号，1918年3月3日。

幸福 又有美术家华侨君登场 运用半球击碎□□ 又用视线
□入方针 全场鼓掌如雷 又顽钢党兄弟第二人 长名特别字民
主 次名特色字民权 登台演说 倡言媚外 意欲牺牲铁血 为
奴隶之国民 众因其言倡此荒谬言论 普通人民大受影响 全
体皆不认可 感情已伤 有淘汰君痛斥其非 骂之为贱种谬
种 特氏兄弟亦以灭种名词还骂 大动野蛮 势如金风铁雨 不
分优胜劣败 会场诸人严守中立 任此不文明之竞争 演成惨
剧 幸有弹压警士极力维持 始将秩序恢复 振铃闭会 黄祸君
因经此一番风潮 深痛人民程度不齐 从此亦抱厌世主义矣 [1]

这篇谐文不啻为一场"新名词"盛宴。作者政治思想上的保守心
态暂且不论,其对新名词的谙熟于心和妙趣横生的驱遣能力,则毫无
疑问。诚然,白话报人对新名词的心态相当复杂,冷嘲热讽者有之,
大体认可或部分接受者亦有之。但无论赞成也好,揶揄也罢,接受也
好,抵触也罢,皆不能避免与新名词打交道。正是在这种不断质疑、
讥刺、揶揄和部分赞成、有条件接受的过程中,新名词在白话报人笔
下得到了较为广泛的运用,直至成为白话书写语言的有机组成部分。

如果我们对清末民初白话报刊多加浏览,便会发现,其在新名词
的普及和推广过程中所发挥的不可或缺的重要作用。不仅大量演说
文中充斥着新名词,而且很多文艺栏目亦喜欢拿"新
名词"说事。其中,在对联和诗词中大量引入新名词,
便是其著例。1909 年 5 月 20 日,《正宗爱国报》"附
件"栏目刊登了 17 副"新名词对联",其中有"社会
合群国民进化,文明起点宪政萌芽","国民幸福社会
幸福,思想自由言论自由","由破坏以图成立,行竞
争方保和平","冒险精神宜鼓动,改良主义莫空言",
"行见共和政体,勉为立宪国民","吐纳新空气,屏除
愚感情"等。这些对联自然是正面肯定和宣扬新名词
及其负载的新思想的。

民国二年新年伊始,《爱国白话报》主笔"懒"就

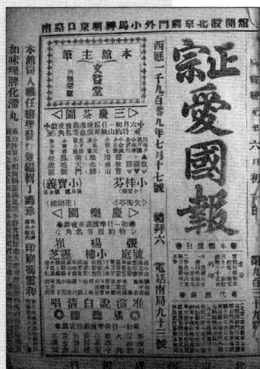
《正宗爱国报》

---

[1] 耐尘:《新名词集会》,《群强报》第 248 号,1913 年 2 月 12 日。

《爱国白话报》第四百二十六号

"新"字加以发挥，作为新年迎"新"话题：

> 按近来人人口头的论议　书籍报纸上的文字　凡关于国家社会种种事情　多有用新字形容的地方　类如采取欧美各强国治法　改良一切政治　就叫作新政治　民智民德　程度日高　入于完全高尚的境界　叫作新国民　世界的学术　日出不穷　随时输入国中　叫作新学术　旧道德人不肯守　另发生合宜的道德来　约束人心　叫作新道德　在寻常知识以外　又有世界的知识　和科学的知识　叫作新知识　人的思想进步　由顽固变为开通　由幼稚变为远大　叫作新思想　社会上旧有的汙俗陋习　一律去净　另换一番高尚清明的风气　叫作新社会　仿照各国办法　经营有益于人民的事业　叫作新事业　人群渐渐的进化　在旧文明之外　又发生种种文明出来　叫作新文明　全国里头　无论那一个社会　那一种事业　内容外表　都焕然改观　叫作新气象[1]

该文列举了诸如"新政治""新国民""新学术""新道德""新思想""新知识""新社会""新事业""新文明""新气象"等近代中国的新事物，说明伴随新思想、新事物而来的大量新名词已经渗透到人们的日常生活之中。该报主笔以浅显易懂的语言对其一一做出解释，进一步推广和普及了新名词。

中国历史上历次语言变革一般都是鲜活的口语影响相对停滞的书面语，或者说是书面语主动吸收日常用语，为其补充了新鲜的血液。不仅文体和语体的变革如此，诗词的语言变革亦是如此。然而到了近代中国，这一情形却倒转了过来。中国语言的近代化变革，是通过书面语言影响了日常语言。大量的新名词最先通过报刊"文话"译介过来，在中国社会经过一段时间的运用、磨合、变异和普及，包括白话报刊的推广宣传，到了口头语言接受了这些新名词之后，再大量运用白话化或口语化了的新名词和外国语法进行写作，就形成了现代

---

[1] 懒：《新》，《爱国白话报》第 156 号，1914 年 1 月 6 日。

白话文。五四新青年所发起的白话文运动，正是这样一项水到渠成的工作。

清末民初，报刊"文话"向着口语化和欧化的趋势演化发展，与此相对应的，是报刊白话的书面化与近代化演变趋向。两者的历史合力，共同促成了白话书写的现代转型。清末民初白话报人在引入"新名词"的速度上虽然比梁启超的"新文体"慢半拍，然而白话报刊却毫无疑问地充当了向普通民众推广普及"新名词"及其蕴含的新思想之重要媒介。大量的新名词最先通过报章"文话"译介过来，经过一段时间的运用与推广，使得口头语言逐渐接受了这些新名词。与此同时，白话接纳了大量文言语汇和句法，使之更加书面化；无孔不入的新名词和外国语法也渗透到报刊白话文之中，深刻地影响了近代白话的语言面貌及其历史走向。接受过新式教育、阅读过大量近代报刊且具有天然的母语基础的新青年，转而大量运用白话化或口语化了的新名词和外国语法进行写作，就形成了现代白话文。而这种现代白话文（学）实践，并非始于五四时期，而是肇端于晚清。

文学的双重变革——清末民初文学史

第三节　清末民初报章白话文的文体形态

　　清末民初报刊白话文是一个数量惊人的历史存在。启蒙宗旨决定了其基本思想导向，大众姿态规约了其平民文化品格，大量报章白话文不乏美文之片段，且出现了不少颇具文体价值的白话文。从中国近现代白话文体嬗变的角度考察，一些现代散文文体已在清末民初报章白话文中孕育、萌芽、生长。大量行使着社会批判和文明批评职责的杂文体演说文和白话报刊"时评"文章，是"杂文"这一现代论说文体的源流之一；以节令演说文为代表的一批文学色彩浓厚的白话文，乃现代文艺性小品文之滥觞。刘师培、章太炎集思想性、知识性和趣味性于一炉的白话述学文实践，对当时及其后白话述学风气的兴起和白话述学文体的形成产生了不可估量的历史影响，提升了白话书面语的学术含量，为五四之后现代白话全面取代文言的正式书面语地位做出了独特贡献。

一、杂文体演说文：现代"杂文"源流之一

　　清末民初数以万计的白话报刊演说文，聚拢在开启民智、矫正风俗的启蒙旗帜下，门类多样，风格不一，文体驳杂，众声喧哗。一时间各白话报主笔你方唱罢我登场，吵吵嚷嚷，各显神通，流派纷呈，

蔚为大观。白话报刊演说文充当着启蒙利器与消闲小品的文化角色，行使着社会批判和文明批评的文化职责。

王风将现代"杂文"的源头追溯至晚清《清议报》《新民丛报》之"饮冰室自由书"，认为从"自由书"到《新青年》"随感录"一脉相承，最终催生了作为现代论说文体的"杂文"。[1]殊不知，"自由书"与"随感录"之间相隔的近 20 年间，作为现代"杂文"文体之过渡形态的，并不仅仅是文言报刊之"短评""时评"与"闲评"，还有大量杂文体报刊演说文。清末民初，数量可观的杂文体演说文乃现代"杂文"文体的另一源流。

清末民初白话报刊上出现了大量具有批判精神乃至战斗锋芒的杂文体演说文。这一介于"应用之文"与"文学之文"交界地带的杂文体演说文，内容上着意于社会文明批评和道德批判，题材多样，文笔辛辣，惯用讽刺手法，嬉笑怒骂皆成文章。五四之后颇为兴盛的现代"杂文"文体，在清末民初白话报刊杂文体演说文中，已显露端倪。

历任《进化报》《正宗爱国报》《京都日报》《北京新报》《北京晚报》《爱国白话报》《群强报》等演说主笔的杨曼青，是"内多滑稽之语"的杂文体演说文写作高手。其杂文体演说文一般一事一议、一物一喻，立意和取材相对单纯。1910 年 7 月 8 日《北京新报》所刊《蝇》一文，不仅绘影绘声地为人人厌恶的形形色色的"蝇"画像，而且以"蝇"喻人，对追腥逐臭、趋炎附势之小人予以辛辣讽刺。其第二段写道：

《白话北京日报》　　　　《北京新报》

> 　　古人说烂灰化蝇　这话是一点儿不错　诸位请想　有烂灰
> 之处　必是积秽纳污的地方　藉著热气熏恶　生出无限厌恶之
> 物　其实也不止一种苍蝇　推原其理　凡不洁净之处　必是苍蝇

---

[1] 参见王风《从"自由书"到"随想录"》，夏晓虹、王风等著《文学语言与文章体式——从晚清到"五四"》，安徽教育出版社，2006 年，第 71—91 页。

聚集的渊薮 地方幽僻干净 苍蝇既没有什么指望 他也就不去趋炎附势了 你说苍蝇这种恶物 有多么灵啊 所以古人以蝇声比作蝇言 微利比作蝇头（言其小）趋炎附势之辈 说他是狗苟蝇营 故此将蝇子比作小人一流

1913 年 3 月 8 日《群强报》所载《虾米》一文，以虾米喻当下社会中的某类人物，言其仗着两根锋利如枪的长戟"扎空枪"。作者讽刺道："别看他在人跟前欢蹦乱跳，仿佛多们横暴似的，可就是别离开水字旁。有朝一日被人捞了去，也无非是菜货的资格。"这种"随感"风格和"闲评"姿态，较之于面向大众"宣讲"的演说文，已显出较大差异。

历任《正宗爱国报》《北京新报》《爱国白话报》《白话国强报》《实事白话报》等白话报主笔的谔谔声，将民初演说文划分为政治派、社会派、嬉笑派、译书派。从内容上来说，其演说文介于政治派和社会派之间，关注社会现实而不直接介入政治斗争，风格上则倾向于嬉笑派。谔谔声的杂文体演说文，或批评时政，或批判社会；标举文明，提倡道德，揭露国民劣根性；语含讽刺，文笔生动，结构严整，层次清晰，属于较好的杂文体演说文。

且看 1918 年 10 月 16 日《白话国强报》所刊《打电报》一文之片段：

举凡中国的伟人 志士 政客 名流 没一位不仗着打电报的

民国也者 专拿电报作文章 作的还是声调铿锵 一篇都讲究好几百字

中国今日 实在仗着大家这们打电报 还可以促进文明 再要没电报鼓吹之 我中国之文化 越发日见退缩了 我这话并非是滑稽 实是本于天良 您想 现在中国的文教 还不如前二十年 上等人是心醉欧风 不讲究中国的文字 中下等是急于糊口 但求其认得字 就算难得……如今可怜 教科书不出衙门（从先的四书句子 连倒卧都知道 如今您要说两句初等国文 大概谁也摸不清）白话报倒大行其道 稍微沾乎点文

话 社会上满没听提 可也难说 生长在今日今时 你叫他上那

儿听文话去呀 幸亏有阔人爱打电报 社会上瞧惯了之后 可

以懂得调平仄 可以知道文理文气……打电报不关乎政治 我

瞧很关乎者文明呕

该文的发表与《新青年》"随感录"处于同一时期，而其源流则是自清末一脉相承的白话报刊演说文。文章看似诙谐幽默，实则包含非常"庄重"的"命意"，感情沉郁，文笔活泼而老辣，深得杂感体之况味。

清末民初，北京各白话报主笔中善写语含讽刺、生动活泼的杂文体演说文者，尚有《正宗爱国报》主笔皆窳、梦梦生，《北京新报》主笔勋蓋臣、郁郁生，《京话实报》主笔因时子，《白话北京日报》主笔荫棠，《京都日报》主笔泪痴、秋蝉，《群强报》主笔瘦郎、玉公，《爱国白话报》主笔一鹤、钓叟，《白话捷报》主笔愚公、泪墨生、呆呆，后期《京话日报》主笔灌夫等。他们风格虽不尽相同，但都以犀利生动的笔触对社会乱象和世道人心予以针砭和讥刺，既行使着社会批判和文明批评的职责，也培育了一种新型的杂文体演说文。五四文学革命时期形成的由鲁迅为代表作家的现代杂文文体，在清末民初白话报人笔下已显露端倪。

二、节令演说文：现代文艺小品之滥觞

自 1904 年问世的《京话日报》始，节令演说文就成了京津白话报相沿成习、不可或缺的品种。每当节令临近，白话报主笔们总要写上一篇烘托节日气氛，此之谓"应景"。破除迷信、改良风俗自然是白话报人坚持的启蒙宗旨，然而既是"应景"文，总不能直奔主题，上来就讲破除迷信之类的话，那样未免太"煞风景"。为增强读者阅读兴趣，此类演说文总要对节令习俗描述一番。这些风俗叙写，构成其精华部分。传统文人出身的白话报主笔们，在描摹世代相沿的时令节气和风俗民情时，总有一种天然的亲切感和情不自禁的审美欲求，很多应景文写得颇有文采。其上焉者，融思想性、知识性和趣味性为一炉，实开现代文艺性小品文之先河。

节令演说文之题目，可谓俯拾皆是。举凡蟠桃宫、妙峰山、清明

节、会神仙、放风筝、三月三、说乞巧、秋风叹、腊八粥、逛天坛、九皇会、蟋蟀感、城隍庙、颐和园、关东糖、兔儿爷、白塔寺、重阳节、连阴雨、三月雪、送寒衣、过新年等，白话报主笔随手拈来，或洋洋洒洒，或娓娓道来。此中高手，首推杨曼青。杨氏对自己喜欢写节令演说文并不讳言，坦白道："鄙人在报纸上，登载节令演说，由正月初一，直到腊月三十，一年的节令儿，落下的无多。"[1] 清末民初，他发表的应景演说文数以百计，尤集中在《北京新报》和《群强报》上。作为此类文体的写作高手，其节令演说文不乏美文之片段乃至优美之篇章。

宣统三年旧历年底，亦即民国元年 2 月，杨曼青写了一篇题为《年景儿》的节令演说文，共三段，中间一段道：

> 再说由腊月二十以后　置买年货的是屡屡不断　乡下人挑着挑子　一头儿是佛花老元宝　纸糊的竈王龛　下边是零七八碎　那一头挑着个灌水的大猪头　扁担头儿上　还要挂着一捲木红纸的对字□儿　再是个半阴天儿的天气　就说是瑞雪兆丰年　前几年的老夫子　放了年学卖对子　带着几个徒弟下街　写春条的　甚么立春大士　后来老夫子一瞧　仿佛不像人话　因为没叠纸空儿　把吉字下的口字儿　给写在棹子上咧　中等人家供佛请供　南边礼讲究悬影　旗朋友贴白掛钱　请達子香　迎着堂屋供大佛　原为好看　要不如此　竟剩光杆儿大黑龛　可也真透憨蠢　必要有高大白亮点铜九字欵儿的锡器提着（贫）才显着不穷　虽请不起八块底儿的蜜供　凑合一堂中方也将就的　其余成套的月饼（白的可是供祠堂）枝圆枣栗　鲜供无非是苹果橘子　若说在佛前供红萝卜山药　喝　我弥陀佛　我还没看见过那们一家儿呢 [2]

该文集中体现了杨曼青节令应景文的语言特征和语体风格，地道的京白，大量的儿化音，读来清脆、洗练、俏皮、幽默。篇幅不

---

[1] 杨曼青：《腊八粥》，《北京新报》第 715 号，宣统三年十二月初八日（1912 年 1 月 26 日）。

[2] 杨曼青：《年景儿》，《北京新报》第 1103 号，宣统三年十二月二十四日（民国元年 2 月 21 日）。

《京话日报》

《杭州白话报》

长，却将北京人忙年景儿的种种习俗，叙写得栩栩如生，头头是道，如数家珍，妙趣横生，堪称小品文中的佳作。

主题鲜明、层次清晰、语言生动、堪称佳构的节令演说文，南方白话报刊中也并非没有。且看 1908 年 4 月 4 日《杭州白话报》所刊《说清明》中间两段：

世界上的物事，最清的莫如水。我们杭州地方，第一条大水要算钱塘江。第二就是西湖。看到钱塘江的水浩浩荡荡澎澎湃湃不知不觉发起一股雄伟的气概来。看到西湖里的水平平稳稳融融艳艳不知不觉引起一番优美的思想来。这是什么缘故？这是钱塘江的水有个清健的现象，西湖的水有个清秀的现象的缘故。我们过到清明看到清明的清字，应该要人品行为统统是同水一样清才好。

世界上的物事，最明的莫如月。从古以来，赏秋月的很多，赏春月的很少。但是春天的太阳不是很明的吗？常听见人说，月亮没光，是借太阳的光。这春日顶光明的吗？二三月的天气，早晨起来，开窗一望，那桃红柳绿中映着一轮刷亮的日光，好不华丽，好不绚烂，分明一幅天然文明的图画。想到那寂寞寒冷的境界如同黑暗地狱，真是要凄凉煞人呢。虽则春天的日光原不专照着杭州，但是杭州地方总在春日笼罩的里面。我们过到清明，但到清明的明字，应该要人品行为更加是同日一样明才好。[1]

　　这篇署名"牖"的节令演说文，既有对乡风旧俗的点染与批判，又有美好品行的提倡与赞美，文笔优美，层次清晰，堪称上乘之作。将其置于五四之后的现代小品文之中，亦毫不逊色。

　　清末民初，《正宗爱国报》主笔文龇龅、梦梦生等，《北京新报》主笔郁郁生、勯蠹臣、小巫、隐鸣等，《爱国白话报》主笔懒侬、旁观、亚匋、谔谔声、杨瑞和、秋蝉等，《白话捷报》泪墨生、蛰厂、哑铃等，《白话国强报》蔡友梅、江藐痴、泪痴等，都是写作节令演说文的能手。白话报主笔们着意经营的节令演说文，不仅为白话报刊增色不少，也为后世研究老北京风俗、语言及白话文体变革留下了宝贵的历史材料。与此同时，一种文艺色彩浓郁的小品文也随之萌育生长。

---

[1] 标点系笔者所加。原文有分段，无标点，亦未采用白话报刊通行的空格断句之法。

第四节　白话文运动：清末至五四

一、白话文运动：没有晚清，何来五四？

如果没有自晚清以降的以新民救国为旨归的文明绍介和知识普及化运动、白话文运动、拼音化运动和国语运动、文学革新运动等思想与文化运动轰轰烈烈的开展，如果没有清末一代知识先驱 20 余年在思想文化界和语言文学界所进行的全方位的酝酿、试验、奠基与开拓，那么五四白话文运动能够在这么短的时间内大获成功，是一件不可想象的事情。清末的白话与五四的白话文之间并非像周作人所说的那样"没有多大关系"；清末的白话文运动与五四的白话文运动也并非两个互不相干的历史产物，而是朝着同一个方向前进的新的历史动向的两个发展阶段。五四前夕，发动一场激进而彻底的新文化运动和语言文学革命的内部条件和外部环境都已具备，可说是万事俱备，只欠东风。从这层意义上说，没有晚清，何来五四？

那么，从白话文运动之历史沿革的历时性视角来看，作为第一波次的清末白话文运动，到底为作为第二波次的五四白话文运动奠定了怎样的历史基础，做出了哪些历史铺垫？

第一，白话理论的自觉和白话观念的演进。清末白话文运动先驱不仅有了自觉的白话理论，而且已经非常清醒地认识到古今中外语言文学发展史莫不循着"语言文字合一"之趋向演进，这一走向近代民族共同语"国语"的白话语言观念为五四白话文运动和文学革命倡导者所承继，并将之发扬光大。

第二，白话文学必将取代"古语之文学"的文学进化史观。以梁启超、刘师培为代表的清末白话文运动先驱已经接受了从泰西输入的历史的文学进化观念，具备了西方文学史知识，进而认识到一部中国语言文学演进史就是一部"俗语之文学"逐渐发达的历史，"语言文字合一"是中国文学演化发展之大势。五四一代新文学家无疑受到自清末就广为传播的文学进化史观的熏染，顺理成章地承继了这一近代"传统"，进而将"白话文学"树为"中国文学之正宗"[1]，堂而皇之地大张"白话文学"这面"文化革命军"旗帜。

第三，现代白话书写的语言试验、奠基与开拓。清末民初，报刊白话的通俗化与口语化书写、雅化与近代化趋向及一定程度上的向作为民族共同语的"国语"靠拢的"规范化"意向，都为现代白话书写提供了有益的借鉴，起到了重要的奠基与开拓作用。

第四，为现代白话文写作和白话文学创作积累了经验，尝试了多方面的文体试验。清末民初，白话报刊不仅是以启蒙为旨归的流派纷呈的白话文写作的主要园地，也是这一时期通俗文学创作的重要阵地，荟萃了大量散文、歌诗、新小说、改良戏曲及其他通俗文艺，可谓集通俗文学之大观。近代白话报人进行了多方面的文体试验与探索，他们的白话文写作和白话文学创作，为现代作家积累了经验。

第五，五四白话文运动领袖人物之陶铸与现代白话文作者之孕育。五四白话文运动和文学革命之迅速发生及顺利开展，得益于以胡适、陈独秀、钱玄同、蔡元培为领军人物的新文化阵营的大力倡导；而历史之所以选择胡、陈、钱、蔡等人充当造时势之英雄，以及他们之所以能胜任五四白话文运动主将之角色与重任，又与他们在近代白话报洪流中的躬身实践与积极表现关系甚巨。近代白话文运动为五四白话文运动锻炼陶铸了领袖人才，孕育了作者队伍。

第六，白话文（学）读者群体及接受环境之准备。近代白话文运

---

[1] 参见陈独秀在胡适《文学改良刍议》后加的案语，《新青年》第 2 卷第 5 号，1917 年 1 月 1 日。

动作为一场面向全体国民的轰轰烈烈的思想启蒙运动、语文革新运动和白话文学思潮，20 余年间将近代白话观念推广到了社会各个阶层，数以万计的白话文和白话文学作品培养了一个庞大的读者群体，从而为五四白话文运动和文学革命的兴起奠定了至关重要的群众基础，培育了不可或缺的接受环境。

第七，文学内容革新方面的启迪、熏陶与影响。作为思想启蒙的清末白话文运动，也在文学内容革新方面影响了五四白话文运动和文学革命。一方面，清末民初白话报刊之要旨，是启蒙救亡、新民救国这一时代主旋律，反帝爱国、科学与民主、妇女解放等正面的宏大主题，五四与清末可谓一脉相承。另一方面，五四一代新文学家怀抱的强烈的现实批判精神、严重的民族忧患意识和深切的国民性焦虑等，亦是直接从清末启蒙先驱那里承继下来的。作为五四新文学现代性标志之一的国民性批判主题，早在 20 世纪初年就在近代报刊和新小说中大量出现，蔚然成风。清末民初，白话报人对国人普遍存在的奴性、麻木、因循、盲从、散漫、自私、自欺、空谈、无国家思想、无社会公德、无进取意识、无冒险精神、无尚武精神、无合群思想等国民性弱点，都有较集中的揭露与批判。国民意识之启导与国民性弱点之批判，是清末民初白话报刊主题内容的重要侧面。三者有正有反，相辅相成。近代白话报人与启蒙思想家、革命志士、新小说家、改良戏曲家、歌诗作家等一起，在民族与国家危亡之际，大声疾呼，启发蒙昧，揭示病苦，促人警醒，勉力承担起医国与医民的双重责任。这一精神启蒙主题，自然而然地被五四一代新文学家所承继。

第八，与白话文运动互为呼应且相互包融的清末文学革新运动，是五四白话文运动和文学革命的前声与先导。梁启超于 20 世纪初年发起的那场包括诗界革命、文界革命、小说界革命与戏曲改良在内的文学界革命运动，是 20 世纪中国文学自我更新和艰难变革的起点，无论是文学观念与创作内涵的近现代转型，抑或是形式体制与文学语言的古今嬗变，都给予后来者以巨大的历史馈赠。

第九，与清末白话文运动同时起步的新式学堂教育和作为白话文运动重要组成部分的通俗教科书的大量出现，为白话观念和白话文的推广普及做出了难以估量的历史性贡献。1903 年，《奏定学堂章程》在强调"学堂不得废弃中国文辞"的同时，还规定"各学堂皆习官音",将"官话"列入师范及高小课程,"拟以官音统一天下之语言"[1]。《奏定高等小学堂章程总目》对第一年"中国文学"科做出规定:"读浅显古文,即授以命意遣词之法,兼使以俗话翻文话,写于纸上,约十句内外,习楷书,习官话";第五年则"教以俗话作日用书信"[2]。可见,至迟在 1904 年,新式学堂小学生已经每周在"中国文学"课堂上练习"以俗话翻文话"技能,且要"写于纸上",高年级学生已经能够"以俗话作日用书信"。可以想见,这样一代自幼接受过白话书写能力训练的初小学生,对白话的认可和运用已经是自然而然的事了。梁启超当年翻译政治小说《十五小豪杰》时遇到的"纯用俗话"则"甚为困难"的窘况,在这一代少年儿童身上已不复存在。等这代人成长起来,他们自然而然地成为五四白话文运动潜在的支持者,这也为白话文的推广应用奠定了良好的群众基础。科举制度的废除,学制的改革,新式学堂的兴起,白话教科书的讨论、提倡、应用和推广普及,直至 1920 年教育部训令小学教科书改用语体文,清末以降的教育制度的变革对五四白话文运动的最终成功,可说是产生了决定性的影响。

第十,清末白话文运动的孪生兄弟拼音化运动和国语运动,经过十多年不懈的努力,为作为"国语"的白话文争得了至关重要的合法地位。清末拼音化运动打破了千年以来牢不可破的对于汉字的崇拜和迷信心理,使中国知识界第一次破天荒地把眼光投向当代的活的语言。审时度势的启蒙先驱对语言和文字,口语和书写的位置重新做了调整,文言和文字的缺陷与弊端逐渐为人们所认知,口语和白话的优点与重要性得到广泛认可。1902 年前后,现代民族国家观念产物的新名词"国语",已由日本传入我国。"国语"不仅是教育普及的有效工具,更是民族认同和民众动员的重要资源。清末最后几年,拼音化运动的组织者意识到为"官话"争取"国"字号头衔乃当务之急,遂加快了活动步伐。民国二年,白话论者、拼音化论者和国语论者已经走到了一起,形成了历史的合力,议决《国音推行办法》,敦请教育部将初等小学"国文"一科改作"国语"或另添"国语"一门。"国语"终于在政府议案中作为"国文"的对立面被正式提出来,并开始

[1] 参见佟振家:《清末小学教育之演变》,《师大月刊》第 22 期,第 138—143 页。
[2] 参见佟振家:《清末小学教育之演变》,《师大月刊》第 22 期,第 154—163 页。

威胁"国文"的地位。1920年教育部训令全国各国民小学将一、二年级"国文"改为"语体文"，标志着白话替代文言取得正式书写语言资格，白话的正宗地位自此确立。

五四前夕，文言书写系统和古代文学体系已经出现巨大的裂隙，其正统身份和正宗地位已摇摇欲坠；然而，新的白话书写体系和文学统系尚未形成，清末声势浩大的白话文运动和文学界革命运动进入了间歇期和蜕变期。民元之后，旧的封建政体和社会秩序被打破，新的民主体制和社会秩序尚未建立；帝制阴魂未散，思想界和文化界保守主义势力抬头；亡国灭种的民族生存危机仍迫在眉睫，启蒙救亡的历史任务依然任重道远；国人期盼已久的现代民族国家与美好生活图景，仍然遥不可及。此时此刻，进入间歇期的思想启蒙运动、白话文运动和文学革新运动，都在等待着一个新的历史契机："它需要社会近代化更大的发展，需要一种更强大的动力，需要一场更彻底的思想启蒙，需要一批更坚定的新型的文学革命者。"[1]

二、白话文运动：既有晚清，何必五四？

就白话文运动来说，五四的历史际遇与清末到底有着怎样的差别？大体相近的语言观念和文学主张，缘何在清末民初没有取得重大的历史突破，而在五四时期却大获成功，实现了历史的飞跃？五四对于清末民初，到底有着怎样的历史超越？一句话：既有"晚清"，何必"五四"？

尽管20世纪第一个十年兴起的白话文运动声势浩大，轰轰烈烈，表面看来比第二个十年胡、陈等人的鼓吹要热闹得多，社会反响和影响面也大得多，然而，清末白话文运动最终未能改变文白并存且以文言占统治地位的局面，白话文并未取代文言在全社会确立其正式书写语言地位，白话文学也未取代古语文学的中心位置而成为文坛的正宗，这一由量变到质变、由传统到现代的语言和文学转型是五四之后才大体完成的——这些都是历史事实。正如蔡元培所指出的："真正主张以白话代文言，而高揭文学革命的旗帜，这是从《新青年》开始

---

[1] 王飚：《近现代文学编绪论》，樊骏主编《中华文学通史》第五卷，华艺出版社，1999年，第15页。

的。"[1] 史家一直将五四时期以文学革命为主旋律的白话文运动视为中国现代文化转型的一个最为明显的标志，认为这是从传统中国向现代中国转变的关键性转折点。周策纵指出："从'五四'时代起，白话不但在文学上成了正宗，在一切写作文件上都成了正宗。这件事在中国文化思想、学术、社会和政治等方面都有极大的重要性，对中国人的思想言行都有巨大的影响。在某些方面看来，也可以说是中国历史的一个分水岭。"[2] 这一历史定位在学术界颇具影响力，代表了国内外主流学界对这一重大历史问题的基本判断与认知。

五四白话文运动之所以很快就取得了彻底的胜利，从而树立起一块不朽的历史丰碑，固然有着难得的历史机遇和清末民初 20 余年的历史积淀，然而，领袖人物识见更高的理论倡导、果敢决策及正确的战略战术，亦是取得成功的关键因素。正所谓"时势造英雄，英雄造时势"。五四白话文运动取得成功的关键，可概括为三个"合流"和一个"实绩"。三个"合流"分别是：与新文化运动合流，与文学革命合流，与国语运动合流。一个"实绩"是：五四新文学显示出的创作实绩。

五四白话文运动与新文化运动的合流，将作为工具和载体的语言革命与思想文化革命紧密地结合起来，从而迅速打开了双赢的局面；与文学革命的合流，将语言的问题和文学的问题紧密联系起来，将白话文运动的主攻方向定位在文学革命，将"白话文学"标举为"文学正宗"，且在提倡"白话"和"白话文学"的同时，宣判了"文言"和"古文学"的死刑，从而改变了清末白话文运动的性质与流向，实现了历史的飞跃；与国语运动的合流，使国语运动和文学革命汇聚在"国语的文学，文学的国语"旗帜之下，形成了双潮合一之观。而五四新文学显示出的创作实绩，正体现了"国语的文学"和"文学的国语"之理念，这也是真正推动现代书写语言发展的新文学能够站稳脚跟的关键环节。

梁启超在《清代学术概论》中检讨"晚清西洋思想之运动"的历史局限时，发了一通深有感触的议论："晚清西洋思想之运动，最大不幸者一事焉，盖西洋留学生殆全体未尝参加于此运动。运动之原动

---

[1] 蔡元培：《中国新文学大系·总序》，赵家璧主编《中国新文学大系》，第 10 页。
[2] 周策纵：《胡适对于中国文化的批判与贡献》，周策纵等著《胡适与近代中国》，第 319 页。

力及其中坚，乃在不通西洋语言文字之人。坐此为能力所限，而稗贩、破碎、笼统、肤浅、错误诸弊，皆不能免。故运动垂二十年，卒不能得一健实之基础，旋起旋落，为社会所轻。"[1] 由于西洋留学生的集体缺席，尽管清末就兴起了一场"西洋思想之运动"和知识普及化运动，亦即思想启蒙运动，然终"为能力所限"而未能建立一个坚实的思想基础，梁氏对此深以为憾，并责备"畴昔之西洋留学生，深有负于国家也"。五四新文化运动在思想史上补上了梁氏引为憾事的至关重要的一课，彼时大量西洋留学生躬身其役，成为中坚力量，乃至领军人物。五四白话文运动与新文化运动的联手合作，为其提供了强大的思想动力和充沛的文化资源。在"德先生"和"赛先生"思想光芒烛照下，在反传统、反权威的社会文化氛围熏染下，在个性主义、人的解放等五四新文学主潮的激荡下，白话文运动的历史自此翻开了崭新的一页，显示出前所未有的时代新风貌。五四白话文运动从文化和社会层面彻底打破了士大夫阶级对知识和文学的垄断，从语言上摧毁了作为封建的社会结构与等级制度的文言文，进而为建立现代统一的民族国家提供了统一的语言工具保障。

清末的白话文运动与文学革新运动之间虽有交叉与配合，但总体上来说是两回事，两个运动。而五四时期，白话文运动与文学革命从一开始就是合流的，是一场运动，一回事。正因如此，五四"白话文运动"又可称为"文学革命"或"新文学运动"。将语言的问题和文学的问题紧密联系起来，旗帜鲜明地高举"白话文学"的大旗，且将其定位为中国文学的唯一正宗，是五四白话文运动取得成功的又一关键因素。早在文学革命初期，胡适和陈独秀就已经清醒地意识到白话文运动的重心所在，旗帜鲜明地将"白话文学"提升为"文学之正宗"，斩钉截铁地宣称"改良中国文学，当以白话为文学正宗之说，其是非甚明，必不容反对者有讨论之余地，必以吾辈所主张者为绝对之是，而不容他人之匡正也"[2]。理论上的自觉，奋斗目标的明确，加上领袖人物强悍霸道的战斗作风，终于将白话文运动推入一个崭新的历史阶段。

如果说 20 世纪初年梁启超发起的那场文学界革命大体以"革其

---

[1] 梁启超撰、朱维铮导读：《清代学术概论》，上海古籍出版社，1998 年，第 98 页。
[2] 陈独秀：《通信》，《新青年》第 3 卷第 3 号，1917 年 5 月 1 日。

精神"而非"革其形式"为基本指导思想的话，那么，五四时期以胡适为领头人的新文学革命则将主攻方向瞄准了"形式革命"层面，提出一整套以"白话"为中心的"文学革命"构想，同时也启动了以"白话文学"为中心的中国文学史的重构工作，进而确立了以白话为中心的新文学史观。将工具层面的"白话"作为"文学革命"的突破口，将"白话文学"推为今日和明日乃至昨日文坛之正宗，将文言和古文学视为"鬼话"和"死文学"，是胡适们的发明和创举。他们抱定一个信念："若要把国语文学变成教育的工具，我们必须先把白话认作最有价值最有生命的文学工具。"[1] 这一极富远见的战略决策，使中国文学在"形式革命"层面取得了出乎所有人——包括新文学倡导者和反对者——意料的巨大成功。

　　肇端于清末的拼音化运动和白话文运动的倡导者本来有着共同的思想基础，那就是实现"言文合一"，让普通民众拥有获取知识的能力，为建立近代民族国家打下初步的根基。然而两拨人因取范路径不同而长期两不搭界。白话论者深知拼音化运动"非假以国力，未易通行"[2]，对其前景并不看好；专走上层路线的拼音论者则打心眼里瞧不起白话文运动。宣统年间，学部议决了《统一国语办法案》，建立标准读音的方案初步成型，拼音化运动"统一语言"的目标有了着落。民国二年，第一套官方公布的拼音方案"注音字母"出台，为"国语"奠定了根基。1917 年 1 月，国语研究会宣告成立，标志着真正意义上的国语运动正式发动；与此同时，《新青年》连续发表胡适的《文学改良刍议》和陈独秀的《文学革命论》，文学革命正式发难。年底，远在美国的胡适加入了国语研究会。1918 年 4 月，胡适《建设的文学革命论》在《新青年》发表，副标题为"国语的文学——文学的国语"——这一极具象征意义的事件，被史家视为文学革命与国语运动合流的标志。自此，国语运动和文学革命汇聚在"国语的文学——文学的国语"旗帜之下，形成了双潮合一之观。

　　一种理论预设能否成立，就看他能否经得起实践检验。五四文学革命之所以能在中国文学发展史上具有划时代的意义，在于其领袖人物不仅提出了一整套顺应历史发展的新理论，更重要的是其还取得

[1] 胡适：《中国新文学大系·建设理论集：导言》，《中国新文学大系·建设理论集》，第 25 页。
[2]《无锡白话报序》，《时务报》第 61 册，1898 年 5 月 20 日。

了丰硕的创作实绩，从根本上改变了中国文学创作的面貌。1923 年，面对新文化运动和文学革命如火如荼的发展势头，忧心忡忡的反对派领袖人物章士钊对白话文学之风行痛下针砭："今之贤豪长者，图开文运，披沙拣金，百无所择，而惟白话文学是揭。如饮狂泉，举国若一，胥是道也。"[1] 从这位文学革命的反对者充满焦虑的文字表述背后，可想见当年白话文运动的风行情况和新文学创作爆发出的旺盛的生命力。事实上，从一开始，五四文学革命倡导者就非常重视创作实绩，因为他们心里清楚："文学革命的目的是要用活的语言来创作新中国的新文学"，"文学革命产生出来的新文学不能满足我们赞成革命者的希望，就如同政治革命不能产生更满意的社会秩序一样，虽有最圆满的革命理论，都只好算作不兑现的纸币了"。[2] 新文学运动第一个十年的创作实绩，荟萃于赵家璧主编的煌煌十大卷《中国新文学大系》之中。有了这些创作实绩，甚感欣慰的胡适在《建设理论集·导言》结尾谦逊而肯定地说："至少可以说，中国文学革命运动不是一个不孕的女人，不是一株不结实的果子树。"[3]

---

[1] 章士钊：《评新文化运动》，《中国新文学大系·文学论争集》，第 198—199 页。
[2] 胡适：《中国新文学大系·建设理论集：导言》，《中国新文学大系·建设理论集》，第 2 页。
[3] 胡适编选：《中国新文学大系·建设理论集》，第 31 页。

第二章

蜕旧变新的新小说

　　晚清的文学界革命，小说界革命的成就最高，影响最大。它不仅彻底改变了小说一向卑微的地位，跃居文学之最上乘，而且使中国小说逐渐转型，新的小说类型不断涌现，新小说创作层出不穷，蔚为大观。在数千种新小说作品中，成就比较高或影响比较大的有政治小说、社会小说、历史小说、言情小说与女界小说等。

第一节　发表政见的政治小说

　　政治小说就是"发表区区政见"的小说。"政治小说者，著者欲借以吐露所怀抱之政治思想也。其理论皆以中国为主，事实全由于幻想。"[1] 它源于英国，为政治家而不是小说家所提倡。政治小说的代表性作家是布韦尔－李顿（Bulwer–Lytton）和普经两度出任英国首相的狄斯累里。明治时期，政治小说被引入日本。日本文坛一度出现了翻译与创作政治小说的繁荣局面。戊戌变法后，梁启超流亡日本，创办《清议报》，该报所刊录的内容分为六门，其中之一就是政治小说。他在《译印政治小说序》中说："在昔欧洲各国变革之始，其魁儒硕学，仁人志士，往往以其身之所经历，及胸中所怀，政治之议论，一寄之于小说。……往往每一书出，而全国之议论为之一变。彼美、英、德、法、奥、意、日本各国政界之日进，则政治小说，为功最高焉。"[2] 在梁启超的倡导下，政治小说以及小说与政治之关系的意识逐渐增强，小说创作与翻译呈现出泛政治化的倾向。

---

[1] 陈平原、夏晓虹编：《二十世纪中国小说理论资料》（第一卷），北京大学出版社，1997年，第61页。

[2] 梁启超：《译印政治小说序》，《清议报》，1898年第1册。

一、关于立宪思想的政治小说

康有为、梁启超领导的资产阶级维新运动大力促进了君主立宪的政治改革，立宪思想深刻影响了许多知识分子，一些政治小说鲜明反映出一些作家关于立宪的政治思想，有的主张立宪，有的反对立宪或揭露假立宪。

《新中国未来记》主要围绕"立宪"与"革命"展开了激烈论争，其意是在中国实行君主立宪，推行宪政。以立宪为基础，梁启超描绘了新中国宏伟的盛况。《宪之魂》通过描述阴府立宪前种种破败现象，立宪后国富兵强、四邻弭服的盛况，阐明立宪的必要性。前九回是写实的，后九回是理想的，积重难返的现实与国富兵强的憧憬形成鲜明的对照。在作者看来，宪政之路仍十分艰难。内部危机重重，官场腐败，民弊百出。"近三四十年来，这位阎罗天子，因墨守旧章，不知振作，渐渐纪纲废弛，百弊发生。手下鬼判阴官，与那各省府州县城隍，大半都是营私纳贿，误国殃民的糊涂鬼。加以阳世的鸦片鬼，死到阴司，仍旧一榻横陈，荧荧鬼火。在上的不顾民生，在下的不知自治，弄得九泉下财匮民穷，不成世界。"（第一回）官不官，民不民，一片狼藉，立宪的内部基础十分薄弱，环境不佳。在作者看来，革命思潮也是预备立宪的极大障碍，应设法对付。最佳之法是下诏预备立宪，让革命党找不到借口，"目下革命的风潮十分厉害，不如暂且降一道旨，许海内臣民预备立宪。但不要明定期限，只说是鬼智未开，教那些革命党，从此更不能以专制二字为口实，散了他们的党，也是一个消患无形的妙法"。这里反映了作者反对革命的立场及预备立宪的虚伪性。阴府立宪，除了内部问题重重外，还有巨大的外部压力，海外侵略者大肆入侵，"后来又与海外几个鬼国，因通商启衅，屡次战败，赔了无数的兵费，让了几处的商埠。于是各国之中，如摩竭陀国、力吉祥国、劫比他国、狮子国、遮须国，一共是十几个外国，都与阎罗王立约通商"。他们

《新小说》第一年第一号　　　《新中国未来记》

用兵轮进行军事威胁，用商船进行经济侵略，使得民生凋敝，国库空虚。如果克服了上述三大障碍，阴府就能够实行立宪，"国势巩于苞桑，皇基安于磐石。各种实业俱臻发达，各处民智都已大开。野无游惰之氓，国有文明之俗。完完全全成了一个君主立宪国"。（第十八回）[1]

《未来世界》的作者反对封建专制，也不主张民权，在君权与民权中间踩跷跷板，既不满君主可怕的权威，又不希望赋予百姓充分的民权。在第一回中，他指出："要晓得君主所以有那可怕的权威，过人的势力，原是因为一班百姓，大家都承认他是个总统臣民的大皇帝，方才有这样的势力威权。若是没有这些百姓依附着，凭你这个大皇帝再厉害些儿，却到什么地方去施展他的威权势力？"（第一回）如果百姓很有觉悟，集聚力量，就能够使君主的权威受到一定程度的限制。作者认为，中国正处于"立宪之时代"，"中国目今的时势，既不是那革命民主的时代，也用不着这专制政府的威权。政党中人的资格，自然还没有组织完全。民族里头的精神，却也不见得十分发达。两两相较，轻重适均，除了立宪，更没有别的什么法儿"。

有的作品更进一步，在立宪政体内，实行地方自治，如《瓜分惨祸预言记》，有的作品还展望立宪后国家兴旺昌盛的美丽景象，如《新纪元》，有的作品揭露维新运动过程的各种丑恶现象，批判预备立宪的虚伪性，如《立宪镜》《地方自治》。"刍狗"一词出自《道德经》老子第五章："天地不仁，以万物为刍狗；圣人不仁，以百姓为刍狗。"其意为：天地无仁慈偏爱，它对待万物就像对待祭品一样平等；圣人也无仁慈偏爱，他对待百姓也像对待祭品一样，任凭百姓自作自息。这一笔名暗示了作者创作《地方自治》的态度与目的，即围绕"立宪自治"问题，揭露新学家

《新纪元》

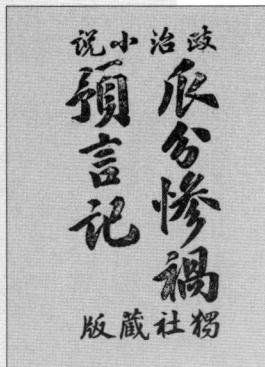

《瓜分惨祸预言记》

---

[1] 参见阿英：《晚清小说史》，北京：东方出版社，1996 年，第 91—92 页。

与地方官绅等一群投机分子各施所能，争名夺利，互相倾轧的丑恶行径。就晚清预备立宪的复杂状况来看，有的维新人物只求形式上的维新，不求精神上的维新，因为精神上的维新是招惹灾祸的根苗，而形式上的维新是升官发财的捷径。"一切所谓'新学家'者，其所以失败，更有一总根源，曰不以学问为目的而以为手段。时主方以利禄饵诱天下，学校一变名之科举，而新学亦一变质八股，学子之求者，其什中八九，动机已不纯洁，用为'敲门砖'，过时则抛之而已。"[1]

二、关于革命思想的政治小说

清末民初的各种政治思潮风起云涌，先前立宪思想拥有很大的势力，不久革命思潮一浪高过一浪，革命思想很快占居上风，一些政治小说表现了鲜明的革命思想。

陈天华的《狮子吼》（八回，未完）书中宣传资产阶级民主主义的政治理想，批判满族贵族入关以来的暴行，揭露当时清政府的腐朽和在帝国主义列强侵略下民族危机的深重，鼓吹革命。作品从"弱肉强食"的进化论出发，在世界黄种、白种、黑种、棕色人种与红种等五大人种中，开化最早的黄种人近代三百年来被白种人超越，并逐渐陷入被动挨打的境地。而近世中国受到异族三百年来的残酷统治。第二章"大中华沉沦异种 外风潮激醒睡狮"中控诉了清政府屠杀人民的罪行，还引述《扬州十日记》的内容，并认为《扬州十日记》所记仅是其中一二，"但中国一千三百余州县，那一城不是扬州！《嘉定屠城记》说满洲屠城凡屠过三次。所叙满人的残酷，与《扬州十日记》相上下，其余各处可想"。（第二回）而以那拉氏为首的清政府，贪图享乐，压榨百姓，内政不修，外交无力，丧权

陈天华

小说《狮子吼》

[1] 梁启超：《清代学术概论》，上海古籍出版社，1998年版，第98页。

辱国，民不堪命。作者在"楔子"中借助于梦境，通过《黄帝魂》的演出，提出"扫三百年狼穴，扬九万里狮旗""翻二十世纪舞台，光五千秋种界"的种族革命。

《自由结婚》于 1903 年由自由社出版，题"政治小说"，封面署"犹太遗民万古恨著，震旦女士自由花译"，全书二编二十回（故事未完）。实际作者是张肇桐（生卒年不详）。卷首《弁言》中云："呜呼！不知山径之崎岖者，不知坦途之易；不知大海之洪波者，不知池沼之安；不知奴隶之苦者，亦不能知自由之乐。"小说第一回道出了创作的主旨："老夫伤怀故国，对景生悲，恨不得把那些狗奴才铲除净尽，使我国民个个雄赳赳，将来建立自由的国家组织，共和的政府，做到我犹太轰轰烈烈成世界第一等强国。"书中男少年名黄祸，后化

《自由结婚》

名黄转福，女少年名关关。两人都具有反帝、反清思想，志同道合，产生了爱情。小说通过主人公的经历、见闻，集中暴露了清末社会政治的腐败与文化教育、思想道德的腐朽。他们是一对革命情侣，黄祸是革命后代，关关就不尽然，她还必须与自己亲戚本族作斗争，如她做官的叔父与充当买办的表兄等。黄祸的父亲因反对汉奸而殉难，他的母亲教育他要"雪国耻，报父仇"，"第一仇人是异族政府。第二仇人是外国人。第三仇人是同族奴隶"。（第三回）他认为朝廷预备立宪是为了缓和革命，不能上当受骗。故事的发展分为三个阶段，即：男女主人公以儿女之天性，观察社会之腐败；以学生之资格，振刷学界之精神；以英雄之本领，建立国家之大业。其中关于政治者十之七，关于道德教育者十之三，而贯之以佳人才子之情。

关于革命思想的政治小说还有怀仁的《卢梭魂》、陈天华的《狮子吼》、陆士谔的《血泪黄花》、朱引年的《满洲血》、睡狮的《革命魂》等。有的作品表现出革命现实主义，有的则表现出革命浪漫主义，反清排满成为它们的共同主题。

陆士谔的《血泪黄花》（一名《鄂州血》，1911 年湖南演说科初版），再版本卷端题"时事小说"。该书叙写武备学堂毕业的黄一鸣任湖北新军营队官，他与妹妹的同学徐振华相互爱慕，已经订婚。某中秋次日，他接到紧急通知，立即参加秘密会议。他受朱标统之命宣读

陆士谔

《血泪黄花》

起义文告，不久协统黎元洪坐镇指挥。黄一鸣奉命攻占火药局，枪械尽获。大家齐心协力扩大革命范围，并公举黎元洪为都督，汤化龙为民政长。突然，黄一鸣接到袭取汉阳的命令，来不及告知徐振华，就与朱标统一起直奔汉阳。一鸣等人到处张贴军政府布告，很快兵不血刃，全城军民归顺。之后战火纷飞，风声鹤唳，徐振华全家惊慌失色。一鸣杳无音信，振华思念入梦。她响应汉口商家倡议捐助军饷，动员全家行动。为了勉励同胞，大都督举办誓师大会，奉调归来的一鸣邀振华一起参加，大家大受鼓舞。正当此时，女豪杰吴淑卿壮志从军，组织女子军大队，徐振华易装访友，随一鸣北征。一鸣身受重伤，振华精心照料，康复后，二人重返前线，再立新功。

《满洲血》（署名"平江朱引年"，文明光复社印行）持种族革命立场，从卷端所题的"天理循环满洲血"可知，作者在革命思潮高涨之际，要求残酷的满族统治者对杀害无数汉人的罪恶行径应以血偿还。专门研究飞艇的留欧学生冯如君回到广州，他的飞艇演技十分精彩，轰动一时，这引起广州镇粤将军黄旗人孚琦的惊恐。在归署途中，他被誓言杀尽满奴的义士温生才用炸弹袭击身亡，温被捕后就义。广州旗籍候补道佛克布仗势，被升为广州巡警道。广州起义时，他在马厩被义军诛杀，波及全家。武昌起义时，武昌制台旗人瑞澂因义军都督黎元洪徇私毁容而逃，参议官铁忠与厘捐总办宝英被擒丧命。广州的旗人将军凤山惊闻武昌之变，急忙调兵出城，被革命军迎头痛击，遭遇炸弹而身亡。

《血泪黄花》与《满洲血》可谓革命现实主义小说，提倡反满革命，主张武装起义，具有很强的写实性。

睡狮所著的《革命鬼现形记》（一名《革命魂》，1909年小说进步社石印本）讲述徐锡麟枪杀恩铭后被捕，在法场上他腾空一跃，顿时飞尘蔽天，黄沙铺地，天地暗淡，便成功逃脱。他正好遇上好友陈伯平，陈告诉他，恩铭已被杀死。于是二人赶紧去营救马宗汉。茫茫旷野，到处都是断头的冤鬼和闪烁的鬼火，他们走进一幢房屋，只见数人互相厮打，劝告无效。不料他们在房子附近与马宗汉相遇。他们商议去浙江，在路上遇到徐锡麟的留法同学吴剑秋。吴本是个血性男儿，拥有革命大志，但当他看到"预备立宪"的骗局后大所失望。大家鼓励他，但他认为，同胞顽固，缺乏爱国之心，新党与学生也诋毁革命事业。恶绅把持公款，敷衍公事，不救平民，不办学堂，专为自己儿孙谋福利。他们四人在一起饮酒抒怀，在陈伯平悲壮欲绝的琴声中，徐锡麟抒发了"国仇未报生何补，方今富贵安足取"的革命豪情。徐锡麟等三人暂辞吴剑秋，回到徐家，徐的祖父自安庆归来，责备他们行刺之事，累及家人与友人，秋瑾因之而入狱。他们心急如焚，立即营救，赶到轩亭口时，天色微明，只见秋瑾被缚，刽子手准备行刑。他们三人飞奔而至，救秋瑾于虎口。形势危急，徐锡麟不能再去拜访吴剑秋，只有把去西洋的打算写信告之，他们四人便匆匆逃到上海。在客栈里，徐锡麟突然感到心痛，在秋瑾的陪同下，到孛而斯医生处检查，经透视发现缺少一个心脏。孛而斯医生杀掉后园中的一只麟，取出心脏为徐安上，徐暂作休养。唐才常从吴剑秋那里得知徐锡麟的打算，从湖南赶到上海，又一起奔赴英伦。《革命鬼现形记》体现出鲜明的革命浪漫主义色彩。

三、虚无党题材的政治小说

晚清文学翻译有一个十分重要的现象，就是一开始并不注重译介文学名著，而是对以民意党人为主要描写对象的虚无党小说给予了特别的关注。清末的一些重要刊物，如《新新小说》《月月小说》《新小说》《小说时报》《小说丛报》和《竞业旬报》等都刊登过虚无党小说，其中影响较大的有《女党人》《虚无党奇话》《女虚无党》《虚无党真相》《虚无党之女》《俄国之侦探术》和《虚无党飞艇》等。此外，还有《虚无党》等小说集出版。除了翻译作品外，中国文坛还存在对虚无党故事进行改编、改写，乃至重新创作的现象。

在这样的历史背景下，陈冷血率先提倡侠客主义，其目的是改良人心，救治社会的腐败，具有重要的社会意义。其对象主要是青年读者，文字力求通俗易懂。冷血的观点反映了刊物的中心思想。他的《侠客谈·叙言》是一篇阐明侠客主义的文字，作者强调侠客谈小说创作的重要意义："侠客谈之作，为改良人心社会之腐败也，故其类不一。侠客谈之作，为少年而作也。少年之耐性短，故其篇短；少年之文艺浅，见解浅，故其义其文浅；少年之通方言者少，故不用俗语；少年之读古书者少，故不用典语。"《新新小说》杂志中的侠客小说，有中国的、俄国的、法国的、菲律宾的，还有英国的。各代表一个方面，各具一定特色，从不同的侧面表现出刊物对侠客问题的重视和寄托。

《侠客谈》

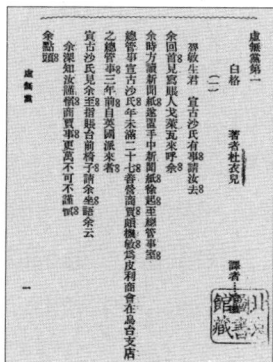

《虚无党》

《新新小说》杂志中代表性的外国侠客小说，有俄国的《虚无党奇话》、法国的《秘密囊》和《决斗会》及英国的《血之花》。

俄国的侠客谈小说有一种，即冷血译的《虚无党奇话》。作者首先指明虚无党的基本主张是不惜牺牲生命去推翻俄罗斯专制政府，并控诉俄国专制政府是一个无人道的政府，其掠夺压制手段，世界上所有暴虐凶恶无所不备。作者写道："试问诸君，'诸君愿为专制国的人民，还是愿为自由国的人民？'诸君试平心静气自思罢了。再者还有一事，不得不于这本文发端之前，预行明告的，便是我们俄罗斯帝国的现在，这精神上，这财政上，实是万万不能再不改革了。如欲改革，实万万不能不推倒现在的俄罗斯专制暴虐政府了。欲推倒这政府，实万万不能再爱惜生命了。诸君试观我俄罗斯国的现状，便知不才所说的不谬。我俄罗斯国现在的政府，何尝是个政府，何尝是个有人道的政府，夺掠压制，世界所有的暴虐、凶恶无一端不备。不才等爱国心厚，欲于这国土上一洗目下野蛮腐败的气象，立了个新制度、

新法律，以与世界各国国民同受太平之乐，这就是我虚无党的本意了。"（第三期）

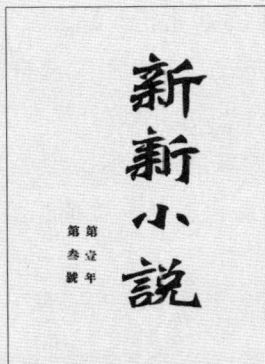

《新新小说》　　　《俄国侠客谈》

从刊出的部分看，该书的重点不是写虚无党活动，而是具体描写一个犹太人如何走上虚无党道路及他一家人的悲惨遭遇。这犹太人姓露名仇，一家四口人，出生富商之家，住在圣彼得堡。他十六岁的时候，正求学在外地，天降大祸，父亲被无辜指控为"与俄罗斯皇帝不和"，定罪发往贝加尔金矿做苦工；家产尽被抄没，母亲和妹妹流落到乡下居住，适逢凶年，五谷不收，贫病交迫，母亲奄奄一息，妹妹为给母亲讨一块面包，哭告无门，走回家来，母亲已经饿死。妹妹又遇地方官的纠缠，软硬兼施，百般调戏和蹂躏，妹妹一怒之下，打死了地方官。露仇念家心切，不得已退学回家，恰值妹妹在刑场受酷刑，露仇异常气愤，夺过鞭子鞭打行刑人。这又闯了大祸，被定为谋反罪，判终身流放西伯利亚罚苦役，露仇于途中设计逃回，不幸又被认出，脱险后流亡英国伦敦，参加了虚无党，并当了实行委员，改姓普，名天，号公愤。书中对犹太人的悲惨生活和流放西伯利亚途中的苦况都描写得极为详尽。

有关法国的侠客谈小说有两种，即《秘密囊》和《决斗会》，皆署小造译。后者无甚意思。《秘密囊》以法国一八九三年的勤王军与共和军的战事为历史背景，以蔷薇夫人的遗嘱信物——"秘密囊"为中心线索，塑造了勤王军的女先锋弥娘（蔷薇夫人私生女儿）的勇敢和共和军中尉岑椿（蔷薇夫人情人岑椿太尉的孙子）的侠义形象，同时刻画了蔷薇夫人女仆阿律的忠诚机敏，勤王军副元帅司马小樱（弥娘的恋人）的重道义，还描绘了几个市井泼皮为争夺蔷薇夫人遗产所表现出来的种种丑态。故事曲折生动，尤长于心理描写。

四、关于乌托邦主题的政治小说

晚清产生了许多现代乌托邦式的作品，如《乌托邦游记》《新中

国未来记》《未来世界》、《新纪元》、《中国兴亡梦》等。以梁启超的
《新中国未来记》为前奏，"未来记"作品一时呈现交响的局面。梁启
超为新中国描绘了一幅宏伟的盛况，在他笔下，中国已经成为一个特
大强国，但这毕竟是梁启超的一个乌托邦幻想。

六十年后的西历二千零六十二年正月初一，正是全国人民举行维
新五十年大祝典之日。其时正值万国太平会议召开，各国全权大臣在
南京，已经将太平条约画押。因尚有万国协盟专件，由我国政府及各
国代表人提出者凡数十桩，皆未议妥，因此各全权尚驻节中国。

恰好遇着我国举行祝典，诸友邦皆特派兵舰来庆贺，英国皇帝、
皇后，日本皇帝、皇后，俄国大统领及夫人，菲律宾大统领及夫人，
匈加利大统领及夫人，皆亲临致祝。其余列强，皆由头等钦差代一国
表贺意，都齐集南京，好不匆忙，好不热闹。那时我国民决议在上海
地方开设大博览会，这博览会却不同寻常，不只陈设商务、工艺诸物
品而已，乃至各种学问、宗教皆以此时开联合大会是谓大同。各国专
门名家、大博士来集者，不下数千人。各国大学学生来集者，不下数
万人。处处有演说坛，日日开讲论会，竟把偌大一个上海，连江北，
连吴淞口，连崇明县，都变作博览会场了，阔哉阔哉。

1906 年，署名"萧然郁生著"的《乌托邦游记》连载于《月月
小说》第 1—2 期，共四回。某人平生好游，向往英国《乌托邦》小
说中的境界。一日，他得到梦中人的指点，到何有乡乘船前往乌托
邦。何有乡是一个荒岛，岛上高山之巅立着刻有"大荒山无稽崖之绝
顶"字样的直碑。山间空寺中有一老和尚，谴责他不思进取，不谋振
兴祖国，甘心做奴隶乃至奴隶的奴隶，便把自己所著的《乌
托邦游记》赠之，凡三本，即：《维新时代上》，题"乌有生第
三次游记"；《过渡时代中》，题"乌有生第二次游记"；《腐败时
代下》，题"乌有生第一次游记"。乌有生第三次游历时，乘
坐的是"飞空艇"轮船，船上人人平等，有完善之章程。船

《月月小说》

《乌托邦游记》

上各种设施齐全，有戏园、演说场、工艺厂、阅览室等。戏园上演关于四千年专制国的戏，扮君王的小丑身着龙袍，手拄拐杖，颇有威风。那些大员人不像人，鬼不像鬼；会党中人谋划推翻专制……。小说未完，作者借此表达反对专制、人人平等的理想。

　　侠民所著的《中国兴亡梦》在 1904 至 1905 年的《新新小说》连载三期，标"理想之侠客谈"。该作以日俄战争为历史背景，先写爱克斯（即 X）和太虚君的国家兴亡谈，然后叙述太虚君的一梦，虚构出大刀王五在戊戌变法失败后，潜身东北，联络"马匪"，组织侠勇军，反对日俄帝国主义侵略，最后获得成功，实现了东三省地方自治。这反映了作者反对帝国主义侵略的决心和渴望祖国的独立自主的思想。

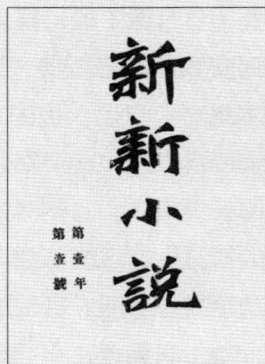

《新新小说》

《中国兴亡梦》

　　作者在"自叙"中极道其悲观厌世以求消遣，认为发表小说最具魔力。他写道："吾国人至今日，其不处于希望之绝境者盖几希。吾之以为乐也，必有与吾同其乐者。吾之以为哀也，必有与吾同其哀者。吾之以为恋以为愤也，必有与吾同其恋同其愤者。吾之以为痛快为勇敢为高兴为颓唐也，必有与吾同其痛快其勇敢其高兴其颓唐者。吾以是为消遣，又焉敢不举而献之我同病者之前而消遣其同病耶！"（第一期）尽管作者声明不为商榷政见或激发民气，但字里行间那种忧国思想还是无法掩饰的，不过是借助于游戏笔墨进行表达罢了。

　　书中所写更是明证，如"室内之兴亡谈"一节中太虚君的一段话："今人方知朝廷与国家之区别，其兴其亡，自视一人一家其感人为尤甚。而种族又进于国家矣，有亡朝廷不亡国家者，有亡朝廷并亡国家者，有亡朝廷亡国家不亡种族者，有亡朝廷亡国家兼亡种族者。古今中西汗牛充栋之历史，绚烂旖旎，要不出此数种感情熔铸而庄严之。吾不识吾之羡北美、羡日本、羡英、羡法，何以视吾之羡秦皇、羡汉武，其热忱为稍逊。而吾之羡秦皇、羡汉武者，又何以减于吾之羡朱元璋、洪秀全也。吾过波兰而痛，吾过印度而痛。及之见长城之夜月，对茂陵之秋雨，吾不知吾涕之何从而有甚于过波印也。抚铜驼于孝陵，哀故宫之禾黍，吾魂断吾之泪又十倍于长城茂陵之日。此其故何耶？毋亦其界限之有异耶！"（第一期）写得何其生动、沉痛，爱国热情溢于言表，忧国热泪满洒纸上。书中写大刀王五："其名为王正谊，夙以标业有声燕冀间，胆力恒冠其侪，能以单刀敌万骑，所向辟易。贼中因锡之曰大刀王五。谭公子（指谭嗣同）访之，就求剑术。相与讨论名理，颇有所悟，辄慨然以家国事业为任，热血偾张，每以委曲求所以达目的者。戊戌之变，感谭公子义气，拟与夺门劫君号召天下，事败，谋救谭公子未果，遂愤恨入马贼中，说其师长，渐变改诸规则，号集豪隽，徐图恢复，卒成立所谓侠勇军。"接着写太虚君对王五的崇敬："吾至是翻然，吾所心折之人，即吾且夕所钦慕而崇仰之大侠。吾窃自幸，彼大侠者，竟得留此世界。庚子义和团起，世传其人为贼戕，实谬妄耳。彼方自晦，故创为是说，流播之以遁世。"（第二期）这也表现了作者对王五侠义行为的尊崇。

书中对于日俄强占我东三省的反对立场更是鲜明和坚决，"侠勇军"官员施盎对日军小山大尉的慷慨陈词便是一例。"吾属不过东三省一平民耳。东三省者，本吾东三省人民之东三省，俄人攫之，满人弃之，吾属小人桑梓坟墓、生命室家之所托，焉敢不战。吾属尽吾分内之职，以保有吾土地。初非有助于贵国，贵国仗义，吾属方感其助吾，拜谢之暇，何敢重劳使者。中立有约，非吾全国国民之意，尤非吾东三省人之意，讵肯承认。吾属不知有俄，不知有日，惟占吾东三省尺土，侵吾东三省寸权者，则誓死力以抗御之。"真是字字千钧，落地有声。

1904 年 2 月，蔡元培的政治小说《新年梦》发表于自己创办的《俄事警闻》上，他试图通过该小说表达自己的政治理想。他曾说："是时西洋社会主义家，废财产、废婚姻之说，已流入中国。子民亦深信之。曾于《警钟》中揭《新年梦》小说已见意。"[1]《新年梦》描绘了这样一幅大同景象：主人公为一江南富家子弟，自号"中国一

[1] 黄世晖：《蔡孑民先生传略》（上），《蔡元培先生纪念集》，中华书局 1984 年，第 225 页。

《俄事警闻》

《新年梦》

民"，是个爱平等自由的人，游历世界各国，主张世界主义。先造一个新中国，并不断完善，世界各国仿效，渐趋大同。其中寻找新利源，创造物质财富；提倡道德新风，消除君臣名分；废除夫妇名目，尊重个性自由；交通便，语言简，车同轨，书司文；最后连万国公法裁判所和世界军也取消。蔡元培通过主人公的这样一梦，表达了自己当时的理想。然而，当时持此主义的中国人，自己既不名一钱，也不肯做工，而唯攫他人之财以供其挥霍，还说这些财产本来是公物；或常作狭邪游，诱惑良家女子，甚至与人妒争，为人所笑。蔡元培感慨地说："必有一介不苟取之义，而后可以言共产。必有坐怀不乱之操，而后可以言废婚姻。"[1] 废财产、废婚姻现在看来比较激进，但在特殊历史时期提出此种思想，无疑具有反抗封建专制制度的进步意义。

在大同世界里，没有剥削，没有压迫，人们过着一种新生活。所谓新生活，就是丰富的、进步的生活；所谓旧生活，就是枯燥的、退化的生活。旧生活的人有部分不做工不求学，成天吃喝嫖赌，不从事物质生产，不提高自己的精神境界。新生活的人每人每天做工求学，物质逐渐丰富。"要是有一个人肯日日作工，日日求学，便是一个新生活的人；有一个团体里的人，都是日日作工，日日求学，便是一个新生活的团体；全世界的人都是日日作工，日日求学，那就是新生活的世界了。"[2]

---

[1] 高平叔编：《蔡元培全集》（第三卷），中华书局，1984 年 9 月第一版，第 325 页。

[2] 高平叔编：《蔡元培全集》（第三卷），中华书局，1984 年 9 月第一版，第 454 页。

政治小说作为一种小说类型具有深远的影响。尽管有的作品主要宣传某种政治思想，基本上没有故事情节，人物形象不突出，作品往往借人物的演讲或者人物之间的论辩来表达某种政治或社会理想，但其潜在影响不可低估。"盖关于政治之事实，苟不附丽于历史，或风俗，或爱情，而单独发扬其政见，则未有不索然寡味者也。"[1] 政治小说在日本从明治十年初出现，一直流行到明治二十三年（1890），随着自由民权运动的失败，天皇制国家得到巩固，它的流行也宣告结束，总共不过十几年的时间。在晚清，政治小说流行也只有十几年，这一点与日本异常相似。但是，我们不能忽视它潜在的深远影响，即它使小说创作呈现泛政治化的倾向。陈平原经过研究发现："纯粹'借以吐露其所怀之政治理想'的政治小说，本身成绩并不可观；可影响于'谴责小说'的写时事与发议论、'言情小说'的借男女情事写时代变革、'社会小说'的政治热情与寓言式象征……，以至在晚清大部分小说中都隐隐约约可见到政治小说的影子。"[2] 这种论述不愧为文学史家之眼光。即使五四时期的小说大家鲁迅先生，也无不受其浸染。周作人曾说，鲁迅在求学时期，"梁任公的《论小说与群治之关系》当初读了的确很有影响，虽然对于小说的性质与种类后来意见稍稍改变，大抵由科学或政治的小说渐转到更纯粹的文艺作品上去了。不过这只是不侧重文学之直接的教训作用，本意还没有什么变更，即仍然主张以文学来感化社会，振兴民族精神，用后来的熟语来说，可说是属于为'人生的艺术'这一派的。"[3]

晚清，政治小说的流行与社会转型之间的关系，从以上略见一斑，正如革命小说二三十年代在中国的流行，与当时中国社会高涨的革命潮流密切相关一样。政治小说在英国的产生，在日本的流行，在中国的模仿，其内在的精神是一脉贯通的。政治精英的倡导，仁人志士的共识，反映了当时中国知识分子共同的政治理想。对外国作家和中外作品的政治解读，透露出特殊时代知识分子看问题的思维方式。中国小说创作的泛政治化倾向反映出它深远的影响。

---

[1] 冥飞等：《古今小说评林》，民权出版部，1919 年出版。

[2] 陈平原：《陈平原小说史论集》上册，河北人民出版社，1997 年版。

[3] 周作人：《关于鲁迅之二》，《瓜豆集》河北教育出版社，2002 年版，第 162 页。

第二节　五彩缤纷的社会小说

　　所谓"社会小说"是指以社会生活为主要表现对象，以描绘人间万象，披露人生百态，提出诸多社会问题等为内容的小说。它与贫民百姓的现实较贴近，尤其是描述衙门官场的各种丑恶现象，作为社会思潮出现的各种大大小小的社会运动。清末民初，中国社会处于剧变之中，社会风气，一落千丈。许多社会矛盾盘根错节，十分尖锐；各种社会现象奇奇怪怪，层出不穷。外敌压迫，内政剥削，以致民不聊生。衙门黑暗，官场腐败；无信无义，虚伪诈骗；下层民众愚昧无知，迷信成风；陈规陋习，遍及各地。在这样的社会环境之中，晚清作家在没有理论倡导的情况之下，凭着自己的社会良心，根据自己的人生经历和艺术直觉进行社会小说的创作。关于晚清的社会小说，鲁迅曾做了精辟的论述，他说："戊戌变政既不成，越二年即庚子岁而有义和团之变，群乃知政府不足与图治，顿有掊击之意矣。其在小说，则揭发伏藏，显其弊恶，而于时政，严加纠弹，或更扩充，并及风俗。"[1] 鲁迅揭示了晚清社会小说产生的社会原因、表现的内容及作品风格等。

[1] 鲁迅：《清末之谴责小说》，《中国小说史略》，北京：人民文学出版社，1973 年 8 月，第25 页。

一、社会小说与社会大观

社会小说描绘了广阔的社会生活画面，比较真实客观地记录了社会的许许多多问题和现象，代表性的作品如吴趼人的《二十年目睹之怪现状》、刘鹗的《老残游记》、蘧园的《负曝闲谈》等。

社会小说描绘了广阔的社会生活画面，比较真实客观地记录了社会的许许多多问题和现象。曼殊《小说丛话》："欲觇一国之风俗，及国民之程度，与夫社会风潮之趋势，莫雄于小说，盖小说者，乃民族最精确、最公平之调查录也。"[1] 各界人士尽收作品之中，有的一部小说就容纳了几百人之多，"从整个晚清小说看，它又似社会生活的画廊，淋漓尽致地展现出了众生相。小说家笔锋所及，诸凡帝后妃嫔，王公枢臣，大大小小的文官武将，以及洋奴、买办、商人、财主、妓女、市民、文人学士、华侨、兵弁、革命者种种形象，都作了较为生动的描绘，展现了各个阶级、阶层的动态，即以曾林的《孽海花》为例，一部小说容纳的人物都有 273 人之多，亦可见其创作规模的宏大壮阔"。[2] 当然，社会小说也存在根本缺陷，笔无藏锋，直白不含蓄。"社会小说，愈含蓄而愈有味。读《儒林外史》者，盖无不叹其用笔之妙，如神禹铸鼎，魑魅魍魉，莫遁其形，然而作者固未尝落一字褒贬也。今之社会小说伙矣，有同病焉，病在于尽。"[3]

吴趼人的《二十年目睹之怪现状》描绘了广阔的社会生活，"作者经历较多，故所叙之族类亦较伙，宫师仕商，皆著于录。"（鲁迅《中国小说史略》）作品以"九死一生"为线索，历记其在二十年中所见所闻。他自陈号"九死一生"的理由："只因我出来应世的二十年中，回头想来，所遇见的只有三种东西：第一种是蛇虫鼠蚁，第二种是豺狼虎豹，第三种是魑魅魍魉。二十年之久，在此中过来，未曾被第一种所蚀，未曾被第二种所啖，未曾被第三种所攫。居然被我都避了过去，还不算是九死一生么？"（第二回）"九死一生"先供职于是、官场，然后为官家经营商业，店铺遍及全国各地，他也四处奔波，最后以商业的大失败而告终。作者描写官僚、上海洋场才子、假

---

[1]《小说丛话》，《新小说》第十三号（1905 年）。

[2] 时萌：《发展中的近代小说——〈小说集·导言二〉》，《中国近代文学的历史轨迹》，上海书店出版社，1999 年，第 102 页。

[3] 浴血生等：《小说丛话》，《新小说》第十七号（1905 年）。

名士，甚至医卜星相、三教九流等各色人等。

　　刘鹗的《老残游记》以一位走方郎中老残的游历为主线，描绘了比较广阔的社会生活，尤其是众多官吏、诸多女性、革命党人、下层人民等，反映了各种错综复杂的社会矛盾。随着老残的足迹，读者可以清晰地看到清末山东一带社会生活的面貌。《老残游记》为当时中国社会之缩影，作者曾在书中《自叙》中说："吾人生今之时，有身世之感情，有国家之感情，有社会之感情，有宗教之感情，其感情愈深者，其哭泣愈痛，此洪都百炼生

刘鹗

《老残游记》

所以有老残游记之作也。棋局已残，吾人将老，欲不哭泣也得乎？"作品首先揭露了"清官"暴政，作者说"赃官可恨，人人知之。清官尤可恨，人多不知。盖赃官自知有病，不敢公然为非，清官则自以为不要钱，何所不可？刚愎自用，小则杀人，大则误国，吾人亲目所见，不知凡几矣"。"历来小说皆揭赃官之恶，有揭清官之恶者，自《老残游记》始。"（第 16 回原评）作品的"清官"如山东巡抚张宫保及其赏识的玉贤与刚弼，后二者给山东百姓带来了一系列的灾难。"清官"暴政可谓罪孽深重，发生的种种事件让人触目惊心，臆测断案造成很多冤魂。美籍华人夏志清认为"从刘鹗在《老残游记》中所表现出的艺术才能来看"，"不是不会撰述面面俱圆的故事"，而是他"不满前人以情节为中心的小说，又有野心包揽更高更繁杂的完整性，以与他个人对国计民生的看法互相呼应"。他又说："《老残游记》文如其题，是主人翁所视、所思、所言、所行的第三人称的游记"，"这游记对布局或多或少是漫不经心的，又钟意貌属枝节或有始无终的事情，使它大类于现代的抒情小说，而不似任何型态的传统中国小说"。夏志清对《老残游记》的评价是"近乎革命式的成就"。

二、社会小说与官场丑形

抨击时弊,揭露官场丑行。这类作品主要有《官场现形记》《二十年目睹之怪现状》《老残游记》《上海游骖录》《后官场现形记》《文明小史》《中国进化小史》《活地狱》《九命奇冤》等。首先,满清贵族作为一个特殊阶层,居于统治地位,享受优厚的待遇,过着富贵的生活。他们的物质用品都是搜刮来的民脂民膏,而老百姓却生活在水深火热之中。

> ……慨自满贼篡位以来,礼义不存,廉耻丧尽。暴敛横征,野皆狼心狗行之吏;卖官鬻爵,朝尽兔头麏脑之人。有钱生,无钱死,衙门竟同市肆;胺民膏,剥民脂,官府直如盗贼。而且选举不公,登庸尽弃,八旗之族满朝廷,六合之英伏草莽。登第发甲,徒作田舍之翁;纳赂捐资,旋登天府之籍。所以政教日衰,风俗颓败,人心离而国势难支矣。某等因天下之失望;顺宇内之归心,歃血同盟,誓扫妖孽,厉兵秣马,力扫腥膻……[1]

其次,一些汉族官员参与清政府的统治之中,上至封疆大吏,下到知府县令,也无官不贪。其实,不管是满族汉族,还是其他少数民族官员,他们形成一个官僚阶层,卖官鬻爵,贪污受贿,假公济私,搜刮民财。官场腐败之风盛行,难以遏止。绝大多数政府官员不仅不能效力于国家服务于人民,反而沦为贪官污吏,成为那个社会的滋生物。

晚清小说家凭着一颗爱国爱民之心,创作抨击官场的谴责小说,揭露统治阶级横征暴敛的罪恶行径,以引起全社会的关注,更希望贪官污吏知错就改。"上帝可怜中国,贫弱到这步田地,一心要想救救中国。然而中国四万万多人,一时那能够统统救得。因此便想到一个提纲挈领的法子,说:中国一般的人民,他们好像生来都是见官害怕的,只要官怎么,百姓就怎么,所谓上行下效。为此拿定了注意,想把这些做官的,先陶镕到一个程度,好等他们出去,整躬率物,救国

---

[1]《上海小刀会起义史料汇编》,转引自陈伯海、袁进主编《上海近代文学史》,上海人民出版社,1993年,第114页。

救民。……原来这部教科书，前半部是专门指摘他们做官的坏处，好叫他们读了知过必改。后方是教导他们做官的法子。如今把这后半部烧了，只剩得前半部。"（《官场现形记》六十回）正如作者李伯元所想，《官场现形记》的出版居然收到了一些效果，"《现形记》一书流传甚广。慈禧太后索阅是书，按名调查，官吏有因以获咎者，致是书名大震，销路愈广"。[1] 然而，一部两部，甚至十部百部文学作品是无济于事的。"佛爷早有话：通天底下一十八省，那里来的清官？但是御史不说，我也装做胡涂罢了，就是御史参过，派大臣去查办，办掉几个人，还不是这们一回事。前者已去，后者又来，真正能惩一做百吗？"（《官场现形记》第 18 回）。《活地狱》是一部中国监狱史。作者说中国第一件吃苦的事不是火海刀山，而是一座座县衙门。朝廷的本意是让各衙门官员替百姓判断曲直，调处是非，为民伸冤，为民除害。可是做官的俸银不够上司节敬，书差的工食都入本官的私囊。于是层层盘剥，敲诈百姓。愿雨楼回末评说，不敢说天下没有好官，敢断定天下没有好衙门，"此书之宗旨，专叙书差瞒上虐下情形，故于官间有怒辞。然天下未有己不正而能正人，彼捐大八成而来者，大抵者皆将本来求利也"。（《活地狱》引首）贪污腐败宛如肿瘤一般，已经渗透到整个社会的肌体中，治疗任何一个部分都不能挽救整个肌体的生命，这样的肌体只能苟延残喘。

要彻底改变官场的腐败现象，必须从政治制度上彻底改变产生官场腐败的机制。官场之所以各种各样的丑恶现象，是因为晚清"官本位"造成的严重弊端。官位高，官名贵，官权大，官威重，因此，读书人趋之若鹜。士农工商四民不能各安其业，"士废其读，农废其耕，工废其技，商废其业，皆注意于官之一字。盖官者，有士农工商之利，而无士农工商之劳者也。天下爱之至深者，谋之必善；慕之至切者，求之必工。于是乎有脂韦滑稽者，有夤缘奔竞者，而官之流品，已极紊乱。""若官者，辅天子则不足，厌百姓则有余。以其位之高，以其名之贵，以其权之大，以其威之重，有语其后者，刑罚出之，有

《官场现形记》作者李伯元

---

[1] 顾颉刚：《官场现形记之作者》，《小说月报》第十五卷第六号（1924 年 6 月）。

诮其旁者，拘系随之。名达之士，岂故为寒蝉仗马哉？慑之于心，故慎之于口耳。""国衰而官强，国贫而官富。孝弟忠信之旧，败于官之身，礼义廉耻之遗，坏于官之手。"[1] 根除腐败，必须正本清源，实行变法，"变法之本，在育人才。人才之兴，在开学校。学校之立，在变科举。而一切要其大成，在变官制"。[2]

三、社会小说与民间疾苦

反映社会灾乱，揭示人民疾苦，这类作品主要有《黑籍冤魂》《邻女语》《庚子国变弹词》《恨海》等。连年不断的战争使老百姓流离失所，缺衣少食使他们备受饥寒。鸦片战争使老百姓染上了抽鸦片的恶习，无数家庭因之倾家荡产，甚至家破人亡。西方有些学者说什么鸦片战争与鸦片无关，可是有良心的知识分子只要睁开眼睛就可以看到鸦片战争给中国和中国人民带来的严重灾乱。《黑籍冤魂》以一个鸦片烟鬼诉说自己因抽鸦片而搞得倾家荡产家破人亡的痛苦经历，控诉了鸦片给中国人民带来的毒害。庚子之变，八国联军侵略中国，上倾国家政权，下颠社会秩序。京城官员四处逃窜，底层人民无依无着。《邻女语》篇首有这样一首诗："何事风尘莽莽，可怜世界花花；昔时富贵帝王家，只剩残砖破瓦。满目故宫禾黍，伤心边塞琵琶；随堤一道晚归鸦，多少兴亡闲话。"后面接着描绘了庚子事变时，京城百姓仓皇出逃的残酷景象。两宫出走，在京的文武百官中有权有势的护驾西奔，其余的，有的舍不得家眷不肯离开，有的弄不到川资不能远走。京城虽大，京官虽多，却无一个为国捐躯，早忘了孝悌忠信，礼义廉耻。那班在京的尚书、侍郎、翰林、主事，其门口挂的是大日本顺民，车上插的也是大日本顺民。霎时，京城内外，无论大小都变成了外国顺民。其后各章以志士金不磨的行踪为线索，描写他的所见所闻，听邻女讲述社会灾乱。作品谴责了帝国主义的野蛮侵略，揭露了封建统治者贪生怕死不顾人民死活的真面目，同情老百姓的苦难遭遇。李伯元的《庚子国变弹词》用韵文体描绘了国家破败景象，以民

---

[1] 茂苑惜秋生：《〈官场现行记〉叙》，陈平原、夏晓虹编《二十世纪中国小说理论资料（1897—1916）》（第一卷），北京大学出版社，1997年，第69—71页。
[2] 梁启超：《变法通议·论变法不知本原之害》，《饮冰室合集》文集之一，中华书局1989年，第10页。

间艺人讲唱的形式宣扬善恶道德观念。吴趼人的《恨海》通过乱世离情和乱世佳人来写庚子事变后国家和社会的混乱局面。广东京官陈戟临的大儿子伯和与小儿子仲蔼分别聘定同住张家的女儿棣华与王家的女儿娟娟。在战乱之中，陈家遇难，伯和护送张氏母女出京，仲蔼离京逃乱。伯和在途中与张氏母女离散，他发了一笔横财，就狂嫖豪赌猛抽，不肯戒烟，不愿回家，最后沦落为乞丐，病死在一个小烟馆里。棣华出家为尼。仲蔼寻找娟娟，不知其下落，发誓不娶。后来，他偶然遇到娟娟，此时她已经沦为妓女。战争与动乱给老百姓带来巨大的灾乱，因此社会的稳定对老百姓来说至关重要。

汲取西学，改良陈规陋习。这类作品主要有《黄绣球》《扫迷帚》《瞎骗奇闻》《玉佛缘》《弹词醒世缘》《临镜妆》等。此类小说则全面揭露了迷信活动种种色色的具体情形。颐锁的《黄绣球》、壮者的《扫迷帚》、嘿生的《玉佛缘》，这些小说"提倡女子进学校，反对缠足，主张妇女解放，并宣传迷信必须破除。这对当时的中国社会，是一帖有益的药剂"。[1]

壮者的《扫迷帚》写吴江县士人卜资生学识渊博，痛恨鬼神、仙怪、星相、占卜等邪说，他欲扫除这些封建迷信，建议大兴学堂，破除旧道德，倡导新道德，从而提高老百姓的道德素质和文化素质。与《扫迷帚》描写民间百姓普遍求神拜佛不同，嘿生的《玉佛缘》写一地方官僚深受迷信之害，后逐渐醒悟的过程。主人公钱梦玉，表字子玉。他的父亲梦见和尚捧玉佛而生子玉，便以为子玉是玉佛转世。子玉二十岁中举，听得这段奇说。他气盛高傲，贪恋女色，耗费钱财，使其父一病不起。后来，他中进士，点吏部主事，招赘为婿，不久，又升迁郎中，京官外放。家中供奉天妃娘娘的神位，供养相面先生，可自己的太太还是一病归阴。他官运亨通，升任巡抚，新夫人极信烧香拜佛。这个空子被大和尚了凡钻通，他捐出一万两银子建造庙宇，迎接西天佛国的玉佛。子玉不管拜佛耗财，不信和尚奸淫妇女，直到侍郎前来查办，才不得不下令捉拿了凡和尚。而了凡走门路，洗劣迹，逍遥无事。子玉经过与几位名士结交，才渐渐悟透。家人却深信不疑，继续延请和尚看病而把他气得一命呜呼。

---

[1] 阿英：《小说一卷叙例》，《晚清文学丛钞·小说卷》（一卷），中华书局，1960年，第1页。

四、社会小说与海外华人的艰苦生活

抵御外侮，弘扬民族精神。这类作品集中体现在描写海外华侨华工和留学生生活的作品及其他反帝作品中，如《苦社会》《苦学生》《黄金世界》《劫余灰》《侨民泪》《拒约奇谈》《猪仔还国记》《人镜学社鬼哭传》等。

反华工禁约运动是民族精神高涨。当加利福尼亚省刚刚并入美国时，该省需要开垦、拓荒种植、开掘金矿、建设铁路等，需要大量的劳动力。华人是他们招请的主要对象。同治七年（1868 年）中美通商条约规定："大清国与大美国切念人民互相往来，或愿常住入籍，或愿随时来往，皆须听其自由，不得禁阻。""中国人至美国，或游历各处，或常行居住，美国必须按照相待最优之国所得游历与常住之利益，俾中国人一体均沾。"[1] 然而十年以后，加罅宽尼省的产业进入低谷，贸易不振，股票跌落，工薪锐减。华工吃苦耐劳，忍受低薪，于是造成美国工人大批失业。1879 年。加罅宽尼省的《新宪法》对华工严格限制，各工厂公司不许用中国人，剥夺中国人的选举权，在美国的中国人须遵循例规，不遵循者驱逐出境。其后的各种条例、禁例对华工的限制更加苛刻。到光绪三十年（1904），条约期满，美人要求续订。于是反对条约运动在美国爆发，中国国内群起响应。这是世界范围内的民族主义在中国的反响。

《苦社会》展示了一幅华工受残酷虐待的现实图景。许多去美的中国人在半路上就被折磨而死，到美的华工求生艰辛，创业艰难，凭着自己的智慧和勤劳，获得微薄的经济收入。他们省吃俭用，积积攒攒，准备一点资本，开公司，办商店。子丰在旧金山开烟草公司，在他的帮助下，李心纯、鲁吉园也开起了缝衣公司，他们隔壁的何锦棠开饭店，汪紫兰开杂货店。即使如此，他们要在美国生存也很困难，美国政府肆意排挤华工，随意实施暴行，无数华工惨死在暴行之下。幸存者如汪紫兰、李心纯被逼无奈，不得不变卖财产回国。《苦学生》描述了一个自费留美学生的遭遇。黄孙受到对

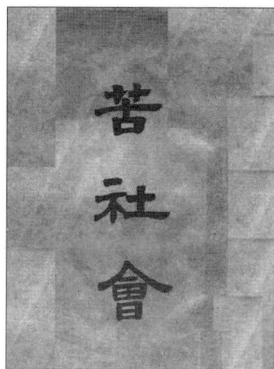

《苦社会》

[1] 阿英：《晚清小说史》，北京：东方出版社，1996 年，第 61 页。

洋人卑躬屈膝的官费生鄙视和清政府驻美领事的漠视，更遭到美国学生的嫉妒与排挤。美国工商部认为他是学生不应在工厂做工，文部则认为他身为小工不该拥有学生资格，遂取消了他的学生资格。正直而爱才的校长据理力争，也难以挽回。他愤然离校，在夜校临时任职，还为报馆撰稿。四年后，他终于学成归国，办学堂，从事于国民教育。《黄金世界》叙述纽约巨商夏建威得知被骗华工死里逃生的痛苦经历，决定与何图南父子商量抵制。在此过程中，他们遇到其他一些志士，在讲求"废案"上，大家意见基本趋同，而在抵制美货上，因有的巨商利益会受到重大损害而出现分歧，加上官府限制，学界不团结，因而困难重重。建威与图南的一些计划难以实现，心意渐冷。建威想来想去，决定移家"螺岛"。"螺岛"是个乌托之邦，其政治道德完善，可以做子孙的殖民地。《人镜学社鬼哭传》抨击了那些对美利坚兵部大臣极尽阿谀奉承之能事的上海绅商。他们"讳其（美利坚）虐我者，而颂其恤我者"，尤其是对美国肆意虐待华侨华工一句不提。吴趼人看到这种情景，抑制不住心头之痛，旧事重提。想起当初，美人虐待华侨，沪之绅商首先谋划抵制，人镜学社社员、南海烈士冯夏威唯恐半途而废，以死告诫国人。可是，当他在九泉之下看到上海绅商对美国大臣的洋奴嘴脸时，不禁悲哭。其实，在抵制美国的禁约与美货时，社会各界人士意见并非完全一致，分歧的存在是否意味着民族凝聚力的欠缺。

五、社会小说与各界黑幕

萌芽于清末、盛行于民初的"黑幕小说"有着深刻的历史背景。尤其是辛亥革命爆发以后，清政府被推翻，但政局并不稳定，袁世凯称帝，张勋复辟，全国再次陷入一片混乱之中。各种政治势力互相较量，不同党派因各种利益互相攻击，"自辛亥政党发生，党报互抵其相对

《绘图中国黑幕大观》目录　　《绘图中国黑幕大观》版权页

之要人，肆口嫚骂，无理太甚，吾因谓吾国人无报馆之公德"。政界缺乏应有的运行机制，而西方法制国家则不然，解弢说："顷读红礁画桨录，冰罕以一冷落之律师，法庭一胜，遽入议院。议院一胜，遽入内阁。敌党排抵之报，谓其妻与屠者接吻，始获议员之选。斯二事也，彼民权先进国固有成例在焉。"[1] 政治体制不健全，社会秩序十分混乱，社会生产遭到严重破坏，政界、军界、学界、商界等各界丑恶现象层出不穷，社会小说对各种现象的揭露就在所难免。但是，黑幕小说重点揭露个人隐私，叙写所谓"秘密史""风流史""艳史""趣史"等内容，贻害社会，确有罪责。

　　黑幕小说以揭秘为旨归，大肆揭露社会各界的各种丑恶现象。"世教衰微，道德堕落；益以内乱外患，商业凌夷，国人生计困难，遂相率为卑污残忍诈伪欺罔之事，以求幸获。受其祸着无所得伸，或泄其愤于口舌，文人笔而存之，是为时下流行之黑幕。黑幕者，摘奸发覆之笔记也。"[2] 黑幕小说的倡导者如王钝根、程瞻庐等人认为，人心不古，廉耻道丧，"古人以不欺暗室为贤，今人以奔走黑幕为能"。社会上各种各样的黑幕普遍存在，"自都会以至乡僻，达官贵人以至贩夫走卒，权之所在，黑幕之所在也；利之所系，黑幕之所系也。长夜漫漫无明星，大黑幕外有小黑幕，一重黑幕中有再重三重以至无数重之黑幕"。黑幕是罪恶制造厂，是霉菌孳生地，于是他们下决心对欺骗广大民众的各种社会黑幕予以揭露，摘伏发奸，穷形尽相。"夫黑幕中之活剧，黑幕中人见之，黑幕以外，无所睹也，自有此作，则重重黑幕，都已化作透明之质，表里洞彻，毫发毕现，纵欲深闭固藏，其如此睽睽万目何。夏禹铸鼎，魑魅无遁形，《黑幕大观》，夏禹之鼎也。温峤燃犀，水族皆露形，《黑幕大观》，温峤之犀也。王度照镜，长安之俊婢，化为老狸，《黑幕大观》，王度之镜也。阿难佛舒手，惑人之天魔，变作雕鹫，《黑幕大观》，阿难佛之手也。……黑幕中人，适适然惊曰，吾侪之敢于欺人，有黑幕为之障也，《黑幕大观》出，吾侪失所障矣。黑幕外人，欣欣然有喜色曰，吾侪之易于受欺，有黑幕为之蔽也，《黑幕大观》出，吾侪去所蔽矣。然则主人之辑为是书，不啻为黑暗社会建设无数灯塔，作奸者不敢

[1] 解弢：《小说话》，上海中华书局 1919 年版第 11—12 页。
[2] 王晦：《中国黑幕大观序》，《中国黑幕大观》，中华图书集成公司 1918 年版。

尝试，涉世者知所趋避，百馀万言之福音，有功于世道人心者甚大。黑幕既除，神州遂旦，古人不欺暗室之风，或者复见于今世乎！"[1]极力批判黑幕小说的周作人指出："我们决不说黑幕不应披露，且主张说黑幕极应披露"，但认为"决不是如此披露"，"我们揭起黑幕，并非专心要看这幕后有人在那里做什么事，也不是专心要看做那样事的是甚么人。我们要将黑幕里的人，和他所做的事，连着背景，并作一起观"。[2]直接揭露恶社会本身会造成一些严重的后果，"这些黑幕小说所叙的事实，颇与现在之恶社会相吻合，一般青年到了无聊的时侯，便要去实行摹仿，所以黑幕小说，简直可称做杀人放火奸淫拐骗的讲义"。[3]从文学社会学的角度来看，这类小说是社会生活的直接反映，同时也间接反映了当时的政治现实与时代风气；从旧伦理道德的角度来看，这类小说不仅不能救弊，反而会推波助澜，使世风日下。

社会小说创作潮流的形成，不仅于国势衰弱有关，还与文人学士关心民族社会的精神品格密切相关。有人以觉天下为己任，有人以教天下为己任，有人以养天下为己任。"谴责小说的旺盛滋生和遐迩风行，实则是有志变革者在忧心忡忡地探讨社会问题。可以看出，这一时期的小说决不单是对社会生活作'绝对客观'的描绘，其中也饱涵着对社会问题的探索，甚至具体对政治、经济、文化以至国防、法律、教育、妇女种种问题作了观察、剖析和评价。这些，都表明出有识之士救国拯民的意愿和抱负。可以说，凡优秀的近代小说，都是与当时知识分子的救国运动血脉相通的。"[4]徐念慈指出："小说固不足生社会，而惟有社会始成小说。"[5]楚卿提出一个科学论断，即"小说者，社会之 X 光线也"。[6]蜕庵从文学创作论的角度说："小说之妙，在取寻常社会上习闻习见、人人能解之事理，淋漓摹写之，而挑逗默化之，故必读者入其境界愈深，然后其受感刺也愈剧。"[7]曼殊认为：

[1] 程瞻庐：《中国黑幕大观序》，《中国黑幕大观》，中华图书集成公司 1918 年版。
[2] 仲密：《论"黑幕"》，《每周评论》1919 年第 4 号。
[3] 钱玄同、宋云彬：《"黑幕"书》，《新青年》1919 年第 6 卷第 1 号。
[4] 时萌：《发展中的近代小说——〈小说集·导言二〉》，《中国近代文学的历史轨迹》，上海书店出版社，1999 年 9 月，第 92—93 页。
[5] 徐念慈：《余之小说观》，《小说林》第九号（1908 年）。
[6] 《论文学上小说之位置》，《新小说》第七号（1903 年）。
[7] 《小说丛话》，《新小说》第七号（1903 年）。

"小说者'今社会'之见本也。无论何种小说，其思想总不能出当时社会之范围，此殆如形之于模，影之于物矣。"[1] 这些作家批评家从不尽相同的角度打出了"小说源于社会生活"的旗帜。

[1] 曼殊：《小说丛话》，《新小说》第十三号（1903 年）。

第三节　以史为鉴的历史小说

历史小说是以过去的历史为题材，以历史人物或历史事件为表达对象，在既尊重历史真实，又遵循合理的文学虚构的原则下，创作出的一类小说。《简明不列颠百科全书》对历史小说的解释为"试图以忠于历史事实和逼真的细节等手段来传述旧时的风气、习俗及社会概况的小说。作品可以涉及真实的历史人物，也允许以虚构人物和历史人物相混合，它还可以集中描绘一桩历史事件"。清末民初的历史小说可以分为三类，一是关于中国史的历史小说，二是关于外国史的历史小说，三是关于以国民为主要对象的所谓社会史的历史小说。

一、演义体历史小说与中国历史教育

在晚清特定的历史条件下，许多进步知识分子感到内忧外患，而清政府又不足与图治，乃寻求新的救国救民之路。在梁启超的小说功利观的影响下，一些作家，如吴趼人也探索开通民智、启蒙人民的方法，于是把眼光投向历史，想借古鉴今。

在梁启超看来，"历史小说"是"专以历史事实为材料，而用演

义体叙述之"之小说。[1] 明清时期，中国历史演义比较发达，以《三国演义》为代表的古典历史小说是演义体的范型。它以史实为本，以文学虚构为辅，以重大的历史事件为经，以各种不同人物在不同的历史时期的活动为纬，编织而成。晚清小说家明确地把这类小说当作通俗历史教科书，为国民教育之助；他们遵循传统的"正史"历史观，即"注重史实"，不"蹈虚附会"。吴趼人说自己创作《两晋演义》，是"以《通鉴》为线索，以《晋书》《十六国春秋》为材料，一归于正，而沃以意味，使从此而得一良小说焉。谓为小学历史教科之臂助焉，可；谓为失学者补习历史之南针焉，亦无不可"。[2] 他还宣称："吾发大誓愿，将遍撰译历史小说，以为教科之助。历史云者，非徒记其事实之谓也，旌善惩恶之意实寓焉。旧史之繁重，读之固不易矣；而新辑教科书，又适嫌其略。"晚清时期，人们的文化素质低下，学校教育相当匮乏，社会教育也十分欠缺，为了救国救民，扭转社会风气，吴趼人们认为必须加强社会教育，必须从历史小说入手。"善教育者，德育与智育本相辅，不善教育者，德育与智育转相妨。此无他，谲与正之别而已。吾既欲持此小说，以分教员之一席，则不敢不审慎以出之。"[3] 关于中国史的历史小说十分注重清代民国这一时期的历史，如吴趼人的《痛史》《两晋演义》和《云南野乘》、杨尘因的《新华春梦记》、蔡东藩的《民国通俗演义》《增订绘图清史通俗演义》《评点清代演义》等。

吴趼人撰写《两晋演义》的目的在于"究天人之际，通古今之变"，在于认识兴衰成败之历史，以为知往鉴来之用。在《两晋演义》中，他强烈谴责贾后、杨骏等人，批判他们祸国殃民的罪恶行径。车

吴趼人

《两晋演义》序

---

[1]《中国唯一之文学报〈新小说〉》，《新民丛报》，第十四号（1902年）。
[2]《〈两晋演义〉序》，《月月小说》，第一号（1906年）。
[3]《月月小说序》，《月月小说》，第一号（1906年）。

骑将军杨骏之女被晋武帝册封为后，便肆无忌惮，擅威揽权，独惧贾妃。贾妃逼迫刚即位的昏庸的惠帝，把自己册立为后。杨骏擅权，贾后愤怒，通过密议，逼迫惠帝擒拿杨骏。杨骏被擒刺死，杨氏三族被诛，杨太后被废为庶人，后被饿死。贾后阴险狡诈，善弄权术。她对诸藩王的安置，表面上是稳定人心，实际上是促使他们相互残杀。她逼迫惠帝封汝南王为太宰，与太保卫瓘共秉朝政，引起功高未赏的楚王的怨恨；又设计命楚王杀汝南王与卫瓘，而借戮臣之罪翦除楚王。贾后独揽大权，有恃无恐。第一回回后评曰："晋武号称英明之主，吞蜀，篡魏，灭吴，不可谓非一时之雄才也，煞不纳郭钦之言，致召外侮于日后；误册贾充之女，致酿内乱于目前，英明果安在哉？"镇守关中的赵王伦调入京城，贿赂贾后左右，被拜为太子太傅。其部将孙秀借故捕斩石崇，抄没其家，又乘京城空虚之际，建议赵王领兵入京，将有功武将张华等人处决。齐王率兵打入宫中，废贾后，斩太医，惠帝惊惶无措。赵王乘势夺取帝位，尊惠帝为太上皇。赵王称帝触犯众怒，齐王、成都王、河间王、常山王、新野公等相约起义。洛阳城破，孙秀被诛，赵王被擒，天子复辟。第二回回后评曰："杨骏之恣威弄权，于此时观之，甚似汉之曹操，魏之司马；及观至其失败处，则仅可拟之以董卓。盖无操、懿之才，而学为操、懿，未有不败者也。"此外，吴趼人对其他诸藩王莫不严加谴责。两晋的社会局势如此混乱，原因在于根深蒂固的封建帝王思想。

二、演义体历史小说与外国历史认识

关于外国史的历史小说注重两大内容，其一是关于泰西大国强国的历史小说，主要作品有《万国演义》《泰西历史演义》《洪水祸》《美国独立史别裁》（乙部）等。沈惟贤的《万国演义》，根据进化论的观念，从远古开始地球上五大洲主要国家兴衰成败的驳杂历史。巴比伦、波斯、埃及、希腊等国取得了辉煌的成就，创造了各自的文明。亚述人与印度人相互征战，埃及人与犹太人相互讨伐。腓尼基人被埃及人所逐，逃到非洲而立国。犹太人占住迦南，日见强盛。罗马开国之祖罗慕路修建京城，自立为王，建立罗马政府。逐渐强盛的罗马

《万国演义》

《泰西历史演义》

先后打败了腓尼基人，消灭了努米底，大战日耳曼族。安多尼为罗马王之后，罗马逐渐统一。

对外反抗民族压迫，对内反对封建专制，这是晚清历史小说的重要内容之一。《泰西历史演义》的主题是反抗民族压迫，主张民族独立。其第二十二回，叙述亚美利加成立合众国，宣布独立。其宣言前段为："人类之进步，由于人事之复杂，故此连互之政治而为数国民者，自然之理也。且人类平等，权利不容相夺，曰生命，曰幸福，曰自由，为权利之一部。欲其权利之安全，必设政府于人民之间，另以权利之一部予政府，许之有施政权。若政府谬其目的，蔑视人民权利，滥用所与之权利，则人民为自由计，生命计，幸福计，别建新政府，不可谓非宜也。"后段为："故吾等亚美利加合众国之代议士相集于此，以正公道，告于公民社会之判官，代全殖民地善良人民，宣言自今而后，殖民地联邦应自由独立者，应有自由独立之权利。对于英国王无忠爱之义务，政治上与之无丝毫关系。一切和战盟约，世界独立国成例具在，应仿而行之。全殖民地人民，将依赖皇天眷佑，牺牲身家性命，践此誓言云。"（议长宣布）[1] 历史小说《洪水祸》的主题是推翻封建暴君的统治。其开篇说，今日我们读西洋史，产生两种新异感情。一是人种的感情。中国的历史，都是皇帝子孙一种人演出来的，虽然上古有夷蛮戎狄等异种，近世有契丹女真蒙古鞑团诸外族在历史上留下若有若无的痕迹；而西洋史则自上古至今日尽是无数种族互相争夺，政治上的事迹无不有人种的关系在内。二是政治的感情。中国自上古至今是一王统治天下，历朝易姓也不过是旧君灭新君起，贫民虽对，但没有地位。而西洋则国内有君主、贵族、贫民三种，并且贵族、贫民经常与君主争权。西洋史的国内竞争多半是政治的关系，国外竞争多半是人种的关系。《洪水祸》表达的正是这两种竞争，正如其诗云："巴黎市中妖雾横，断头台上血痕腥；英雄驱策民权热，世界胚胎革命魂。"[2]

其二是关于弱小国家覆灭或新生的历史小说，如《苏格兰独立

---

[1]《绣像小说》第二十期（1904 年）。
[2]《洪水祸》第一回，《新小说》第一期（1902 年）。

记》《菲猎滨外史》等。作家通过这些作品认识外国历史，或借鉴其成功的经验，或吸取其失败的教训，以资新民救国。

侠民的《菲猎滨外史》是借他人杯酒，浇自己胸中块垒。该书讲述的是菲律宾人民同西班牙殖民者斗争的故事。"自叙"说："菲猎滨人为近顷亡国健者，其一轭于西，再轭于美，频年血战，两当强大国之冲，内颠多年之异族政府，外抗甘言之野心劲敌，弹丸黑子，志不稍屈，力竭势穷，愿举全岛为焦土，遂使菲猎滨三字之价值耀辉于全世界，固一时之雄杰哉。虽顿遭挫折，然其民族之强武，学艺之精邃，文明程度已彬彬乎达于自治之域，其视我东方病夫，任人宰割，犹复谓他人父，忝颜于仇者，固未可同日语也。……夜

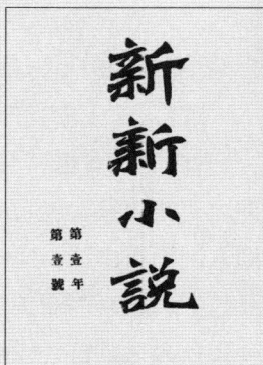

《新新小说》

《菲猎滨外史》

阑不寐，以小说体逐晚记之，信笔写去，是泪是墨，是人是我，模糊影响，即著者亦不暇自辨。若必征诸文献，绝其愆谬，则一代历史家之责任，非所论于稗官者矣。"（第一期）"自叙"表现了作者对菲律宾人民反抗西班牙和美国殖民主义者斗争业绩的敬仰，也充满了作者的满腔爱国热情。书的开端有词一首曰："半副鲜妍历史，泪痕掺和血痕。英雄儿女总销沉，赢得千秋遗恨。借取他人杯酒，来浇块垒胸襟。真真假假漫评论，怜我怜卿同病。"此更是作者作书思想的集中概括。书中许多评语也表达了作者的爱国伤心之情。

三、琐事体历史小说与国民生活史的揭示

与反映重大历史事件的演义体历史小说不同，描写普通人普通生活的所谓"琐事体"历史小说是清末民初小说的一个重大进步。"小说并不是'御用'的产物，无所谓拘忌和束缚，以社会史料的价值论，与其读完一部某时代的史书，其了解程度反不及看完一部那同

时代的小说。"[1] 吴趼人、曾朴可谓开风气之先。吴趼人创作了《胡宝玉》，该作"仿《李鸿章》之例，其题材亦取法于泰西新史"。曾朴创作了历史小说《孽海花》，他"想借用主人公做全书的线索，尽量容纳近三十年的历史，避去正面，专把些有趣的琐闻逸事，来烘托出大事的背景，格局比较的廓大"[2]。显然，"琐事体"历史小说吸收了新的史学观。

新史学的代表人物鲁滨孙对历史学的基本主张为：把历史的范围扩大到包括人类既往的全部活动；用综合的观点来解释和分析历史事实；用进化的眼光观察历史变化，把人类历史看成一个"继续不断"的成长过程；研究历史的功用在于帮助人们了解现状和推测未来；用历史知识来为社会造福。于是，他对"历史"重新做出了界定，"从广义来说，一切关于人类在世界上呈现以来所做的或所想的事业与痕迹，都包括在历史范围之内。大到可以描述各民族的兴亡，小到描写一个最平凡的人物的习惯和感情"[3]。十九世纪末，严复就明确指出，欧洲史学家说："古之史学，徒记大事，如欲求一代之风俗，以观历来转变之脉络者，则不可得详，是国史等于王家之谱录矣；今之史学则异是，必致谨于闾阎日用之细，起居笑貌之锁，不厌其烦，不嫌其鄙，如鼎象物，如犀照渊，而后使读史者不啻生乎其代，亲见其人，而恍然于人心世道所以为盛衰升降之原也。"[4] 梁启超也说："前者史家，不过记载事实；近世史家必说明其事实之关系与其原因结果。前者史家，不过记述人间一二有权力者兴亡隆替之事，虽名为史，实不过一二人之谱牒；近世史家，必须探察人间全体之运动进步，即国民全部之经历，及其相互关系。"[5] 这说明历史观发生了重大变化，由帝王之史向民众之史转化，由记录国家大事向描述闾阎日用之细转化。这种转化给历史小说的创作以很大启迪，使历史小说创作由以前主要演义重大历史事件为主，转到描绘普通人的生活经历以反映社会历史

---

[1] 吴晗：《历史中的小说》，《文学》第 2 卷第 6 号，1934 年 6 月 1 日。

[2] 阿英：《晚清小说史》，上海：东方出版社，1996 年，第 24 页。

[3] [美] 詹姆斯·哈威·鲁滨孙著《新史学》，齐思和等译，北京：商务印书馆，1997 年，第 2—3 页。

[4] 严复：《道学外传》，《严复诗文选注》，江苏人民出版社，1975 年，第 203—204 页。

[5] 梁启超：《中国史叙论·史之界说》，《饮冰室合集·文集之六》，北京：中华书局，1989 年，第 1 页。

的巨大变迁。这种变化在晚清历史小说创作中已经露出倪端。

吴趼人的《胡宝玉》（又名《上海三十年艳迹》）是晚清历史小说的新篇章，它由以前的历史小说主要写政治史、军事史、君臣史转到写民间史、社会史、国民史，鲜明地体现了新的历史观，这种新的历史观是通过对梁启超的《李鸿章》的模仿表现出来的。《李鸿章》又名《中国四十年来大事记》，梁启超在序例中说："四十年来，中国大事，几无一不与李鸿章有关系。故为李鸿章作传，不可不以作近世史之笔力行之。"这里"近世史"是指强调重要历史人物与重大历史事件之间的关系，严格来说，是以人物为中心，勾画重大历史事件之间的因果关系。吴趼人借鉴了这一方法，不过他描写的对象不是重要历史人物，而是处于历史边缘的名妓；表现的具体内

《胡宝玉》

容不是政治史军事史，而是社会史民间史。夏晓虹教授详细比较了《李鸿章》与《胡宝玉》，发现两者在题目、构思以至于章节设计上均异常相似。[1] 更重要的是吴趼人把胡宝玉当作转移风气的典型，他说："以一妓女能为之者，顾如许之英俊少年、老成持重之流皆甘放其责任，滔滔天下吾将安归？此《胡宝玉》之所由作也。"吴趼人的好友周桂笙评论说："全书节目颇繁，叙述綦详，盖不仅为胡宝玉作行状而已，凡数十年来上海一切可惊可怪之事，靡不收采其中，旁征博引，具有本原，故虽谓之为上海之社会史可也。……盖中国自古至今，正史所载，但及国家大事而已。故说者以为不啻一姓之家谱，非过言也。至于社会中一切民情风土，可以略见一斑。故余谓此书可当上海之社会史者也。"[2] 吴趼人具有强烈的存史意识，他认为这种民间逸事更具价值。他在《上海三十年艳迹·自序》中说："胡宝玉，娼也，可传者也；又蓄娼者也，无可传者也。然其奇闻佚事，使从此道随胡宝玉以去，则必有令人不忍起置者；与胡宝玉同时之风流佳话，使从此亦随胡宝玉以去，则尤有令人不忍价值者。作《胡宝玉》。"[3]

《孽海花》以状元金雯青（影射洪钧）与名妓傅彩云（影射赵彩

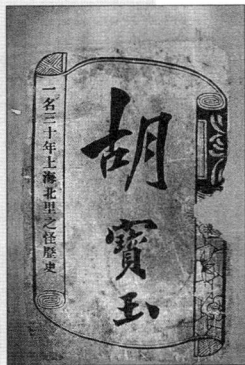

---

[1] 夏晓虹：《吴趼人与梁启超关系钩沉》，《中国古代、近代文学研究》2003 年第 4 期。

[2] 新广：《胡宝玉》，《月月小说》第 5 期（1907 年）。

[3]《吴趼人全集》第七卷，北方文艺出版社，1998 年，第 275 页。

云）的婚姻生活故事为情节主线，叙述了同治中期至光绪后期这 30 年间重要历史事件的侧影及其相关的趣闻佚事，展现了特定历史阶段政治和文化的变迁史。曾朴谈到《孽海花》的创作时说，他并没有遵循最初作者金松岑的创作思路，他认为"金君的原稿，过于注意主人公，不过描写一个奇突的妓女，略映带些相关的时事，充其量，能做成了李香君的《桃花扇》，陈圆圆的《沧桑艳》，已算顶好的成绩了，而且照此写来，只怕笔法上仍然跳不出《海上花列传》的蹊径。在我的意思却不然，想借用主人公做全书的线索，尽量容纳三十年来的历史，避去正面，专把些有趣的琐闻逸事，来烘托出大事的背景，格局比较的廓大"[1]。曾朴无意于大事要事，注重于琐闻逸事。《孽海花》虽然写一妓女，但容纳了三十年的历史，对从同治到光绪后期三十年的历史政治、军事、外交斗争与思想、文化发展做了比较全面的描写，勾画了一幅上层社会的生动画卷。

---

[1] 时萌：《曾朴生平系年》《曾朴研究》，上海古籍出版社，1980 年，第 26 页。

第四节　"言他"与"言情"的言情小说

中国言情小说的历史源远流长，至明清时期，出现了大量的才子佳人小说和人情小说。而清朝中叶《红楼梦》及大量续书的出现，将人情小说创作推向了高潮。至道光年间，《红楼梦》才逐渐被人们谈厌了，此类题材的人情小说已经很难吸引读者，于是出现了鲁迅所说的"用了《红楼梦》的笔调，去写优伶和妓女之事情，场面又为之一变"的"狭邪小说"[1]。19 世纪大行其道的狭邪小说在婚姻、家庭生活框架的限制之外写男女相悦故事，对于妓家的写法大体上沿着早期"溢美"、中期"近真"、末流"溢恶"的趋势演变。至 20 世纪初，狭邪小说已进入"溢恶"阶段，鲁迅称之为"人情小说的末流"[2]。20 世纪之初，社会改革思潮和"小说界革命"兴起，为中国言情小说的演变提供了新的语境；而西方文化的大量输入，《巴黎茶花女遗事》《迦因小传》等域外言情小说的引进，逐渐触发了晚清言情小说之潮。晚清言情小说在取材倾向、主题模式、情爱旨趣、叙事特征、文体意识等方面均与狭邪小说大异其趣，它是在域外小说的影响下，在"小说界革命"的旗帜下产生的一种新型的社会言情小说，属于晚清"新

---

[1] 鲁迅：《中国小说的历史变迁》，《中国小说史略》，齐鲁书社，1997 年，第 382 页。
[2] 鲁迅：《中国小说的历史变迁》，《中国小说史略》，齐鲁书社，1997 年，第 382 页。

小说"创作实绩的一部分。

早在 1903 年，《新小说》第七号就开辟了"写情小说"栏目，刊载的是"（日）菊池幽芳氏之著，东莞方庆周译述，我佛山人衍义"的《电术奇谈》。继之而起的《月月小说》也开辟了"写情小说"栏目，但最初连载的亦是"译述"小说。这种有意提倡、创作乏力的现状，原因固然是多方面的，但世纪之初政治危机和民族危机加剧，"新民""救国"成为寻求社会变革的话语焦点这一社会政治原因无疑是其中最为重要的外部制约因素。于是出现了政治小说和社会小说在"小说界革命"初期大行其道，而"两性私生活描写的小说，在此时期不为社会所重，甚至出版商人，也不肯印行"的奇特文学景观。[1]然而，由于初期"新小说"的社会政治参与意识过于浓重，从而在很大程度上消解了小说的审美娱乐功能，导致大量晚清新小说艺术性的严重缺失。这种状况是很难持久的。随着人们政治热情的消退，重理偏刚的政治小说悄然落潮，重情偏柔的写情小说逐渐浮出历史地表。时间聚焦在 1906 年，随着晚清"小说界巨子"吴趼人在其原创小说《恨海》中赫然打出"写情小说"的旗帜，一种新型的社会言情小说终于在晚清闪亮登场。该年度，言情小说创作掀起了一个小高潮：除了刊物上连载的之外，仅单册出版的质量较高、影响较大的作品就有《恨海》（吴趼人）、《禽海石》（符霖）、《瑶瑟夫人》（李涵秋）、《恨海花》（非民）等。言情小说终于靠自己的创作实力在晚清的读者市场中赢得了一席之地，实现了从文化结构与文学市场的边缘向中心位置的移动。晚清言情小说上承明清人情小说之传统，下启民初言情小说之高潮，形成了 20 世纪之初文化转型期一种不可忽视的文学现象。其代表性作品有《恨海》《禽海石》《劫余灰》《情天劫》（东亚寄生）等。

一、晚清"言他"的言情小说

中国有才子佳人小说的言情传统，而到十九世纪末二十世纪初，随着社会改革思潮和"小说界革命"的兴起，中国言情小说的演变产生了新的语境，《巴黎茶花女遗事》《迦因小传》等域外言情小说的译

---

[1] 阿英：《晚清小说史》，东方出版社，1996 年，第 5 页。

介，逐渐掀起了清末民初的新言情小说大潮。

明末清初涌现的一大批才子佳人小说，是人情小说的一个分支和流派。在这类小说中"男女以诗为媒介，由爱才而产生了思慕与追求，私订终身结良缘，中经豪门权贵为恶构隙而离散，多经波折终因男中三元而团圆"（《烟粉新诂》）。可见从题材上说，是写才子佳人的恋爱故事，其情节构成，大多是郊游偶遇，题诗传情，梅香撮合，私订终身。其结局或因命运乖违，或因小人拨弄，或出政事牵连，于是佳人逼嫁，才子遭难，但虽经波折，却坚贞如一。后来或由于才子金榜题名，或由于圣君贤吏主持正义，终于有情人终成眷属。

晚清特殊的社会、政治、文化背景，使得这一时期的读者对言情小说有着既不同于古代又不同于现代的独特的阅读期待。政治危机和民族危机加剧导致的社会动乱，王纲解纽导致的价值混乱与道德堕落，域外文化的冲击，启蒙思潮的兴起，文化商业的活跃，市场化对小说写作的支配作用等因素都对小说家的创作观念产生了深刻的影响。这就使得晚清小说家或努力扩大言情小说的表现范围，流露出强烈的社会政治意识；或重新为言情小说的"情"字寻找定位，表现出浓重的道德伦理意识；或大胆抨击旧的婚姻制度，倡言爱情自由与婚姻自主，表现出超前的个体启蒙意识。其结果是言情小说的表现重点反而不在"儿女之情"上，从而形成了晚清言情小说"借儿女言家国""借儿女言节义""借儿女言自由"等独特的主题模式。

（1）"借儿女言家国"

《禽海石》讲述的是晚清乱离社会背景下发生的一桩爱情悲剧。主人公秦如华少小随父寄寓湖北，在学堂中与顾纫芬相识，二人情意相投，由倾慕到热恋。几年离别后，双方父亲均进京任职，遂为近邻。二人先是偷偷幽会，后又托媒人说合，终于取得家长同意，顺利订婚。如果不是庚子之乱，如华不会随父南下逃难，不会发生纫芬之父在洋兵攻破京城后惨死，纫芬母女在逃离京城后受人欺骗、陷入绝境的惨剧，也就不会有纫芬不甘受辱绝食而亡，如华用情专一而殉情待毙的悲剧结局。晚清时期，将个人感情放置到国家动乱的大背景下来表现的言情小说不在少数，这种不约而同的取材倾向，形成了晚清言情小说的一种独特的主题模式，这里我们姑且称之为"借儿女言家国"的主题模式。这种主题模式在晚清言情小说中非常普遍，其中以

《恨海》表现得尤为典型。它所着重表现的是国家利益至上的社会性情感。在这种主题模式里，"儿女之情"是隶属于"家国之情"的。

随着域外文化观念的深入传播，随着旧的社会政治秩序和文化道德秩序的进一步瓦解，"借儿女言家国""借儿女言节义"的主题模式逐渐淡出晚清言情小说的话语中心，抨击旧的婚姻制度、批判礼教对两性情感的束缚逐渐成为晚清言情小说的话语焦点。其主题模式可称为"借儿女言自由"。代表性作品有符霖的《禽海石》和东亚寄生的《情天劫》等。

《禽海石》将晚清言情小说的主题直接指向对几千年来的传统婚姻伦理观念的批判，其中洋溢着启蒙时期个性解放的色彩，在新世纪的地平线上发出"人之觉醒"的独异之声。作品开篇就借主人公如华之口倾诉了对旧的婚姻制度与伦理观念的不满：

他（孟子）说：世界上男婚女嫁，都要凭着父母之命，媒妁之言。否则，父母国人皆贱之！咦，他全不想男婚女嫁的事，在男女两面都有自主之权，岂是父母媒妁所能强来干涉的？……自从有了孟夫子这几句话，世界上一般好端端的男女，只为这几件事被父母专制政体所压伏，弄得一百个当中倒有九十九个成了怨偶……自古至今，死百死千，害了多少男女？就是我与我那意中人，也是被孟夫子害的！咳，我若晓得现在文明国一般自由结婚的规矩，我与我那意中人也不致受孟夫子的愚，被他害得这般地步了。[1]

这不啻是一篇讨伐"父母之命，媒妁之言"的传统婚姻制度和父母专制政体、倡导婚姻自主自由的宣言书！这声音来自启蒙时代，是在异域文化思潮启迪下，"人"的爱情自由、婚姻自主意识苏醒的表征。《禽海石》的基本叙事手法与《恨海》并没有太大的区别，但其叙事语义却发生了很大的变化。《恨海》的爱情故事包含对父母忠孝的主题因素，父母不是破坏个人爱情幸福的对立力量，因而在客观上并未触及传统婚姻制度和婚姻观念等问题。《禽海石》则敢于触动这一问题。如华的父亲一开始就以"同居须得避嫌，不便缔秦晋之好"为由，不同意这门姻缘，眼见儿子为这件事一病不起，没奈何才勉强同意。庚子之乱后，携子南归的如华之父听说顾家在京城倒了霉，就

[1]　符霖《禽海石》，《中国近代文学大系·小说集6》，上海书店1991年版，第861页。

自作主张，替儿子与一富家之女订了婚。可见其父亦是毁灭婚姻幸福的力量。而这种力量的背后，不仅有着君权至上、父权至上的观念基础，也有着深厚的道德传统和现实生活中世俗势力的支持。作品的叙述焦点就在这里。当然，小说文本的意蕴是多层面的。如前所述，该著还包含"借儿女言家国"的主题模式，但这种三题模式并不像《恨海》那样在小说的叙事中占据话语中心位置。在《恨海》中，"庚子事变"是毁灭爱情的主要力量，其爱情波折及其悲剧结局全是由这一起因造成的；而《禽海石》的批判锋芒主要针对不合理的旧的婚姻制度与伦理观念。

《情天劫》（1909 年）叙述的是两个受过新学教育的"文明青年"余光中、史湘纹追求婚姻自由，终致破灭的悲剧故事。这对"文明青年"对传统礼教的反抗态度比《禽海石》中的主人公更加坚决。余光中大胆追求已被父母许了人家的女同学史湘纹，湘纹也奋起抗争不幸的婚姻。二人顶着世俗的压力，私订婚约。在父亲病故、继母逼嫁的情况下，湘纹决意为改革婚制，以死相争，"告于天下父母，作自由结婚的纪念"[1]。她连夜给远在上海教书的余光中写信告别。光中带着这封已成遗书的信，痛苦万分地赶到苏州，只见黄土一抔，遂一恸气绝。就小说中男女主人公的行为方式来看，他们的抗争反映了近代启蒙主义思潮影响下个体意识的觉醒。其抗争的起点是爱情意识的觉醒，抗争的对象不仅是父母之命，也包括整个传统婚姻制度以及顽固而强大的世俗力量。小说中所包蕴的爱情、婚姻理想，正是这部小说的闪光之处和思想价值所在。

由此可见，《禽海石》和《情天劫》的爱情三题已不是一般的爱情婚姻问题，它触及了整个精神传统所支撑的婚姻体制问题。它们抨击旧的婚姻制度，批判陈腐的礼教秩序对两性情感的压制与束缚，渴望爱情自由、婚姻自主。这种"借儿女言自由"的主题模式，代表了那个时代人们对婚姻问题思考的最高水平。

《自由结婚》

（2）"借儿女言节义"

晚清小说家通过扩大言情小说的表现范围，使其形

---

[1] 东亚寄生：《情天劫》，上海蒋春记书庄 1909 年版，第 186 页。

成了"借儿女言家国"的主题模式。除此之外，他们还通过重新解释言情小说所言之"情"，形成了道德伦理面貌颇为保守的"借儿女言节义"的主题模式。作为晚清第一部理直气壮地为"写情小说"正名的长篇小说，《恨海》在开篇就对"情"字做了重新界定：

> 要知俗人说的情，但知道儿女私情是情；我说那与生俱来的情，是说先天种在心里，将来长大，没有一处用不着这个情字，但看他如何施展罢了：对于君国施展起来便是忠，对于父母施展起来便是孝，对于子女施展起来便是慈，对于朋友施展起来便是义。可见忠孝大节无不是从情字生出来的。至于那儿女之情，只可叫做痴；更有那不必用情，不用用情，他却浪用其情的，那个只可叫做魔。[1]

　　原来吴趼人所言之"情"，并非通常意义上的"儿女之情"，而是广义的符合传统伦理道德规范的以"忠孝慈义"为核心内蕴的大写的"情"字。此后，在标为"苦情小说"的《劫余灰》和标为"奇情小说"的《情变》中，吴趼人继续发挥这种广义的"写情"理论，并以之统领自己的"写情小说"创作。

　　《恨海》中的两个核心人物棣华与仲蔼是分别作为恪守传统道德的孝女节妇与孝子义夫的典型来塑造的。棣华具深情、明大礼、知进退，其割股疗亲的行为，可谓至孝；伯和染上恶习，堕落为洋场浪子后，她不仅没有半句怨言，反而倍加爱护、关切；伯和死后，她削发为尼，为其守节。陈仲蔼为了侍奉双亲，置生死于度外，坚持与父亲一起留守在随时都有生命危险的京城，可谓忠孝双全；他历经磨难，心中却从未改变对未婚妻王娟娟的一片真情；当他发现自己苦苦寻找的心上人竟然沦落风尘，一恸之下披发入山，不知所终。显然，《恨海》所塑造的这两个典型人物，在某种意义上已经成为作者表达自己道德观的一种符号，是其心目中可以改良社会、拯救世道人心的道德典范。《劫余灰》中的主人公婉贞更是以"忠孝节义"为核心的传统道德观念的化身。她用情于父母，用情于公婆，用情于未婚夫，也用

[1] 吴趼人：《恨海》，《吴趼人全集》第二卷，北方文艺出版社，1998年版，第3页。

情于丧尽天良的叔叔。她与陈畴尽管自幼相识，但绝没有达到相知相爱的地步。在陈畴失踪，自己又被叔叔骗卖到妓院的大灾变面前，婉贞拼死保住了自己的贞操，几经生死，历尽磨难回到家乡，不顾婆婆的嫌弃，到陈家守节。这不能说是为爱情所驱使，而是出于对传统贞节观念的尊奉。婆婆脾气不好，动辄迁怒于她，她毫无怨言，尽心尽力地侍奉公婆。这是出于恪守孝道的良好家教。她对叔叔的愚孝更是从伦理观念出发。她为陈畴苦苦守了二十年的节，替他尽了二十年的孝，而陈畴奇迹般的回来时，却带来了妻子和儿女。她不仅没有怨言，反而十分欢喜，还要让丈夫后来娶的妻子为正室。在著者看来，心如槁木死灰的守节之妇"那绝不动情之处，正是第一情长之处"[1]。而这正是吴趼人所说的"与生俱来的的情"，亦所谓"忠孝大节"。在这类"写情小说"中，小说家在主观意识上是排斥儿女私情的。"醉翁之意不在酒"，其真实用意，在于"借儿女言节义"。这种以"忠孝慈义"为其核心内蕴，以个人"小情"服从于社会"大情"的主题意向，是著者赋予《恨海》的更深层面的主题意蕴。这种主题意向不仅在晚清盛行一时，而且对民初以后的言情小说有着广泛的影响。

（3）"借儿女言自由"

晚清政治危机和民族危机的加剧，使得"小说界革命"时期的小说家具有很强的社会政治意识。反映在言情小说创作中，是努力扩大表现的范围，力图使言情与时代政治风云、家国民族命运挂上钩，避免单纯地为言情而言情。《恨海》《禽海石》等小说文本很典型地体现出这一时代特征。标榜"写情小说"的《恨海》，的确是围绕棣华与伯和，仲蔼与娟娟这两对恋人的爱情悲剧来展开故事情节的，但作者却将他们的爱情悲剧放置在庚子事变这一宏大的社会政治背景之下来表现，并且把聚焦的重点放置在表现国家民族的灾难对个人爱情命运的决定性影响上。这两对恋人本是青梅竹马、两小无猜，既有感情基础，又遵循"父母之命，媒妁之言"的传统婚姻制度。如果是在太平的环境中，他们无疑将有幸福美满的爱情婚姻生活，庚子事变使他们家破人亡，并拆散了他们的美好姻缘。伯和本来是个举止端庄的谦谦君子，在逃难途中对棣华也曾极尽体贴、关爱之情。与棣华母女离散

---

[1] 吴趼人：《恨海》,《吴趼人全集》第二卷，北方文艺出版社，1998年版，第3页。

之后，他孤身一人流落到上海，又交了辛术瑰（心术鬼）这样的坏朋友，这位涉世不深的富贵人家的公子哥才逐渐堕落成烟鬼无赖。娟娟原本美丽聪慧，活泼可爱，如果不是战乱中失去了父亲，如果不是流落到上海后母女俩生活无着落，自然也不会沦为娼女。作品还透过留守京城的仲蔼与出逃在外的伯和之眼，将镜头聚焦于庚子之乱中义和团的愚昧狂妄、杀人成性和洋鬼子的残暴跋扈、滥杀无辜，聚焦于京城和天津的平民百姓横遭屠戮、流离失所的惨象。这一取材倾向在客观上昭示人们：个人的幸福与国家的安危休戚相关，政治动乱、社会动荡是这两对主人公爱情悲剧的重要原因。

晚清言情小说作为二十世纪之初文化转型期产生的一种文学现象，只是介于古典与现代之间的一种过渡性存在。标榜"写情小说"，却并不以表现男女之间的真挚的爱情为聚焦中心，反而在"儿女之情"之外下功夫，形成了"借儿女言家国""借儿女言节义""借儿女言自由"等主题模式，这就是晚清言情小说奇特而尴尬的存在形态。如此看来，晚清言情小说的"情场"的确有些荒芜。其原因，应该从晚清特殊的社会、政治、文化背景及渐趋形成的文学市场和那个时代的读者接受心理中去寻找。

二、民初"言情"的言情小说

与晚清言情小说不重言情相反，民初的言情小说注重言情，代表性的作品有苏曼殊《断鸿零雁记》、徐枕亚《玉梨魂》、陈蝶仙的《泪珠缘》、李定夷的《美人福》、吴双热《孽冤镜》等。

（1）苏曼殊及其言情小说

苏曼殊（1884—1918），晚清作家、诗人、翻译家，广东香山（今广东中山）人。原名戬，字子谷，学名元瑛（亦作玄瑛），法号曼殊。曾留学日本，游历泰国、斯里兰卡等地。精通梵文、英文、日文、德文、法文。十六岁出家，开始风雨漂泊的一生。他是情僧、诗僧、画僧，也是革命僧人。加入过兴中会、光复会，参加了"抗俄义勇队"。1912 年起，他陆续创作的小说有《断鸿零雁记》《绛纱记》《焚剑记》《碎簪记》《非梦记》等数篇。这些都是言情之作，亦多为悲剧，感伤色彩浓厚，对后来的鸳鸯蝴蝶派小说产生了较大影响。

苏曼殊《断鸿零雁记》被誉为"民国初年第一部成功之作"。作者以第一人称写自己飘零的身世和悲剧性的爱情。孤苦伶仃的三郎幼年备受欺凌，长大后又历经坎坷，饱受身世之谜、情感之困的纠缠。他虽然身在佛门，仍然无法斩断情根，决定下山探求真相。东渡日本，母子重逢，其日本表姐静子悄悄爱上了他。母亲和姨母都赞成这门亲事，三郎也深深地爱上静子，却又犹豫不决，

苏曼殊

《断鸿零雁记》

对静子避而远之。三郎的中国未婚妻雪梅对他坚贞不渝，尽管雪梅之父由于三郎之父破产而悔婚，雪梅最后反抗父母逼她改嫁而绝食殉情。回国后的三郎无法找到雪梅之墓，只有凭吊雪梅故宅。三郎受不了这一连串的打击而再次出家。

（2）徐枕亚及其言情小说

徐枕亚（1889—1937），名觉，别署东海三郎、泣珠生等，江苏常熟人。近现代著名小说家、报人，被视为"鸳鸯蝴蝶派"祖师。辛亥革命时期加入南社，任上海《民权报》编辑，后入中华书局。1914年与刘铁冷等办《小说丛报》，任主编。1919年另创清华书局，编辑《小说季报》，后因营业不振，遂回故乡，贫病交迫而卒。其代表作是《玉梨魂》，此外还有《雪鸿泪史》《双鬟记》《余之妻》《刻骨相思记》《燕雁离魂记》《让婿记》《血泪黄浦》《鸳鸯花》《秋之魂》等小说。

《玉梨魂》是一部哀情小说，徐枕亚的成名作，也是鸳鸯蝴蝶派奠基之作，1912年在《民权报》连载，1913年由民权出版部发行单行本，再版达三十二次之多，销量十万多册，还被编为话剧，拍过电影等，风行一时，是民初影响很大的一部言情骈文小说。作品叙述了清末的一个哀婉的爱情悲剧。美貌多才的寡妇梨娘与儿子鹏郎的老师落魄书生何梦霞互相倾慕，因为封建礼教的束缚，梨娘强迫自己过着痛苦的守节生活。为了从感情与道德的冲突中摆脱出来，她说服梦霞与小姑崔筠倩订了婚约，自己则含恨而死。然而，何、崔两人并无感情，筠倩从嫂子的遗书中得知其自戕的原因，感激嫂子的良苦用心的

徐枕亚

《玉梨魂》

同时，又陷入梦霞另有所爱的痛苦中，一病而亡。备受打击的梦霞怅然迷茫，遂往日本留学，次年返国参加武昌起义，壮烈牺牲。《玉梨魂》的特点表现为，小说的主人公不再是传统的"才子"与"佳人"，而是作为"普通人"的落魄书生与美貌多才的寡妇；小说采用四六骈俪的文体形式，叙述语言虽是文言，却并不难懂；还穿插不少古典诗词，营造了绮丽哀婉、迷离怅惘的情调与氛围；小说采用了单一的情节结构，使得中心突出；叙事速度放慢，心理时间拉长；此外开端采用倒叙手法，人物突出细腻的心理活动。这些特点受西方小说的深刻影响，有模仿林译小说《巴黎茶花女遗事》的痕迹。

苏曼殊《断鸿零雁记》与徐枕亚《玉梨魂》是货真价实的言情小说，重在写哀怨之情，写男女恋人流不尽的眼泪，作品几乎营造了一个充满哀情的泪世界。

第五节   进取与堕落的"女界小说"

晚清，西方的人权观念输入华土，中国的女权运动也随之兴起，在"强国保种"的时代思潮中，社会不仅要破除男女不平等的等级观念，而且还要从女性生存与发展的整体规划以及实施的具体步骤上使女性逐步得到解放。女界成为知识分子关注的重点之一，男女作家不约而同地撰写了不少关于女界的小说作品。这些小说作品从时间上看，可以分为两个阶段，即晚清时期与民初时期。晚清时期，在种族革命与民族革命高涨背景下，女界小说的内容以国权民权女权为中心，从争取民族解放出发，塑造女英雄、女豪杰，甚至国民母的形象。1904 年亚特在《论铸造国民母》一文里说，"国无国民母所生之国民，则国将不国。故欲铸造国民，必先铸造国民母始"。这里的"国民母"不是一般意义上的母亲，而是一个隐喻，是指女性在民族国家建构自身的能动性。[1] 其次从"心""智""体"诸方面展开，"心"的方面表现为破除各种封建观念，尤其是男尊女卑观念、封建迷信观念，解放女性思想；"智"的方面表现为"兴女学"，提高女性的文化水平；"体"的方面表现为"废缠足"等严重损害女性身体健

---

[1]《辛亥革命前十年间时论选集》，第一卷下册，三联出版社，1963 年版，第 932 页。

康的陋习。民初时期，反满的种族革命任务基本完成，反帝的民族革命任务仍然十分艰巨。尤其是辛亥革命后，"汉官威仪"的局面始终没有出现，政坛上北方势力与南方势力交锋激烈，社会混乱，经济凋敝，人心涣散，各种黑暗现象层出不穷，女界也不能幸免。于是，这一时期的女界小说多半是暴露女界的各种丑恶现象与三教九流诸女性的丑恶行为。这里的"女界小说"不是指由女作家撰写的小说，而是指以女界为描述对象的小说。

一、争取男女平权

争取男女平权的女界小说，代表性的作品有思绮斋的《中国新女豪》（16 回）与《女子权》，以及王妙如的《女狱花》。

《中国新女豪》

《中国新女豪》讲述了留日女学生黄人瑞（字英娘）、盖群英、华其兴、辛纪元等人创办女子团体，提倡力争女权，力倡女学，经过曲折的经历最终达到目的的故事。在东京，中国女留学生成立了恢复女权会，华其兴被公举为会长，辛纪元为副会长，英娘为顾问员。她们把和平与强硬两种方式函告全国女学界，公定后实施。驻日公使李伯琢欲缉拿要人重办，黄英娘、华其兴、辛纪元三人争承责任，最后辛纪元挺身而出，华其兴规避回国，英娘谋划女界普及教育。由于辛不堪解差凌辱，蹈海而亡。消息传出，中国女留学界大为震动。潜归汉口的华其兴听闻噩耗，异常愤怒，乃仿俄罗斯革命党暗杀之法，东渡日本，在东京毒杀李公使，自己亦殒命。群英、英娘遍发传单，为辛、华开追悼会。群英、英娘纷纷演讲，英娘阐明恢复女权需从振兴女学及女子自治入手，改变强硬方针，以免重蹈覆辙。她的意见得到大家的认同。恢复女权会改为妇女自治会，英娘被推为会长。一方面，因为李公使之死，一部分京官主张用强硬手段镇压妇女争自由风潮；另一方面，国内舆论四起，同时以英娘为首的留日女学界联名上书，请求开放女权。英娘赢得众议员的支持。皇后求皇上革除恶习，并劝皇上派英娘出洋考察，试图学习西方治理女界的经验。归国后的英娘受到嘉奖，并被委以重任，监督京城女子工艺学堂。在皇上的恩准下，她与任自立自由结婚。

《女子权》以理想化的方式，描述中国"女界斯宾塞"贞娘为女子争取参政的历程，其中穿插她与少年军官邓述禹近似"柏拉图式"的爱情。最能体现她关于女权业绩的是其在天津为报馆撰写的女权论文，一时轰动遐迩。贞娘拟集资办报馆，举区某为总理，贞娘为主笔。其所办的报纸《国民报》产生很大影响。新疆伊犁妇女会暴动事件与《国民报》的女权宣传有密切关系。警察抄出了许多《国民报》，副主笔到案，主笔贞娘幸免。贞娘还趁万国女工会在美开会之机，在华侨中活动，寻求支持。归国后，她一边鼓动西方在华官方人员支持兴女权活动，一边上书争取女权。在诸多力量的交锋下，最后太后答应开放女子政权，贞娘被选任为宫廷女翻译官，并奉诏与邓述禹完婚。

王妙如（约 1877 —约 1903），名保福，字妙如，号西湖女士，浙江杭州人。王妙如生性聪慧，且嗜读书，二十三岁时和同乡罗景仁结婚，夫妻感情甚笃。罗景仁"予每自负得闺房益友，乃结缡未足四年，而竟溘然长逝矣。其生平所著之书，有《小桃园》传奇、《女狱花》小说、唱和集诗词，而《女狱花》一部尤为妙如得意之作"[1]。《女狱花》，章回小说，一名《红闺泪》，又名《闺阁豪杰谈》，十二回。叙两位女子为争取妇女解放所走的不同道路。侠女沙雪梅，才貌双全，却嫁了一位狭隘的酸秀才。其夫待她如奴，雪梅忍无可忍，将他误杀。雪梅入狱后结识了革命党人，待从牢里逃出，和他们一起进行暗杀活动。一日，遇见主张和平革命的许平权女士，两人话不投机。后雪梅终因革命失败而与其他七十多位革命女性一起自焚而亡。许平权留学日本归国后，与丈夫一起启民智、办女学，事业轰轰烈烈。此书对妇女所受的压迫作棒喝之声，有一定的进步意义。

王妙如　　　　　　　　《女狱花》

[1] 罗景仁：《〈女狱花〉跋》，《中国近代小说大系〈女子权〉〈侠义佳人〉〈女狱花〉》，南昌：百花洲文艺出版社，1993 年 9 月版，第 760 页。

女作家王妙如为身处男权社会的女性鸣不平，对女界的黑暗深表担忧，在她的代表作《女狱花》中，她从女性的视角出发，揭露了生活在以男性为中心的中国社会制度下女性的种种不幸和痛苦，并提出了妇女解放运动和争取女权的思想。作者在第一回开头写道：

> 沉沉女界二千年，惨雾愁云断复连；精卫无心填苦海，摆伦何日补晴天。
>
> 自由花已巴黎植，专制魔难祚命延；血雨腥风廿世纪，史臣先记女权篇。

这一首诗，乃是亚洲大陆的大国一个大豪杰所作。这人学贯中西，才冠古今，且有一种特别性质，于男权极盛的时代，竭力扩张女权。这些不仅交代了作者的创作原因和意图，而且也为下文主人公沙雪梅的梦境做了铺垫和解释。

从罗景仁写的跋和评语来看，王妙如不仅博学多才，而且很关心社会现实的改革，尤其是热心和关注妇女解放事业。"近日女界黑暗已至极点，自恨弱躯多病，不能如我佛释迦亲入地狱，普救众生，只得以秃笔残墨为棒喝之具。"[1] 可见王妙如想利用小说来唤醒女性，进而实现社会改革和拯救女性自身的目的。而文中在十二回中更是借许平权之口，说出"创作小说的主意"："妹妹近日看世界大势，移风易俗的莫妙于小说。世界的人，或有不看正书，决无不看小说的。因正书中深文曲笔，学问稍浅的人决不能看，即使看了亦是恹恹闷倦，惟小说中句句白话，无人不懂，且又具着嬉笑怒骂各种声口，最能令人解颐，不知不觉，将性质改变起来。"（第十二回）另外，《女狱花》的"叶女士序"中也有类似的表述："且小说为文学之上乘，风气之先声，最易提倡国民之思想，发达人心爱恶功力甚巨，……"[2]

《女狱花》这部小说写了沙雪梅、文仁洞、张柳娟、董奇簧、许平权、仇兰芷等多位觉醒的女性，不同的遭遇使得她们走上了不同的

---

[1] 罗景仁：《〈女狱花〉跋》，《中国近代小说大系〈女子权〉〈侠义佳人〉〈女狱花〉》，南昌：百花洲文艺出版社，1993 年 9 月版，第 760 页。
[2]《女狱花》的"叶女士序"，《中国近代小说大系〈女子权〉〈侠义佳人〉〈女狱花〉》，南昌：百花洲文艺出版社，1993 年 9 月版，第 702 页。

道路：沙雪梅由于婚姻不和睦而杀夫入狱，越狱后筹划革命，终因革命失败而与其他七十多位革命女性一起自焚而亡。张柳娟、仇兰芷等都是沙雪梅的同志和难友，张柳娟最初希望通过办妇女报刊来唤醒妇女，而仇兰芷只是一个与夫不合的普通妇女。小说中的文仁洞被视为中立派，她以著书为己任，想通过著书达到醒世的目的，并因此而独身，由于早夭而未能在沙雪梅和许平权之间做出选择。许平权和董奇簧在寻找救国之路时选择了出国留学，她俩结伴同行到日本，许平权学习师范，回国后创办女学，董奇簧则在日本学习医科，后又到美国考察医学，最后回国开办医学堂。小说主要刻画了沙雪梅和许平权两位女性形象。我们从小说中几位女性所选择的不同道路可以看出这些女性的先进意识，她们从各个方面积极寻找和探索救国的道路，她们博学多才、才智非凡，是为争取女权、独立自主地位而探索的女性杰出代表。尽管失败了，可是她们的积极思想还是值得肯定的。

二、塑造女豪杰形象

晚清的女界革命把塑造女国民作为重要目标。秋瑾在《精卫石·序》中呼吁女子脱离奴隶之范围，"作自由舞台之女杰、女英雄、女豪杰，其速继罗兰、马尼他、苏菲亚、批茶、如安而兴起焉"。她热切盼望女界之速振。这里的"罗兰"是指法国大革命时期的女英雄罗兰夫人，马尼他是意大利女豪杰，苏菲亚是贵族出身因刺杀沙皇二世而献身的俄国虚无党女英雄，"批茶"是指因创作《汤姆叔叔的小屋》而促进美国黑奴解放的女作家斯托夫人，"如安"是指英法战争中因抗击英军而牺牲的法国女英雄

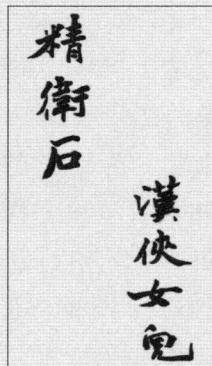

《精卫石》

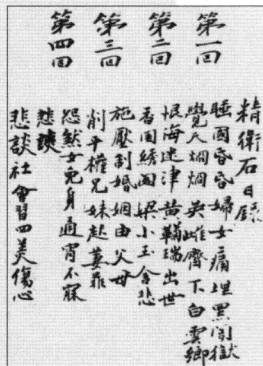

《精卫石》目录

贞德，她们成为晚清女界小说中塑造的女国民的英雄形象。

清末民初文坛翻译、创作了一批以民意党人为主要描写对象的虚无党小说，其中尤其以女虚无党人为描写对象的小说为最，作品如《东欧女豪杰》《女党人》《女虚无党》《虚无党之女》等。羽衣女士的

《新小说》

《东欧女豪杰》

《东欧女豪杰》以俄国虚无党为题材，以中国女性华明卿的游学经历为线索，叙写俄国虚无党领袖苏菲亚被捕前后的一系列经过。苏菲亚到乌拉尔矿厂去演说，从矿工眼下的生计出发，认为要谋生仅仅依靠一时的罢工不能解决根本问题，关键是要拥有足以维持生计的土地，而土地早在几代人之前就逐渐被贵族们瓜分了，平民没有土地。只有把土地全部收归国有，然后平均分配给平民，才是唯一的出路。也就是说，把目前的一个大私局变成一个大公局。她连续去演说好几天，还到各处村落宣讲，一个月后才离开乌拉尔向佐露州进发。不久，苏菲亚被俄国巡捕发现踪迹，很快被捕，其后是党人组织营救的动人事迹。作品猛烈抨击了封建专制制度，宣传了社会平等、政治自由的思想。华明卿等人以苏菲亚为学习的榜样。苏菲亚是俄国民意党女英雄，她参加了民意党人刺杀沙皇亚历山大二世的行动，在晚清中国进步青年中有很大影响。这与晚清的革命思潮密切相关，鲁迅在《祝中俄文字之交》中曾说："那时较为革命的青年，谁不知道俄国青年是革命的，暗杀的好手？尤其忘不掉的是苏菲亚，虽然大半也因为她是一位漂亮的姑娘。"[1]在清末，小说对专制主义的猛烈抨击，曾引起反对清朝封建统治的中国读者强烈的共鸣，而以俄国女虚无党人为主人公的小说尤受欢迎，这恐怕与当时女权思潮的兴起也有密切联系。从反对专制制度的俄国女豪杰到中国女豪杰，其内在的契合显而易见。作者借他人酒杯，浇自己心中块垒。因为当时清政府与帝俄一样，实行封建专制制度，对人民实行封建压制。另外，内忧加外患，人民生活在水深火热之中，国家处于亡国灭种的危险境地。这种社会现状激发知识分子"揭竿而起"。同时女界也发生革命风潮，她们要求与男子平等，要求参与社会与国家事务，为国为民发挥她们的作用。当时激进女性毫不掩饰自

[1] 鲁迅：《鲁迅全集》第四卷，人民文学出版社，2005年，第472页。

己的心态："你看那古今东西历史上英雄的招牌，都被他们男子汉占尽，我女孩们便数也数不上十个二十个。开口便道甚么大丈夫，甚么真男儿。难道不是丈夫，不是男儿，就在世界上、人类上分不得一个位置吗？这真算得我们最不平等的事了！"[1] 俄国的苏菲亚就是她们仿效的最好榜样。这部小说也反映了当时我国知识分子普遍存在虚无倾向。

三、破除女界的各种成规陋习

在西学的深刻影响下，晚清女界小说大力破除封建迷信和各种陈规陋习，揭露形形色色的愚弄民众的迷信活动的主要作品有《扫迷帚》《瞎骗奇闻》《玉佛缘》《弹词醒世缘》《临镜妆》等，反缠足的主要作品有《中国之女铜像》《天足引》等。这些小说"提倡女子进学校，反对缠足，主张妇女解放，并宣传迷信必须破除。这对当时的中国社会，是一帖有益的药剂"[2]。

《中国之女铜像》的女主人公胡仿兰尽管已是两个孩子的母亲，却在他弟弟象九的影响下，逐渐觉悟，并从事女子解放运动，以放足为首要任务。她主张女界改良，第一是"把缠脚的习惯除去"，"未缠的孩子们，永不去替她再缠；已缠的，也用药水洗刷，慢慢地放大，使她复原起来。能够使中国的女子是完完全全的天足了，不但可以做事生利，并且身子也可强健。女子强健了，以后生男育女，承秉母气，身子自然强了。所以这放脚，是第一层功夫"（第十三回）。第二，女子入学读书，需要达到中等程度，以便像西国女子那样当律师、主笔、编辑和教员等。她自己放足，也不替自己的女儿缠足，还去劝导邻居妇女。她的行为导致极端守旧的婆婆的大力反对与迫害。弟弟帮助仿兰得到家私的一半作为赔偿，并替她开创其理想的事业：放足会与开学堂。

《天足引》通过冯家两女不同的命运遭际，对比反映缠足与天足的利弊得失。姐姐冯十全相貌秀美，性格温顺恬静，小足纤纤，得宠富家，被娶为爱妻，然而她在突如其来的匪乱中步履艰难；妹妹冯双全性格活泼，识书达理，大脚翩翩，被嫁给贫寒之士余自立，而在匪

---

[1] 岭南羽衣女士：《东欧女豪杰》第一回，《新小说》1902 年第 1 期。
[2] 阿英：《小说一卷叙例》，《晚清文学丛钞·小说卷》（一卷），中华书局，1960 年，第 1 页。

乱中不仅自己精力充沛，行动灵活，还一路照应姐姐。作者借此告诉人们缠足的坏处，天足的好处。作者还幻想，朝廷推行新法，"不许缠足"为其中一端，自立、双全被树立为榜样。他们为推行新法立下汗马功劳，自立被任命为学部尚书，双全被封为一品夫人。作品的目的是开通风气，"普劝中国女人脱缠足之苦，享天足之乐"。其大意是"如敦孝友，除迷信，贱势利，贵自立，启新机"，"为女界放一光明"。

铁汉撰、可菴评的社会小说《临镜妆》发表在《小说林》1908年第 9—12 期上。《临镜妆》的"楔子"中讲述了两个故事，一个是愚人认不出镜子中的自己，另一个是愚人根本看不到玻璃（镜子）而撞得头破血流。这毫无疑问是隐喻，世界上的人，自己知道自己、了解自己的有几个？自以为是的人不用说，浑浑噩噩的人更是如此。中国女界的前途黑暗，女子大抵缠头裹足，竞争宠光，侍食调羹，借供驱使。受家庭之压制，几等于无罪囚徒；舍己之自由，竟作终身奴隶。"若要改良社会，必先家庭；若要改良家庭，全在女子。人人有自立的事业，自治的学问，便有自由的幸福。恰当先祛了这腐败的积习、无益的糜费。"（《临镜妆》第一回，《小说林》第九期）虽然各处讲求教育，兴办工艺，开通智识，改良风俗，给女子谋求自立自治的自由；但是迂腐的家长怕闹起家庭革命的思想，专制政府怕增加暗杀主义的助力，因此横生谤毁，任意摧残。作者在"楔子"中明确地说，根据一些材料，撰写一部名曰《临镜妆》的小说当作"镜子"，告诫读者"书上这些人当着化身，有则改之，无则加勉"（《临镜妆》第一回，《小说林》第九期），以促进妇女的进步与解放。

《小说林》第 9 期

《临镜妆》

四、揭露女界的各种丑恶现象

民国初期，社会乱象丛生，各界丑恶现象层出不穷，女界亦然。

作家在揭露社会各界丑恶现象时并没有忽视女界，由此而产生了一批暴露性的作品，如署名"新阳蹉跎子著"的《最新女界鬼域记》（1909 年，小说进步社出版），署"南浦慧珠女士"的《最近女界现形记》（1909—1910 年，新新小说社出版），署名"春江香梦词人编"的《最近女界秘密史》（1910 年上海新新小说社出版），署名"八宝王郎著"的《女界烂污史》，陆士谔的《女界风流史》与《女子骗术奇谈》等。

　　《最近女界现形记》以上海富家子弟福天星放官出京，与三个民间女子团体交往为线索，揭示了糍团会、文明女子总会及桃花会等女子会所的种种丑恶现象。福天星与其狐朋狗友戈松泉、潘品玉等人整天吃喝、上烟管、嫖女人，不务正业，经常参加各种女子团体的活动，蝇营狗苟，龌龊不堪。汉口有个糍团会总部，该会是个女子欢喜场，会员中不乏大家闺秀和小家碧玉。在头目周寡妇讲述会规的过程中，福天星听到了几个妓女的名字，他与戈二人兴致高涨，这正中周寡妇的下怀，于是她拿出一副鸳鸯谱，让他们挑

《最近女界现形记》

选，以供其寻欢作乐。福天星结识的官家弟子潘品玉也是个好色之徒，潘的好友余书城之妻黄金凤（后改名坤一）受女界革命的影响，创办文明女子总会，自任会长。她在外频繁参加女界活动，在家大谈新的礼节，甚至公开与潘品玉的亲昵关系。在挨了丈夫一巴掌后，她发动会员举办声讨大会，痛斥余书城侵犯妇女的自由权。余书城与潘品玉偷偷进入会场，想杀一杀女界的威风而未果。被迫入会的招待员苏亚菲与余书城一见钟情，苏向余透露黄金凤在外与男人鬼混的隐情，黄金凤因此退出文明女子总会。四百多名会员一致选举留日归来的女学生白璧和人气很旺的妓女梅爱春为会长。白璧不能久留，梅爱春则走马上任，她提出改革妓界的口号，并派遣与男人鬼混被逐出家门的赵月印赴外考察妓界情形，请福天星大讲妓界改良的必要性，文明女子总会可真"文明"。此外还有专门引诱寡妇和贫穷人家未婚女子供有钱人享用的桃花会。总之，糍团会、文明女子总会及桃花会都是藏污纳垢之所。

　　《最新女界鬼域记》，二卷共十回。已故津海关道方某的侧室燕娘

因出身勾栏，尽管她富贵艳美，但仍然为宫保大臣夫人所不齿，为了抬振名誉，她决定创办昌中女学。苏州某小镇老秀才之女莺娘入昌中女学，她最早认识同学沉鱼，两人趋"新"若鹜，讨论缠足与放足、盘辫与放辫。惧怕老父斥责，莺娘使用化学药水，使自己的双足成为"收也自由，放也自由"之足。莺娘上街买书，误买了本《男女新交合》；到戏院看戏，众人投来惊异的眼光。在学堂，因校长燕娘关于男女之防的告白，沉鱼十分愤怒，召集女生大闹学潮，迫使校长取消告白，并实行运动、上课、请假三大自由。苏省举行选举，学生要求选举权而被斥责，乃讨论成立选婿会。在北党学生举行集会声援被奸的刘姓女士之际，莺娘和沉鱼则在逛妓院。学满毕业，沉鱼上书要求像男界一样给予相应的功名，遭到斥责，于是拟办女学校。不管是燕娘创办昌中女学，还是沉鱼拟办女学，其真正动机与目的不是传播知识，而是为自己捞取最大的名利。

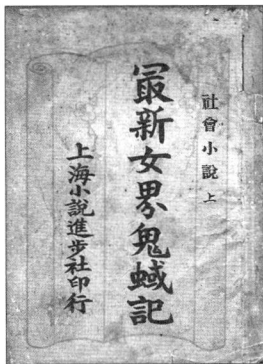

《最新女界鬼域记》

《最近女界秘密史》

《最近女界秘密史》专门描绘下流社会妇女的秘密史，包括妇女迷信家、妇女演说家、妇女理想家、妇女专制家、妇女文明家、妇女劳动家、妇女宗教家、妇女教育家、妇女革命家、妇女苦力家、妇女美术家、妇女野蛮家、妇女华贵家、妇女自由家、妇女侦探家、妇女开通家、妇女群学家等，可谓包罗万象。其主要内容为，下元节这天，在上海城隍庙，一群年轻女子装扮成女囚犯游街，富家女小青长相漂亮，出尽风头。奶妈徐大娘的女儿欢喜与小青摆龙门阵，无意中谈到跟踪小青的那两个男人。尾随小青的那个相貌一般的青年徐小鬼跟至园门口，正发傻时，与另一个痴男子撞个满怀。痴男子是个读书人，名叫香郎，自从那次听了小青关于女界改良的演说之后，他对小青垂涎三尺，以至魂不守舍。可是他担心受到自己亡妻灵魂的惩罚，原来他曾答应过死去的妻子，今后把小妾芝兰扶正。芝兰知道香郎无意扶正自己，只得成全他的好事，便把欢喜、小青送给自己的照片转送给香郎，香郎喜不自禁。欢喜与小青对香郎兴致均很高，可是香郎冷落了小青，只请欢喜赴宴。小青恨透了

徐小鬼，也恨自己不能赴宴。欢喜与香郎相见甚欢。作者对上海形形
色色的女流之辈的生活颇为熟悉，作品揭露并批判了这些男男女女肆
无忌惮地追求与满足自己的情欲的丑恶行为。

第三章

戏剧改良与新潮演剧

目前，学界在研究近现代戏剧时，往往把"话剧""新剧""新戏""文明戏""戏剧"混为一谈，其实这几个概念不管是外延还是内涵都是有区别的，如果不加区分，我们很难理清中国早期戏剧发展的真实状况。

"话剧"一词是最为流行的概念，学界已经达成共识，用这一概念来指称中国近现代以对话为主的戏剧。其实，这一概念出现较晚，直到 1928 年才提出并使用。该年 4 月，洪深鉴于中国早期话剧有"新剧""新戏""文明戏""戏剧"等多种称谓，在一次上海戏剧同仁的聚会上，洪深提议，将英文 drama 译为"话剧"，以取代其他各种不同称谓，并使这种新的戏剧形式区别于中国传统戏曲。洪深对话剧做了简单界定，他说"话剧是用那成片段的，剧中人的谈话所组成的戏剧"，并强调"对话"的重要性，突出对话在话剧中的核心地位，他说，"话剧的生命就是对话"。其提议得到了欧阳予倩、田汉等人的一致赞同，并逐渐流行开来。

但是，如果我们以"话剧"为核心，去检视中国近现代戏剧发展史，就会发现，复杂的戏剧演变过程被人为地简化了，以至于难以看到其清晰脉络。因为在 1928 年 4 月以前"话剧"这一概念在我国近代文献中根本就不存在，而"新剧""新戏"概念随处可见。为了还原历史，理清戏剧发展脉络，我们使用"新剧"一词。就笔者所知，"新剧"一词最早出现于 1904 年的《二十世纪大舞台》第 1 期，其

"文苑"栏目中刊登了佩忍（陈去病）的《偕光汉子观汪笑侬桃花扇新剧》《观缕金箱新剧》《偕笑侬观玫瑰花新剧》等文，该刊多次使用"新剧"一词。1907 年 9 月，春阳社在上海上演了《黑奴吁天录》，当时《申报》演出广告说"春阳社续演外国新剧"，"新剧"这个词再次出现。

改良戏曲的另一称谓是"新戏"，新戏概念在当时的所指既模糊又清晰。说它模糊，是因为戏曲和话剧都可以称为"新戏"。刊登在《月月小说》第 17 号（1908 年 6 月，戊申五月）上的《孽海花》是改良戏曲，该剧题头被人冠以"历史新戏"字样；而刊登于《小说月报》第 1 年第 4 号上的《故乡》，是一出话剧，目录上却称其为"改良新戏"，可见当时人们把二者看作是一回事了。"新戏"或"新剧"的概念在当时所指又很确定，因为它是相对于"旧戏"而提出来的，穿时装、演实事、用布景、追求写实的舞台情境，都与传统戏曲迥然有别。

晚清新剧改良运动，一方面在启蒙思想家的倡导下，一些戏曲家开始创作新传奇，这些戏剧作品不适合舞台演出，比较适合阅读，因而称为新案头剧。从演出实践来看，当时剧评家都认识到剧坛存在两种不同的"新戏"或"新剧"，即旧派新剧与新派新剧，前者是根据旧戏改良的新剧，后者为根据外国小说与戏剧改编及自创的新剧。秋风认为，流行的新剧剧本"一为新旧参合，一为纯粹新剧"；涛痕认为，"新戏"分两种，"一为无唱之新戏，一为有唱之新戏"。钱香如在《繁华杂志》发表文章称，"从前之新剧登场人物，左人右出，亦用锣鼓，谓之旧派新剧；现在之新剧用幕布围遮，幕开则人物已在……谓之新派新剧"[1]。旧派新剧以改良京戏为代表，新派新剧以所谓的话剧为代表。改良京戏的两位重要人物是早期的汪笑侬与后期的梅兰芳。在戏剧改良的浪潮中，为了适应时代和观众的需要，汪笑侬、夏月润、潘月樵等一批职业演员亲自对旧戏进行改造。改良了的旧戏通常被称为"时事新戏""时装新戏"或"洋装戏"，但其始终未能脱离旧剧的固有范围。

新剧家徐半梅认为，编演时事新戏可谓戏曲改良，观众与演员都

汪笑侬　　　　　夏月珊　　　　　夏月润　　　　　潘月樵

还没有完全适应，需要一段时间的磨合，在磨合期它与传统的表演习惯与欣赏心理不谐协是难免的。"观众们见伶人穿了西装登台，唱几句摇板，不中不西，不伦不类。一部分观众的心里，希望他们演这些戏剧时，索性蜕变为话剧，倒也爽快。而一班伶界中人，对这种戏，也有所不满。以为说白太多，唱工太少，锣鼓几乎用不着，舞台上冷清清，似乎太使观众们扫兴；而且伶人们还说：'我们唱戏的，吃的是唱戏饭。唱戏唱戏，要唱了才成戏；现在说白不用中州韵，几个人在台上摸来摸去，声息全无，成了影子戏了。'""他们的改革，后来也不过改造舞台，添加布景而已。他们并没有人肯把未来的话剧，由他们去干。所以话剧的产生，是日后完全由外行们肩任下去的。"[1] 新剧家徐半梅说得十分明确，伶人的京戏改良不可能使京戏完全走上话剧之道，只是使京戏适应时代的需要、观众的要求。对京戏"外行"的那些人，即具有西方现代戏剧修养的新剧家则很有可能使新派新剧完全走上话剧之道。在徐半梅看来，参与演新剧的人可以分为三类：一是从日本归国的留学生，如欧阳予倩、黄喃喃等；二是从外埠赴沪的，如王钟声、任天知、刘艺舟等；三是上海本地的戏剧爱好者。[2] 后来中国话剧进一步发展乃至成熟，这些人功不可没。

[1] 徐半梅：《话剧创始期回忆录》，中国戏剧出版社，1957年版，第2页。
[2] 徐半梅：《话剧创始期回忆录》，中国戏剧出版社，1957年，第28页。

文学的双重变革——清末民初文学史

第一节　春柳社及其启蒙新演剧

据朱双云《新剧史》记载，春柳社在东京演出的成功，在国内引起很大的反响，"各报亦多誉词。嗣是新剧于社会之益，人多知之。伶人之稍具思想者，亦相率规仿以趋时尚，时丹桂之《潘烈士投海》《惠兴女士》，春仙之《瓜种蓝因》《武士魂》等，并受欢迎"。于是，"新戏之价值日增，流至今日，而其风始昌"。

一、春柳社概略

19 世纪末 20 世纪初，中国社会处于资产阶级民主革命的前夜，各种思潮风起云涌，各种政治力量竞相角逐。一些在东京的中国留学生受到日本自由民权运动的影响，倾向革命。当时日本正兴起一种被称为"壮士剧"的新派剧，新派剧对许多留学生产生强烈的吸引力，他们十分痴迷，不仅观看新演剧，还拜日本新演剧家为师，认真学习，并试图成立自己的新演剧社，公演自己的新剧，以传播新知，宣传革命。春柳社就是这样的产物，《春柳派演艺部专章》中指出："欧美优伶，靡不学博洽多闻，大儒愧弗及。日本新派优伶，泰半学者，早稻田大学文艺协会有演剧部，教师生徒，皆献技焉。夫优伶之学行有如是，国家所以礼遇之者亦至隆厚，如英王、美大统领之于亨利阿文格（氏英人，前年死，英王、美大统领皆致词吊唁，葬遗骸于寺院，生时曾授文学博士与法律博士学位），日本西园寺候之于中村芝玩辈（今年二月，西园寺候宴名伶芝玩辈十余人于官邸，一时传为佳话），皆近世卓著也。"[1] 它表明了新潮演剧家受到隆重的礼遇，社会地位大大提高，由此春柳人改变传统视演员为低级下贱的"戏子"的旧观念，大胆追求新潮演剧，表现了自己的艺术情怀与政治抱负。

春柳社是一个以戏剧为主的综合性艺术团体，1906 年冬由中国留日学生李叔同（息霜）、曾孝谷组建于日本东京，以研究各种文艺为目的，并最先建立了演艺部。先后加入者有欧阳予倩、吴我尊、黄喃喃、李涛痕、马绛士、谢抗白、庄云石、陆镜若等人。春柳社被公认为中国话剧的开端，其戏剧活动可分为前后两个阶段。前期就是通常所说的"春柳社"，后期是指"新剧同志会"。该会由陆镜若于 1912 年在上海组建，最初参加的有马绛士、罗曼士、吴惠仁、蒋镜澄、姚镜明、陆露沙等。以后陆续参加的有吴我尊、欧阳予倩、胡恨生、董天涯、董天民、郑鹧鸪、冯叔鸾、管小髭、张冥飞、宋痴萍等。他们志同道合，生活严肃，演戏认真，很有事业心。[2] 欧阳予倩回忆说："可以这样说，自从常磐馆演出几个小戏之后，春柳社的戏剧活动就中止了；《热血》演出以后，申酉会的活动也停顿了。《热血》的演出因为息霜、孝谷都没参加，所以仍然用的是申酉会的名义，但尽管如此，镜若、我尊、抗白和我都是春柳社友，我们始终尊重春柳这个系统，申酉会不过是戊申、已酉之交一次临时演出所用的名称，可以说《热血》演出以后这个会也就没有了。一九一二年镜若、我尊回国，抗白没再干戏，另外有一个留学生，东北人马绛士，他和镜若、我尊等在上海组织了新剧同志会，由镜若主持其事，有不少在上海的青年参加了这个会。在演出的时候，仍然挂上'春柳剧场'这个招牌。所以我想把我们在日本演出的时候，作为前期春柳；回

陈镜若、马绛士、吴我尊、
欧阳予倩

---

[1]《春柳社演艺部专章》，《北新杂志》1907 年第 30 卷。
[2] 欧阳予倩：《回忆春柳》，《欧阳予倩戏剧论文集》，上海文艺出版社，1984 年，第 161 页。

国以后作为后期春柳，这样也还是切合实际的。"[1] 该会在上海新剧"甲寅中兴"之际还挂牌"春柳剧场"长时间公演。前期活动主要是1907—1909 年在日本东京的演出活动，影响最大的有 1907 年 6 月1 日、2 日的《黑奴吁天录》与 1909 年初夏的四幕话剧《热血》两次演出。后期的新剧同志会在 1912—1915 年间，以上海为中心，先后赴常州、苏州、无锡、长沙、杭州一带巡回演出，主要剧目有《家庭恩怨记》《不如归》《猛回头》《社会钟》等。

二、曾孝谷及其代表性的新演剧《黑奴吁天录》

春柳社正式公演的大型剧目是《黑奴吁天录》。该剧是由曾孝谷用口语根据林纾译本改编而成的五幕新剧，欧阳予倩称之为"可以看作中国话剧第一个创作的剧本"[2]。

曾孝谷（1873—1936），名延年，号存吴。四川成都人，中国早期话剧奠基人之一。毕业于浙江省两级师范学校，1906 年考取官费留日。他多才多艺，能诗会画。在东京期间，他与日本新派剧人交往甚密，在编剧与表演上都颇有成就，于 1906 年与李叔同等人共创春柳社，参照日本新派剧方法，表演新剧。辛亥革命后，在成都高等师范学校任教，不复登台。

《黑奴吁天录》的公演是春柳社最有代表性的一次创作活动。剧本由曾孝谷根据美国斯托夫人小说《汤姆叔叔的小屋》的林纾、魏易译本《黑奴吁天录》改编。林译本无视原作所谓基督教的博爱思想，突出黑人受压迫的悲惨境遇。曾孝谷又在林译本的基础上进行创造性再加工，突出了奴隶的反抗精神，体现了中国人民的民族思想。《春柳社开丁未演艺大会之趣意》表明了该社的宗旨，"演艺之事，关系于文明至巨。故本社创办伊始，特设专部，研究新旧戏曲。冀为吾国艺界改良之先导"。同时它还宣告了即将上演《黑奴吁天录》的重大消息，"春间虽于青年会扮演助善，颇辱同人喝彩；嗣复承海内外士夫交相赞助；本社值此事机，不敢放弃。兹定于六月初一日初二日，借本乡座举行丁未演艺大会，准于每日午后一时始开演《黑奴吁天

[1] 欧阳予倩：《回忆春柳》，《中国话剧运动五十年史料集（第一辑）》，中国戏剧出版社，1985年版，第 32 页。

[2] 欧阳予倩：《回忆春柳》，《欧阳予倩戏剧论文集》，上海文艺出版社，1984 年，第 148 页。

录》五幕，所有内容之概论及各幕
扮装人名，特列左方。大雅君子，
幸垂教焉"[1]。《黑奴吁天录》的剧情
如下：

《黑奴吁天录》

　　第一幕　解而培之邸宅
　　美洲绅士解而培，有女奴
意里赛，数年前妻哲而治生子
一，名小海雷。哲为韩德根家
奴，性刚烈，有才识，执役威
立森工厂有年，勤敏逾常人，威以是敬爱之。解又有奴曰汤
姆，忠正厚实，解遇之尤厚焉。是日有贩奴者海留来，解故
负海多金，逾期久未偿，海恶其迟滞，促之甚，解不获已，
允以汤姆为抵，海意犹未足，更请益焉。
　　第二幕　工厂纪念会
　　跳舞蹲蹲，音乐锵锵。威立森工厂特开纪念大会。来宾
纷至，解而培夫妇韩德根辈皆与焉，献技竞，威立森授哲而
治赏牌，韩德根怒阻之，来宾为之愕然。
　　第三幕　生离欤死别欤
　　解而培鬻汤姆小海雷二奴于海留，既署券矣，意里赛知
其事，泣述于夫人爱密柳前，爱亦为之涕下。旋哲而治来，
谓自工厂辞职归，韩遇之益虐，将远扬以避之。意里赛更述
鬻儿之事，夫妇相持哭之恸。
　　第四幕　汤姆门前之月色
　　狂歌有醉汉，迷途有少女。夜色深矣。意里赛子身携儿
出逃，便诣汤姆许，诉以近事，汤姆夫妇大愕，亦相持哭
之恸。
　　第五幕　雪崖之抗斗
　　哲而治既出奔，韩德根辈率健者追捕。哲走深山以避
之，时天寒大雪，困苦万状，忽见意里赛携儿来，悲喜交

[1] 欧阳予倩：《回忆春柳》，《欧阳予倩戏剧论文集》，上海文艺出版社，1984年，第143页。

集。未几健者侦至，哲奋死力斗之，卒获免于难。[1]

　　该剧的演员阵容比较庞大，主要人物的扮演为：存吴（即曾孝谷）扮演汤姆与韩德根，严刚扮演意里赛，莲笙扮演小海雷，兰客扮演女黑奴丑与小乔治，（谢）抗白扮演哲而治，（黄）喃喃扮演解而培，（李）涛痕扮演海留，我尊扮演威立森，齐裔扮演汤姆夫人，（李）息霜（即李叔同）扮演夫人爱密柳。莲笙本是欧阳予倩的艺名，但剧组认为欧阳予倩太大，不适合演小海雷，就临时物色了一个小孩，仍然用此名。兰客也是欧阳予倩的艺名，但仅用过这一次。次要人物的扮演不算，仅主要人物的扮演就可以看出该剧表演的宏大气势。

　　《黑奴吁天录》的演出与晚清思想启蒙运动密切相关。欧阳予倩曾在《回忆春柳》中说："根据这个戏分幕的情形可以看得出编者的意图：照斯托的小说着重在基督教的人道主义，极力描写汤姆信教的虔诚。在春社这个戏当中从头到尾没有涉及宗教思想。还有一点就是原书的结尾是解放黑奴，而这个戏的结尾却是黑人杀死几个奴贩子逃走了，以战斗的胜利闭幕，这在观众中获得很好的效果。"[2] 积弱积贫的旧中国内忧外患，民族救亡是当务之急，严复、梁启超等启蒙思想家早已发起文化启蒙运动，春柳社同人也积极投身其中，通过新潮演剧唤起国人的民族觉醒。这次演出在东京引起了轰动，其影响达于国内。不久春阳社在上海重新演出《黑奴吁天录》。

三、陆镜若及其代表性的新演剧《热血》

　　1909 年夏，春柳社又在东京以申酉会的名义公演了第二出大戏四幕话剧《热血》（又名《热泪》），其原名为《女优杜斯卡》，是法国浪漫派作家萨尔都创作的剧本，由陆镜若根据日本田菊町的编译本编写而成。

　　陆镜若（1885—1915），原名辅，字扶轩，艺名镜若，江苏武进（今常州）人。我国话剧奠基人之一。早年留学日本，就读于东京帝国大学文科，其间曾入日本新派剧俳优学校学习表演、舞台艺术，活

---

[1] 欧阳予倩：《回忆春柳》，《欧阳予倩戏剧论文集》，上海文艺出版社，1984 年，第 144—146 页。

[2] 欧阳予倩：《回忆春柳》，《欧阳予倩戏剧论文集》，上海文艺出版社，1984 年，第 146 页。

跃于日本新剧舞台，与新剧家交往甚密。包天笑曾说，陆镜若"醉心于新派剧"多年，"尝负笈从日本坪内逍遥博士游，盖其心摹神追于欧西演艺，得其神髓矣"。[1] 欧阳予倩认为，在他们一伙人当中只有陆镜若研究过戏剧文学。陆镜若和藤泽浅二郎不仅是朋友，而且是师生。"他心所倾向就不顾一切去干，拜一个日本新派演员作先生，学演新戏，留学生里只有他一个。他过过日本的舞台生活，所以他的东京话，非常纯粹。"[2] 他还回忆道："镜若在藤泽浅二郎所设的俳优学校学习过，以后他参加了早稻田大学的文艺协会，曾经和岛村抱月、松井须磨子还有现在早稻田大学演剧博物馆馆长河竹繁俊在一起，他还在《哈姆雷特》里扮演过一个兵士。他在俳优学校的时候，学习的是新派戏——新派是对日本歌舞伎说的，认为歌舞伎是旧派，这正和我们当时叫话剧为新戏，叫中国原有的戏为旧戏是一样的意思。镜若倾心于新派，所以他对日本的歌舞伎并没有什么研究，及至进了文艺协会，对西洋的古典剧尤其是莎士比亚的戏发生了很大的兴趣。岛村抱月、松井须磨子演《复活》获得很大的成功，镜若看到这个戏，同时又读了一些易卜生的剧本，他便倾向于文艺协会的做法。回国以后，他很想搞莎士比亚，他也想演俄罗斯古典剧，他还想一步一步介绍现实主义的欧洲近代剧。可是他想的很多，而事实上他仅仅介绍了日本的新戏。"[3] 1907 年冬，陆镜若参加春柳社。1910 年夏，他在上海与王钟声、徐半梅及其他新剧爱好者在张园组织为期三周的新剧公演，剧目有《爱海波》《猛回头》。次年他又与春柳社同人黄喃喃排演了陆镜若译编的七幕剧《社会钟》。新剧家朱双云说，"《家庭恩怨记》之王伯良、《猛回头》剧金刚"都是陆镜若的"得意之作"[4]。1912 年年初，陆镜若在上海召集马绛士、吴我尊、欧阳予倩等原"春柳社"骨干，又吸收了些新成员，组织"新剧同志会"。1914 年易名春柳剧场，开演于谋得利剧场，"以《不如归》《社会钟》《热血》《猛回头》《爱欲海》《浮云》诸名剧，与社会相见，陈义高尚，识者

[1] 包天笑：《社会钟·附序》，王卫民编：《中国早期话剧选》，北京：中国戏剧出版社，1989 年，第 305 页。

[2] 欧阳予倩：《自我演戏以来》，《欧阳予倩全集》第 6 卷，上海文艺出版社，1990 年，第 15 页。

[3] 欧阳予倩：《回忆春柳》，《中国话剧五十年史料集》（第一辑），中国戏剧出版社，1985 年版，第 34 页。

[4] 朱双云：《新剧史》，上海：新剧小说社，1914 年，第 9 页。

陆镜若　　　　　　欧阳予倩

许之，独不得于贩夫走卒，生涯因不敌他人之所谓新剧者，或劝君损格以谐俗，君绝然曰：谐俗与春柳之旨不相容……"[1]。新剧同志会保持着原"春柳社"的基本风格。1915 年秋，陆镜若因病去世，新剧同志会也随之解体。

《热血》的基本剧情如下：

第一幕　画师露兰与罗马女优杜斯卡相爱，遂结婚。露兰素愤罗马贵族专横，因与革命党友善。党人亨利，被捕论死。其姐爱米里亚，赂狱卒，私纵之出，约会于野外古庙中。爱米里亚先至，恰值露兰在庙外图写郊景，露兰凤钦爱米里亚美，遂图其像为自由神。亨利复至，露兰助之易装，而杜斯卡适来，见绘像，以为露兰有二心。露兰力辩解，杜斯卡终怏怏而去，露遂携亨利归家。而警察总监保罗（亦爱恋杜斯卡者，与露兰为情敌。）率人来追捕，拾得爱米里亚扇，及露兰画具，遂知亨利与露兰，必有关系。

第二幕　亨利谋去罗马，爱米里亚来，与之为别，且告以事急，速之行。爱米里亚遂归，露兰送之门外，而杜斯卡来见之，诘问甚苦，且出爱米里亚所遗扇，以证其有二心。（扇盖保罗所交与杜司克者，盖将借杜斯卡之妒意，以侦知亨利之所在也。）露兰无辞以自明，杜斯卡大愤，欲与之离异。亨利乃出而解纷（时亨利避复壁中），杜斯卡乃愧悔请罪，且述保罗离间渠夫妇之言未毕，而保罗来捕亨利。露兰藏亨利于井中，保罗搜之不得，严刑露兰，死而复苏者再。杜斯卡不忍视，遂言亨利所隐处，保罗均捕之去。

第三幕　杜斯卡欲倾家赎露兰，保罗不允，且嘲谑之。又命执露兰来，击以空枪，以胁杜斯卡之从己也。杜斯卡知

[1] 痴萍：《陆镜若传》，剑云：《鞠部丛刊》上卷，交通图书馆，1918 年 11 月，第 38 页。

其诈伪，遂乘间刺杀保罗而逃。

第四幕　杜斯卡觅至刑场，将伪传保罗命，释露兰和亨利。至则二人已先毙命，杜斯卡大哭呼天，自投崖下以死。[1]

陆镜若扮演画家露兰，欧阳予倩扮演女优杜斯卡，陆露沙扮演革命少年亨利，吴毅民扮演亨利的姐姐爱米里亚，吴我尊扮演警察总监保罗，马二先生扮演惠而勤。《申报》广告称，该剧为法国革命剧，内容为"一革命党少年与一女优情好甚笃，厥后，少年以国事嫌疑被逮。女优不惜牺牲名誉，乞援当道。其中描写政府之横暴，爱情之波折，英雄儿女，悲壮缠绵。加以春柳旧同志，吴我尊、欧阳予倩、陆露沙三君联袂登台。……人才极上上之选，珠玉交辉，敢谓春柳外决非他家所能演。并新制西洋布景及罗马古代装束，耳目一新，精采焕发……"（《申报》1915 年 6 月 5 日（农历四月廿三日）广告）。欧阳予倩是前期春柳社的重要成员，著名的旦角扮演者，为中国话剧事业立下汗马功劳。

欧阳予倩（1889—1962），现代著名戏剧、电影艺术家、中国话剧运动创始人之一。原名立袁，号南杰，艺名莲笙、兰客，笔名春柳、桃花不疑庵主。湖南浏阳人，出生于官宦家庭，祖父是具有民主思想的学者，自幼随之读书，颇受其影响。1902 年留学日本，先加入春柳社，又与陆镜若先后组织新剧同志会、春柳剧场，演出鼓吹革命反对封建的新剧。1916 年起，致力于传统戏曲的继承和改革工作，参加京剧演出达 15 年，先后编演了《卧薪尝胆》《黛玉葬花》《晴雯补裘》《人面桃花》等京剧。当时与梅兰芳齐名，曾有"南欧北梅"之誉。1919 年创办南通伶工学社。1922 年参加戏剧协社，写出独幕话剧《泼妇》《回家以后》。1926 年加入南国社，创作剧本《潘金莲》等。1931 年加入"左联"，抗战时期编写历史剧《忠王李秀成》等。新中国成立后，担任中央戏剧学院院长。

"《热血》的演出比《黑奴吁天录》的演出在某些方面是有进步的。这个戏的演出形式，作为一个话剧，比《黑奴吁天录》更整齐更

---

[1] 陈丁沙：《春柳社史记》，《中国话剧史料集》（第一集），北京：文化艺术出版社，1987 年，第 28—29 页。

纯粹一些，——完全依照剧本，每一幕的衔接很紧；故事的排列、情节的发展、人物的安排比较集中；动作是贯串的，没有多余的不合理的穿插，没有临时强加的人物，没有故意迎合观众的噱头，在表演方面也没有过分的夸张。"[1]

《热血》的演出在日本的反应异常冷淡，各种报纸几乎没有任何剧评。然而，该剧在中国留学生中博得很高的评价，"说这个戏真正可称为社会教育"，"尤其是同盟会员，认为这次演出给了革命青年很大的鼓励"。[2] 张庚在《中国话剧运动史初稿》第一章中指出：该剧存在一种浪漫主义的气氛，"如放走革命党，年轻美丽的女人刺杀反动统治者，慷慨就义和为爱情而牺牲等，对于当时革命者和革命知识分子来说，都是他们理想中的典型事情"，"这样的戏在当时就很能鼓动革命情绪"。也就是说，该剧与风起云涌的革命形势相吻合，并促进了革命形势的高涨。剧中革命党人越狱，同反动当局展开不屈不挠的斗争，最后英勇牺牲，这一情节在当时具有极强的鼓动性，观众为之呼喊。后来，由于中国公使的干预而被迫停演。欧阳予倩曾说："这个戏（按：指《热血》）演了之后，许多人都说我们为革命宣传，其实那个时候，我们多少还是为艺术而艺术。可是同盟会的朋友，却大加赞许。那几天加入同盟的有四十余人，有人就故甚其词说完全是受了这出戏的感动。或者有之，我却不大相信。"[3] 这从侧面反映了该剧对高涨的革命运动发挥了重要的促进作用。

四、陆镜若的其他新演剧

陆镜若其他的重要新演剧还有不少，这里简要介绍《家庭恩怨记》与《社会钟》两部。1912 年农历三月，"新剧同志会"在张园演出了陆镜若编剧的七幕剧《家庭恩怨记》。该剧是一出家庭社会悲剧，共七幕，由陆镜若自编、自导，并亲自挂帅上演。每幕主要情节大致为第一幕：前清军官王伯良在辛亥革命中携公款潜逃，回家乡途中经过上海，在梁玉如怂恿下娶名妓小桃红为妾。第二幕：小桃红跟随王伯良到苏州老家后仍与原相好李简斋私下幽会并密谋，及重申、

［1］欧阳予倩：《回忆春柳》，《欧阳予倩戏剧论文集》，上海文艺出版社，1984 年，第 159 页。
［2］欧阳予倩：《回忆春柳》，《欧阳予倩戏剧论文集》，上海文艺出版社，1984 年，第 160 页。
［3］［日］中村忠行：《春柳社逸史稿（二）》，中央戏剧学院学报《戏剧》2004 年第 4 期。

梅仙之谈话。两人的私情偶尔被王伯良前妻之子重申和其未婚妻梅仙识别。第三幕：王伯良之诞辰。私情被泄，小桃红就在王伯良生日宴会的酒中下毒，企图害死重申，未遂。第四幕：小桃红诬重申毒父，还诬陷重申调戏她。伯良偏听，震怒，欲赶重申出门。第五幕：重申想向父亲辩解，父亲大醉，

《家庭恩怨记》剧照

无意辩解，重申绝望自杀。第六幕：梅仙痛夫成痫，伯良感梦，及李简斋被执复逸。第七幕：王伯良得知事情真相后，后悔莫及，便手刃小桃红。王伯良万念俱灰，把全部家产捐给了上海的孤儿院，自杀未遂，乃决定重新从军，为国效力。[1]

　　该剧具有很强的现实针对性，希望一些在革命过程中出现的暴发户，改过从新，多为国家为社会做贡献。"辛亥革命的时候，是有一些那种所谓'司令'之类的军官，捞到了一笔冤枉钱，就成了暴发户。一到上海首先从堂子里娶个姨太太，可是这些人的钱易来易去，大多数好景不常，镜若这个戏描写了这种人。他认为像王伯良这样的人脑筋简单、知识浅薄，但是性格比较爽快，心地比较单纯，尽管他会做些糊涂事，经过一番打击之后，也可能幡然改悔从新做人。他用一分好心肠给了这样的人一点可能有的希望，希望他们在社会上做点好事，还希望他们能够爱国。同时那一类的家庭变故在中国的封建社会里并不生疏。在那个时候用一种新的戏剧艺术形式，好像真的生活一样生动地表演出来，而且有些场面相当动人，就无怪其会受到当时观众的欢迎。这个戏悲剧的气氛比较强烈，而作者的态度是温和的。那时候的观众大多数是属于中上层社会的，还有就是学生、小市民，对他们说这个戏也比较容易接受。"[2]

---

[1] 参见陈丁沙：《春柳社史记》，《中国话剧史料集》（第一集），北京：文化艺术出版社，1987年，第42页。

[2] 欧阳予倩：《回忆春柳》，《欧阳予倩戏剧论文集》，上海文艺出版社，1984年，第163—164页。

　　《社会钟》由陆镜若根据日本新剧改译。其剧情概要为：某村落贫苦农民出身的石大被人骂为"强盗"。父母辛勤劳动，一家人仍然不得温饱。其母在生下女儿秋兰及先天不足的幼子石二后不幸去世，其父沿街乞讨，抚养三孩。某日因窃牛乳喂子，被人发觉，全家被逐。石父被迫流浪，艰难抚养孩子长大。石父病倒，石大挑起生活重担，为了全家生计，有时偷了一点小东西，就被当地人骂为"强盗"。石父临终，告诫石大痛要改前非，重做新人。当时社会"好人"难做，悲剧由此而生。地主绅士左元襄利用神权、族权愚弄欺骗乡民起家。其妻早故，其女巧官当家。音乐师胡良与巧官有染，胡为了觊觎左家财产，唆使巧官嫉妒异母弟弟之明。石大三妹秋兰为生活所迫，押在左家作婢。秋兰与之明相恋，为胡所知，胡乃利用族权将之明逐出左家，秋兰同时被逐。其后秋兰与之明在左家庙前相遇，遂私订婚约。其时，胡良诱惑巧官卷产而逃，巧官途中遭弃，争持间，恰遇石大，石大拔刀相助。之明发现秋兰竟是盗贼之妹，废除婚约，秋兰悲痛欲绝。全家被逼得无法生存。石大被捕后，他挣脱束缚，杀死三个押解的人，放火烧毁了庙里的钟楼，先把饿得奄奄一息的秋兰和石二杀死，自己以头猛撞大钟，高呼"快天亮了"而死。[1]

　　该剧是一出社会批判剧，猛烈批判了不合理的社会。石大一家的悲剧既是家庭悲剧，更是社会悲剧。贫穷是其悲剧的原因之一，而社会的罪恶是其悲剧的原因之二，或者说是更重要的原因。如果石大在艰难困苦中受到社会的微薄援助，特别是精神上的鼓励，故事的结局很可能完全相反。包天笑曾说，《社会钟》"大旨以描绘社会惨毒，其陷入于阱者，遂致无力足以自拔。我见欧美文彦，于此类著作颇夥，良以道德法律之程度，殊未足以维系人类。彼白族犹然，矧其为吾国乎？则不平之感，奚其有垠耶？开幕有日，必为有识者所欢迎。顾我意吾国今日人谓新剧，虽遭挫跌，实则叶公好龙，本非真龙。艺术进步，大势所趋，此业宁有不达之日？"[2] 由此可见，社会改革的任务既繁重，更迫在眉睫。

[1] 陈丁沙：《春柳社史记》，《中国话剧史料集》（第一集），北京：文化艺术出版社，1987年，第43—44页。
[2] 包天笑：《社会钟·附序》，王卫民编：《中国早期话剧选》，北京：中国戏剧出版社，1989年，第305页。

　　总之，春柳同人"对艺术的态度要算严肃的，处世的态度也是自爱的，没有什么庸俗的倾向，但不免有高雅出群的味道。镜若领导同志会，他曾经提出两种面孔：庄严的面孔和和蔼的面孔。他说对艺术要庄严，对人要和蔼。以和蔼的态度同人合作，以庄严的态度实现艺术的理想"[1]。春柳社的新演剧产生强烈的社会反响，如《家庭恩怨记》在湖南演出产生强烈的轰动，"一出《家庭恩怨记》，就把人看疯了。尽管下大雨，门前的轿子进来了的退不出去，外面的进不来，女客撑着伞在门外，开幕前两三小时就等起的不知若干。真可谓极盛一时。"[2] 春柳社的新演剧兼顾思想性与艺术性，二者没有偏废，它蕴含的思想价值符合时代需要，它的艺术价值具有前瞻性，为中国话剧开辟了新天地。朱双云说："新剧同志会所演出的话剧，其姿态距离成熟时期的话剧很近，虽非全有剧本，但重要的台词是固定的。而它的名作如《不如归》《社会钟》《热血》《家庭恩怨记》等都有剧本。……对话完全国语，决没有当时其它团体之国语、苏州语与南京、上海语之杂然并作的弊病。"[3] 春柳社推出了一系列演出活动不仅受到了社会观众的欢迎，而且得到了学界的首肯。中国话剧以春柳社的创立为开端再恰当不过了。

---

[1] 欧阳予倩：《回忆春柳》，《欧阳予倩戏剧论文集》，上海文艺出版社，1984 年，第 168—169 页。

[2] 欧阳予倩：《自我演戏以来》，《欧阳予倩全集》第 6 卷，上海文艺出版社，1990 年，第 32 页。

[3] 朱双云：《初期职业话剧史料》，重庆：独立出版社，1942 年 6 月初版，第 23 页。

第二节　春阳社及其启蒙新演剧

一、春阳社概略

春阳社是继春柳社之后的第二个新剧团体，是国内最早的话剧专业演出团体，清光绪三十三年（1907 年）10 月在马湘伯、沈仲礼等的资助下由王钟声创办于上海。主要成员有徐半梅、萧天呆、陈镜花等。陈镜花是生活的有心人，在姊妹花中认真观察；更是剧场中的优秀表演家，他扮演的一些妇女十分形象逼真。正如新剧批评家朱双云所言："镜花在新剧界中，可谓老斩轮手，化装极佳，饰中年妇人之泼者，描摹入微，淫荡神气，亦多可称。《家庭惨史》之某氏、《马介甫》之尹氏、《义弟武松》之潘金莲，是其得意之作。"[1] 创社伊始，该社就在上海南市永锡堂演出由许啸天改编的《黑奴吁天录》，同年10—11 月在 A·D·C 戏院再演，才产生一定社会影响。不久，在辛家花园演出《张汶祥刺马》等剧。其间，王钟声等人在上海创办通鉴学校。光绪三十四年（1908 年）4 月剧社与学校联合，以通鉴学校的名义在春仙茶园演出《迦茵小传》。其后，王钟声率领人马到苏

---

[1] 朱双云：《新剧史》，上海：新剧小说社，1914 年，第 16 页。

州、杭州等地巡演，并回沪继续演出，因上座率不高，入不敷出，剧社宣告解散。[1]

春阳社编演过的剧目有：《黑奴吁天录》《宦海潮》《官场现形记》《孽海花》《爱国血》《禽海石》《新茶花》《爱海波》《仇情记》《剑底鸳鸯》《革命家庭》《社会阶级》《秋瑾》《徐锡麟》等。他们的新演剧与风起云涌的革命形势相呼应，促进了革命形势的进一步高涨，颇受观众的青睐，其中许多剧目风行一时。[2]

春阳社旧址浙绍会馆永锡堂

二、王钟声与《黑奴吁天录》和《迦茵小传》的公演

1907 年 10 月，王钟声在上海组织春阳社，在兰心大戏院举行首次公演，演出许啸天编剧的《黑奴吁天录》，"这个戏是第一次用分幕的方法编剧、用布景、在剧场里作大规模的演出，尽管演出并不十分成功，而且还有很多缺点，还是应当把这一次的演出作为话剧在中国的开场。"[3]

王钟声（1880—1911），原名槐清，字熙普，号钟声，浙江上虞人，出身于仕宦之家。自幼聪颖，曾出国留学，归来后仕途不畅，乃致力于新剧运动。他是辛亥革命时期著名的活动家，具有革命思想，并投身于革命宣传活动。他认为，宣传革命的办法主要有办报与改良戏剧两种。创办春阳社的主要目的不是像春柳社那样出于纯粹的艺术目的，而是传播革命思想。瘦月所写的《新剧伟人王钟声》记载："癸卯，适虏廷禁烟，令严，海上屡次查获私土，拟聚烧之张园，以除民害。君闻之，翩然来沪登台演说，言词痛快淋漓，在座千余人鼓掌之声如雷，由是而王钟声三字遂大噪于上海。当时沈敦和、马湘伯诸君正思创办文明新戏，而苦无其人为之臂助，是日亦在座，亲聆君伟论，大为叹服，遂邀君同任组织春阳社事，君慨然允之。"[4] 王钟

[1] 李晓主编：《上海话剧志》，上海：百家出版社，2002 年，第 91—92 页。
[2] 欧阳予倩：《谈文明戏》，《欧阳予倩戏剧论文集》，上海文艺出版社，1984 年，第 185 页。
[3] 欧阳予倩：《谈文明戏》，《欧阳予倩戏剧论文集》，上海文艺出版社，1984 年，第 178—179 页。
[4] 瘦月：《新剧伟人王钟声》，《新剧杂志》第 1 期，1914 年 5 月 1 日。

王钟声

《黑奴吁天录》全体演职人员合影

声具有强烈的民族革命思想，曾宣称："中国要富强，必须革命；革命要靠宣传，宣传的办法，一是办报，二是改良戏剧。"[1] 王钟声"是个不拘小节的、手腕异常灵敏的活动分子，但他从春阳社演出之后，对戏剧发生了很大的兴趣。他很聪明，长于言辞，说话很有煽动力，能吸引人的注意，所以他一上台就能引起观众的共鸣"[2]。王钟声革命热情很高，不仅在舞台上积极宣传，还在军界积极活动，不料事泄，1911 年王钟声在天津遇害。据徐半梅的说法，辛亥革命之后，王钟声到天津去看他的连襟汪笑侬，"他一到笑侬寓所，拿出身边的手枪和子弹等物来给笑侬看，告诉他说：'此番我到天津来，目的是要起义'；哪里知道笑侬家里的烟铺上正躺着一个陌生人。此人非别，就是袁世凯的次子克文（寒云）。王钟声到底是个粗心人，竟敢随随便便乱说，于是王钟声当夜就被捕，给警察厅长杨以德弄死了。据说：尸身是投在一口井内的"[3]。随后该社解体。

关于这次演出，徐半梅回忆说："登场人物，全穿新制西装，……不过剧题虽称《黑奴吁天录》，而台上出现的男女老幼黑奴，个个都是白面孔。因为这班演员，大部分是小白脸，抱出风头主义，谁都不肯把脸上涂黑，连王钟声自己，也扮了一个白皮肤的黑奴。……于是大家只好不顾剧情，演成了《白奴吁天录》，真使观众莫名其妙。"[4]

[1] 转引自梅兰芳：《戏剧界参加辛亥革命的几件事》，《中国近代文学论文集·戏剧民间文学卷》（1949—1979），北京：中国社会科学出版社，1982 年，第 1095 页。
[2] 欧阳予倩：《谈文明戏》，《欧阳予倩戏剧论文集》，上海文艺出版社，1984 年，第 179 页。
[3] 徐半梅：《话剧创始期回忆录》，中国戏剧出版社，1957 年版，第 44 页。
[4] 徐半梅：《话剧创始期回忆录》，中国戏剧出版社，1957 年，第 18 页。

但这个戏的演出还是有些特点的："一、戏是分幕的。与京戏班中所演一场一场连续不已的新戏，完全不同；但观众嫌闭幕的时间太无聊。二、台上是用布景的。一般的观众，一向在旧戏院中，除了《洛阳桥》《斗牛宫》等灯彩戏里有些彩头外，这确是初次看见，而且兰心的灯光，配置得极好，当然

徐半梅及其夫人

徐半梅所著的
《话剧创时期的回忆》

能使台下人惊叹不止。这一天，伶界中也很有几个人去参观。""足以使人惊叹的，只有布景；戏的本身，仍与皮簧新戏无异，而且也用锣鼓，也唱皮簧，各人登场，甚至用引子或上场白或数板等等花样，最滑稽的，是也有人扬鞭登场。一切全学京戏格式，演来当然还不及京班，所以毫无结果，实在还谈不到成绩，连模仿京班的新戏，还够不上。"[1] 总之，春阳社《黑奴吁天录》的演出，一方面用锣鼓、唱皮簧等传统戏剧表演方式，另一方面开始采用分幕、对白，以及舞台灯光、布景、逼真的服饰等欧洲戏剧形式，引起极大的社会反响，是国内第一个早期话剧剧目。

1908 年初，王钟声与任天知在上海合作演出了根据英国作家哈葛德著名小说改编的《迦茵小传》。其剧情为：啬人胡德成因债务强迫儿子体乾与债主来文杰女儿碧纹成婚。体乾在回家途中偶遇迦茵，产生感情，私订了婚约。胡德成因此气愤而死。迦茵远避他乡，思念体乾成病。体乾闻讯后，仍坚持要与迦茵结婚，体乾母亲大怒，就去劝迦茵解除婚约。迦茵应允后，与桑洛克结婚。体乾无奈，就与碧纹成亲。迦茵实际是来文杰前妻之女，文杰病危时将实情告诉迦茵。迦茵悲伤之极，去告诉体乾，两人拥抱大哭。桑洛克竟枪杀了迦茵。[2]

《迦茵小传》公演最突出的成绩是使新演剧越来越像话剧，有的新剧家认为此剧的演出具有划时代的意义。徐半梅对《迦茵小传》的演出给予高度评价，他说："这一次《迦因小传》，才把话剧的轮廓做

[1] 徐半梅：《话剧创始期回忆录》，中国戏剧出版社，1957 年，第 19 页。
[2] 李晓主编：《上海话剧志》，上海：百家出版社，2002 年，第 158 页。

《迦茵小传》剧照之一　　　　　　　《迦茵小传》的报刊宣传广告

像了。如果有人问：在中国第一次演话剧，是什么戏？就应当说：是这一出《迦因小传》。虽不能称十分美满，总可以说是划时代的成功。以前种种，都不成话剧（甚至可称话柄）。到了这一出《迦因小传》，刚像了话剧的型。"[1]《迦茵小传》的演出十分逼真，徐半梅认为很好，而老伶工们则不然，"他们用象征的旧戏眼光来看，那末，戏者戏也，虚戈为戏，凡台上一切，无非假戏假做。我的所谓戏，是直截痛快的描写社会，样样要假戏真做，……从旧剧立场上讲，当然不满意；从新剧立场上讲，已经获得良好的结果了"[2]。在中国戏剧向话剧迈进的过程中，不可避免地会遇到新旧两种力量的对比与较量，弱小的新剧势力与强大的旧戏势力相互消长，话剧在这种博弈中逐渐走向成熟。

三、其他代表性的新演剧

在上海演出《黑奴吁天录》和《迦茵小传》之后，王钟声率领剧社到汉口、京、津等地活动。这一时期，剧社以幕表制的方式演出了《孽海花》《宦海潮》《爱海波》《新茶花》《官场现形记》《秋瑾》《徐锡麟》等剧目，这些新剧"大抵鼓吹革命者居多，警劝社会者次之"[3]。幕表制被进化团发扬光大，进化团的演出特点是没有完整的剧本，大多是幕表戏。

幕表戏就是没有剧本只靠一张幕表演戏之谓。"编剧的人并不写

[1] 徐半梅：《话剧创始期回忆录》，中国戏剧出版社，1957年，第24页。
[2] 徐半梅：《话剧创始期回忆录》，中国戏剧出版社，1957年，第25页。
[3] 瘦月：《新剧伟人王钟声》，《新剧杂志》第1期，1914年5月1日。

出完整的剧本，只根据传说、笔记或者小说之类，把故事编排一下，把它分成若干场，每一场按照故事的排列分配一些角色，有时写明上下场的次序，有时不写；有时注上按照情节非说不可的台词，有时连这个也没有。排戏时，只要把角色派好，把演员的名字写在剧中人的下面；大家聚拢来，把戏的情节，上下场的次序说一说，那就编和导的责任都尽了。"[1] 采用幕表制的原因之一是，当时新演剧目更换的频率很高，剧社根本不可能在短时间内创作出完整的剧本，然后根据剧本演出，只能撰写一个演出大纲，确定主要角色和主要故事情节，以便适合观众的需求。"大抵观新剧者，既无歌曲可听，则专以情节为尚，每每一览之后，即不愿再观，于是每星期中，必须有一两本新编之剧。"[2] 可以说，观众对幕表戏起了十分重要的作用。

《爱海波》是春阳社演出的影响较大的一部幕表戏。1910 年 8 月 6 日，陆镜若与王钟声等人在上海张园举办"文艺新剧场"，他们坚持启蒙立场，"极力改良更新，务求有益于社会文艺前途"[3]。《爱海波》的最初起因为：初，沪人某作贾菲律滨，娶在菲之西班牙女予，生男一名曰戆二，旋弃之归。另迎国人妇，生三郎。西班牙妇以其无情也，颇怨恨久之疾且死。谓戆二曰：汝父弃我等而不归，我恨且怨，死后务寻父。汝告知以我为伊死之苦情。戆二甚直有蛮习，以其母为父死，遂欲寻杀之以报母。继闻父及华人妇皆死，仅三郎寄养海边农人家，乃投海军中作水兵，欲借此至上海杀三郎复母恨。[4]

全剧共五幕，基本剧情为：

三郎寄养于农家已经成年，聪慧有大志，决定赴菲律宾创业，并访前母兄之踪迹。农家老夫妇颇嘉其英发，欲以女丽娟许之。三郎本慕丽娟之美且贤，遂订盟。行前，三郎谓丽娟，此行控难即归，若真我爱，请待三年，不来而后嫁。三郎去后，一水兵忽推门而入，浑身沾濡，攫物乱食，自陈名憨二，本菲产，觅三郎杀而报仇。丽娟窘迫，适警察追捕而至，丽娟藏憨二于橱中，佯不知，警察无奈而去。

[1] 欧阳予倩：《谈幕表戏》，《欧阳予倩戏剧论文集》，上海文艺出版社，1984 年，第 135 页。

[2] 冯叔鸾：《啸虹轩剧话》，《游戏杂志》第 18 期，1915 年。

[3] [日]魏名捷：《从 1910 年"文艺新剧场"的〈爱海波〉透视旦期话剧的编剧及演出情况》，袁国兴主编：《清末民初新潮演剧研究》，广东人民出版社，2011 年，第 158 页。

[4] [日]魏名捷：《从 1910 年"文艺新剧场"的〈爱海波〉透视旦期话剧的编剧及演出情况》，袁国兴主编：《清末民初新潮演剧研究》，广东人民出版社，2011 年，第 158 页。

憨二深感丽娟拯救之恩，丽娟留憨二暂住，憨二不复言杀三郎。

三年了，三郎杳无音信。一日，丽娟对憨二说，自你来，我家农事倍进，将何以为报？夫人正呼丽娟，要她与憨二换衣参加当日的社中神赛。夫人十分感谢憨二的帮助，欲让丽娟嫁之，憨二大喜过望。而丽娟父则不然，老夫妇争执不下，遂让丽娟自己决定。丽娟并不反对，此事遂定。既出，三郎书至，言西班牙人虐待华工与菲律宾土著，遂起抗议，逐旧总督，三郎被公举为新总督。丽娟赴赛会归，得知三郎音信而深悔。夫人遂命丽娟赴菲律宾，憨二闻之怒且恨，但无可奈何。

丽娟赴菲与总督三郎结婚，伉俪情深。怀恨在心的憨二贿赂某翻译官，被荐入总督府任仆役。一日，有老牧师求见，醉醺醺的牧师大骂三郎不重民事，三郎不与之计较，善慰而遣之，并使之作硫磺山宣化师，牧师大谢而去。三郎因公外出，行刺的憨二乘虚而入，丽娟招卫兵缚之。三郎适归，怒曰：何物此奴，乃敢行刺我耶！曷以佩硫磺山充死囚数矣。法令矣，丽娟不觉失声慨叹憨二之可怜，三郎警觉，后得知丽娟许憨二事，叹曰憨二吾兄，何有于我哉！正纷扰间，一群西班牙士兵随旧总督持刀而入，执三郎而去。

西班牙人执三郎为硫磺山作苦役，屡为人侮，憨二辄助之。后硫磺山炸裂，二人皆逃出。三郎双目失明，憨二爱护备至，赴老牧师之教堂暂住。翻译官见状，怒谓憨二曰，母仇不报何以为人？憨二见三郎为人贞义，忽触天伦之感，相抱大哭。

三郎儿女情长，英雄气短，事业渺茫，爱情跌宕。老牧师的安慰聊作福音。丽娟探得三郎踪迹，赶到教堂。憨二闻讯，旧总督欲杀掉三郎以绝后患，乃助三郎秘返中国，途中由丽娟相伴，并愿他们终生相依。三郎去而旧总督率兵而至，入教堂遍搜三郎不得，憨二怒目而坐，怒视旧总督。旧总督欲杀之，老牧师曰：总督，此公之甥也，何杀为？总督愕然不解，牧师为之释。总督信之，乃携憨二归。[1]

三郎由王钟声扮演，丽娟由陆镜若扮演，憨二由陆镜若之弟陆爽扮演。《申报》的公演广告对演技、布景、音响效果做了简要介绍。当时游历上海的日本人万物博士观看了演出，并写了观戏记《支那的

---

[1]　[日]魏名捷：《从 1910 年"文艺新剧场"的〈爱海波〉透视早期话剧的编制及演出情况》，袁国兴主编：《清末民初新潮演剧研究》，广东人民出版社，2011 年，第 158—161 页。

新演剧》，其中指出："支那内地从三四年以前就产生了旧剧以外的新派戏剧，其领头者是南方的王某。在日本留学期间萌发了戏剧改良的想法，于是开始学习日本戏剧的方法，使用背景、大道具、小道具以及一种假发，采用西洋乐器和新式剧本，到处巡演。""在洋装和支那服装的戏剧里，第一次运用了全日本式的分幕、敲梆子和闭幕。垂幕上的文字是支那人写的，而画则是请在当地石川洋行做事的日本陶器的画工画的。乐器是西方的，照例在舞台前部演奏，背景则是当地三头洋行承办的油画，只有这画是胜过日本的。"[1] 这里的"王某"就是王钟声，当时他组织在上海张园上演了《模范新剧爱海波》。万物博士的剧评给予《爱海波》很高评价，不过当时有的剧评家对春阳社的新演剧评价就比较苛刻，认为演出的布景令人惊奇，不太让人满意。"王钟声首计及此，然虽刻意经营，而布景之卑陋，彩景之恶劣，殊不能令人悦目赏心。"[2]

---

[1] ［日］中村忠行：《春柳社逸史稿（二）》，中央戏剧学院学报《戏剧》2004 年第 4 期。
[2] 剑云：《新剧概论》，《繁华杂志》第 3 期，1914 年 11 月。

文学的双重变革——清末民初文学史

第三节　进化团及其职业化的新演剧

一、进化团概略

进化团是中国第一个新剧职业剧团，1910 年冬成立于上海，任天知为团长，温亚魂为副团长。全团有三四十人，[1] 先后加入的主要成员有汪优游、陈镜花、王幻身、萧天呆、钱逢辛、顾无为、查天影、陈大悲、李悲世、范天声等。任天知是同盟会会员，剧团成员也多是倾向革命的青年，其演剧活动具有浓厚的革命色彩。

汪优游、陈大悲在进化团的
演出照

据朱双云《新剧史》记载，进化团成立于 1910 年 11 月，年底到南京，翌年正月在南京升平戏院演出。首日演《血蓑衣》，第二、三日演《东亚风云》，第四、五日演《新茶花》，产生轰动效应："宁人以见所未见，故趋之若鹜。天知以其道得行，乃于门前高张旗帜，大书特书曰：天知派新剧。自是'天知派'三字遂喧传于大江南北亦。"[2] 这些新剧与风起云涌的

[1] 徐半梅：《话剧创始期回忆录》，中国戏剧出版社，1957 年，第 48 页。
[2] 朱双云：《新剧史》，上海：新剧小说社，1914 年，第 14—15 页。

革命形势相呼应，在南京反响强烈，于是进化团先后在南京、芜湖、汉口等地演出。因其内容抨击时政、宣传爱国思想，遭到清朝政府查禁。辛亥革命爆发后，进化团成员一边演戏，一边投入光复上海的武装斗争。上海光复后，进化团接连上演了任天知创作的揭露清朝腐败、歌颂孙中山领导的辛亥革命的 12 幕时事剧《共和万岁》和 8 幕新剧《黄金赤血》。除上海外，进化团还赴扬州、镇江、宁波等地流动演出，为辛亥革命做了有力的宣传。1912 年春，进化团在上海新新舞台演出时，并非单独进行，而是与京剧同台共演。上世纪五十年代，新剧家徐半梅回忆说："前面先演京剧，后面来一出新剧，这样的组织法，如果在今日，当然毫无问题；而在四十多年前，就会有发生摩擦等事。因为当时各种地方戏，还没有出现，徽班昆班，已告衰落，只有一种京戏，在戏剧界里做独行生意，凡是京剧界的人，见了异军突起的新剧，都不以为这是自己的新同志，反而发生疑惧，心中有些不安，以为这一班外行，一定是来抢夺自己的饭碗的。有了这样的错误心理，这两班人马同在一台演戏，当然种种方面都会发生摩擦，搞得不很好。"[1] 最后，进化团被迫退出新新舞台，同年秋天解散。

　　进化团在其活动的两年中，创作、演出的剧目很多，主要有《血蓑衣》、《东亚风云》（《安重根刺伊藤》）、《新茶花》、《恨海》、《尚武鉴》、《血泪碑》、《黄金赤血》、《共和万岁》、《黄鹤楼》、《新加官》、《珍珠塔》、《苦海花》等，其中反映政治问题的占一半。由于进化团

《爱之花》剧照

《血蓑衣》剧照

[1] 徐半梅：《话剧创始期回忆录》，中国戏剧出版社，1957 年，第 48—49 页。

的演剧目的明确，大肆宣传革命，演员往往被视为革命党而遭到政府的猜忌和迫害。[1] 这些剧目，大都取材于现实，表达了当时群众的思想情绪和愿望。

二、任天知及其代表性的新演剧

进化团团长任天知，生卒年不祥，中国早期话剧奠基人之一。他名文毅，艺名天知。其身世是个谜。他私下对人说："自己是西太后的私生子，所谓算是旗人，名文印；但他又算是台湾人，是日本籍，因为做了日人藤堂氏的养子，所以又叫藤堂调梅……"[2] 早年留学日本，1905 年 12 月在东京加入同盟会。1908 年 2 月，与王钟声合办通鉴学校。1910 年冬创办进化团，开新剧职业化之先例，在长江流域巡回公演近两年，影响很广。据欧阳予倩回忆："那时任天知要我们把《黑奴吁天录》搬回上海演，息霜、孝谷经过考虑，也曾和几个朋友商量，没表示同意，事实也是做不到的。……当然他是一个能力相当强的活动分子，在国内初期的新剧运动，他是起过相当的作用的。"[3] 任天知在 1914 年短期参加民兴社、民鸣社演出后，从新剧舞台上消失了。

由任天知领导的进化团所演的新剧中，《黄金赤血》是重要的一部，该剧由任天知编写。其剧情为：辛亥革命发生时，男主角调梅正值外出留学，家被流氓乱兵抢劫，家人离散。其妻被卖到妓院，其子小梅被旗籍文知府从乱兵手中买去做佣人，其女被卖到野鸡堂子。调梅回国后，劝募爱国捐，到一家妓院，碰巧遇到自己的妻子，他便责备老鸨买良为贱，立刻把妻子带走。二人到尼姑庵暂住，不料那主持十分淫乱，官吏、绅士、和尚、土匪充斥其间。因争风吃醋，土匪杀死僧尼，放火烧庵，调梅狼狈逃走。调梅的妻子卖花募捐，到文知府家时，巧遇小梅，她言辞责备文知府买良为贱，要与他算账。双方彼此妥协，文知府捐出一半家产，小梅也由其母带走。调梅准备演戏募

图片说明：任天知

[1] 欧阳予倩:《谈文明戏》,《欧阳予倩戏剧论文集》,上海文艺出版社,1984 年,第 185 页。
[2] 徐半梅:《话剧创始期回忆录》,中国戏剧出版社,1957 年版,第 24 页。
[3] 欧阳予倩:《回忆春柳》,《欧阳予倩戏剧论文集》,上海文艺出版社,1984 年,第 150 页。

捐，遇到一群演髦儿戏的女演员，不料自己的女儿爱儿也在其中，她从野鸡堂子逃出后被女戏班收留为演员。至此，调梅全家团聚。"这个戏看得出临时拼凑的痕迹，而且凑得很生硬，但也可以看出一点天知的思想。"[1] 任天知比较理想化，也富有革命热情，《黄金赤血》体现了他对当时国内政治局势的担忧。他有个日本名字叫藤堂调梅，剧中主角调梅是他自己的化身，并由他扮演。"他对因革命发生的内战十分忧虑，生怕它会延长下去，所以想种种方法劝募军饷，帮助民军取得胜利，推翻专制，建立共和政体，以为只要这样，就可以享太平之福。"[2] 这种理想固然美好，但毕竟显得幼稚，一旦革命遭遇挫折，其革命热情很容易遭到沉重打击，使他意志消沉，甚至绝望。不过，在革命高涨之际，《黄金赤血》的演出会鼓舞人们的革命热情，发挥了应有的社会效果。

该剧鲜明地体现了进化团新演剧注重"演说"的特色。任天知受日本新派剧的影响，喜欢在演剧中加入演说。《黄金赤血》一剧配合革命劝募爱国捐，剧中三个主要角色分别为言论正生、言论正旦和言论小生。任天知扮演主角调梅，是言论正生，善于在剧情进行中随机应变地穿插议论，发表政治演说，做革命宣传。《赤血黄金》第八幕中有这样的情节：班主在台上说，调梅先生的大名，想来妇孺皆知的。今日我的意思要先请调梅先生，先演说一回，然后跟着演戏。看客拍手赞成。梅妻、小梅注目台上。调梅上场演说。戏开场，爱儿演出一场苦戏，看客哭泣掷钱。梅妻、小梅看到苦处，抛花篮、报章上台，抱头痛哭。调梅再上场演说。[3] 至于《赤血黄金》中演说内容，我们从第一幕中小梅与其母的一段对话可以领略一斑。剧中人小梅从外面回家，对母亲讲了一大段话，其中有："我们好好一个中华国，凭空的叫胡人占了二百多年，把我们自有的权利，一股脑儿霸了去，近来越弄越厉害了，这样事也想他们固有，那样事也想官办，恨不得一碗饭他一家人吃，把我们老百姓做他的马牛。做马牛也罢了，还连马牛都不许做，要想当猪仔一起卖掉了，稍微有一点不顺他的意

---

[1] 欧阳予倩：《谈文明戏》，《欧阳予倩戏剧论文集》，上海文艺出版社，1984 年，第 186—187 页。

[2] 欧阳予倩：《回忆春柳》，《欧阳予倩戏剧论文集》，上海文艺出版社，1984 年，第 187 页。

[3] 王卫民编：《中国早期话剧选》，北京：中国戏剧出版社，1989 年，第 31 页。

思，什么格杀勿论，四川的事闹的还小吗？"[1] 由此可见，演说的内容是时事政治。这段话表面上以母子对话的形式呈现，而实际上直接对观众发表演说。现在看来，比较幼稚，但在当时收到很好的"戏剧效果"，即宣传革命思想，鼓舞了民众的革命激情。演剧的革命宣传性与剧情通俗性有机融合，深受观众的欢迎。

　　《共和万岁》是进化团的另一部有影响的新演剧，由任天知编写。凡十二幕。基本剧情为：两江督署内，张人骏听说各处反正，彷徨失措，徐固卿请示给新军发放子弹，铁良以徐春作人质，调遣张勋守卫南京城，诸议员纷纷要求独立，遭到张勋抗议。张勋调兵进城，南京保不住的风声很紧。徐固卿埋怨发给新军的子弹不合简，要么大了，要么小了，直呼上当。众部下叫嚷不能再忍耐，徐固卿安慰他们，时机快要成熟了，稍忍。张公馆内，张勋遣送二妾出宁，其后纵兵掠杀。粤军、浙军、沪军等组成联军，进攻南京。程德全督军后，士气更加高涨，军乐齐奏，各军荷枪实弹，还有女子敢死队殿后。南京城门紧闭，人民站在城垛上欢迎民军。张勋率兵斩杀人民，向城下抛首弃尸。联军围城呼号，程德全见张勋斩杀同胞愤形于色，徐固卿率新军由城北抄出，联合各军。浙军先发大炮，蜂拥破城而进，此时联军如潮攻破南京。张人骏、铁良狼狈逃出，张勋兵败而逸。张勋败绩而窘，其二妾随人逃走。摄政王官邸，诸贵筹款抵制民军，募债助饷，而各悭不舍。皇宫内，亲贵要太后捐款，内阁派使议和。太后重用袁世凯，诸亲贵愤愤不平，但已无可奈何。良弼从南京逃回京城，赴金台旅馆拜客，遭遇炸裂弹。乘坐大轿的袁世凯气宇轩昂，前后卫军二十余人，仍然遭遇炸裂弹，在卫军的簇拥下，袁世凯狼狈而逃。外国兵护送代表到上海议事厅商讨议和。商民十人、官吏十人及英美领事参加。商民代表交头接耳，想趁这个机会快快把俘虏杀掉，不容求和。官吏代表私议，愿议和早成，只求把大清皇帝保存着，自己的功名利禄还可望有存。另外，制台、抚台、藩台等一些逃官也大开议会。制台说，都是旗下人太坏，搞中央集权，闹得天翻地覆，真是自作自受，还使我们这些做官的断送了生机。抚台说，议和一成，无论清国、民国，咱们做官还是有希望的。藩台说，民国的官恐怕咱们没有那个资格。

---

[1] 王卫民编：《中国早期话剧选》，北京：中国戏剧出版社，1989 年，第 4—5 页。

大家议论纷纷。合众大公园内，"共和万岁"的横幅高悬，孙文铜像端立，五族共瞻铜像，各有喜色。社会党、自由党同贺共和。军队、学生或奏乐、或拎花灯。男女老幼一起观览。英、德、美、俄、法五国领事笑瞻铜像。工界、商界舞狮子、举彩灯一起欢庆。

该剧在结构上采用了大量"插科打诨"等传统戏剧手法，不是意在取悦观众，而是注重讽刺反动的清政府和官僚。"在这个戏里描写了铁良、张人骏、张勋等腐败官吏狼狈逃走，群众在孙中山的铜像下开提灯会，歌颂那个时候的胜利。不久，南京临时政府解散，袁世凯做了总统，局面大变，帝国主义者利用军阀加紧侵略，国内的封建势力地主买办非但丝毫没有动，并进一步和帝国主义者勾结，扩张了他们了势力。任天知尽管是有志之士，但有政治热情，没有政治的锻炼，也得不到正确的理论指导，就是有一个理想，也是比较抽象的。"[1] 从内容上看，该剧政治性有余，艺术性不足，而其上演正逢其时，艺术性不足并不影响其革命鼓动性。

《情天恨》（即《恨海》）是进化团的非时事剧，根据吴趼人的小说《恨海》改编。1918 年，朱双云就说，钱逢辛编为二十二幕新剧，演出于丹桂第一台。"嗣有嫌其冗长者，为之杀青，改为一十九幕。"汪优游还"以其过于繁琐之有损于全剧精彩"，"因费一夕之力，删为九幕，今各剧社所演者，多本于优游者也"[2]。其故事梗概为：京官陈榮有两个儿子，长子伯和同粤商张鹤亭的女儿张棣华订了婚；次子仲蔼和一个亲戚家的女儿陈娟娟自幼相爱，也已订婚。他们尚未来得及结婚，适逢义和团事变，三家人都分散了。陈伯和在避乱途中因冒领别人的八只大箱子而大获横财，到上海大肆挥霍，娶了个妓女，抽上了鸦片烟。不久，那妓女把伯和的家产卷劫一空，他被迫流浪街头。张棣华用尽一切办法挽救他，但他始终不改，病重时才受感动，但为时已晚，很快去世。棣华则出家。娟娟的父母死后，她沦落为娼，其未婚夫仲蔼失望而出家。

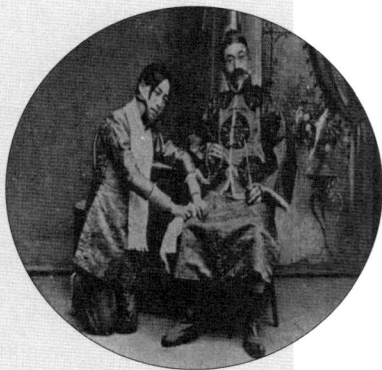

《恨海》剧照

[1] 欧阳予倩：《回忆春柳》，《欧阳予倩戏剧论文集》，上海文艺出版社，1984 年，第 187 页。

[2] 朱双云：《新剧史》，上海：新剧小说社，1914 年，第 2 页。

该剧重在描写鸦片烟对人民的毒害，同时注重塑造痴心女子张棣华这个典型形象。[1]

三、进化团新演剧的特点

进化团新演剧的特色是政治时事剧，正如欧阳予倩所说："王钟声和进化团所演的戏，可以说百分之八九十都有它宣传的目的，所以在当时都当他们是革命党，遭到统治者的疑忌和迫害。"[2] 进化团成员陈大悲也说，"当那真专制绝命假共和开始之时，投身新剧界的人，大半是冒了'大不韪'的"。当时所演的戏，"几乎没有一出不是骂腐败官吏的，甚么婆姨太太咧，吸鸦片烟咧，怕手枪炸弹咧，哪一件不是一拳打到老爷心坎中去的？所以民国元年以前，社会对于新剧的心理中，终有'革命党'三个字的色彩在里面"[3]。这受到日本的深刻影响。徐半梅回忆说，当时日本产生一股新派剧潮流，其中有所谓由爱国志士演出的"壮士剧"，信仰社会主义的名人中江兆民与幸德秋水就竭力提倡壮士剧。[4] 在演剧方式上，任天知从日本新派剧获得启发。徐半梅回忆说，从任天知的演技能够看出来他"看过日本的新派剧很多"[5]。任天知与日本新剧家交游，颇受其影响。以任天知为代表的进化团具有浓厚的革命性质。由于该剧团成立于辛亥革命前夕，一些成员在革命中牺牲了，这使任天知感触很深，于是他用化装演讲的方式，反映当时的一些政治问题，为革命做宣传。"若论对政治问题的宣传，对腐败官僚的讽刺，对社会不良制度的暴露，还有对于扩大新剧运动，扩大新剧对社会的影响"，进化团"收效是比较大的"。[6]

进化团的许多新演剧采用幕表制，它要求演员具有很强的随机应变能力。进化团大量上演幕表戏，提高了中国早期话剧的演剧水平，培养了一批优秀演员。这些演员根据剧情提纲表演，具有很大的自由发挥空间，"即兴表演"成为他们的特色。一般剧中角色分为生、旦

---

[1] 欧阳予倩：《谈文明戏》，《欧阳予倩戏剧论文集》，上海文艺出版社，1984 年，第 204—205 页。

[2] 欧阳予倩：《谈文明戏》，《欧阳予倩戏剧论文集》，上海文艺出版社，1984 年，第 185 页。

[3] 陈大悲：《十年来中国新剧之经过》，《晨报·副刊》1919 年 11 月 15 日。

[4] 徐半梅：《话剧创始期回忆录》，中国戏剧出版社，1957 年版，第 11 页。

[5] 徐半梅：《话剧创始期回忆录》，中国戏剧出版社，1957 年版，第 24 页。

[6] 欧阳予倩：《谈文明戏》，《欧阳予倩戏剧论文集》，上海文艺出版社，1984 年，第 181—182 页。

两大类，如朱双云在《新剧史》中所概括的"生类"之"激烈派、庄严派、寒酸派、潇洒派……"，"且类"之"哀艳派、娇憨派、闺阁派、风骚派……"。[1] 在民主革命高涨之际，进化团演员们常常自觉不自觉地穿插进一大段议论，以宣传革命，由此产生"言论派"。在语言上，普通话和方言并用。有的演员被称为"言论老生"，有的演员被称为"言论正生"，有的演员被称为"言论小生"。当时的剧评家根据不同演员的表演特征将他们区分为不同派别，各种不同表演风格对观众产生很大的吸引力，从而使新剧内涵深入人心。

这种直接演说的弊端，当时有的剧评家就认识到，并提出尖锐批评。郑正秋曾批评所谓演说派新剧："我见有演说派之新剧人矣，咬牙切齿，瞪目顿足，拼命狂叫，穷凶极恶，无论为家庭戏，为社会戏，总是一副面目，总是一副身段，总是一样演法，总是一样说法。""新戏第一要讲究身份，扮到何等样人物，当即用何等样演法，用何等样说法。少壮龙钟，官绅商贾，乡愚仆隶，长幼尊卑，扮一样有一样之分别。而喜怒哀乐之处境，尤不可不分清者也。眉目无论矣，即声音亦须有分别。然而今之新剧人，有身披古时衣而口说新名词者矣，有扮上等人而满口下流话者矣，有须发苍苍而演来若有童心者矣，有身为小辈而口气尽若居高临下者矣，有自作正派人而偏欲将演恶人时所用之老面皮话搬来用之者矣，有明明扮坏人而偏要将激烈派之言论先搬出来出出风头者矣，有演悲戏至痛哭时而作滑稽派说滑稽话以抢风头者矣，有扮女子不免男子气、扮男不免女人腔者矣。"[2]还有论者说，议论过多令观众生厌。"世之诟病新剧者，谓系化妆之演说派，浅见之语，本无价值，今之新剧家换易一身衣服（亦有便衣登台者），立在台上，随便说说，于艺术一道，太不注意。遭人蔑视，故亦咎由自取。"[3] 这些评论固然有一定的道理，但仍然失之偏颇。进化团新演剧的"演说"风格可以说是时代造就的，是顺应革命形势的发展而产生的，具有很重要的意义，"在辛亥革命前夜，它应合时代的潮流，把宣传革命、攻击封建统作为首要的责任，传达了人民的声

---

[1] 朱双云：《新剧史》，上海：新剧小说社，1914 年。
[2] 正秋：《新剧经验谈》，《鞠部丛刊·剧学论坛》，交通图书馆，1918 年 11 月，第 53—54 页。
[3] 昔醉：《新剧之三大要素》，《鞠部丛刊·剧学论坛》，交通图书馆，1918 年 11 月。

音，受到了群众的承认和欢迎"[1]。

由于进化团的戏宣传反清革命，揭露黑暗的封建统治，反映了人民大众的心声，因此受到了群众的承认和欢迎。进化团的编剧方法是采取分幕的形式，故事排列是照中国传统的编剧方法来处理，故事完整，多用明场、少用暗场，合理采用幕外戏，幕外戏的主要作用是贯串剧情。[2]

如文明戏《卖国奴》演出时就闹出过这样的笑话："卖国奴者谁？朝鲜之李完用也。饰李完用者为傅秋声。秋声状恶毒小人，先本有能名，如《梅花落》之葛兰荪，演来颇有声色。不料，演李完用乃认错题旨，专从正面做，竟将李完用变成一深明事理之人。正论乱发，不顾剧中人身份。"[3]

欧阳予倩对于天知派演剧风格的概括是十分准确的，他说："天知派新剧"，即"用化妆演讲那样的方式，反映当时一些政治问题，为革命作宣传"。(《谈文明戏》)实际上就是用"壮士芝居"化装讲演的方式演出《黄金赤血》《共和万岁》《黄鹤楼》《东亚风云》等宣传社会革命和反映现实问题的剧，并因此在新剧中创立了"言论派老生"这样的角色类型。[4]

进化团的演出风格与春柳社判然有别。进化团编演的新剧注重时事性和宣传性，剧情与时代紧密联系，在舞台上演员往往即兴讲演，任天知、顾无为、汪优游均擅长这一招，这类演员被称为"言论派"，包括言论派老生、言论派小生和言论派正生。徐半梅观看了任天知的新剧演出后，认为此人看过很多日本新派剧，这"从他的演技上看出来的"。"天知派新剧"创造了"言论老生""言论正生"这种固定角色，有时甚至演说者并不限于某人，只要有机会，人人都可演说一番。"天知派新剧"的特点是干预现实，讽喻世事，往往内容驳杂，场次很多，剧中有主要人物，却没有贯穿情节，因此，在演出时，为了换装、换景的方便，就在舞台上加设二道幕，有些过场戏，就在二道幕前演出，大段的演说也多在二道幕前进行。

---

[1] 葛一虹主编：《中国话剧通史》，北京：文化艺术出版社，1997年，第21页。

[2] 欧阳予倩：《谈文明戏》，《欧阳予倩戏剧论文集》，上海文艺出版社，1984年，第181页。

[3] 剑云：《救亡声中之〈卖国奴〉》，《鞠部丛刊·粉墨月旦》，交通图书馆，1918年11月。

[4] 田本相：《春柳社的地位和影响》(http://blog.china.com.cn/tianbenxiang/art/80661.html)

第四节　新民社与民鸣社及其商业化新演剧

　　民国初期，由于政治形势急剧变化，社会动荡不安，新剧的观众变化无常，新剧演员的生活漂泊不定。以演剧为职业的新剧社团难以敌过势力强大的旧戏班子，一些剧社屡起屡蹶，不能在上海剧界占据一部分位置，直到新民社的建立才改变了这一局面。到 1914 年，上海新演剧出现了异常繁荣的局面，戏剧史上称之为"甲寅中兴"。当时有的剧评家就指出："上海一地，新旧两剧界势均力敌，若歌舞台、若中舞台、若老天仙、若南市新舞台。兹四剧场昔日为旧剧蟠踞地，今则为民兴、民鸣、新民、申舞台、新剧社之势力圈。即彼旧戏园亦常插入新剧排为压座，以资号召。……已开者未开者，开而复歇者，大大小小不下三十余社，每社以五十人计算，已有新剧家一千五百人。此不过上海一隅耳。此一千五百新剧家中，艺术优美、品行端正、学问宏富者，不知有一百五十人与否？"[1] 新民社与民鸣社是甲寅中兴的两大重镇，很具有代表性。

---

[1] 剑云：《海上新剧界一年来之现象》，《繁华杂志》第 2 期，1914 年 10 月。

一、新民社与民鸣社概略

新民社的全称为"新民新剧社"，是以郑正秋（1888—1935）为中心，于1913年9月（农历7月）成立于上海的戏剧团体，是"甲寅中兴"的代表性剧团之一。郑正秋还与张石川等人一起创办了亚细亚影片公司，这是中国第一家影片公司。

民鸣社是在与新民社竞争中崛起的。新民社的成功演出赢得了很高的票房收入，经营三与张石川等人看到有利可图，遂将新民社一部分重要演员，用重价挖去，租就法租界歌舞台旧址，成立了民鸣社。"新民社经此打击，几至不能演出。幸由社员顾静鹤从苏州邀来新剧研究会会员徐寒梅、陈素素等，得以勉强支持。但新民社的一般老主顾，完全跟了王惜花、黄小雅、郭泳馥等，移转到民鸣社去，因此营业日衰。

新民社新剧《木兰从军》之《长亭饯别》剧照

恰巧此时进化团的台柱汪优游、王无恐、凌怜影、李悲世等由湘来沪，经我介绍（我与优游是上海民立中学的同学，又是开明演剧会的同志），加入新民社。第一天演《情大恨》，第二天演《爱之花》，第三天演《险姻缘》。这几个由湘归来的剧人，既有丰富的舞台经验，又有相当的演剧技巧，当然不是新民社、民鸣社所有演员所能企及，新民社的精神，为之一振；营业亦为之日盛。"[1] 新民社1914年春节迁入肇明戏园。同年1月18日《申报》广告《新民新剧社大扩充》称："西哲有言，戏馆是学堂，戏子是教师。本社新剧情节务求改良家庭，尤其合乎社会教育之旨。从事四阅月，声誉满沪滨，男女各界欢迎之忱达于极点。无如，园址狭小，每患人满，功不普及，良有憾焉。因于阴历元旦迁至英界石路肇明戏园旧址，日夜开演新剧。届时务祈绅商学界、闺阁名媛，联袂采观。本社实有厚望焉。"

---

[1] 朱双云：《初期职业话剧史料》，重庆：独立出版社，1942年，第13—14页。

新民社演出场次最多的十个剧目为《恶家庭》《珍珠塔》《家庭恩怨记》《空谷兰》《马介甫》《尖嘴姑娘》《三笑》《梅花落》《玉堂春》《情天恨（恨海）》。新民社"所演的戏，如《恶家庭》《尖嘴姑娘》《雌老虎》《酸娘子》等，浅显明白，颇为一般社会所欢迎。而《申报》自由谈编辑王纯根、《中华民报》的编辑管义华、《时报》主笔包天笑，又经常地在写宣传文章，因此上演三月，获利颇多"。[1] 新民社的名气从此大振。

然而，民鸣社凭借其强大的经济实力，广揽新演剧人才，尤其是大肆挖走新民社的骨干。1914 年 3 月 22 日《申报》消息称，"著名老生顾无为，花旦邹剑魂，小生劳无形"的名字出现在民鸣社广告中，"顾君无为之老生剧，凡曾观新剧者，靡不称之，诚不愧新剧巨子。此次演于湖南，座客欢迎达于极点。因闻海上新剧发达，特于日前买棹东下，由陶君天演介绍加入本社。准于三十晚登台，每夜排演拿手杰作，以饷座客。并聘请花旦邹剑魂，小生劳无形，皆新剧界有数人物，亦于是晚一起登台，爱观新剧者，盍惠顾焉"。由于资金雄厚，民鸣社试图独占鳌头，遂租借中华大戏院，其营业状况逐渐压倒新民社，直至新民社被迫合并。民鸣社是商业资本对新演剧业的大举渗透，具有浓厚的商业性与垄断性，正如当时有的剧评家所言，"更有效托拉斯之举动，以垄断新剧界者"[2]。民鸣社更以其强大的阵容相标榜。1916 年 8 月 16 日，民鸣社在《申报》上刊登的广告云："民鸣大更新：第一剧场、第一人才、第一彩景、第一剧本、荟萃一堂，谓之空前绝后之剧社，谁曰不宜……今幸国魂未死，共和复活，无为出狱，还我自由，同人不遗余力，惨淡经营，谋民鸣之复活，作卷土之重来，与吾邦人士重相见焉！"这则广告宣称其垄断地位，该社并以此自豪。欧阳予倩说"民鸣

民鸣社社址

---

[1] 朱双云：《初期职业话剧史料》，重庆：独立出版社，1942 年. 第 13 页。

[2] 剑云：《新剧概论》，《繁华杂志》1914 年第 3 期。

就成了好演员集中、卖钱戏最多的一个剧团。新剧发展到民鸣的阶段，可称是全盛时期"。(《谈文明戏》)该社直到 1922 年 5 月才宣告解散。

尽管民鸣社作为商业性新剧团体，以票房盈利为重，但它毕竟需要观众认可。为了吸引观众，民鸣社在演出家庭戏、聊斋改编戏、新小说改编戏、弹词小说改编戏、旧戏曲改编戏、清宫戏外，也上演吸引力很强的政治性时事新戏。1916 年 5 月 24 日至 26 日，《申报》刊登《看顾无为出狱纪念戏》的宣传广告云："凡我父老、伯叔、兄弟、诸姑、姊妹听者：丁此不幸之时局，正新剧界尽力之际会，而第一有用之才——顾君无为，竟因演《黄帝梦》新剧入狱，致诸君少看许多有裨于时局之好戏。五阅月来，各界有心人一看到新戏，便想到无为，望之如望岁。我辈办新剧者，更有望眼将穿之势。今帝制早已取消，顾君得以出狱，从多数人之请求，假座第一台演戏三夜，特排《共和精神》《杀身成仁》《拿破仑》三剧，均系精心结构之杰作。顾君自饰剧中第一重要人物，所有言论神情，实为新剧中唯一无二者。他人有其口才，未必有其精神；有其精神，未必行其口才。况其在场随场应变之处，尤非他人所能及，并请编演名人郑正秋君合演。(郑)君不轻登旧剧场，扮男扮女，扮老扮少，庄严滑稽，并皆佳妙。我辈办新剧久矣，登台发言而能出人意料之外，使人闻之鼓掌不置，尤能言人人心中所欲言，为人人心中所欲为，使人听之见之，连连拍手称快者，舍无为、正秋二君外，未之见矣。此外，胸中佼佼者多，演艺可取者亦大有人在，惟总觉无此二君不足以引起观者之精神也。今二君并矣！尤请久未演剧之予倩、怜影、漫士、天声等诸君会串……想各界望之已久，无论已见、未见顾君者，至此当争先恐后，一见出狱之后之顾无为。"[1]

1915 年 1 月 24 日，新民社与民鸣社合并，实际上是前者无奈被后者吞并。新民社的编演主任郑正秋心有不甘，即使合并后仍带领自己的人员赴武汉以新民社的名义演出近一年，这也表明民鸣社的目的已经达到，即新民社要么放弃上海市场，要么成为民鸣社的一部分。朱双云说："正秋在民鸣社联合公演五天以后，就带了王无恐、

---

[1] 1916 年 5 月 22 日《申报》广告。

李悲世等，又到汉口去，以践宿约。到汉后，仍以新民社名义，于一九一五年，既民四乙卯元旦，重演于春记大舞台，因阵容之不如去夏整齐，故营业远不如前，三个月后，渐感不能支持，乃于每场话剧之前，邀约票友，加演京剧，以资号召，但结果仍然无效，强自挣扎到十月间，已经是百孔千疮，亏负累累，不得已宣布停演，新民社即从此而消灭。"[1]

民鸣社演出场次最多的十个剧目为《西太后》《三笑》《刁刘氏》《双凤珠》《珍珠塔》《空谷兰》《拿破仑》《乾隆皇帝休妻》《家庭恩怨记》《恶家庭》《尖嘴姑娘》《武松》。

二、郑正秋及其代表性的新演剧《恶家庭》

作为新民社的创始人，郑正秋具有举足轻重的地位。郑正秋（1888—1935），新剧家，第一代导演，原名芳泽，别署药风，号伯常，广东潮州人，出生上海。从小体弱多病，在优裕的官商家庭中生活成长。14岁肄业于上海育才公学。"君无他嗜好，第喜观剧本。居沪久，有所得，试为剧评，投诸报纸，见重于民立于右任，聘君专司其职。沪上报纸之有剧评，自君始。"[2] 曾在《民立报》任剧评主笔，自办《图书剧报》《民权画报》。夏衍在《懒寻旧梦录》中说："张石川的魁梧和郑正秋的瘦小，是一个鲜明的对比，张石川有点老板气派，而郑正秋则不像文明戏演员，举止谈吐都像一个很有涵养的书生。""自郑正秋氏创办新民社于谋得利后，新剧界之势力遂弥漫于春申江上。推崇郑氏者，谓为新剧中兴之伟人。更有谓海上新剧得以如此发达，皆郑氏一人之功。"[3] 民国初年，经营三、杜俊初、张石川和郑正秋四人组织新民公司，拍摄影片，由于经营不善而停顿。新民公司中的十六名演员无以为生，境况凄惨，郑正秋供膳食三月，大家感慨系之。他们觉得无以报答，乃请求郑正秋开演新剧，郑正秋遂租借南京路谋得利戏园，以新民剧社之名开演。郑正秋被当时的新剧家誉为新剧中兴之伟人。[4]

---

[1] 朱双云：《初期职业话剧史料》，重庆：独立出版社，1942年，第16页。
[2] 剑云：《郑正秋传》，剑云：《鞠部丛刊》上卷，交通图书馆，1918年11月，第36—37页。
[3] 剑云：《海上新剧界一年之现象》，《繁华杂志》第2期，1914年10月。
[4] 剑云：《海上新剧界一年来之现象》，《繁华杂志》第2期。

郑正秋

《恶家庭》剧照

　　《恶家庭》是连台的正剧，共十本。该戏从 1913 年 9 月 14 日演到 17 日。《恶家庭》写的是一个书生升官后不管父母妻儿，荒淫无度，后被革职查办的故事。剧情为：家境不好的卜静丞巴结到一个官后发了财，娶妓女新梅为妾，就把母亲、妻子闵氏和儿子宜男抛弃不顾。卜母带着儿媳、孙子和一个丫头阿蓬去找他，随被勉强留下，但遭到虐待。丫头阿蓬表示不平，被抛尸荒郊。宜男发现她还有气，托给一个乡下老人救活。卜静丞的女佣小妹（有夫之妇）禁不住静丞的威逼利诱，被静丞诱奸（静丞曾利诱其翁姑和丈夫）。但小妹被奸后，静丞不仅不给钱，反而指使新梅骂她勾引主子，小妹被逼外逃自杀，途遇一个老讼师，讼师设法替她报仇。他一方面让阿蓬的父亲向静丞要女儿，一方面让小妹的丈夫向静丞要妻子，静丞不得已出钱讲和了事。新梅与静丞的帮闲朋友曾怀仁私通，被静丞的母亲发现，俱告静丞，静丞不听。新梅大闹，卜母只好带着儿媳孙子回乡。此后，新梅与其心腹钱妈一起设计，让钱妈的养女蓉花假装挨打求卜母保护，使之留下，然后由钱妈控告卜母拐带，阿蓬的父亲黄老老、救阿蓬的乡老和那个老讼师受牵连，三人一同入狱。卜母以年老保释，黄老老死在监牢。阿蓬、小妹和乡老的女儿二宝联名上告，途遇被人利用又遭到迫害的蓉花，蓉花向她们揭露新梅的阴谋。恰好遇上钦差，静丞被革职下狱。新梅乘机与曾怀仁卷逃，中途遇盗被杀。卜母以爱子之故营救静丞，静丞得以出狱，却一病不起，临终悔恨。其子宜男悲伤失明，得阿蓬悉心看护，二人由卜母做主结为夫妻。[1]

《恶家庭》是"后母虐待前子"的题材。"这并不是郑正秋看出了政治色彩的剧材观众们不易消化才改变方针的。他不过偶然触机，尝试一下，不料被他一箭射中了。"他有后母前子的生活经历，"他平日得不到母亲的爱，常常抱怨。现在趁此机会，自己编一部戏，便是取的描写后母虐待前子的剧材"。写这出戏"含有家庭革命意味"，"不料台下大为欢迎，他就照这方向，连着编第二部、第三部等家庭戏了。后母之外，还有《童养媳》、《尖嘴姑娘》、《虐妾》、《虐婢》、《雄媳妇》（入赘之婿）、《妻妾争风》、《怕老婆》等等，具是绝好的剧材"。他逐渐奠定了新剧长期演出之基础，"以前那些说教式的剧材，不但正秋不用，人家也不再去撞木钟了"[2]。小说的情节，再加上逼真亲切的写实风格，这就是"情节剧"的基本特点。徐半梅评论文明戏大王郑正秋说："郑正秋完全不来这一套。……他一上手便把家庭戏来做资料，都是描写家庭琐事，演出来不但浅显而妇孺皆知，且颇多兴味。演戏的人也容易讨好。于是男女老幼个个欢迎……"[3] 郑正秋可谓有感而发，不是无病呻吟，难怪引得好评。1913 年 9 月 17 日《申报》刊登了署名"钝根"的对三四本《恶家庭》的剧评，评说"新剧感人胜旧剧万倍"，可谓很有反响。不过新剧精英存在偏见，欧阳予倩对《恶家庭》颇有微词。他在《谈文明戏》里说："这个戏除掉为着吸引观众而定做出来一些曲折离奇的情节之外，看不出什么东西。这个戏全篇只是罪恶的描写，主人翁静丞，卑鄙凶狠淫乱到了极处，可是编者把所有的罪恶归到他的姨太太新梅身上，最后还极力为卜静丞开脱。"他还认为有的情节"既不尽情又不合理，是非不明"，甚至有的情节"十分恶劣"等等。[4] 还说，"这个剧社（新民社）可以说一开始不仅没有宣传政治的目的，也没有艺术的目的，只是为了演戏维持一部分人的生活。如果说它也有提高表演艺术的企图，那是附带

[1] 欧阳予倩：《谈文明戏》，《欧阳予倩戏剧论文集》，上海文艺出版社，1984 年，第 197—198 页。

[2] 徐半梅：《话剧创始期回忆录》，中国戏剧出版社，1957 年，第 66—67 页。

[3] 徐半梅：《话剧创始期回忆录》，中国戏剧出版社，1957 年版，第 52 页。

[4] 欧阳予倩：《谈文明戏》，《欧阳予倩戏剧论文集》，上海文艺出版社，1984 年，第 198—199 页。

的事"[1]。如曹聚仁在他晚年写的文章《民鸣社及其他》中曾回忆道："郑正秋新民社以演家庭型站稳了脚跟，为了追求票房纪录，多半只追求情节的复杂离奇，追求廉价的舞台效果，许多戏是看完了，不知道他们是想说明什么。只求其在台上胡乱博得观众哄堂大笑，或者硬挤观众几滴眼泪把包银卖进来，就认为最大的满足了。"[2] 这种批评是欠公允的，是以精英戏剧的标准来要求通俗戏剧的错位批评。该剧的主体结构是善恶二元对立的模式，人物基本上分为卜静丞所代表的"恶"和阿蓬等代表的"善"这两种势力，属于"恶"的卜静丞、新梅等人物都得到了应有的惩罚，即死亡，而属于"善"一方的大都迎来了幸福的结局。"这种惩恶扬善意味着在《恶家庭》中还保留着社会教育的理念，但同时《恶家庭》中当时社会的主流价值观、伦理观依然存在。作者不想以恶人得势来结束全剧，就以钦差大臣这种所谓体制内人物惩罚恶人作为《恶家庭》的结局。这是对当时社会主流价值观、伦理观，也就是对封建道德的妥协和屈服。这是商业戏剧的主要内容，也是一种典型的表现手法。"[3]

三、顾无为及其代表性新演剧《西太后》

民鸣社最成功的剧目是 1914 年 10 月 10 日首演的《西太后》，作者是顾无为。顾氏是最早脱离新民社加入民鸣社的著名演剧家之一。顾无为（1892—1961），字翼胞，诨号"搅局大王"，浙江绍兴人。曾入上海警务学堂，毕业于江南法学院。1913 年跟随孙中山从事宣传、联络工作。1915 年到上海与张石川、郑正秋等创办民鸣社。他"长口才，高谈雄辩，辟易千人，遇事敢为，且甚练达，新剧界中能者也。演剧工激烈，派饰老生，与无恐异曲同工。"[4] 因创作剧本《皇帝梦》被捕。后编写《孙中山伦敦蒙难记》，主演《安重根刺伊藤》等剧目。1925 年创办大中国影片公司，利用京剧行头和布景，在短期内拍摄出 20 多部古装片，由此掀起了古装片的拍摄热潮。后任大华影片公司总经理，并经营上海齐天舞台和南京大世界游乐场。

[1] 欧阳予倩：《谈文明戏》，《欧阳予倩戏剧论文集》，上海文艺出版社，1984 年，第 196 页。

[2] 曹聚仁：《上海春秋》，北京：生活·读书·新知三联书店，2007 年，第 351 页。

[3] ［日］濑户宏（摄南大学）：《论新民、民鸣社》，田本相、董健主编《中国话剧研究》第十一期（中国传媒出版社 2007）。

[4] 朱双云：《新剧史》，上海：新剧小说社，1914 年，第 9 页。

顾无为

《东亚风云》剧照

新中国成立后前往香港，1961 年去世。

根据当时上海的商业剧场的惯例，剧团每天要演不同的剧目，需要准备大量的新剧目，根本没有时间编写完整的剧本，只好采用幕表制。《恶家庭》就是这样的新剧，它第一次演出需要演五天，属于连本戏，前后共十本。连本戏是这一时期上海剧界采取的主要演出形式，商业效果比较理想。《恶家庭》的演出十分成功，赢得广泛好评。

连台三十二本《西太后》的演出使"民鸣社遂盛极一时"，"……二年零三个月寿命之初期民鸣社，得获利至十万元以上者，完全是《西太后》的力量，故当时社会上不谈民鸣则已，谈到民鸣社，必及《西太后》"[1]。当时演家庭戏的太多，民鸣社遂变换一个方针，以清宫戏相号召。"这一炮，打得很中。因为当时刚刚推翻清朝政府，中国人做了二百多年的奴隶，一向只能够歌功颂德，哪敢说半句怨恨的话，现在一朝纸老虎拆穿，什么皇帝，早已不值半文钱了；但是一般的人，很想晓得一些皇帝到底是个何等样的东西。宫廷里面究竟是怎样的情形。这是老百姓们近三百年来一点也无从知道的。"[2]

清朝时期，清宫题材是禁区，不能上演。民国时期，情况就迥然不同。大家都想了解一下清宫生活的秘密，新演剧《西太后》广受欢迎是可以理解的。欧阳予倩对《西太后》曾有过这样的议论："张蚀川、顾无为揣摩着小市民观众的心理，头一炮打响了。辛亥革命以前，皇帝神圣不可侵犯，宫廷是一个神秘的地方，尤其西太后那拉氏

[1] 朱双云：《初期职业话剧史料》，重庆：独立出版社，1942 年，第 17—18 页。
[2] 徐半梅：《话剧创始期回忆录》，中国戏剧出版社，1957 年，第 77 页。

这个人物，传说最多，茶余酒后往往会谈到她，把她的故事编成戏，不用说有号召力的。"[1]

作为新民社的创始人，郑正秋很矛盾，他既想演好戏，又想赚到钱，以便维持剧社成员的生活。在新剧进入低谷之际，他不得不另辟蹊径，编演与此前不同的新剧。欧阳予倩认为，新民社与民鸣社的剧目"没有宣传政治的目的"，不过郑正秋编了些"反映当时政治问题、社会问题的戏"，尤其是他们的家庭戏演得很逼真，使"观众渐渐也把话剧当作戏来看"。在他们的努力下，新剧"有了自己的保留节目"，这"对新剧的发展是有利的"。[2] 新民社、民鸣社上演的家庭戏、宫廷戏与广大群众文化需求品位相适应，受到他们的热烈欢迎。由此新民社、民鸣社产生了一种轰动效应，仿效者纷纷而起，于是新剧团如雨后春笋，产生"甲寅中兴"的繁荣景象，在剧坛京戏一超独霸的严峻形势下，新派新剧的演出场次不断增多，观众人数不断增长，一度大大超过京戏，达到空前的兴盛和繁荣，为其后话剧的进一步发展奠定了基础。

其实还是冤冤相报的传统老套，但在商业上的成功引起了轰动。研究者对这个剧本的评价有明显分歧。王卫民在《我国早期话剧的来源、兴盛和衰落》中指出：辛亥革命以后"封建思想与争取个性解放的思想出现了错综复杂的矛盾"。因此家庭问题"成为当时人们关注的重大社会问题之一"。同时一些暴发户也制造了不少家庭悲剧。"人们对这些新贵的行径无比愤恨。"《恶家庭》正反映了"群众的行径和愿望"。它不仅"揭露了清末官场的黑暗，也隐约地讽刺了民国初年的一些官僚政客，接近于当时的谴责小说"。但是欧阳予倩在《淡文明戏》中批评此剧"全篇只是罪恶的描写"。

从 1919 年出版的《新剧考证》中收录的梗概了解到该剧的剧情。《恶家庭》的主要人物卜静丞是官僚，但是卜静丞的具体职务是什么，他从事什么政治活动，他所生活的时代是什么样的状况，作品中看不到。作品表现的空间基本上限定于卜静丞的家庭内部，编剧、观众是否直接关注国家命运等社会大背景作品内容没有体现，剧评也缺少这

［1］欧阳予倩：《谈文明戏》，《欧阳予倩戏剧论文集》，上海文艺出版社，1984 年，第 202 页。

［2］欧阳予倩：《谈文明戏》，《欧阳予倩戏剧论文集》，上海文艺出版社，1984 年。

方面的记述。[1]《恶家庭》中是否有进化团在演出时经常穿插的那种政治演说，剧评也没有提及。另一方面，《恶家庭》在性质上又有跟进化团的戏相同的地方。剧情曲折，描写了正房和姨太太、姨太太和奸夫，诱感侍女等复杂的家庭关系，穿插了不少投河、下狱等刺激性场面；结构并不单一，人物基本上分为卜静丞所代表的"恶"和阿蓬等代表的"善"这两种势力。剧中主要描写的是卜静丞等人的种种恶行。我们可以认为《恶家庭》进一步发展了进化团作品中的情节的曲折性，这跟传统戏曲的编剧方法也有相通的地方。而之所以这样编剧，是出于商业目的。根据善恶的价值观构架人物冲突，其故事情节曲折而刺激，不用说，这是一种典型的商业戏剧。

　　新民社创办伊始，于 1913 年 9 月 14 日演出了《野鸡嫁野鸡》和《恶家庭》。《野鸡嫁野鸡》是以滑稽为主的"趣剧"，内容不详。"新民即新的民众，它体现了辛亥革命以及因此而诞生的中华民国所提倡的'新'这个理念。从新民这个名称我们能够感觉到它于传统戏班戏所不同的、积极适应新时代的意愿。虽然欧阳予倩等在以后的文明戏研究中多次指出郑正秋的商业主义倾向，但是郑正秋等新民社创始人至少在主观上继承了辛亥革命的思想。"[2] 作为商业性剧团，新民社的成立是为了解决演员们的生计问题，即郑正秋等人当时以演剧为职业，通过演出收入而生存，这就要求其演剧具有市场，适合观众的胃口。但这并不排除他们拥有自己的演出理念或戏剧理念，其基本理念并没有越出晚清以来戏剧改良运动的理念，即用演剧推行社会教育。

　　《西太后》（民鸣社剧本，顾无为编）这部新剧首先作为四本的连本戏演出了两天。由于好评，接下来的 12 日、13 日继续重演。以后又演出了续编，最后变成了三十六本（包括《后部西太后》四本）的长篇连本戏。虽然该剧演的是前一个朝代的事情，但是并没有过去很久，时代感比较强，而且暴露了宫廷秘事，所以很受观众欢迎。他的说法有明显的否定色彩。不久，《乾隆皇帝休妻》等同工异曲的历史

[1] ［日］濑户宏（摄南大学）:《论新民、民鸣社》，田本相·董健主编《中国话剧研究》第十一期（中国传媒出版社 2007）。

[2] 濑户宏（摄南大学）:《论新民、民鸣社》，田本相·董健主编《中国话剧研究》第十一期（中国传媒出版社 2007）

剧也出现了。

　　《西太后》是以慈禧太后为中心人物的一部气势恢宏的历史剧，它的特色在于豪华的舞台装置，"竭其全力注重于布景，庭殿、宫院及花木舟车，无不力求精致华资"。公演广告中还有"考证前清会典，询诸礼部旧僚"这样的措辞。至于是否真的像广告说的那样做了，准确的时代考证尚且存疑。不过，就《西太后》用豪华的旗装和精美的舞台装置吸引了观众这一点不难想象。最大的场面有五六十个演员同台演出，全剧的演员总数达一百人以上。如此庞大的阵容也只有资金雄厚的民鸣社才能做到。[1]

---

[1] [日] 濑户宏（摄南大学）:《论新民、民鸣社》，田本相·董健主编《中国话剧研究》第十一期（中国传媒出版社 2007）。

第五节　新潮演剧的历史功绩

一、启蒙思想的广泛传播

晚清的戏剧改良运动是思想启蒙的产物。在西学东渐的背景下，启蒙思想家肩负救亡图存的时代使命，他们认为输入新文明、传播新知识是根本之策，西方现代民主自由思想、政治思想是核心内容，而政治思想中的民族思想与爱国思想更是重中之重。

输入文明，传播新知

梁启超等人主张文学救国，注重输入文明，传播新知，使西方现代文明植根华土。他借助剧中人物之口说："从前法国路易第十四的时候，那人心风俗不是和中国今日一样吗？幸亏有一个文人叫福禄特尔，做了许多小说戏本，竟把一国的人从睡梦中唤起来了。"[1]1904年，健鹤在《警钟日报》上发表《改良戏剧之计画》一文，其中声称，"盖为中国普通社会开通智识、输入文明计，吾必推绘影绘声之演剧为社会第一教育矣"。如果各省戏剧改良，则"为改良社会开幕

---

[1] 梁启超《劫灰梦》，阿英《晚清文学丛钞·传奇杂剧卷》卷下第 688 页，中华书局 1960 年版。

梁启超

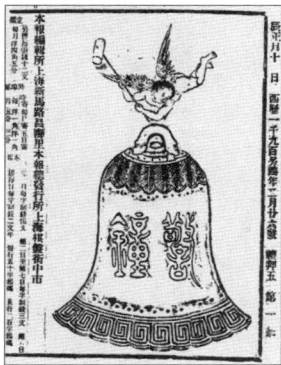

《警钟日报》第一号

第一殊勋也"。[1] 大力提倡新演剧，使之"举民族何以受制于异族之手，而异族又何以受制于强敌族之手，使吾同种为两重之奴隶，无告之穷民……上自二百六十年前亡国之纪元，下自二十世纪以来亡种之问题，一一痛苦流涕，为局中人长言之。

铁板铜琶，高唱大江之曲；歌喉舞袖，招回中国之魂，则或者于保国保种之道，而得间接之一助也夫"[2]。在春柳同仁看来，日本与欧美同属文明世界，"挽近号文明，曰欧美，曰日本"[3]，通过日本输入欧美文明是时代提出的新要求。

　　破旧立新是输入欧美文明的关键。有的学人认为，本来元杂剧的时代精神鲜明突出，其反抗精神达到极致，可是后来逐渐丧失，到清中后期，戏剧演出的内容已经陈腐不堪，诸如"红粉佳人、风流才子、伤风之事、亡国之音"，不一而足，于是建议"中国旧戏之寇盗、神怪、男女数端，淘汰而改正之"，"复取西国近今之可惊、可愕、可歌、可泣之事……一一详其历史，摹其神情，务使须眉活现，千载如生"。[4] 天僇生说得很具体、很细致，"昔者法之败于德也，法人设剧场于巴黎，演德人都时之惨状，观者感泣，而法以复兴。美之与英战也，摄英人暴状与影戏，随到传观，而美以独立。演剧之效如此。是以西人与演剧者则敬之重之，与撰剧者更敬之重之"[5]。在时代急流中，柳亚子极富革命激情，欲进行一场戏剧变革，以助革命事业。他与陈去病、汪笑侬等人痛感"民智未迪，而下等社会犹如睡狮之难醒"，乃创办一个专门的戏曲理论刊物《二十世纪大舞台》，想借此"以改

[1] 健鹤：《改良戏剧之计划》，《警钟日报》1904 年 5 月 30 日。

[2] 健鹤：《改良戏剧之计划》，《警钟日报》1904 年 6 月 1 日。

[3]《春柳社演艺部专章》，《北新杂志》1907 年第 30 卷。

[4] 著夫《论开智普及之法首以改良戏本为先》，《芝罘报》1905 年第 7 期。

[5] 天僇生《剧场之教育》，《月月小说》1908 年第 2 卷第 1 期。

革恶俗，开通民智，提倡民族主义，唤醒国家思想"[1]。柳亚子在《发刊词》中指出，"若大中原，无好消息，牢落文人，中年万恨，而南都乐部，独于黑暗世界，灼然放一线光明"，希望"清歌妙舞，招还祖国之魂，美洲三色之旌旗，其飘飘出现于梨园革命军"。[2]"欧亚交通，几五十年，而国人犹茫昧于外情。吾济崇拜共和，欢迎改革，往往倾心于卢梭、孟德斯鸠、华盛顿、马志尼之徒，欲使我同胞效力；而彼方以吾为邹衍谈天、张骞凿空，又安能有济？今当捉碧眼紫髯儿，被以优孟衣冠，而谱其历史，则法兰西之革命，美利坚之独立，意大利、希腊恢复之光荣，印度、波兰灭亡之残酷，尽印于国民脑膜，必有欢然兴者。此皆戏剧改良所有事，而为此《二十世纪大舞台》发起之精神。"[3]清末民初，中国破旧立新的大舞台层出不穷，风起云涌的新剧社正是这样的大舞台。

柳亚子

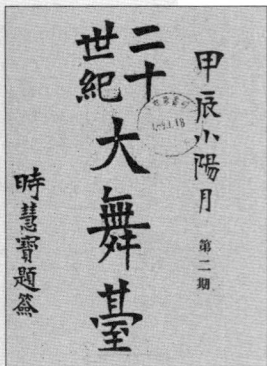

《二十世纪大舞台》

传播革命思想

晚清，资产阶级民主革命一浪高过一浪，这得力于革命思想的传播，在此过程中，新演剧为功甚高，因为随着社会的急剧变化，时代呼唤具有革命思想的新演剧。1929 年，话剧导演洪深在《从中国的"新戏"说到话剧》一文中指出："在一个政治和社会大变革之后，人民正是极愿听指导，极愿受训练的时候。他们走入剧场里，不只是看戏，而且喜欢多晓得一点新的事实，多听一点新的议论。而在戏剧者，此时也正享受着极大的自由，一向所不能演出，不敢演出的戏，此时都能演了。"[4]一些仁人志士以新演剧为利器来传播革命思想。无涯生在《观戏记》中描述了他观看西方戏剧时激动人心的一幕，他说："记者闻昔法国之败于德也，议和赔款，割地丧兵，其哀惨艰难

---

[1] 陈去病、汪笑侬《〈二十世纪大舞台〉丛报招股启并简章》，《二十世纪大舞台》，第 1 期 1904 年。

[2] 柳亚子：《二十世纪大舞台发刊词》，《二十世纪大舞台》第 1 期，1904 年。

[3] 柳亚子《二十世纪大舞台·发刊词》，《二十世纪大舞台》1904 年第 1 期。

[4] 引自广州《民国日报》，副刊《戏剧研究》1929 年 2 月 23 日第 2 期.

之状不下于我国今时。欲举新政，费无所出，议会乃为筹款，并激起国人愤心之计，先于巴黎建一大戏台，官为收费，专演德法争战之事"，演员"摹写法人被杀、流血、断头、折臂、洞胸、裂脑之惨状，与夫孤儿寡母、弱妻幼子之泪痕，无贵无贱，无上无下，无老无少，无男无女，顷刻惨死于弹烟炮雨之中，重叠裸葬于旗影马蹄之下，种种惨剧，种种哀声，而追原国家破灭，皆由官习于骄横，民流于淫侈，成不思改革振兴之故"。很显然，剧院通过演剧来唤起国民的爱国思想，激发国民奋发图强的斗志。观众则"凡观斯戏者，无不忽而放声大哭，忽而怒发冲冠，忽而顿足捶胸，忽而摩拳擦掌，无贵无贱，无上无下，无老无少，无男无女，莫不磨牙切齿，怒目裂眦，誓雪国耻，誓报公仇，饮食梦寝，无不愤怒在心"。由此可见，演剧产生了强烈的艺术感染力。为此，他认为，"激发国民爱国之精神，乃如斯其速哉？胜于千万演说台多矣！胜于千万报章多矣！"他热切希望"法国日本维新之悲剧，将见于亚洲大陆"。"（法国）改行新政，众志成城，易于反掌，捷于流水，不三年而国基立焉，故今仍为欧洲一大强国。"[1] 天僇生也认为，"欲输入国家思想……舍戏剧莫由"，其立论的根据是"自十五六世纪以来，若英之莪来庵，法之莫里蔼、那锡来诸人，其所著曲本，上而王公，下而妇孺，无不人手一编。而诸人者，亦往往现身说法，自行登场，一出未终，声流全国……"[2] 陈去病认为戏剧通过舞台演出，以其直观的形象容易震撼人心，激发意志，"其奏效之捷，必有过于劳心焦思，孜孜矻矻以作《革命军》《驳康书》《皇帝魂》《落花梦》《自由血》者殆千万倍"。他把戏剧的宣传作用与资产阶级的民主革命运动联系起来，号召有志之士兵，加入戏剧的行列，用戏剧教育民众，发动民众推翻封建专制。他指出："专制国中，其民党往往有两大计划，一曰暴动，一曰秘密，二者相为表里，而事皆鲜成。独兹戏剧性质，颇含两大计划于其中。苟有大侠，独能慨然舍其身为社会用，不惜垢污，以善为组织名班，或编明季稗史，而演汉族灭亡记，或采欧、美今事，而演维新新活历史，随俗嗜好，徐为转移，而潜以尚武精神、民族主义一一振起而发挥之，以表

---

[1] 无涯生：《观戏记》，阿英编《晚清文学丛钞·小说戏曲研究卷》，中华书局1962年版，第67—68页。

[2] 天僇生：《剧场之教育》，《月月小说》第2卷第1期，1908年。

厥目的：夫如是，而谓民情不感动，士气不奋发者吾不信也。"[1] 王钟麒在《剧场之教育》一文中，注意到西方戏剧用重大的政治事件来启迪本国民众。他说："昔者法之败于德也，法人设剧场于巴黎，演德兵入都时惨状，观者感泣，而法以复兴。美之与英战也，摄英人暴状于影戏，随到传观，而美以独立。演剧之效如此。"[2] 这是新演剧与传统戏剧在内容上的根本差异，反映重大政治事件成为新演剧的突出特征。正如阿英所言："晚清时期，以反对民族压迫、宣传革命为内容的戏剧作品是当时戏剧运动中的主要组成部分。此类传奇、杂剧，大都取材于南宋、南明，所写人物，很多以文天祥、史可法、郑成功、瞿式耜、张煌言等为主。"[3] 在他们看来，戏剧与政治具有不可分割的密切关系，西方新演剧的实践表明，新演剧是传播革命思想的最佳途径。

洪深   陈去病

弘扬美德，改良社会

新剧弘扬真善美，批判假丑恶，改良社会，使社会风气逐渐开化。戏剧艺术形式符合文化水平低下的底层民众。陈独秀曾指出："惟戏曲改良，则可感动全社会，虽聋得见，虽盲可闻，诚改良社会之不二法门也。""戏剧者，普天下人类所最乐睹、最乐闻者也，易入人之脑蒂，易触人之感情。故不入戏园则已耳，苟其入之，则人之思想权未有不握于演戏剧者之手矣。"[4] 他把改良戏曲与改良社会联系起来，使新演剧承担社会教育的重任。无涯生认为戏剧"皆于一时之人心风俗，有所关系焉。""蒋心余之言曰：天下之治乱，国之兴衰，莫不起于匹夫匹妇之心，莫不成于其耳目之所感触，感之善则善，感之恶则恶，感之正则正，感之邪则邪。感之既久，则风俗成而国政亦因之固焉。故欲善国政，莫如先善风俗；欲善风俗，莫如先善曲本。曲

[1] 邬国平、黄霖《中国文论选》近代卷下，第 350 页，江苏文艺出版社，1996 年版。
[2] 王钟麒《剧场之教育》，《月月小说》1908 年第 2 卷第 1 期。
[3] 阿英《晚清文学丛钞·传奇杂剧卷·叙例》卷上第 1 页，中华书局 1960 年版。
[4] 三爱《论戏曲》，《新小说》1906 年第 2 年第 2 号。

陈独秀

本者，匹夫匹妇之心耳目所感触易入之地，而心之所由生，即国之兴衰之根源也。"蒋心余认识到戏曲与风俗之间的密切关系，还认识到风俗与国政之间的密切关系。但他忽视了一个根本的问题，即戏曲为什么能够改变人心风俗。无涯生对此有较深刻的理解："夫感之旧则旧，感之新则新，感之雄心则雄心，感之暮气则暮气，感之爱国则爱国，感之亡国则亡国，演戏之移易人志，直如镜之照物，靛之染衣，无所遁脱。论世者谓学术有左右世界之力；若演戏者，岂非左右一国之力者哉？"[1] 由于戏剧对妇孺细民有如此大的影响，因此必须改良戏剧，大肆提倡剧场教育。"事之有害于地方也，莫如戏剧；事之有益于地方也，亦莫如戏剧。"真是成也萧何，败也萧何。"戏剧良，则风俗与之俱良；戏剧窳，则风俗与之俱窳；戏剧退步，则风俗与之俱退；戏剧进步，则风俗与之俱进。"正因为如此，戏剧"若经改良，则于世道人心不无小补"[2]。

新演剧形象生动，容易感染观众，具有很强的吸引力，无论男女老少、文化程度深浅者或者识字不识字者，通过表演者的表演都能够明白戏剧的内容和意义，受到教育。陈去病认为戏剧，"其词俚，其情真，其晓譬而讽喻焉，亦滑稽流走，而无有所凝滞，举凡士庶工商，下逮妇孺不识字之众，苟一窥睹乎情状，接触乎其笑啼哀乐，离合悲欢，则渺不情为之动，心为之移，悠然油然，以发其感慨悲愤之思，而不自知"[3]。天僇生通过对古之戏剧的考察，发现"古人之于戏剧，非仅借以怡耳而怪目也，将以资劝惩、动观感"。虽然戏剧为"雅士所不道"，而"世之观剧者，不得不以妇人、孺子及细民占其多数。是三种类者，其脑海中皆空洞无物，而忽焉以淫亵、劫杀、神仙、鬼怪之说中之，施者既不及知，而受者亦不自觉，先入为主，习与性成。观夫此，则吾国风俗之弊，其关系于戏剧者，为故非浅鲜

---

[1] 无涯生《观戏记》，邬国平、黄霖《中国文论选》近代卷下，第 56 页，江苏文艺出版社，1996 年版。

[2] 铁《铁瓮烬余》，《小说林》1908 年第 12 期。

[3] 陈去病《论戏剧之有益》，邬国平、黄霖《中国文论选》近代卷下，江苏文艺出版社，1996 年版。

矣"[1]。兼顾艺术与政治的春柳社立意高远,大力弘扬美德,抨击丑恶,其剧目"多半称赞爱国志士、见义勇为的人和江湖豪侠之流;宣扬纯洁的爱情、婚姻自由、爱人如己、牺牲自己成全别人;反对的是:高利贷、嫌贫爱富的、以富贵骄人的、恃强欺弱的、纵情享乐的、不合理的家庭、不合理的婚姻制度、腐败的官场等等;同情被压迫者,同情贫穷人;有些戏写一个人能运用聪明智慧打破坏蛋的阴谋;有些暴露社会的腐败和黑暗"[2]。其新演剧收到良好的社会效果。

二、戏剧观念的深刻变革

提高戏剧的地位。在中国传统文学观念中,只有诗文才是正统的文学,才有一定的文化地位,小说是稗官野史,是街谈巷语,是道听途说之言,是不能登大雅之堂的旁门左道。戏剧与小说一样,地位卑微,剧作家和从业人员的地位也很卑微。启蒙思想家陈独秀认识到这一不良局面,在《论戏曲》一文中指出:"人类之贵贱,系品行善恶之别,而不在于执业之高低。我中国以演戏为贱业,不许与常人平等。泰西各国则反是,以优伶与文人学士同等;盖以为演戏事,与一国之风俗教化极有关系,决非可以等闲而轻视优伶也。"[3]借鉴西方的戏剧经验,提高戏剧的地位,这是时代的迫切需要。陈独秀不能容忍鄙薄戏剧的现象,他愤怒地说:"国人恶习,鄙夷戏曲小说为不足齿数,是以贤者不为,其道日卑,此种风气,倘不转移,文学界决无进步之可言。章太炎先生,亦薄视小说者也。"[4]他极力摇旗呐喊,希望彻底扭转这种局面。与梁启超不同,陈独秀尤其重视戏剧,他曾说:"现代欧洲文坛第一推重者,厥唯剧本,诗与小说,退居第二流。以其实现于剧场,感触人生愈切也。至若散文,素不居文学重要地位。"[5]经过一些有志之士的不断努力,国人的戏剧观念逐渐发生变化,自新潮演剧在我国问世以来,众多有志青年的参与,使社会风气为之一变,人们逐渐认识到,"新剧何以曰文明戏,有恶于旧剧之陈腐鄙陋,期以文艺美术区别之也。演新剧者,何以不名伶人,而称新

---

[1] 郭国平、黄霖《中国文论选》近代卷下第,江苏文艺出版社,1996 年版,第 542 页。
[2] 欧阳予倩:《回忆春柳》,《欧阳予倩戏剧论文集》,上海文艺出版社,1984 年,第 168 页。
[3] 三爱《论戏曲》,《新小说》1906 年第 2 年第 2 号。
[4] 陈独秀《答钱玄同》,任建树等编《陈独秀著作选》第一卷,第 274 页,上海人民出版社。
[5] 任建树等编《陈独秀著作选》第一卷,第 157 页,上海人民出版社。

剧家，因其知识程度，足以补教育之不及。人格品行，可以做国民之导师也"[1]。

　　树立戏剧属于表演艺术的观念。清末民初的文人学士通过与西方戏剧家的接触，逐渐树立戏剧属于表演艺术的观念，并与传统戏曲的表演艺术相区别。法国喜剧作家莫里哀、澳大利大戏曲家顾利尔巴沙、古希腊的大悲剧家索福克勒斯、十七世纪英国的大文豪莎士比亚、近代挪威的剧作家易卜生、美国剧界大家勃兰托马西斯及司克利勃、若柯奇爱勃哀、沙德等剧作家成为他们学习的榜样。西方剧作家一致认为，戏剧只有适合舞台表演，才具备感人的艺术魅力。有人认为："不佞所书脚本，必俟登之舞台后，乃愿丐大雅之批评；至仅仅过眼一览后之批评，则非不佞所愿承教也。"有人认为："凡戏曲必剧场的，但剧场的未必即是戏曲。"或者认为，剧本的一字一句，能够在舞台上借演员的表演，传达给观众。有人认为："剧之为物，必其性质，一上之舞台，即能诉之观客之情感。纵令聋哑之人瞥然一见，即复趣兴盎然。盖剧者，即以原始时代原人象物模拟而来。模仿云者，不必语言，即仅以身体之表情，而能予观客以理解，令生观感乃合，此乃剧之最大要素。如沙氏名作《霍姆雷敌》，令聋哑观之，必生趣味。"[2]有人认为，戏剧是用舞台的形式表演文学的内容。如此等等，不一而足。陈独秀还建议在表演技术上采用西法，尤其是光电技术的应用，同时还注意结合中国的革命风潮，在剧中插入演说。"戏中有演说，最可长人见识；或演光学、电学各种戏法，则又可练习格致之学。"[3]无涯生与陈独秀持相似的看法："中国不欲振兴则已，欲振兴可不于演戏加之意乎？加之意奈何？一曰改班本，一曰改乐器。"[4]戏曲能够改变人心风俗的关键在于其内容。"陈腐之曲本诲淫诲盗之毒风"，足以伤风败俗，要从内容上彻底变革，用"贤人君子"代替"红粉佳人，风流才子，伤风之事，亡国之音"以移风易俗。"报章朝刊一言，夕成舆论，左右社会，为效迅矣。然与目不识丁者接，而用以穷。济其穷者，有演说，有图画，有幻灯（即近时流

[1] 剑云：《輓近新剧论》，《鞠部丛刊·剧学论坛》，交通图书馆，1918 年 11 月，第 57 页。

[2] 邬国平、黄霖《中国文论选》近代卷下，江苏文艺出版社，1996 年版，第 730—731 页。

[3] 三爱《论戏曲》，《新小说》1906 年第 2 年第 2 号。

[4] 无涯生《观戏记》，邬国平、黄霖《中国文论选》近代卷下，第 56 页，江苏文艺出版社，1996 年版。

行影戏之一种）。第演说之事迹，有声有形；图画之事迹，有形无声；兼兹二者声应形成，社会靡然而向风，其惟演戏欤？"[1]

三、戏剧艺术的巨大发展

第一，借鉴西方现代戏剧表演，包括剧场布置与表演技巧。关于剧场布置，新剧逐渐采用西洋的布景制；关于表演技巧，逐渐向西方话剧靠拢。从 1907 年中国留日学生在东京演出《茶花女》开始，新潮演剧就注重剧场布置，当时有"良好的舞台装置"，而"剧中人对白、表情、动作等等，绝对没有京戏气味，创造出一种新的中国话剧来了"。[2] 春柳社在日本上演的《黑奴吁天录》对西方戏剧表演借鉴很多。欧阳予倩指出："这个戏分五幕，每一幕之间没有幕外戏，整个戏全部用的是口语对话，没有朗诵，没有加唱，还没有独白、旁白，当时采取的是纯粹的话剧形式。""这个戏有完整的剧本，对话都是固定的，经过两个多月的排练（有时候是断断续续的），才上演。""在表演方面，力求表现感情的真实，但有些角色，例如海留这样的反派，大家认为表演有些过火。"[3] 因此，"无论从思想方面看，从艺术方面看，在那个时候可以说是成功的"[4]。国内，新剧最早采用布景的要推王钟声，马彦祥在《文明戏之史的研究》中说："上海人

《茶花女》剧照

《茶花女》剧照

---

[1]《春柳社演艺部专章》，《北新杂志》1907 年第 30 卷。
[2] 徐半梅：《话剧创始期回忆录》，中国戏剧出版社，1957 年，第 13 页。
[3] 欧阳予倩：《回忆春柳》，《欧阳予倩戏剧论文集》，上海文艺出版社，1984 年，第 146 页。
[4] 欧阳予倩：《回忆春柳》，《欧阳予倩戏剧论文集》，上海文艺出版社，1984 年，第 150 页。

看戏，这是第一次看见布景——后来新舞台就是模仿他们的。"[1] 布景的引入对中国戏剧的发展产生深远的影响，有的论者对新潮演剧的布景使用有偏见。譬如陆明悔在《上海的戏剧界》中说："布景在中国已有十多年的历史，时间不能说不久了，……我敢说中国采用了西洋的布景制，十多年来，只是得了些皮毛……无论他们的机关做得怎样巧妙，我不敢承认他们是布景术的进步，只是布景术的堕落罢了。"[2]尽管如此，他还说："岂知据我调查所得，今年上海各舞台的营业比往年格外发达，有几家的收入竟比往年增加几倍，……因为上海，除附在游艺场里的剧场和开演粤剧、宁绍剧等的小剧场不计外，共有独立的新旧剧场七处，据说七家每日统计至少可售一万五千元。每人的戏资统计以五角计算，就是每夜至少有七千人在剧场里看这种大家攻击的戏。"[3] 由此可见，新演剧采用布景，彻底改变了剧场的传统结构，深受观众的欢迎。西方舞台的布景艺术不仅深刻影响了新潮新剧，也深刻影响了属于旧派新剧的改良京戏。1907 年以后，在新剧的影响下，夏月珊等人所办的南市新舞台开始在京戏舞台上用幕，他们还特意派人去日本，通过市川左团次聘来了一个日本的布景师洪野，开始在京戏舞台上用布景，并建造转台，前后排演了《新茶花》《血泪碑》《红菱艳》《黑籍冤魂》等戏。南市新舞台遭了火灾，搬到九亩地，又新造了舞台，排演了《拿破仑艳史》《牺牲》（雨果作）等西装戏。此后京戏舞台的安排就比较集中。

　　第二，突出写实风格。晚清，旅日侨民王韬率先观看日本戏剧，其写实倾向给他留下了深刻影响，"庐舍山水，树木舟车，无不逼真，兼以顷刻变幻，有如空中楼阁弹指即现"[4]。外国新演剧的写实性逐渐为国人注目。新剧人一反传统戏曲程式化的写意性，认为"（中国）戏之劣处，全在无情无理。其最可笑者，如痛必倒仰，怒必吹须，富必撑胸，穷必散发，杀人必'午时三刻'，入梦必'三更三点'，不马而鞭，类御风之列子，无门故掩，直画地之秦人，举动若狂，情词并

[1] 转引自李畅：《中国近代话剧舞台美术片谈》，《中国话剧史料集第一辑》，北京：文化艺术出版社，1987 年，第 255 页。
[2] 转引自李畅：《中国近代话剧舞台美术片谈》，《中国话剧史料集第一辑》，北京：文化艺术出版社，1987 年，第 263 页。
[3] 转引自李畅：《中国近代话剧舞台美术片谈》，《中国话剧史料集第一辑》，北京：文化艺术出版社，1987 年，第 263—264 页。
[4] 王韬：《扶桑游记》，岳麓书社，1985 年，第 441 页。

《新茶花》剧照

《黑籍冤魂》剧照

拙"[1]，大力追求新潮演剧"扮戏以肖真为主"[2] 的写实性，逐渐讲究真实性的布景道具。这与世界范围内文艺界的写实思潮高涨密切相关。他们试图向西方写实性演剧学习，"描摹旧世界之种种腐败、般般丑恶而破坏之，撮印新世界之重重华严、色色文明而鼓吹之是也。夫神奸巨蠹所致力者，每在人所不见之地；而弊习恶俗又往往鲍臭不闻。……今为之发其幽私，穷其变相，置之于万目共注之地，则虽身在彀中者，无地自容"[3]。使新演剧"自今以往，必也一一写真，一一纪实"[4]。以便产生强烈的艺术感染力。为了追求真实性，新剧人表演时不惜使用真刀真剑，有时不幸酿成丧命的悲剧。

新剧表演逐渐摆脱对传统"表意性"戏曲的模仿，注重表现真人实事，力求合乎情理，顺应自然。新剧家郑正秋深有体会，他说："吾人登场演新剧，衣常人所衣，步常人所步，言常人所言，状常人所状。无需乎撩袍，无需乎端带，更无需乎作长袖之舞。"[5] 当时的剧评家王瘦月早就认识到这一点，他曾指出"旧戏纯系刻板文章，凡举动进退唱工道白皆有一定限制，故一戏而千百人演之，不能变更其毫末，虽有奇才，只能卖力于嗓音与架子，其蔽易于令人生厌。新戏最

---

[1] 王梦生：《梨园佳话》，商务印书馆 1915 年，第 122 页。

[2] 王梦生：《梨园佳话》，商务印书馆 1915 年，第 158 页。

[3] 健鹤：《改良戏剧之计画》，《警钟日报》1904 年 5 月 31 日。

[4] 健鹤：《改良戏剧之计画》，《警钟日报》1904 年 6 月 1 日。

[5] 正秋：《新剧经验谈》（一），《鞠部丛刊·剧学论坛》，交通图书馆，1918 年 11 月，第 51 页。

重自然,天机活泼,绝不似旧戏之千篇一律"[1]。剑云也指出"新剧之化妆,尤非旧剧可比也,合乎情,同乎理,纯任自然,而不悖于剧中人身份,方克尽其化妆之能事"[2]。民国初期,以言论为主的新演剧逐渐被观众厌倦,又由于袁世凯政府实施高压政策,排除异己,密切监视新演剧,于是家庭戏渐起。由于比较熟悉,演员们围绕家庭人物,表现家庭生活,演得十分逼真。这种注重"人情事理"和"日用寻常"的"写实风格情节剧"风行一时。

第三,引入西方的悲剧精神。中国戏剧与外国戏剧的重大差别在于,中国缺乏悲剧。蒋观云在其重要论文《中国之演剧界》中早已洞察,他说:"且夫我国之剧界中,其最大之缺憾,诚如訾者所谓无悲剧";而外国戏剧以悲剧为主,"今欧洲各国,最重沙翁之曲,至称之为惟神能造人心,惟沙翁能道人心。而沙翁著名之曲,皆悲剧也"。他觉得拿破仑喜欢戏剧,尤其喜欢悲剧,余暇就去剧院看戏。拿破仑曾说:"悲剧者,君主以及人民高等之学校也,其功果盖在历史以上。"把悲剧的教育作用提到超过历史的高度。拿破仑高度重视悲剧的教育作用。"悲剧者,能鼓励人之精神,高尚人之性质,而能使人学为伟大之人物者也,故为君主者不可不奖励悲剧而扩张之。夫能成法兰西赫赫之事功者,则坤讷由(Corneille)所作之悲剧感化之力为多。使坤氏而今尚在,予将荣授之以公爵。"作为政治家、军事家的拿破仑如此重视悲剧,可见悲剧对民族国家的重要性,特别是悲剧有陶铸盖世英雄之功。而中国的戏剧,则内容陈腐,方法落后,基本上是用旧法演旧剧。"夫今之戏剧,于古亦当属于乐之中。虽古之乐以沦亡既久,无可考证,经数千年变更以来,决不得以今之戏剧,谓正与古书之所谓乐相当。然今之演剧,要由古之所谓乐之一系统而出;则虽谓今无乐,演剧即可谓为一种社会之乐,亦不得议其言为过当。"今乐虽然是从古乐演变而来,但决不能把今乐等同于古乐。可是演剧界一直沿袭,毫无变化,"古之乐变为今之戏,古之乐官变而为今之戏子,其间数千年间,升降消长,退化之感,曷禁其怅触于怀抱也!"对于这种状况,蒋观云痛心疾首,企图改变中国演剧界的落后状况,"夫剧界多悲剧,故能为社会造福,社会所以有庆剧也;剧界多喜剧,

---

[1] 瘦月:《杂俎·新旧剧之异点一》,《新剧杂志》第1期,1914年5月1日。
[2] 剑云:《新剧平议》,《繁华杂志》第5期,1915年1月。

故能为社会种蘗，社会所以有惨剧也。其效之差殊如此矣。嗟呼！使演剧而果无益于人心，则某窃欲从墨子非乐之议。不然，而欲保存剧界，必以有益人心为主，而欲有益人心，必以有悲剧为主。国剧刷新，非今日剧界所当从事哉！"[1] 引入悲剧是春柳社的一大重要贡献。欧阳予倩回忆说："春柳的戏，多半是情节曲折，除了一些暴露的喜剧，还有就是受尽了苦楚最后勉强团圆——带妥协性的委委屈屈的团圆之外，大多数是悲剧。悲剧的主角有的是死亡，被杀或是出家，其中以自杀为多，在二十八个悲剧之中，以自杀解决问题的有十七个，从这十七个戏看，多半是一个人杀死他或杀他所恨的人之后自杀。"[2] 他还说："春柳剧场的戏悲剧多于喜剧，六七个主要的戏全是悲剧，就是以后临时凑的戏当中，也多半是以悲惨的结局终场——主角被杀或者自杀。"[3] 中国戏剧的大团圆主义从此开始改变。

　　由于种种原因，新潮演剧逐渐淡出剧团，新剧团也逐渐被后期的纯粹的话剧团体所取代。清末民初，新剧团自身不太健全，其原因有五：一是经济实力薄弱，缺乏维持正常演出所必备的条件。二是缺乏合适的剧场，要么剧场太大，开销太高，新剧团难以承受；要么太偏，影响演出的效果。三是早期新剧因为排满革命的需要，说教成分太重，而戏剧性成分太轻，新的戏剧题材开发不够。四是缺乏表演人才，有经验的戏剧演员太少。五是观众问题，要么分化一部分京剧观众，要么培养一批新剧观众，这两种方法都比较困难。[4] 到二十世纪二十年代，种种迹象表明，新潮演剧难以为继。作为中间物，它已经完成其历史使命，中国戏剧的发展开始迈进更加辉煌的纯粹话剧时代。

---

[1] 邬国平、黄霖《中国文论选》近代卷下，江苏文艺出版社，1996 年版，第 90—92 页。

[2] 欧阳予倩：《谈文明戏》，《欧阳予倩全集》第 6 卷，第 196 页。

[3] 欧阳予倩：《回忆春柳》，《欧阳予倩戏剧论文集》，上海文艺出版社，1984 年，第 169 页。

[4] 徐半梅：《话剧创始期回忆录》，中国戏剧出版社，1957 年，第 32 页。

第四章

新旧诗歌的起伏消长

　　20 世纪初年，梁启超发起的诗界革命运动成为诗坛最为引人注目的新动向。这一服务于以新民救国为主旋律的政治革新运动和思想启蒙运动的诗歌变革思潮，以求新求变的姿态引领了时代潮流，对旧诗坛造成了巨大冲击，对 20 世纪以降的诗歌变革路向产生了深远影响。接踵而至的革命诗潮承继了诗界革命的变革精神与方向，而南社的成立则将晚清革命诗潮推向了一个新阶段。与此同时，宗宋、宗唐、宗汉魏六朝等一面面复古的旗帜依然在诗坛高高飘扬，而且占据了晚清诗坛的主要位置。其中，影响最大的是以"不墨守盛唐"相标榜、以宋诗为主要学古方向的同光体诗派。传统诗歌流派虽然被滚滚向前的变革潮流推到了"旧派"的位置上，但依然有着自己的地盘和强大的势力，其诗坛正统地位并未从根本上被撼动。

第一节　从诗界革命到革命诗潮

　　诗界革命是 20 世纪初年兴起的一场由梁启超发起，由维新派和革命派诗人共同参与，依托国内外近代报刊，接受域外思想影响，服务于新民救国的主旋律，在古典诗歌基本形式范围内革新诗歌内容性质，转换诗歌发展方向，寻求语言和某些形式解放的进步的文学思潮；是一场有理论、有阵地、有队伍、有实绩、有声势且影响深远的诗歌近代化革新运动。1903 年前后，随着革命诗潮的兴起，诗界革命的接力棒，从某种意义上说，传到了革命派诗人的手中。作为近代中国影响最大的诗歌变革思潮与运动，20 世纪初年兴起的诗界革命不仅直接参与了当时的政治和社会运动，而且与五四白话新诗运动有着密切的历史关联，对 20 世纪以降的古典诗词创作产生了重要的历史影响。

黄遵宪

一、诗界革命的发生、发展与蜕变

　　作为 20 世纪初年兴起的一场有理论、有阵地、有队伍、有影响的自觉的诗歌变革运动，诗界革命经历了酝酿、发端、高潮、蜕变四个阶段。其酝酿期包含两个源流：一是黄遵宪在戊戌变法前 20 年间的"新派诗"探索，一是 1896 至 1897 年间夏曾佑、谭嗣同、梁启超三人间悄悄进行的"新学诗"试验。1898 年底，《清议报》开辟的"诗文辞随录"专栏为维新派诗人发表诗作提供了一块稳定的园地；1899 年底，航行在太平洋上的梁启超开始酝酿发起诗界革命，并在日记中提出了"三长"兼备的创作纲领；1900 年 2 月 10 日，《汗漫录》在《清议报》的发表，标志着诗界革命运动的正式发端。

戊戌前夕，夏、谭、梁三人试验小组创作的"新学诗"，属于一个小圈子内部的"私人化写作"和"地下写作"，如果不是梁氏后来在《饮冰室诗话》《亡友夏穗卿先生》中提及这段经历，后人恐怕无从知晓这段掌故。《清议报》时期，梁启超不仅鲜明地打出"诗界革命"旗号，而且躬身创作了一批诗界革命式的诗歌作品，且将谭嗣同遗诗刊诸"诗文辞随录"专栏，掀起了一场服务于政治运动和思想启蒙工程却又有着诗歌自身革新目标的诗界革命运动，为古典诗歌创作指明了一条从海外文化中汲取"精神""意境""理想"的新方向，希冀从传统诗界起飞，到宇外开辟一个新诗国，表现出超越传统诗歌引力场的喧嚣与躁动。

《汗漫录》清晰地表达了几层意思：第一，进行诗界革命的必要性和紧迫性。中国古典诗歌过于成熟，千年诗坛陈陈相因，缺乏新意，犹如欧洲地力已尽，必须开辟新大陆才能求得新的发展契机。第二，以诗界之哥伦布、玛赛郎瞩望于 20 世纪中国新诗人。哥伦布发现了美洲新大陆，玛赛郎开辟了世界新航线，梁氏热切呼唤的是具有开疆辟域精神、立志开创新诗国的伟大诗人。第三，提出"新意境""新语句"和"古人之风格"三长兼备的总纲领，为诗界革命运动之开展奠定了理论基石。第四，指出黄遵宪之"新派诗"兼备"欧洲意境"和"古风格"，然"新语句"尚少；夏曾佑、谭嗣同之"新学诗"以"新语句"见长，但未能做到与新意境、旧风格的和谐交融，"已不备诗家之资格"；如进行诗界革命应注意汲取这两方面的经验教训。第五，表达"将竭力输入欧洲之精神思想，以供来者之诗料"的意愿，为诗界革命运动的开展提供必不可少的外来精神思想营养。

名满天下的梁启超借助近代化传播媒介登高一呼，于 20 世纪初年发出"诗界革命"的号召后，很快就依托《清议报》《新民丛报》《新小说》等阵地掀起了一场颇有声势的新诗潮。以《清议报》"诗文辞随录"为阵地的维新派诗人率先响应，相继出来鼓吹。至 1902 年，"若诗界革命、文界革命"，已经发展成为一股浩荡的时代潮流，而为"时流所日日昌言者也"。[1] 1902 年旧历正月初一，《新民丛报》隆重推出"诗界潮音集"专栏，首先刊出的就是那首堪称诗界革命时期梁启超最具知名度和代表性的典范之作《二十世纪太平洋歌》；不久，《新民丛报》又推出"饮冰室诗话"专栏——诗界革命之创作园地和理论阵地的相继推出，标志着诗界革命运动高潮期的到来。

1904 年 10 月，随着"诗界潮音集"专栏在《新民丛报》的消失，诗界革命运动进入蜕变期。此时，黄遵宪已经辞世，诗界革命运动失去了一位坚定支持者和一面旗帜。高旭、陈去病、柳亚子、刘师培、马君武等革命派诗人异军突起，并逐渐在政治思想倾向上与维新派划清界限。加之这一运动的主帅梁启超的兴趣已经转移，"饮冰室诗话"时断时续地坚持到 1907 年，作为时代思潮的诗界革命运动逐渐淡出了历史舞台。

二、从"新学诗"到"诗界革命"

梁启超在《饮冰室诗话》中以诗友之作诠释诗界革命的主张时，分别以"新派诗"和"新学诗"作为正反两个方面的镜鉴。"新学诗"特指夏曾佑、谭嗣同、梁启超 1896—1897 年间的"新诗"试验，又名"新学之诗"，范围只限于三个人的小圈子。"新派诗"也是特指，

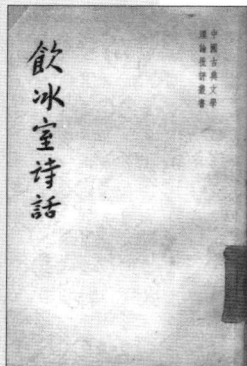

梁启超   《饮冰室诗话》

[1] 扪虱谈虎客：《新中国来来记》第 4 回总批，《新小说》第 3 号，1903 年 1 月。

本是黄遵宪对自己"别创诗界"诗歌的一种称谓，后世史家沿用这一称谓。"新派诗"创作在先，"新学诗"实验在后。但梁启超倡导"诗界革命"时，从"新学诗"实验中汲取的更多是失败的教训，而将黄遵宪的"新派诗"树为学习的典范。

"新学诗"的特点正如梁启超所总结的："盖当时所谓新诗者，颇喜扯新名词以自表异。""新名词"主要指外文翻译的自然科学、社会科学用语及宗教词汇。很明显，"新诗"是用诗歌形式表现"新学"内容，它反映了近代中国先进知识分子对西方文化的渴求。但是，新学诗作者"相约以作诗非经典语不用，所谓经典者，盖指'佛、孔、耶三教之经'"。这类"经子生涩语、佛典语、欧洲语杂用"的情况，使新学诗成为几乎难以解读的诗谜。再加上过多地使用"新语句"，破坏了"古风格"，使得"新诗""已渐成七字句之语录，不甚肖诗矣"。[1]"新学诗"不等同于"诗界革命"，它是诗界革命的先声。"新学诗"的实验者，只有夏曾佑、谭嗣同、梁启超三个人。时间也很短，丙申、丁酉间（1896—1897），即戊戌变法酝酿期。地点在北京。

夏曾佑（1863—1924），字穗生、穗卿，号碎佛、碎庵，笔名别士，浙江钱塘（今杭州）人。光绪十六年（1890）进士，任礼部主事。1892年，结识梁启超、谭嗣同，开始研讨"新学"，参与维新政治活动。1897年，与严复等在天津编《国闻报》，宣传维新变法思想，成为维新运动宣传家。1905年，随五大臣出洋考察，归国后鼓吹宪政。辛亥革命后，任北洋政府教育部社会司司长，后调任北京图书馆馆长。他与严复合著的《本馆附印说部缘起》是近代中国学人首次论述小说社会功能的文艺理论文章，为日后崛起的"小说界革命"的先声。所著《小说原理》（1903）是"小说界革命"时期重要的小说理论收获。其诗多散佚，诗集仅存抄本，今刊为《夏曾佑

夏曾佑

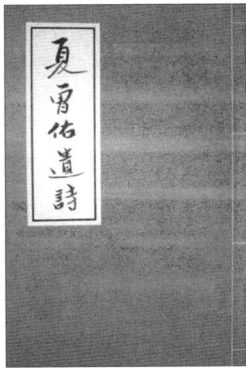

《夏曾佑遗诗》

[1] 任公：《汗漫录》，《清议报》第35册，1900年2月10日。

诗集校》。

　　夏曾佑是"新诗"的首倡者。正是由于夏氏对"新诗"创作的首倡之功，梁启超誉其为"近世诗界三杰"之一。丙申、丁酉间，夏曾佑喜欢将自己的宇宙观、人生观用诗写出来，前后作了几十首晦涩难懂的"新诗"。近 30 年后，梁启超在《亡友夏穗卿先生》一文中记录了其中的一首："冰期世界太清凉，洪水茫茫下土方。巴别塔前分种教，人天从此感参商。"诗中几乎每句都出自西学知识和《圣经》典故，"冰期"（冰河期）、洪水以及圣经中诺亚方舟、巴比伦塔等典故，隐约表达一种感慨：产生于同一祖先、曾共同与自然界作斗争的人类，由于上帝有意变乱而分裂成使用不同语言、居住于不同地区的种族。此类怪诞的新诗，是夏曾佑等人崇拜迷信"新学"、追求思想解放的产物。由于艰涩难懂，"苟非当时同学者，断无从索解"，自然难以为继。

　　谭嗣同（1865—1898），近代思想家、政治家、诗人。字复生，号壮飞，湖南浏阳人。少年时丧母，读书广博却屡试不第。好任侠，胸怀济世大志。甲午海战后转学"西学"，投身变法洪流。光绪二十三年（1897）开设时务学堂，次年又成立南学会，后创办《湘报》，宣传变法思想。不久入京任四品御街军机章京，受光绪器重。后因戊戌变法失败就义，为"戊戌六君子"之一。他的思想集中体现于著作《仁学》中，要求冲破束缚，实行变革。

谭嗣同

　　1896 年前后，谭嗣同在北京与夏曾佑、梁启超相约写作新学诗，以经子生涩语、佛典语、欧洲语杂合入诗，寻找诗歌走出陈陈相因困境的途径。其《金陵听说法》其三云："一任血田卖人子，独从性海救灵魂。纲伦惨以喀私德，法会盛于巴力门。"梁启超《饮冰室诗话》解释道："喀私德（caste）、巴力门（parliament）皆译音。巴力门，英国议院名；喀私德，盖指印度分人为等级之制也。"除新学诗外，谭嗣同甲午战后的诗，主要表现出对亡国之危的伤感和渴望变革的热情，《有感一章》云："世间无物抵春愁，合向苍冥一哭休。四万万人齐下泪，天涯何处是神州。"该诗作于马关条约签订后，所痛所愤，不在一家一姓之王朝，而在四万万人之家国。被捕入狱后，有《狱中题壁》一诗："望门投止思张俭，忍死须臾待杜根。我自横刀向天笑，去留肝胆两昆仑。"表现出为理想捐躯的牺牲精神和千秋功罪留与后人评说的英雄气概。

新学诗是诗界革命之前，出于以诗来表现最初的思想觉醒、新学新思的冲动而进行的一种短暂的尝试。新学诗最主要的特点是试图以新学理、新思想、新名词为诗。但当时新学来源混杂，所谓新思新语仍是新旧、中外杂糅，同时以"学"与"理"为诗，失去了诗的美感韵味。故梁启超《饮冰室诗话》说："夏穗卿、谭复生，皆善选新语句者，语句则经子生涩语、佛典语、欧西语杂用，颇错落可喜，然已不备诗家之资格。"

诗界革命的先导人物黄遵宪在 1897 年《酬曾重伯编修》一诗中正式张起"新派诗"旗帜之前，已经独自在诗派争喧的诗坛上为开拓中国诗歌近代化改革道路而艰难摸索了 20 多年，以"独立风雪中清教徒之一人"自况，而以诗国的华盛顿、哲非逊、富兰克林属望于后来者。然而，1896 年已熟知《人境庐诗草》并为之题签的梁启超，却认识到人境庐诗能"以欧洲意境行之"，又从"新学诗"实验中汲取了冲决旧思想网罗的精神、追求泰西泰东新学新知的热情及以新名词表现新理想新意境的方向。于是，在综合了"新学诗"和"新派诗"之长并认识到其各自不足的基础上，梁启超提出了"三长"兼备的诗界革命纲领，在 20 世纪初年正式发起诗界革命运动。

三、诗界革命的理论主张与主要阵地

梁启超是晚清诗界革命运动的精神领袖、理论家和旗手，其诗歌理论主张导引着诗界革命的变革方向，影响乃至左右了诗界革命阵营的诗歌创作面貌。20 世纪初年，作为时代思潮与诗歌变革运动的诗界革命，由梁氏在《清议报》时期发起，在《新民丛报》时期掀起高潮。诗界革命与文界革命、小说界革命、戏曲界革命一道，构成了 20 世纪初年梁启超领衔发起的以新民救国为旨归、以促成了中国文学体系的近代化变革为重要创获的文学界革命的系统工程。

1900 年 2 月，梁启超在《汗漫录》一文中正式提出了"诗界革命"的创作纲领："第一要新意境，第二要新语句，而又须以古人之风格入之。"自此，"新意境""新语句"和"古风格"成为诗界革命

阵营诗歌创作的风向标。两年以后，当梁启超在新创刊的《新民丛报》"文苑"栏辟出"诗界潮音集"和"饮冰室诗话"专栏，劲头十足地高奏"诗界革命"的主旋律时，其审美观念已经悄然发生了微妙的变化。此时的梁氏已不再着意强调"三长"俱备，尤其是不再刻意突出"新语句"在新诗中的运用。新意境、新语句、旧风格三大要素中，新意境是新诗内容方面的支配性要素，旧风格是形式方面的支配性要素，前者决定了诗能否推陈出新，后者决定了诗如何不失为诗。梁氏调整后的诗界革命之口号可以简约地表述为"以旧风格含新意境"，果能如此，"则虽间杂一二新名词亦不为病"。[1]

梁启超发起诗界革命运动所依托的的核心阵地是《清议报》《新民丛报》《新小说》等报刊。自创刊之日起，《清议报》就开辟"诗文辞随录"专栏，为新派诗人提供了一块稳固阵地。尽管受清廷封禁政策影响，在日本横滨出版的《清议报》的发售不如维新变法时期《时务报》在"大府奖许"下（销量过万）的畅销，然而其发行业绩却也相当可观，代派处遍及全国、日本、俄国、朝鲜、南洋、澳洲、美国、秘鲁、加拿大等海内外各地，平均销量维持在四千份左右。其在中国内地的代派处遍及上海、天津、北京、福州、芜湖、汉口、苏州、安庆、广州、潮州、九江、黑龙江等地计约 24 县市 38 处，均设在清廷势力管辖不到的租界内。罢官放归的黄遵宪在其家乡嘉应（今梅县）也设法买到了《清议报》，并与梁启超建立了书信往来的渠道。

1902 年初，梁启超创办《新民丛报》伊始，即在"文苑"栏特辟"诗界潮音集"专栏，后又推出"饮冰室诗话"专栏。前者系梁氏开展诗界革命的创作试验田，后者系梁氏导引诗界革命发展方向的理论主阵地，两者一唱一和，相辅相成，共同推动了诗界革命运动的迅猛开展。《新民丛报》宗旨较为温和，麻痹了清廷的警惕，可以在国内公开发售，未及半年发行量已至万数千份，读者甚众，颇有影响力，传播范围和社会影响力远大于《清议报》，在当时的知识分子群体中有着很高的知名度。梁氏后来在《清代学术概论》中评述《新民丛报》《新小说》杂志的影响力时道："每一册出，内地翻刻本辄十

---

[1] 饮冰子：《饮冰室诗话》，《新民丛报》第 29 号，1903 年 4 月 11 日。

《清议报》第一期

《新民丛报》第一号

数。二十年来，学子之思想，颇蒙其影响。"1902 年 11 月，《新小说》创刊伊始，就特辟"杂歌谣"专栏，此为诗界革命运动的又一重要阵地。

作为晚清以新民救国为主旋律的思想启蒙运动的有机组成部分，诗界革命所掀起的风雷激荡的时代精神和诗歌变革思潮，极大地影响了 20 世纪初年新旧诗坛的创作风貌。诗界革命的阵地并不限于维新派在海外创办的报刊，其诗人队伍也不限于维新派阵营，其传播范围和社会影响更是渗透到国内许多地方。除上述核心阵地外，诗界革命的外围阵地和国内阵地还有许多。澳门《知新报》"诗词杂咏"等栏，天津《大公报》"杂俎"栏，《选报》《大陆》《政艺通报》《江苏》《浙江潮》《觉民》等杂志，《国民日日报》《警钟日报》《女学报》《女子世界》等报纸，《绣像小说》《二十世纪大舞台》等十余种文艺杂志，《杭州白话报》《安徽俗话报》《中国白话报》《宁波白话报》《竞业旬报》《潮声》《国民白话日报》等几十种白话报刊，在某一阶段和一定程度上均可视为其外围阵地。

四、从诗界革命到革命诗潮

1903 年前后，随着民族民主革命形势的迅猛发展，依托倾向革命的知识分子在日本和上海租界创办的近代化报刊，一场以宣扬民族革命和民主革命为主旋律的革命诗潮不期而至，充当了资产阶级政治革命和思想革命运动的轻骑兵，奏响了时代的强音。蒋智由、高旭、陈去病、柳亚子、马君武、宁调元、黄宗仰等一批充满革命思想的意气风发的新诗人，是这一波次的革命诗潮中涌现的数以百计的时代歌手中的佼佼者。革命诗潮在诗歌变革精神和方向上承继了诗界革命之余绪，然而由于政治立场的对立，革命派诗人大都不愿承认自己是诗界革命的传人。此后，由于革命派与维新派之间的鸿沟越来越大，包括高旭、陈去病、柳亚子在内的南社代表诗人，大都不愿提及当年所受诗界革命之影响，致使其与诗界革命之关系这一文学史线索长期以来隐而不彰。

20 世纪初年，正值梁启超革命意识浓厚、抨击清政府不遗余力之时，《清议报》《新民丛报》开辟的"诗文辞随录""诗界潮音集"专栏，亦不时出现鼓吹民主革命乃至倡言民族革命的诗篇。蒋智由那首传诵一时的以鼓吹民主革命为主旨的著名诗篇《卢骚》——"世人皆欲杀，法国一卢骚。民约倡新义，君威扫旧骄。力填平等路，血灌自由苗。文字收功日，全球革命潮。"——就发表在 1902 年 5 月《新民丛报》第 8 号。1903 年，该诗结尾两句——"文字收功日，全球革命潮"——经由"革命军马前卒"邹容在《革命军·自叙》中借用后，迅即传遍神州大地，成为时代思潮和诗歌创作风气转换的信号。

1903 年，随着轰轰烈烈的拒俄运动的展开，《革命军》《猛回头》《警世钟》等一批鼓吹革命的小册子的风行，章太炎著名的革命文章的发表和轰动一时的"苏报案"的发生，使得民主革命和民族革命思想的火种迅速形成燎原之势，革命党人策动的资产阶级革命运动得以迅猛发展，影响乃至决定了此后中国的政治与历史走向。与此同时，一场颇具声势的革命诗潮，借助近代化报刊迅速兴起。大量充满磅礴革命气势、旨在宣扬民族民主革命精神的振聋发聩的诗篇，不约而同地出现在癸卯年的新诗坛，吹响了向革命进军的时代号角，形成了一股浩荡的革命诗潮。革命诗潮的蓬勃发展，为 20 世纪初年资产阶级革命运动在中国的狂飙突起摇旗呐喊，推波助澜。

1903 年 2 月，邓实主持的《政艺通报》开辟"风雨鸡鸣集"诗歌专栏，高旭、高燮、陈去病、柳亚子、马君武、黄节等后来的南社社员均有诗作见诸该刊。4 月，《江苏》杂志在日本东京出版，陈去病发表《革命其可免乎》，指责清政府对外投降、对内镇压，号召民众起来革命。高旭、柳亚子、王无生、刘三、高燮等是其栏目诗人。8 月，章士钊主编的《国民日日报》在上海创刊，其附张辟有"新诗片片""惨离别楼诗选"等栏，高旭、高燮、苏曼殊、包天笑、柳亚子等是其撰稿人。11 月，倡言革命的《觉民》月刊在松江创刊，高旭、高燮、黄节、马君武、马一浮等是其诗歌栏目作者。次年，标榜"为民族主义之倡导者"的《警钟日报》在上海创刊，总编辑为蔡元培，开辟有"杂录"诗歌专栏，刊发了高旭、高燮、柳亚子、陈去病、刘师培、马君武、汪笑侬等人大量诗作。这批 1903 年前后问世的有明显革命倾向的报刊诗歌专栏，集中发表了大量表现出鲜明的民族民主主义革命思想的诗篇，成为 20 世纪初革命诗潮赖以兴起的主要阵地。

1903 年，陈去病辑《建州女直考》《扬州十日记》《嘉定屠城记》《忠文殉节记》为《陆沉丛书》，并在《江苏》杂志发表广告。陈氏《辑〈陆沉丛书初集〉竟题首》诗云："胡马嘶风蹀躞来，江花江草尽堪哀""誓死宁从穷发国，舍身齐上断头台"；其《〈嘉定屠城记〉绘图题词》诗云："一屠未逞再三屠，血肉模糊死复苏。最是伤心淫酷处，只堪挥泪不堪图。"高燮《题〈陆沉丛书〉》诗云："登高唤国魂，陷在腥膻里。巫阳向予哭，黄炎久绝祀。大仇今不报，宰割未有已。苟非冷血物，读之愤欲死。敢告神明种，按剑从此起。"表达了坚定的反清意志和高昂的革命斗志。1903 年春，少年才俊柳亚子入上海爱国学社学习，因崇奉"天赋人权"说而改名"柳人权"，表字"亚卢"，自命为"亚洲的卢梭"。是年，柳亚子发表组诗《岁暮述怀》，倡言革命，鼓动风潮："思想界中初革命，欲凭文字播风潮。共和民政标新谛，专制君威扫旧骄"；"脑球遍树平权帜，耳界恍闻独立钟"；"铁血牺牲成底事，男儿枉说好头颅"。1903 年之后，高旭发表诗歌的阵地逐渐从《新民丛报》转移到《国民日日报》《觉民》《警钟日报》《中国白话报》《复报》等革命派报刊，以宣扬民族主义和民主主义革命为主旋律，诗歌形式和风格方面则承继了诗界革命的革新精神与方向，充当了革命诗潮中的弄潮儿。

1903 年，"革命的和尚"乌目山僧黄宗仰在《江苏》杂志上发表了脍炙人口的《〈驳康书〉书后》《〈革命军〉击节》《饯中山》三首诗，表达了鲜明的民族民主革命立场与坚定的信念。《〈驳康书〉书后》讽刺康有为阻挠革命，甘为虎伥，满怀信心地预言清朝必亡和民权必昌的革命胜利前景。诗云："余杭章，南海康，章公如麞康如狼。狼欲遮道为虎伥，麞起啖之暴其肠。廿周新纪太平洋，墨雨欧潮推亚强。军国民志正激昂，奔雷掣电孰敢当"，"独立帜已扬霄光，国仇誓雪民权昌。昆仑血脉还系黄，呜呼噫嘻南海康！"《〈革命军〉击节》是写给邹容《革命军》的颂歌，诗云：

黄宗仰

"祖国沦胥三百年，九世混迹匈奴族，杀吾父兄夺吾国，行行字字滴鲜血。悲不胜悲痛定痛，誓歼鞑靼非激烈。"《饯中山》是写给孙中山的壮行诗，诗云："拿华剑气凌江汉，姬姒河山复故吾"，"伫看叱咤风云起，不歼胡虏非丈夫。"1903 年，马君武写下了著名组诗《去国辞》，断言"黑龙王气黯然销，莽莽神州革命潮"，声称"甘以清流蒙党祸，耻于王国作文豪"，质问"廿纪风云诸种战，凌欧驾美是何年？"1903 年，傅专为后来成为革命烈士的南社社员宁调元编次诗集，宁调元答诗道："我有一言君莫噱，宜秘勿令余子知。诗坛请自今日始，大建革命军之旗。"

　　1903 年前后，一个初具规模的诗坛"革命军"队伍在火热的革命理想号召下已悄然聚集，一场颇具声势的革命诗潮已如地火般奔突，其轰腾澎湃之势已难以遏阻。

文学的双重变革——清末民初文学史

第二节　诗界革命的代表诗人

以 1900 年梁启超在《汗漫录》一文中揭橥"诗界革命"旗帜为发端的诗界革命运动，依托国内外近代化报刊，开辟了大量诗歌创作园地，成就了一批新派诗人。其中，自觉以诗界革命精神开拓新诗境且成绩显著者，有黄遵宪、康有为、梁启超、蒋智由、高旭等。本节以近代报刊为考察中心，从近代传媒和诗界革命视野一窥这些新派诗人诗歌创作的原初形态与历史风采。

一、诗界革命视野下的黄遵宪诗歌

在诗界革命作为一场诗歌变革运动兴起之前，以"独立风雪中清教徒"自况的黄遵宪已经在诗歌的近代化改革方面孤独探索了二十多年，创作了大量"新派诗"，成为晚清诗界革命的先导人物。20 世纪初年，当诗界革命作为一场诗歌变革运动和时代思潮兴起时，黄遵宪又被这场运动的领袖梁启超树为一面旗帜和首席代表。

尽管黄遵宪早岁即有"别创诗界"之论，在 19 世纪 70—90 年代已经写了大量"新派诗"，然而，在梁启超发起的诗界革命运动兴起之前，他不过是在诗派争喧、诗人林立的旧诗坛艰难摸索的"独立风雪中清教徒之一人耳"[1]。1900 年 2 月，梁启超在《汗漫录》中述及黄遵宪诗歌时道："时彦中能为诗人之诗，而锐意欲造新国者，莫如黄公度。其集中有《今别离》四首，及《吴太夫人寿诗》等，皆纯以欧洲意境行之，然新语句尚少。"梁氏此期正青睐于"新语句"在新诗中的实验，因而认为"新语句尚少"乃黄诗之缺陷。在梁氏看来，更为要命的缺陷是，包括黄遵宪在内的所有新派诗人，"其所谓欧洲意境、语句，多物质上琐碎粗疏者，于精神思想上未有之也"。在此意义上，他所瞩望的"三长"兼备的"二十世纪支那之诗王"的出现尚有待时日。

两年以后，当梁启超在《新民丛报》辟出"诗界潮音集"和"饮冰室诗话"专栏，劲头十足地高奏"诗界革命"的主旋律时，其审美观念已经悄然发生了微妙变化，对黄遵宪诗歌的评价基调也相应调高。此时的梁氏已不再着意强调"三长"俱备，尤其是不再刻意突出"新语句"在新诗中的运用。梁氏调整后的诗界革命之口号可以简约地表述为"以旧风格含新意境"。依此标准，梁氏以为"近世诗人，能镕铸新理想以人旧风格者，当推黄公度"。梁启超对诗界革命纲领的提炼与修正，无疑受到了黄遵宪诗歌创作实践的启迪，而他对人境庐诗的推崇与刊发，进一步推进了诗界革命运动的开展。

1902 年 6 月，梁氏在《新民丛报》第 9 号"饮冰室诗话"中赞黄公度《锡兰岛卧佛》"煌煌二千余言，真可谓空前之奇构"，谓其在震旦乃"有诗以来所未有也"，"有诗如此，中国文学界足以豪矣"。8 月，梁氏在《新民丛报》第 14 号"饮冰室诗话"中言其"昔尝推黄公度、夏穗卿、蒋观云为近世诗界三杰"。9 月，梁氏在《新民丛报》第 15 号"饮冰室诗话"中盛赞"公度之诗，独辟境界，卓然自立于二十世纪诗界中，群推为大家，公论不容诬也"。10 月，梁氏在《新民丛报》第 18 号"饮冰室诗话"中赞《以莲菊桃杂供一瓶作歌》一诗"半取佛理，又参以西人植物学、化学、生理学诸说，实足为诗界开一新壁垒"。1903 年 10 月，有感于"音乐靡曼"是造成"中国人无尚武精神"的重要原因，梁氏在《新民丛报》第 24 号"饮冰室诗话"中胜推黄公度《出军歌》四章："其精神之雄壮活泼、沉浑深

---

[1] 黄遵宪：《致丘菽园函》，陈铮编《黄遵宪全集》，中华书局，2005 年，第 440 页。

远不必论,即文藻亦二千年所未有也。诗界革命之能事,至斯而极矣。"随着《新民丛报》的一纸风行、"诗界革命"的声名远播及"饮冰室诗话"的广为流布,黄遵宪的那些著名诗篇借助近代报刊为大众所熟知,其作为诗界革命首席代表之地位就此确立。

自 1902 年 2 月至 1906 年 5 月,《新民丛报》先后有 19 期"饮冰室诗话"专栏共计征引人境庐诗 27 题 90 首,创下了该栏目征引同一位诗人数量最多之记录。梁启超对其所征引的人境庐诗从不同角度予以高度评价。其中,深得梁氏赞誉的重要诗作有《锡兰岛卧佛》《今别离》(四章)、《以莲菊桃杂供一瓶作歌》《罢美国留学生感赋》《朝鲜叹》《流求歌》《越南篇》《台湾行》《出军歌》《军中歌》《旋军歌》《小学校学生相和歌》《甲辰冬病中纪梦述寄梁任甫三章》《拜曾祖母李大夫人墓》诸篇。

最早被《新民丛报》"饮冰室诗话"全篇引录的人境庐诗是长篇五言古体诗《锡兰岛卧佛》。该诗借锡兰岛卧佛题咏佛教盛衰史、文明古国衰亡史和西方列强殖民史,反思了佛家的隐忍退让思想导致的东方文明古国"愈慈愈忍辱""一听外物戕"的被动挨打局面,张扬了"惟强乃秉权,强权如金刚""弱供万国役,治则天下强"的尚武精神、竞存意识和强国梦想。梁启超为之倾倒、深感震撼之处,首先在于该诗的篇幅之巨("煌煌二千余言")和气魄之大("空前之奇构"),其次才是其堪称"诗史"的极为丰富的诗歌内容和忧愤深广的主题意蕴。梁氏纵观古今中外诗歌史,有感于泰西大诗人——如古代第一文豪希腊诗人荷马和近世诗家如莎士比亚、弥尔敦(今译弥尔顿)、田尼逊(今译丁尼生)等——之诗歌动辄数万言,气魄夺人,而"事事落他人后,惟文学似差可颉颃西域"的中国,却千年以来缺乏长篇巨制之诗作。在此语境下,他盛推黄氏的长篇杰作《锡兰岛卧佛》,称该诗创下了中国"有诗以来所未有"的记录,且隐隐透露出将黄氏与泰西诗哲荷马、莎士比亚、弥尔敦、田尼逊相颉颃之意。

在"饮冰室诗话"所推介的黄遵的诗歌中,《今别离》《以莲菊桃杂供一瓶作歌》两诗是作为"以旧风格含新意境"的新派诗典范来标榜的。《今别离》假借中国古典离人诗模式表现西方近代科技新

《人境庐诗草笺注》

文学的双重变革——清末民初文学史

学——诸如轮船、火车、电报、照相术和东西半球昼夜相反之自然现象等——的巧思妙想，别开生面，亦即梁启超所赞赏的"以旧风格含新意境"。《以莲菊桃杂供一瓶作歌》以客居四季如春的新加坡时将同时盛开的莲、菊、桃杂供一瓶时的诸多"异想"：先是以花写人类，以莲、菊、桃杂供一瓶喻"红黄白种同一国"，借诸花或孤高自傲，或退立局缩，或互相猜忌，或并肩爱怜，或同根相煎等"异想"，喻因山海阻隔而"四千余岁甫识面"的各色人种，寄托诗人"传语天下万万花，但是同种均一家"的美好愿望，表达了四海一家、人类平等、和平共处乃至世界大同的崭新的民族观念和政治理想；而后以佛语佛理入诗，"众生后果本前因，汝花未必原花身，动物植物轮回作生死，安知人不变花花不变为人"，终至人花莫辨，"待到汝花将我供瓶时，还愿对花一读今我诗"。梁氏言其"半取佛理，又参以西人植物学、化学、生理学诸说，实足为诗界开一新壁垒"，并以"女娲炼石补天处，石破天惊逗秋雨"形容阅读此诗时的新异感受。

《罢美国留学生感赋》《朝鲜叹》《流求歌》《越南篇》《台湾行》诸篇，或因其以诗笔记录下影响近代中国历史走向的重大事件，或因其蕴含有忧愤深广的时代内容，而被"饮冰室诗话"誉为"诗史"。《朝鲜叹》《流求歌》《越南篇》诸篇咏中国三属藩朝鲜、琉球、越南或被邻国吞并或沦为外国殖民地的悲惨命运。《越南篇》写道："舐糠倘及米，剥肤恐到骨。不见彼波兰，四分更五裂。立国赖民强，自弃实天孽。"警世之意与济世之情溢于言表。《台湾行》咏马关签约、割让台湾之后台湾人民自发抗日守土事，抒发胸中郁积已久的割地弃民之痛。开篇即以滚烫的诗句呼喊出心中巨大的悲痛："城头逢逢擂大鼓，苍天苍天泪如雨，倭人竟割台湾去！"接着历数我先祖开发宝岛的艰辛和清廷割地弃民之痛："我高我曾我祖父，艾杀蓬蒿来此土"，"天胡弃我天何怒，取我脂膏供仇虏！"进而激励台湾民众誓死抗战守土："亡秦者谁三户楚，何况闽粤百万户！成败利钝非所睹，人人效死誓死拒，万众一心谁敢侮？"全诗充满强烈的爱国激情，极富感染力，读来令人摩拳擦掌，义愤填膺。

梁启超在"饮冰室诗话"中盛推《出军歌》《军中歌》《旋军歌》和《小学校学生相和歌》诸篇，有着两方面的显著用意。第一，从思想导向和时代精神着眼，梁氏有鉴于近代中国积弱已久，国人缺乏尚武精神，中国向无军歌，"此非徒祖国文学之缺点，抑亦国运升沉所关也"，因而要大力提倡之；而《出军歌》《军中歌》《旋军歌》"其章末一字，义取相属，以鼓勇同行、敢战必胜、死战向前、纵横莫抗、旋师定约、张我国权二十四字殿焉，其精神之雄壮活泼、沉浑深远不必论，即文藻亦二千年所未有也"；在此语境下，梁氏以其惯有的夸饰风格下了"诗界革命之能事，至斯而极矣"的断语，且用极富煽情意味的语气断言"读此诗而不起舞者，必非男子！"第二，对中西合璧、诗乐合一的学堂乐歌之"歌诗"的大力提倡和着意经营。晚清有识之士已经意识到"欲改造国民之品质，则诗歌音乐为精神教育之一要件"。在黄遵宪的躬身垂范和梁启超的大力倡导下，学堂乐歌在清末民初取得了很大的发展，乃至成为一种时代潮流。

《甲辰冬病中纪梦述寄梁任甫三章》是黄遵宪诗歌绝笔之作，以病中纪梦之形式，表达对亡命海外的友人梁启超身家性命的担忧和深深的思念之情，抒发对维新事业面临困境和革命形势蓬勃发展的隐忧，以及对列强瓜分时局的深重忧虑。诗人回顾了自己名字中"宪"字的由来，表达了对立宪制度的向往和帝制必将灭亡、大同世界必将实现的坚定信念："呜呼专制国，逮今四千岁。岂谓及余身，竟能见国会？以此名我名，苍苍果何意？人言廿世纪，无复容帝制。举世趋大同，度势有必至。"[1]睡狮未醒，立宪未成，重疴缠身的诗人怀着"日去不可追，河清究难俟"的无限遗恨，凄然与友人作别："我惭加富尔，子慕玛志尼。与子平生愿，终难偿所期。何时睡君榻，同话梦境奇？即今不识路，梦亦徒相思。"可谓"烈士暮年，壮心不已"，情真意切，催人泪下。全诗脱尽铅华，自铸伟辞，取《离骚》、乐府之神理而不袭其貌，在回环往复、一唱三叹的艺术效果中，抒发垂暮之年的维新志士壮志难酬的无尽惆怅与绵长浩叹。

长篇叙事诗《拜曾祖母李太夫人墓》在"饮冰室诗话"中推出最晚，但评价最高，梁氏将其推为人境庐"集中最得意之作"。全诗以清新流畅之笔调，本色质朴之口语，亲切深挚之感情，如话家长之风格，逼肖生动地状写出李太夫人的慈祥可亲，充溢着诗人对曾祖母的无限怀念与哀思。无论是对"牙牙初学语，教诵《月光光》""昨日

---

[1] 饮冰子：《饮冰室诗话》，《新民丛报》第 63 号，1905 年 2 月 18 日。

探鹊巢，一跌败两牙""他年上我墓，相携著宫袍"等儿时旧事的铺
陈，抑或是对"今日来拜墓，儿既须满嘴""大父在前跪，诸孙跪在
后""一家尽偕来，只恨不见母"等墓前哀思的铺叙，均深得汉乐府
叙事抒情之神理，情思深挚，体物逼肖，语皆本色，隽永有味，深得
诗家赞誉。

《新民丛报》"饮冰室诗话"专栏征引的人境庐诗，大都有着显著
的示范意义，从题材、题旨、形式、风格、篇幅等方面为诗界革命的
开展指引着方向。诸如《锡兰岛卧佛》在师法泰西诗哲创作中国缺乏
的长篇巨制诗章方面的努力，《今别离》《以莲菊桃杂供一瓶作歌》对
"以旧风格含新意境"这一诗界革命创作纲领的上佳体现，《罢美国留
学生感赋》《朝鲜叹》《流求歌》《越南篇》《台湾行》诸篇在选取影响
近代中国历史走向的重大事件和关乎国家危亡的重大题材以及史诗性
追求方面的导引作用，《出军歌》《军中歌》《旋军歌》诸篇在尚武精
神、雄壮活泼风格及乐歌创作方面的示范意义，《拜曾祖母李太夫人
墓》深得乐府叙事抒情之神理而又明白如话、感人肺腑的艺术魅力，
均对诗界革命的推进与开展起着表率作用。

自 1902 年 11 月至 1904 年 10 月，两年时间里共
计有 11 期《新民丛报》"诗界潮音集"栏目刊发公度诗
11 题 39 首，在数量上仅次于高旭（17 题 75 首）、蒋
智由（21 题 43 首），位列第三。如果考虑到高旭和蒋
智由的诗作多为律诗和绝句，而黄遵宪诗作绝大多数属
于五七言古风——如《樱花歌》《不忍池晚游诗》《乌之
珠歌》诸篇篇幅均在五百字以上，《聂将军歌》《逐客篇》
则近千言，《番客篇》《赤穗四十七义士歌》（并序）更
是长达两千余言——那么，人境庐诗在《新民丛报》"诗
界潮音集"专栏所占的比重则要大得多，黄遵宪无疑是
该栏目所占版面最多的诗人。

《新民丛报》第三号"诗
界潮音集"栏目

《番客篇》《逐客篇》《海行杂感》等篇属于"海外偏留文字
缘""吟到中华以外天"的海外诗。长篇叙事诗《番客篇》以一个华
侨富翁的婚礼为背景，形象细腻地描述了南洋华侨的生活风习，抒发
了诗人对国势衰败而导致的侨民虽富尤贱的悲苦境况的慨叹。"譬彼
犹太人，无国安足托""华民三百万，反为丛驱雀"，国家衰弱致使海

外侨民遭受屈辱；"谁能招岛民，回来就城郭？群携妻子归，共唱太平乐"，诗人只能将美好的愿望诉诸诗章。五古长诗《逐客篇》题咏美国议院颁布《限制华人例案》事，诗人痛切地感受到华工之所以受到如此不平等的待遇，根源在于国家贫弱。组诗《海上杂感》有 14 首七绝，系诗人由横滨往美利坚途中感怀纪事之作。其七云："星星世界遍诸天，不计三千与大千。倘亦乘槎中有客，回头望我地球圆。"诗人巧妙地将佛家三千大千世界的固有成说与诗人运用宇宙新学理的奇妙想象结合起来，获得了一个从"星星世界遍诸天"的茫茫太空俯瞰人类居住的作为"星星世界"一分子的地球的新奇视角。在宇宙飞船尚未诞生的时代，晚清读者已通过人境庐诗体验到宇航员眼中的地球，获得了"回头望我地球圆"的新奇感受。

《赤穗四十七义士歌》《樱花歌》《不忍池晚游诗》诸篇是客居日本期间所作。《赤穗四十七义士歌》歌咏赤穗四十七义士杀身成仁、舍生取义的事，弘扬的是一种虽斧钺在前而义无反顾的不屈的复仇意志和视死如归的牺牲精神。四十七义士从容就义后，"一时惊叹争歌讴，观者拜者吊者贺者万花绕冢每日香烟浮，一裙一屐一甲一胄一刀一矛一杖一笠一歌一画手泽珍宝如天球"。句式参差错落，从五言至二十七言不等，抑扬顿挫，气势纵横。《樱花歌》细致入微地描绘了日本举国若狂的樱花节盛况，借道旁老人之口将德川幕府与明治维新时代做对比，希冀丸泥封关，再现世外桃源式的生活景象。诗人"以古文家伸缩离合之法"入诗，句式参差，开阖跌宕，舒卷自如，比兴杂错，才藻富赡，洵为力作。

《度辽将军歌》《降将军歌》《聂将军歌》属于反映重大历史事件的纪事诗，题咏三位无论对国家抑或对个人来说均属悲剧的悲剧性将领，以诗笔为甲午战争和庚子之乱留下刻骨铭心的历史存照。《度辽将军歌》讥刺淮军将领吴大澂甲午战争中望风而逃、兵败辽东之事。"将军慷慨来度辽，挥鞭跃马夸人豪""自言平生习枪法，炼目炼臂十五年""看余上马快杀贼，左盘右辟谁当前""两军相接战甫交，纷纷鸟散空营逃""幕僚步卒皆云散，将军归来犹善饭"，诗人欲抑先扬，寓悲愤之思于滑稽之笔，栩栩如生地刻画出一个狂妄自大、昏聩无能、误国误己的愚昧将领形象。《降将军歌》题咏北洋海军提督丁汝昌在威海卫兵败投降却又服毒自杀之事，"冲围一舸来如飞""船头立者持降旗""两军雨泣咸惊疑，已降复死死为谁""回视龙旗无子遗，海波索索悲风悲"。《聂将军歌》题咏庚子年天津保卫战中聂士成将军英勇作战却被团民杀害之事，悲叹"外有虎豹内豺狼""一身敌众何可当""非战之罪乃天亡""从此津城无人防"。

1902 年 9 月，黄遵宪致函梁启超谈及《新小说》杂志"有韵之文"的栏目设置问题，言："报中有韵之文，自不可少。然吾以为不必仿白香山之《新乐府》、尤西堂之《明史乐府》"，"当斟酌于弹词粤讴之间，或三、或九、或七、或五，或长短句，或壮如陇上陈安，或丽如河中莫愁，或浓至如焦仲卿妻，或古如《成相篇》，或俳如俳枝辞。易乐府之名而曰杂歌谣，弃史籍而采近事。"[1] 黄遵宪此期的新体诗，在语言和内容上均表现出从兼取古籍转向弃古从今的趋向，并开始探索诗歌形式体制的改革。黄遵宪晚年这种立足现实、创新求奇、继续为诗界开疆辟域的诗歌创作新动向，亦验证了他作为诗界革命强有力的支持者和参与者的历史角色。

黄遵宪于 1905 年初春时节邃归道山，梁启超失去了一位良师益友，诗界革命也失去了一位坚定支持者和一面旗帜，《新民丛报》上的"诗界潮音集"专栏不见了踪影，"饮冰室诗话"时断时续地坚持到 1907 年，作为时代思潮的诗界革命运动逐渐淡出了历史舞台。

二、近代报刊视野下的梁启超诗歌

在近代诗坛，无论从数量抑或从质量上来看，梁启超均非第一流诗人。即便是放在诗界革命阵营来考量，其诗坛地位与新派诗大家黄遵宪、康有为诸辈亦难以比肩。然而，作为诗界革命运动的倡导者和领军人物，梁启超为数不多的诗歌在一定程度上发挥着引领时代风潮、指示诗歌变革方向的重要作用，因而又是近代诗家中不可小觑的重要成员。汪辟疆《光宣诗坛点将录》将梁氏定位为"专造一应大小号炮"的"地辅星轰天雷凌振"，谓其"才气横厉，不屑拘拘绳尺间"；[2] 钱仲联《近百年诗坛点将录》将其比作"总探声息头领""天

---

[1] 黄遵宪：《致梁启超书》，《黄遵宪集》，第 494 页。
[2] 汪辟疆《汪辟疆说近代诗》，上海古籍出版社，2001 年版，第 116 页。

速星神行太保戴宗"，言其诗"天骨开张，才情横溢"。[1] 看重的都是其冲锋在前的先锋官作用。

1898 年 11 月，《亚东时报》第 4 号所刊《去国行》是梁氏见诸报章的最早诗作，亦是其登上诗坛的成名之作。该诗写于梁氏亡命日本途中，肩负"君恩友仇两未报"使命的诗人，怀着男儿报国终有其时的坚定信念，表达了对日本"尔来明治新政耀大地，驾欧凌美气葱茏"景象的向往之情，以及"誓把区区七尺还天公"的献身精神。《去国行》系梁氏自创的乐府诗题，仿屈子悲怆笔调，长歌当哭，却豪气冲天："披发长啸览太空，前路蓬山一万重，掉头不顾吾其东。"较之晦涩难懂的"新学诗"，该诗篇大气磅礴，酣畅淋漓。不乏"新名词"又保留了"古风格"的七古长歌《去国行》，可说开启了梁氏诗歌创作的新阶段。

19、20 世纪之交，是梁启超求知欲最旺盛、读书最广博、思想最激进、情感最激昂、著述最丰硕的峥嵘岁月，也是他以实际行动践履诗界革命理想、诗歌创作最为活跃的时期。1900 年 2 月，梁启超在《清议报》第 35 号《汗漫录》中揭橥"诗界革命"旗帜，标志着诗界革命运动的正式发端。《汗漫录》所录《壮别二十六首》《奉酬星洲寓公见怀一首次原韵》《书感四首寄星洲寓公仍用前韵》计 31 首诗作，是梁氏新诗创作最为集中的一次展示，亦是其诗界革命理论的自觉实践。其抒发英雄豪情道"丈夫有壮别，不作儿女颜""极目览八荒，淋漓几战场""世纪开新幕，风潮集远洋""莽莽欧风卷亚雨""诗界有权行棒喝"；其表达报国壮志道："机会满天下，责任在群公""吾侪不努力，负此国民多""每惊国耻何时雪，要识民权不自尊"；其发抒抑郁牢愁道"诗思惟忧国，乡心不到家""瀛台一掬维新泪，愁向斜阳望国门""万千心事凭谁诉，诉向同胞未死魂"……皆以"新意境""新语句""古人之风格"三长兼备的诗界革命纲领为指针。从《汗漫录》所录 31 首诗歌中，可见其有意运用新名词来开拓新意境，同时又注意保留古风格的显著用心。新名词如"共和""文明""思潮""欧风""欧米""亚雨""自由""平等""女权""民权""以太""团体""机会""责任""世纪""阁龙""玛志""华

---

[1] 钱仲联《近百年诗坛点将录（续）》，《中国近代文学研究》第 2 辑，1985 年 9 月，第 166 页。

拿""卢孟"等纷至沓来,旧典故如"虫鱼注古文""胥江号怒潮""一卮醨易水""齐州烟九点""大陆成争鹿""鸿爪已东西""田横五百强""劳劳精卫志"等运用自如。《壮别二十六首》第 18 首云:"孕育今世纪,论功谁萧何? 华(华盛顿)拿(拿坡仑)总余子,卢(卢拨)孟(孟的斯鸠)实先河。赤手铸新脑,雷音殄古魔。吾侪不努力,负此国民多。"诗人热烈称赞提出了民权理论和民主政体学说的法国思想家卢梭、孟德斯鸠,赞誉其新思想孕育了一个新世纪,与通过提倡新学说对人类社会产生革命性影响的思想家之历史功绩相较,建立了不朽事功的政治家和军事家华盛顿、拿破仑等大英雄也相形见绌。而梁氏正是以先觉觉人、新民救国的"新民师"相期许的。为此,他大声疾呼用狮子吼般的"雷音"廓清中世纪的思想桎梏,殄灭旧思想之"古魔",用卢、孟先进学说为国民铸造"新脑"。

在《清议报》存世的两年多时间里,梁启超在"诗文辞随录"栏发表 21 题 54 首诗,数量仅次于毋暇(81 首)、更生(78 首)、因明子(56 首),位列第四。梁氏见诸"诗文辞随录"的诗作,大体可分为留别诗、纪事诗、感兴诗和自厉诗,感应着时代节拍,乃至引领一时潮流,充满家国之情与风云之气,绝大多数作品体现了诗界革命的革新精神与方向。其中,《太平洋遇雨》《留别澳洲诸同志六首》《赠别郑秋蕃兼谢惠画》《纪事二十四首》《自厉二首》《志未酬》《举国皆我敌》等诗,显示了诗界革命初期的创作实绩。《太平洋遇雨》系即景抒情的感兴之作:"一雨纵横亘二洲,浪淘天地入东流。却余人物淘难尽,又挟风雷作远游。"既描绘出雨纵横两洲的自然奇观,又写出了"学作世界人"的诗人首次远洋的新奇感受;而自然界的大洋、暴雨、巨浪、风雷等实景,又象征着险恶的政治风浪和政治运动的风雷,表达出一种身处逆境依然昂扬向上、乐观豪迈的不屈意志和斗争精神。《志未酬》《举国皆我敌》亦是感兴之作,属于言志述怀的政治抒情诗,抒发诗人的报国之志与觉世情怀。《志未酬》云:"世界进步靡有止期,吾之希望亦靡有止期。众生苦恼不断如乱丝,吾之悲悯亦不断如乱丝。登高山复有高山,出瀛海更有瀛海。任龙腾虎跃以度此百年兮,所成就其能几许? "塑造出一个胸怀世界、悲悯众生、奋发有为、勇于进取、志向高远、只争朝夕的抒情主人公形象。《举国皆我敌》以"先知有责,觉后是任"的历史责任感,"挑战四万万群盲,一役罢战复他役"的斗士姿态，既表现出先觉者不被世人理解、"众安浑浊而我独否"的孤独心境，更表现出"牺牲一身觉天下，以此发心度众生"的觉世情怀、济世志向与牺牲精神，以及"十年以前之大敌，十年以后皆知音"的乐观心境。自由奔放的歌行体，不拘格律的散文化，激越豪壮的真情感，披肝沥胆的真性情，使得这些言志述怀的政治抒情诗，具有了浓郁的时代气息和真切的感人力量。

《留别澳洲诸同志六首》《赠别郑秋蕃兼谢惠画》是其留别诗代表作。前者以"回天犹有待，责任在吾徒""文明原有价，责任岂容宽"相劝勉，以"夙有澄清志，咸明自主权""几度闻鸡舞，摩挲祖逖鞭"相告慰，以"剖心侪六烈，流血为黎元""何物相持赠，民权演大同"相砥砺；新名词与旧典故相错杂，新意境与古风格相交融。后者称誉"一槎渡海将廿载，纵横商战何淋漓"的友人郑秋蕃"眼底骈罗世界政俗之同异，脑中孕含廿纪思想之瑰奇"，赞佩其"不愿金高北斗寿东海，但愿得见黄人捧日崛起大地而与彼族齐驰骋"的民族情感与爱国志节，抒写出"君不见鸷鸟一击大地肃，复见天日扫雾翳"的报国志向，憧憬着"山河锦绣永无极，烂花繁锦明如斯"的美好明天，流露出"风云满地我行矣，壮别宁作儿女悲""国民责任在少年，君其勉旃吾行矣"的豪迈情怀。《赠别郑秋蕃兼谢惠画》还提及"我昔倡议诗界当革命，狂论颇晗作者颐"，可见郑氏不仅是诗界革命之同道，而且将这一革命精神扩展至"画界"；梁氏以为"吾舌有神笔有鬼，道远莫致徒自嗤"，认为"君今革命先画界，术无与并功不訾"。可见，梁启超对自己的创作实绩很不满意，以为鼓吹有功而实践乏力，诗界革命成功之"道"还很"远"；与此同时，他高度评价郑氏在"画界革命"中取得的成就，言其"尔来蔚起成大国""方驾士蔑凌颇离"，称赞其绘画成就之高超越英国画家士蔑（今译奥利佛，1556—1617）和古希腊画家颇离（今译波利格诺托斯，前500—前400）。"画体维新诗半旧"，道出了梁氏对此期诗歌创作的自我定位，其中包含对"以旧风格含新意境"这一诗歌革新方向所做努力的自我肯定。

《纪事二十四首》真实地记录了"多少壮怀偿未了"的梁任公在澳洲邂逅才女何蕙珍后发生的一段"又添遗憾到蛾眉"的旷世奇情。此诗见诸《清议报》后，乃师大为光火，斥之为"荒淫无道"之"淫词"。平心而论，梁氏这组记述儿女情长之作，情感胸襟多有超越凡古之处，充溢着时代气息与女权思想，不少诗作大体符合他一年前提出的"三长"兼备的"诗界革命"纲领。诗人一方面享受着"红袖添香对译书"的"奇情艳福"，另一方面十分清醒地意识到"后顾茫茫虎穴身，忍将多难累红裙"，遂决心奉行亲手创立的"一夫一妻世界会"之宗旨，"尊重公权割私爱，须将身后作人师"，而以兄妹因缘来处理这段奇情，期盼着"万一维新事可望，相将携手还故乡。欲悬一席酬知己，领袖中原女学堂"。最后一首，诗人猛然回到多灾多难的现实境况中来，"猛忆中原事可哀，苍黄天地入蒿莱。何心更作喁喁语，起趁鸡声舞一回"，家国之情战胜了个人之情，儿女之情悄然敛起，风云之气油然升腾。

《自厉二首》自问世之日就广为传诵，经久不衰。其一所言"平生最恶牢骚语"，可谓快人快语；"百年力与命相持"表达出自强不息的坚定意志；"立身岂患无余地？报国惟忧或后时"，抒发出义无反顾投身新民救国事业的坚定决心，以及先天下之忧而忧的强烈报国信念。其二所云"献身甘作万矢的，著论求为百世师"，表达出献身思想启蒙事业的坚定志向；"誓起民权移旧俗，更研哲理牖新知"，言说出书生救国的途径方法；"十年以后当思我，举国犹狂欲语谁"，抒发出对未来新民救国事业必将大有成效的坚定信念；"世界无穷愿无尽，海天寥廓立多时"，塑造出一个放眼世界、立志报国、新思勃发、顶天立地、勇于担当、先觉觉人的启蒙知识者形象。诗人隐隐以西哲卢梭自况，情感豪迈悲壮，读来催人奋起，感人肺腑，无一字提及爱国，却整篇洋溢着炽烈悲怆的爱国情怀。

1902 年初，《新民丛报》创刊号"诗界潮音集"专栏隆重推出的，就是那篇被后世文学史家公推为梁氏诗作中最能体现诗界革命精神的代表作——《二十世纪太平洋歌》。该诗写于 1899 年 12 月 31 日夜半，时梁氏乘"香港丸号"航行在横滨至檀香山的太平洋上，展望即将到来的 20 世纪，心潮澎湃，诗思奔涌，挥毫写下这首意气风发、汪洋恣肆、气势恢宏的长篇巨制。该诗集中体现了诗界革命的自由解放精神，将思想之解放与诗体之解放很好地结合起来。全诗分八节，170 余句，1300 多字。梁氏充分调动其所掌握的世界政治、地理、历史、宗教、生物、法律、军事、天文等方面的新知识、新名词，表现出对一部世界文明史、资本主义发达史及 20 世纪民族帝国主义扩张与殖民史的清醒认识，表达出对西方近代物质文明和政教文明的热切赞美与向往之情，感情充沛地抒发出渴望祖国在新世纪到来之际睡狮猛醒、迎头直追、摆脱任人宰割之屈辱地位的强烈愿望：既有"海云极目何茫茫，涛声彻耳愈激昂"式的豪壮之气，又有"天黑水黑长夜长，满船沉睡我彷徨"式的抑郁幽咽，还有"一线微红出扶桑""但见廖天一鸟鸣朝阳"式的明丽绚烂。且看其第七节：

> 噫嘻吁！太平洋，太平洋，君之面兮锦绣壤，君之背兮修罗场。海电兮既设，舰队兮愈张，西伯利亚兮铁道卒业，巴拿马峡兮运河通航。尔时太平洋中二十世纪之天地，悲剧喜剧壮剧惨剧齐鞈鞈。吾曹生此岂非福，饱看世界一度两度为沧桑。沧桑兮沧桑，转绿兮回黄，我有同胞兮四万万五千万，岂其束手兮待僵？招国魂兮何方？大风泱泱兮，大潮滂滂。吾闻海国民族思想高尚以活泼，吾欲我同胞兮御风以翔，吾欲我同胞兮破浪以飏。

可谓放眼世界，横绝地球，气势恢宏，感情奔放，不拘格律，诗体解放，大开大合，舒卷自如，新词奔涌，新意迭出，神采飞扬，诗思浩茫，体现了诗界革命的创作实绩。

《新民丛报》第7、8号刊出的《游春杂感》《读〈陆放翁集〉》，代表了梁氏此期间诗作两种截然不同的面貌与风格，折射出阴柔与阳刚、小我与大我、儿女之情与英雄之气集于一身的矛盾而丰富的内心世界。《游春杂感》写乍暖还寒时节在日本东京郊游所见所感。"故乡春色今若何？佳人天末怨微波"，对故乡和亲人的思念，夫人信中的埋怨，欲归无期的苦闷，杨柳依依无人折枝的寂寞，雨打樱花落英满地的凄凉，道路泥泞脚踏车寸步难行的烦恼，触景伤情，处处显出英雄气短，儿女情长。《读〈陆放翁集〉》则豪气冲天，雄风逼人——"诗界千年靡靡风，兵魂销尽国魂空。集中十九从军乐，亘古男儿一放翁。"心情何等沉痛！语气何等豪迈！对不轻易写从军苦、平生好言从军乐、"慕为国殇，至老不衰"的爱国诗人陆放翁是何等钦敬！"辜负胸中十万兵，百无聊赖以诗鸣。谁怜爱国千行泪，说到胡尘意不平。"面对空怀一腔报国志、至死未见"王师北定中原日"的充满悲剧色彩的历史人物陆游，梁诗写得气冲霄汉，在令人扼腕叹息的同时，却又催人奋起。

1902 年 11 月，《新小说》创刊伊始，就特辟"杂歌谣"专栏，此为诗界革命运动的又一重要阵地。以梁启超为代表的启蒙先驱者已经清醒地意识到，诗乐合一、中西合璧的学堂乐歌，与报馆、演说、新小说、改良戏曲等启蒙手段一样，是新民救国的重要利器。其创刊号推出的《爱国歌四章》，就是梁氏率先垂范的一首意在唤醒国民意识、鼓舞民族自信心、高奏爱国主义时代强音的学堂乐歌。四章分述我中华地大物博、人口众多、文明悠久、英雄辈出，大声疾

《新小说》第一号

《新小说》第一号
"杂歌谣"栏目

呼"结我团体，振我精神"，殷切期盼"二十世纪新世界，雄飞宇内畴与伦"，反复咏唱"可爱哉！我国民"。全诗文字浅近，明白晓畅，句式自由，节奏明快，气势雄浑，朗朗上口，读之令人热血沸腾，诵之令人激情澎湃，具有振奋民族精神、催人奋起直追的强烈的艺术感染力。

1903 年 1 月，梁氏所撰政治小说《新中国未来记》在《新小说》杂志连载至第四回，其中有英国大诗人拜伦（Byron）的《渣阿亚》（Giaour）和《端志安》（Don Juan）诗章之中译片段，此为最早见诸报端的拜伦诗歌之中译。后者就是著名的《哀希腊》第一、三节，用戏曲曲牌《沉醉东风》《如梦忆桃源》意译而成，通俗易懂，活泼晓畅。最后一节中的诗句——"奴隶的土地，不是我们应该住的土地；奴隶的酒，不是我们应该饮的酒！"走的更是白话新诗的路子。

1944 年，杨世骥评《新民丛报》"诗界潮音集"栏目诗歌道："其长处是能充分地表现他们的时代——那个动乱的时代；发抒他们的情感——在那个时代的激越的情感，凡前人诗中向来忌用的辞句，他们都明目张胆的采用了，凡前人诗中不敢问津的新事新理，他们都

明目张胆的容纳了。"[1] 梁氏此期诗作具有这一鲜明的时代特征，尽管在诗歌形式方面未能开辟出一条坦途，但大方向是朝着诗体解放之路前行，从表现社会内容和时代精神方面衡量，确使 20 世纪初年之诗坛发放出新世纪的曙光，堪称"时代的潮音"。

　　1903 年底，梁启超游美洲返日后，言论立场大变，诗学宗趣亦随之变向。此后近七年时间里，他很少写诗，报刊上基本见不到其诗作。直到 1910 年 9 月，其诗作才陆续见诸上海《国风报》"文苑"栏。此时的梁启超已绝口不提"诗界革命"，转而拜以"不专宗盛唐"相标榜的同光体诗人为伍，诗风发生了显著变化。梁氏见诸《国风报》"文苑"栏之诗作，计 18 题 43 首：有题咏韩烈士安重根刺杀伊藤博文之作，有哀恸朝鲜亡国之作，有祭悼光绪皇帝之作，有追怀台湾第一任巡抚刘壮肃公之作，有歌咏义不受辱的明故宁靖王并诸王妃死国事之作，有"闻英寇云南、俄寇伊犁"的感愤之作，有敬献乃师康有为的"述旧抒怀"之作……更多的是抒发久客异域、功业不成、前路茫茫、思乡怀亲、忧国伤时之作，借以排遣满腹的抑郁劳愁——"泪眼看云又一年，倚楼何事不凄然？独无兄弟将谁怼？长负君亲只自怜。天远一身成老大，酒醒满目是山川。伤离念远何时已？捧土区区塞逝川。"[2]

　　梁氏此期之诗作，全然失去了先前那股昂扬勃发的精神气，新名词不见了踪影，代之以满纸旧典故；自由奔放、长短不一的歌行体诗已不见踪迹，代之以规整严谨的近体诗和五七言古风。当康有为赞其《朝鲜哀词》"沉郁雄苍，合少陵《诸将》《洞房》《秦州》而冶之"，誉其《赠徐佛苏即贺其迎妇》"渊懿朴茂，深入昌黎之室"，[3] 当识者评其诗有"唐神宋貌""弥臻精醇"[4] 之时，诗界革命时期梁氏诗作特有的自由奔放、新词奔涌、不拘格律、不名一家、自成一体的独立风格与时代风采亦不复存在。

　　民国初元归国之后，梁启超的政治抱负依然难以实现，内心焦虑苦闷，散见于《庸言》《大中华》杂志"文苑"栏为数不多的诗作，

---

[1] 杨世骥《"诗界潮音集"》，《新中华》复刊第 2 卷第 3 期，1944 年 3 月。

[2] 沧江《腊不尽二日遣怀》，《国风报》第 2 年第 6 期，1911 年 3 月 30 日。

[3] 梁启超《梁任公诗稿手迹》，古典文学出版社，1957 年版，第 8 页、第 11 页。

[4] 陈声聪《兼于阁诗话》，上海古籍出版社，1985 年版，第 30 页。

多是友朋间应酬之作，充满了
中年哀乐的愁云惨雾。1912
至 1914 年，当他在自己主持
的《庸言》杂志"艺谈"栏长
篇累牍地连载同光体诗论家陈
衍《石遗室诗话》之际，当他
与赵尧生侍御书信往复"从问
诗古文辞"之时，当他在"癸
丑三日邀群贤修禊万生园"拈
《兰亭序》分韵得"激"字与

《大中华》第二期   《大中华》第二期"文苑"栏

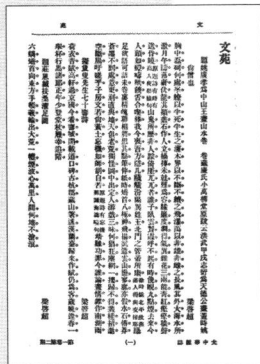

以同光体诗人为主体的遗老遗少们酬唱吟咏之时，当他吟出"擎雨万
荷枯，战风千叶乱""强欢寻野寺，丛菊媚凄旅"[1] 之类的诗句，梁诗
之风格已经步步趋近杜、韩一派。近人陈声聪有感于"任公中年以后
一意学宋人"，政治上反对复辟而诗学方面却正有复辟之势，曾写诗
讥刺道："新词新意乍离披，梁夏亲提革命师。曾几何时看倒退，纷
纷望古树降旗。"[2] 此时，作为 20 世纪初年政治变革运动、思想启蒙
运动和文学界革命运动之不可分割的重要组成部分的"诗界革命"早
已偃旗息鼓，昔日新诗坛的喧嚣已成过往，梁诗中的"新理想"已被
"旧风格"消蚀殆尽。

三、近代报刊视野下的蒋智由诗歌

20 世纪初年，正当梁启超依托《清议报》揭橥"诗界革命"旗
帜，发起一场诗界革命运动之际，有一位自上海得风气之先的浙江诸
暨青年"因明子"（化名）频频惠寄诗稿，积极响应梁氏之号召，成
为《清议报》诗歌栏目骨干诗人之一。远在美洲的梁氏读其诗后"大
心醉之"，误以为此人就是丙午、丁酉年间"新学之诗"首倡者夏曾
佑，"盖其理想魄力，无一不肖穗卿也"。[3] 游至澳洲时，梁氏作《广
诗中八贤歌》，首颂"因明子"："诗界革命谁欤豪，因明巨子天所骄。

---

[1] 梁启超《感秋杂诗》，《庸言》第 1 卷第 15 号，1913 年 7 月 1 日。

[2] 陈声聪《庚桑君近为诗渐不满于旧之作者，毅然有革新之意，此事言者近百年矣，作此示
之》，转引自《清诗纪事〉示例》，《明清诗文研究丛刊》第一辑（试刊），1982 年 3 月，第
173 页。

[3] 饮冰子：《饮冰室诗话》，《新民丛报》第 19 号，1902 年 10 月 31 日。

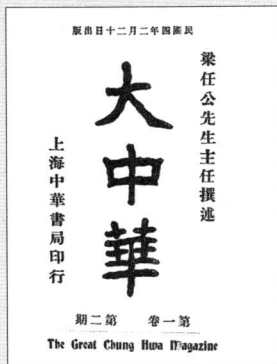

驱役教典庖丁刀，何况欧学皮与毛？"诗下注"穗卿"，回到日本后方知其误，在《新民丛报》发表时将注脚改为"诸暨蒋智由观云"。1902 年以后，梁氏依托《新民丛报》"诗界潮音集""饮冰室诗话"栏目，进一步大力鼓吹"诗界革命"，将这一思想启蒙旗帜下的诗歌革新运动推向高潮。蒋智由亦是其诗歌专栏的重要诗人，梁氏更将其标举为"近世诗界三杰"之一。

自 1899 年底至 1901 年底，署名"因明子"的诗作见诸《清议报》"诗文辞随录"专栏计 45 题 56 首，数量仅次于毋暇（38 题 81 首）、更生（45 题 64 首），位列第三。而此期毋暇和康有为之诗作基本上都是短章，蒋智由诗歌则有近三分之一属于篇幅较长的古风和乐府体。无论从因明子诗所占版面来看，抑或从梁启超误将其当作夏曾佑进而对其推崇有加的历史影响来衡量，蒋智由均称得上《清议报》诗歌栏目的后起之秀、代表诗人乃至顶梁之柱。

1899 年 11 月，《清议报》第 33 册所刊因明子《观世》一诗，是目前所见蒋智由最早见诸报刊的诗作。这位出身寒门的浙江诸暨举人，此时正漂泊在上海，以诗笔反思着专制统治的流毒，思考着优胜劣败的道理，诗章充满忧患意识和启蒙精神。诗人透过该诗观察到一个什么样的世界呢？是中国千百年来"一人制贤否"的专制统治及由此造成的"积成奴仆性，谄谀竞为生"的国民劣根性，是"智种日摧抑"的民族竞存的客观现实，是"劣败理亦平"的优胜劣败的生存法则，是有识之士不愿看到的"莽莽万川谷，异族入经营"的残酷现实和瓜分危局。初登诗坛，其诗作就显露出敏锐的思辨性和新异的思想性。诗界革命时期以运用新名词、新典故和议论见长的蒋智由，此时已崭露头角。

对国人奴隶性质的揭露、讽刺、批判与反思，是因明子诗歌鲜明的主题意向之一，《奴才好》集中表现了这一主题意蕴。"奴才好，奴才好，勿管内政与外交，大家鼓里且睡觉""满洲入关二百年，我的奴才做惯了""转瞬洋人来，依旧要奴才。他开矿产我做工，他开洋行我细崽。他要招兵我去当，他要通事我也会""满奴作了作洋奴，奴性相传入脑胚""什么流血与革命，什么自由与均财""大金大元大清朝，主人国号已屡改。何况大英大法大日本，换个国号任便戴""奴才好，奴才乐，奴才到处皆为家，何必保种与保国？"诗人以嬉笑怒骂的讽刺口吻反言讽世，其对深入国人骨髓的作为晚清帝国国民奴隶性质的描摹，惟妙惟肖，一针见血，入木三分，发人深思。

将反思与批判国人的奴隶性质这一主题引向历史深处的，是那首传诵一时的著名诗篇《有感》："落落何人报大仇，沉沉往事泪长流。凄凉读尽支那史，几个男儿非马牛？"诗人先是悲伤眼下立志报国仇的血性男儿之零落稀少，进而将眼光投向历史，猛然感悟到一部支那史原本就是一部绝大多数人为极少数统治者当牛做马的屈辱的奴隶史。这一历史感悟，离五四时期"人"的觉醒只有一步之遥。

对尚武、合群、竞争、独立精神的呼唤，是因明子诗歌较为集中的主题意向。《闻蟋蟀有感》通篇在宣扬尚武精神："蟋蟀鸣，秋风惊，丈夫入世当为兵。支那男子二百兆，坠地皆喜儒之名。儒冠儒行儒气象，坐令种族失峥嵘""吾寻汉种之弱根，汉种自古多儒生。君不见晚周时代齐秦晋楚皆崛起，鲁日夜独遭割烹；又不见南宋时代儒者议论空复多，坐视江山半壁倾。"《见恒河》旨在"望吾种之合新群也"："君不见恒河沙，君不见支那之人如此多！沙散不可聚，人散其奈何！遂令昆仑山下土，供彼白人所啖盬。贪如狼，狠如虎！黑种夷，红种虏，转瞬及我神明之子孙""夺我土地，削我自主。耗我财源，挤我种类。噫吁巇嗟，彼已吞啖，我犹鼾睡""亟诏吾民梦醒之，绌己念群犹可为。不然乃真牛马奴隶百千劫，忍令亲见印度波兰时""愿各哀乐为同胞，眼见吾种团结独立世上以为期"。悲怆沉痛，情真意切，催人奋起，极富感染力。《梦起》主要宣扬"争种非不武"的尚武精神、"物竞世益烈"的竞争意识、"群失吾何伍"的合群理念和"独立养自主"的独立自主精神。《人物》所言"廿纪风涛来太恶，那堪群力发生迟"，《世境》所谓"今日龙蛇齐起陆，竞存一线在黄人"，均流露出诗人对国人合群精神和竞存意识的热切呼唤与期盼。

1902 年之后，蒋智由告别"因明子"，其见诸《新民丛报》"诗界潮音集"栏目的诗作署名"观云"，见诸《选报》《浙江潮》"文苑"栏目的诗作则署"愿云"。《新民丛报》"诗界潮音集"专栏共刊出观云诗 22 题 45 首，"饮冰室诗话"栏目征引观云诗 10 首；其诗数量之多，反响之大，堪与人境庐诗比肩。蒋智由是《新民丛报》诗歌阵地名副其实的台柱子之一。蒋观云见诸《新民丛报》的诗歌，较诸《清议报》时期，其思想倾向更为激进，民族主义和民主主义情绪更为高涨，明确宣传民主革命思想乃至鼓吹暴力革命，在梁启超主导的"诗界潮音集"中奏响了时代的最强音，引领了时代潮流，成为新诗坛上一颗耀眼的明星。

1902 年 3 月，《新民丛报》第 3 号刊登了蒋智由的 6 首诗，其中就有被后世文学史家公推为蒋氏新诗代表之作的《卢骚》："世人皆欲杀，法国一卢骚。民约倡新义，君威扫旧骄。力填平等路，血灌自由苗。文字收功日，全球革命潮。"该诗高调赞颂了法国民主主义启蒙思想家卢骚（今译作"卢梭"），表达了诗人对西方近代自由、民主、平等思想的热切向往和热情追求，流露出对文字（包含诗歌在内的文艺作品）在思想启蒙、唤起民众方面所蕴藏的巨大威力的自信与期待。该诗气势雄浑，音调铿锵，极富鼓动性和感染力。诗中，法国、民约、平等、自由、全球、革命等新名词触目皆是，新意境兴味盎然，且大体符合律诗的体制，甚至连对仗也较为注意，可谓忠实地实践了梁启超提出的"新名词""新意境"和"古人之风格"的诗界革命创作纲领，是一首充分体现了诗界革命革新精神的典范之作。

1902 年 7 月，《新民丛报》第 10 号所刊《久思》一诗，是蒋智由新诗作品中的又一力作。"久思词笔换兜鍪，浩荡雄姿不可收"，是说自己早有弃文习武、投笔从戎之志；"地覆天翻文字海，可能歌哭挽神州？"设问的语句似乎流露出对文字宣传和思想启蒙之社会功效的怀疑，其实是肯定那些对国人产生了"地覆天翻"鼓动功效的文字的巨大威力，相信那些意在启蒙、新民、救国、革命的大量文字作品，能够以其摧魂撼魄的情感力量打动人心，从而达到唤起广大民众奋起拯救中国的根本目的。诗作风格豪放，激情飞扬，具有强烈的思想穿透力和艺术感染力，充分体现了梁启超关于"诗界革命"首在"革其精神"的指导思想与时代风貌。

《新民丛报》第十号

《新民丛报》第十号"诗界潮音集"栏目

1903 年 2 月，《新民丛报》第 25 号在内封醒目位置刊登了骚体长诗《醒狮歌》，副标题为"祝今年以后之中国也"，是为蒋智由的又一重要诗作。该诗以睡狮喻中国，极力铺陈雄狮应有的威武和睡狮被众兽戏弄宰割的悲惨境况，惊心动魄，如雷霆万钧，催人奋发。"狮兮狮兮，尔乃阿母之产，百兽之王，胡为沉沉一睡千年长？"本应是威风凛凛，"尔鬣一振慑万怪，尔足一步周四方，丁甲待汝司号令，列仟待汝参翱翔"，令百兽震遑，如今却"葑目戢耳敛牙缩爪，一任众兽戏弄"，落得如此可悲之下场。诗人满怀希望地祝愿："狮兮狮兮，尔前程兮万里，尔后福兮穰穰。吾不惜敝万舌茧千指为汝一歌而再歌兮，愿见尔之一日复威名扬志气兮，慰余百年之望眼，消余九结之愁肠。"这并非一首写给疲弱不振的晚清帝国的绝望的哀歌，而是一首希冀祖国睡狮猛醒，再展雄风，在弱肉强食、优胜劣败的险恶国际环境下发愤图强，凭强大的国力自立于世界民族之林的自省之歌、自强之歌、希望之歌和祝福之歌。

　　蒋智由是《浙江潮》的编辑之一，亦在其"文苑"栏发表过诗歌作品，署名"愿云"。此时正值蒋氏的民主主义和民族主义革命思想高歌猛进之时，其在《浙江潮》发表的多篇文章均对君主立宪论持批判立场，高昂的革命激情和强烈的民族主义情绪在其诗作中亦有鲜明的体现。1903 年 11 月，《浙江潮》第 9 期刊发了两首愿云诗。第一首题为《送匋耳山人归国》，充满风云之气和英雄气概："亭皋飞落叶，鹰隼出风尘。慷慨酬长剑，艰难付别樽。敢云吾发短，要使此心存。万古英雄事，冰霜不足论。"匋耳山人即著名革命党人陶成

《浙江潮》第一期

章，彼时要回国开展革命活动，蒋氏以诗相赠，对其英雄壮举赞勉有加。第二首题为《金陵有阁祀湘乡曾氏，悬一匾额云"江天小阁坐人豪"，有人以擘窠大字书其上曰"此杀我同种汉贼曾国藩也"，诗以记之》，从长长的标题中不难看出诗人强烈而狭隘的民主主义情绪。诗曰："江天小阁坐人豪，收拾河山奉满朝。赢得千秋题汉贼，有人史笔已如刀。"以"汉贼"之名，将有着"同治中兴第一名臣"之誉的曾国藩钉在历史的耻辱柱上。是耶？非耶？自有后人评说。

　　1905 年 5 月，蒋智由《吊邹慰丹容死上海狱中》诗云："挥手君曰叩帝阍，帝醉豺虎当其门。君怒谓天亦昏昏，革命今当天上行""有

人伐石为之铭，曰革命志士邹容。容有书曰《革命军》，读之使人长沾襟"。对革命志士尚充满敬意和同情。大约在 1906 年夏，蒋智由的政治思想发生了蜕变。1907 年，他与梁启超发起组织政闻社，并出任该社机关刊物《政论》月刊主编，彻底放弃了革命排满立场，极力鼓吹君主立宪，与同盟会唱起了对台戏。此后，蒋智由的诗歌创作走了一条与梁启超相似的路径，由趋新而笃旧。晚年寓居上海自编诗稿时，将见诸《清议报》《新民丛报》《浙江潮》等刊物的新派诗尽数删弃，颇有悔少作之意。

　　20 世纪初年，作为维新志士和革命青年的蒋智由应和着"诗界革命"的时代节拍，携带着一批脍炙人口的新诗作登上新诗坛，以《清议报》《新民丛报》《选报》《浙江潮》等报刊诗歌栏目为阵地，视文艺作品为新民救国之利器，呐喊出"文字收功日，全球革命潮"的时代强音，充当了世纪之交时代思潮和诗歌创作风气转换的信号，在某种意义上代表了新诗创作的发展方向，体现了诗界革命的基本精神，显示了诗界革命的创作实绩。近代报刊视野中的蒋智由的诗歌充满忧患意识、启蒙精神、报国之志与爱国之情，对国人奴隶性质的揭露、讽刺、批判与反思，对尚武、合群、竞争、独立精神的呼唤与期待，对自由、民主、平等思想的热情赞颂与热切向往，对列强侵凌、生灵涂炭、国将不国危亡时局的深重忧虑与关切，对祖国未来美好愿景的期盼与憧憬等，是其较为集中的主题意向，表现出鲜明的民主主义和民族主义革命立场，充溢着风云之气和英雄气概，奏响了时代的潮音。近代报刊视野中的蒋智由的诗歌在形式上表现出解放的征兆与趋势，试图寻找一条新意境、新语句与古风格协调统一的新诗创作路径，其中既有成功的经验，亦有失败的教训，从中可见梁启超"三长"兼备的诗界革命纲领在理论设计方面存在的缺陷与不足。

四、诗界革命视野下高旭的诗歌

　　20 世纪初，正当梁启超依托近代传媒高标"诗界革命"旗帜，在众声喧哗的晚清诗坛掀起一股强劲的诗歌变革潮流之时，有一位受此时代风潮影响的江苏热血青年频繁奔赴上海，怀抱"不忍坐视牛马辱，宁碎厥身粉厥骨""进化兴邦筹一策，上下男女平其权"的理想与志向，携带《唤国魂》《新少年歌》《爱祖国歌》《海上大风潮起放歌》等一批激荡时代风雷的新潮诗歌登上新诗坛，为彼时蓬勃发展的诗界革命运动补充了新鲜血液。这位诗界革命运动中出现的后起之秀，其后成为南社的发起人和代表诗人。此人就是高旭。

1901 年 6 月，高旭《唤国魂》见诸《清议报》第 82 册"诗文辞随录"栏目，署名"江南快剑"，这是他在诗界革命运动主阵地发表的最早的诗作。此后，高旭充满变革精神和时代气息的诗作屡屡见诸《清议报》"诗文辞随录"、《新民丛报》"诗界潮音集"及《新小说》"杂歌谣"栏目，署名"自由斋主人""剑公""秦阴热血生"等，成为诗界革命阵营的后起之秀。
高旭见诸《清议报》"诗文辞随录"栏目的诗篇，以追求国家民族的独立自主与富强、宣扬政治改革维新、歌颂英雄主义精神为主基调；梁启超所标榜的"新名词""新意境"和"古人之风格"，在上述诗作中有着较为鲜明的体现；感情或激越高亢，或沉郁顿挫，读之令人感奋，显示了诗界革命的时代精神和诗歌风貌。

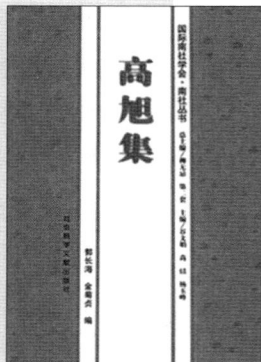

高旭　　　　　《高旭集》书影

高旭见诸《新民丛报》"诗界潮音集"专栏的诗篇，奏响的依然是合群、爱国、保种、平权、自由及"牺牲觉世"的时代主旋律。其中，《酬蒋观云》《兴亡》《书感》《不肖》《争存》《忧群》诸篇尤具代表性。前三题均系与蒋智由酬唱之作。作为诗酒为友、情投志合的同志，高旭对蒋智由以"乾坤浩气期撑住，沧海横流誓挽牢"相劝勉，以"风涛廿纪苍生厄，援手齐登大舞台"相期许，以"敢说度人先度己，生当为侠不为儒"相砥砺，以"牺牲觉世书千册，湖海论交酒百壶"相慰藉。《兴亡》一诗中"兴亡皆有责，爱国我尤深。杨柳佳人怨，风云壮士心"的自我剖白，《书感》一诗中"苍天梦梦依然醉，江自长流山自峨"的现实批判与自我期许，表现出舍我其谁的时代担当精神和浩气凌云的英雄主义气概。《不肖》《争存》两诗通篇都在演绎严译名著《天演论》所传达的物竞天择、适者生存、优胜劣败及救亡图存思想，所谓"愈演而愈上，今必胜于古""优胜则劣败，公理不可破""西儒贵进取，我独重保守""一成而不变，斯义实大谬"；《忧群》一诗则着意宣扬西方的政党政治和民主体制，批判中国的专制政体和恶性党争怪现状，所谓"屈己以卫群，群己两发达。屈群以利己，群败己亦拨"，可谓"愿宏识巨，可作一篇《群学》读"[1]；此类诗作，以新名词宣传欧西之新思想、新意境，应和着诗界革命运动的时代节拍。

高旭此期正迷恋佛学，其见诸《新民丛报》的诗歌，多半留下参禅悟佛之心迹；然而和佛学造诣深厚的夏曾佑、谭嗣同、梁启超等近代思想解放运动与诗界革命运动先驱者一样，高旭此类诗作并未游离思想启蒙的时代主旋律，有相当一部分意在借近代佛学来诠释西学，吹嘘西方现代政教文明思想，宣扬先觉觉人、冲决网罗、民权、自由、平等精神。无论是《暮春杂咏》其五中"面壁参平等，焚香消外惧"之句，还是《物我吟八首》其一中"自由思想出天天，水洒杨枝遍大千"之言，抑或是《二十世纪之梁甫吟》中"形骸久矣类俘囚，惟有灵魂许自由"之论，均体现出这一鲜明的近代特征与时代气息。

高旭见诸《新小说》"杂歌谣"栏目的诗作，有《爱祖国歌》《新少年歌》2题9首。《爱祖国歌》从题目、内容到形式均受到梁启超《爱国歌》之影响，意在"发扬蹈厉，唤起国魂"，是一篇有着炽烈深厚的爱国情愫、舍我其谁的担当精神、忧愤深广的时代内容、催人奋起的基调旋律的优秀诗章。诗人为昔日祖国悠久灿烂的历史而自豪，为今日积贫积弱之老大帝国的命运而忧虑，希冀化作"祥风"，"以激起汝自由之锦潮兮，以吹开汝文明之鲜花"，为祖国的独立富强而上下求索，奋斗不止，最后以"纵天荒地老兮，我情终不远汝以离疏"之句收束，表达出矢志不渝的炽烈的爱国情怀。全诗采用活泼的骚体诗形式，语言平易，格调高昂，错落有致，以新理想入旧风格。《新少年歌》是一首意在"为二十世纪新中国之主人翁勖焉"、"以资学生讽咏"的学堂乐歌。诗人希望新生一代刻苦勤学，勇于探索，养成公德，勠力救国；以"读书勉为良，读书要自强"相劝勉，以"新少年，别怀抱，新中国，赖尔造"相砥砺；宣扬"自治乃文明之母，独

[1] 剑公：《忧群》，《新民丛报》第35号，1903年8月6日。

立为国民之宝"，叮嘱"新少年，须努力"，"思救国，莫草草"。高诗立意高远，含义深长，比兴得当，雅俗共赏，诚为中国早期学堂乐歌中不可多得的优秀之作，且曾产生广泛的社会影响。

20 世纪初年，高旭的诗作除了频频见诸诗界革命的核心阵地外，还频繁地亮相于《选报》《政艺通报》《国民日日报》《警钟（日报）》《江苏》《复报》《觉民》《中国白话报》《女学报》《女子世界》等刊物的诗歌栏目。这些报刊或属维新派，或属革命派，甚或分不清其阵营归属；或以思想启蒙为目标，或以开启女智为旨归，或以倡导白话为宗尚；开辟有诗歌栏目，且其诗歌创作面貌均明显受到了诗界革命时代风气之影响。这些见诸报刊的诗作，大多已经倾向甚或直接倡言民族革命和民主革命，思想上已经超越了维新派阵营；然而，和晚清众多由改良走向革命道路的新派诗人的诗作一样，高旭的这些作品依然鲜明地烙上了诗界革命的精神印记，"新名词""新意境"和"古人之风格"的诗界革命纲领，依然在其诗作中继续得到体现与延续。

1901 年 11 月创刊于上海的《选报》（旬刊），创办人是被梁启超誉为"近世诗界三杰"之一的蒋智由，其与同时期在日本横滨出版的《新民丛报》遥相呼应，其诗歌专栏"国风集"亦是诗界革命运动中国内重要的阵地。与蒋智由有着书信往来与诗词唱和的高旭，抱着"牺牲觉世书千卷"[1] 之志，怀"新诗得意挟雷风"[2] 之感，在《选报》"国风集"栏发表诗作 6 题 19 首，是该栏目的重要诗人。其中，《俄皇彼得》是一首献给"输进文明革蛮野，广揽八极英豪收"的彼得大帝的颂歌，传达的是一种强国梦想和危亡呼号；《侠士行》是一首发抒自我心志的壮歌，诗人以刺秦的荆轲自况，"拂拭匣中剑，叩之铮铮铁"，表达了气吞山河的英雄主义气概，真可谓"志士之诗，英雄之血"；《寄蒋观云》四章抒发了"生当为侠不为儒""援手齐登大舞台"的豪情壮志与报国雄心。

1902 年 2 月创刊于上海的《政艺通报》，其诗歌栏目在一定程度上可视为诗界革命的国内阵地，高旭是该栏目最为多产的诗人，刊发诗歌 30 题 80 余首。其中，1904 年初刊发的《好梦》一诗，不仅是高旭在该刊发表的最具代表性的诗作，也是最能体现"新意境""新

---

[1] 剑公：《寄蒋观云》，《选报》第 18 号，1902 年 6 月 6 日。
[2] 高旭：《慈石家叔与余论诗极契，屡惠新什，戏集山谷句为酬》，《高旭集》，第 13 页。

语句"与"古风格"三长兼备之诗界革命纲领的诗作之一。这首长达 40 句的五言古体诗，为人们描绘了一幅没有争斗、没有压迫、没有贫富差别、没有等级分野的美好的未来乌托邦蓝图。生活在这一乐园中的人们，"游戏公家园，跳舞自由身。一切悉平等，无富亦无贫""有遗路不拾，相爱如天亲""人权本天赋，全社罔不尊。天然有法律，猗欤风俗醇"。

1903 年，高旭阅读了章太炎《驳康有为论革命书》《读〈革命军〉》等文章后，政治思想立场大变，由维新转向反清革命。是年，高旭虽继续向该刊投寄诗稿，但其与维新派阵营已经貌合神离，其大量诗作已经转移到革命派知识分子创办的报刊上，其诗歌主题亦为之大变。此后，他在继《苏报》之后产生了重要影响的革命派报刊《国民日日报》《警钟（日报）》《觉民》等阵地上发表了大量诗歌，以激进的民族主义和民主主义革命为主旋律，奏响了时代的最强音。文学史家习惯于将晚清诗文作家按政治阵营排队，转向革命阵营的高旭创作了鼓吹民族革命和民主革命的诗篇，似乎不应该与属于维新派阵营的梁启超领衔的诗界革命再有什么历史关联。然而，事实并非如此。诗界革命作为一个影响广泛的诗歌变革思潮，其主题思想并不局限于维新改良，其诗人队伍亦不局限于维新派知识分子，其革新精神、变革路径与诗体诗风，深刻地影响 20 世纪初年的新旧诗坛，包括其后兴起的革命派诗人群体。高旭政治思想的转向与诗歌主题的变调，并不意味着其诗作与诗界革命运动一刀两断，从此划清了界限。

高旭最具代表性的诗作《海上大风潮起放歌》，发表在革命派报刊《国民日日报》上，豪情满怀地呼唤革命风暴的到来，可谓一篇反清的檄文和革命的战歌。然而，无论是以梁启超 1900 年在《汗漫录》中提出的"新意境""新语句""古风格"三长兼备的诗界革命纲领来衡量，抑或是以 1902 年以后梁氏在《饮冰室诗话》中反复强调的"以旧风格含新意境"修正版诗界革命纲领来透视，该诗均堪称是体现了诗界革命精神的佳作。

第三节　**转型期的同光体诗派**

一、同光体诗派的形成与发展

"同光体"因清同治、光绪年号而得名，此一说法始于郑孝胥与陈衍。陈衍在《沈乙庵诗序》中说："吾于癸未、丙戌间，闻可庄、苏戡诵君（沈曾植）诗，相与叹赏，以为同光体之魁杰也。同光体者，苏戡与余戏称同光以来诗人不墨守盛唐者。"[1] 又在《冬述四首视子培》云："往余在京华，郑君过我邸。告言子沈子，诗亦同光体。"在其诗话中也有类似说法："丙戌在都门，苏戡告余，有嘉兴沈子培者，能为同光体。同光体者，余与苏戡戏目同光以来诗人不专宗盛唐者也。"[2]

这一诗体的特征是，既尊唐也宗宋，尊唐不仅尊盛唐，还要尊中晚唐，重在以宋诗为门径进入。上继宋诗运动以来至同治、光绪间的传统。同光体由体到派，有一发展过程。后来陈三立、郑孝胥成为光绪以来诗坛的领军人物，有了大量的跟随者与崇拜者，"同光体"便

---

[1] 钱仲联：《沈曾植集校注》，12 页，中华书局 2001 年 12 月版。
[2] 陈衍：《石遗室诗话》卷一，《民国诗话丛编》第一册，第 18 页，上海书店出版社，2002 年 12 月版。

成为了这一派的标签。这一说法在当时已流行于诗坛。沈曾植为沈瑜庆所作《涛园诗集序》中说："近人言同光派闽才独盛，假有张为图者，太夷为清奇僻苦主，君（沈瑜庆）为博解宏拔主乎？入室谁，及门几人？"[1]"同光派"的说法，表明同光体已被视为诗派而非仅为诗体。

道光、咸丰时期国力渐衰，士大夫们有以天下为己任之志，扭转世运，其诗亦力求新辟途径。其时大学士祁隽藻与侍郎程恩泽倡导学杜韩，身为重臣的曾国藩更号召学黄山谷，以纠诗坛甜熟浅滑之弊。何绍基、郑珍、莫友芝等纷纷响应，蔚然成风，一时称为宋诗运动。

同光体之兴稍晚于宋诗运动，大抵五十年后。陈衍将道光以来的诗学依照诗风的不同，分为两大派："前清诗学，道光以来一大关捩，略别两派。"其"清苍幽峭"一派，特征是"洗炼而熔铸之，体会渊微，出以精思健笔。以陈沆为标志、魏源为羽翼，此派"近日以郑海藏为魁垒"；其"生涩奥衍"一派，力求"语必惊人，字忌习见"，以郑珍为"弁冕"，以莫友芝为"羽翼"，"近日沈乙庵、陈散原实其流派"。[2]将同光体作家从郑孝胥追溯到陈沆、魏源，将陈三立、沈曾植一派追溯到宋诗运动的代表人物郑珍、莫友芝。后来黄曾樾整理陈衍的说法，作为其说的补充：

同光而还，郑海藏、陈听水（陈宝琛）、陈木庵（陈书）三先生出，以宛陵、半山、东坡、放翁、诚斋诸大家为宗；同时江右陈散原先生力祖山谷，于是数百年来之为诗者，始一变其窠臼，大抵以清新真挚为主，海内推为同光派。[3]

曾克耑诗云："晚清诗坛述流别，变风变雅声铿锵。"（《答忏庵次元韵》）光绪、宣统年间诗坛活跃，开始形成各种流派，诗派之多，为诗史所少见，其局面恰如黄遵宪诗云："世变群龙见首时。"（《酬曾重伯编修》）钱仲联认为这一时期的成就"达到了唐宋、清初以来的一个新的高度，成为中国古典诗歌在它发展后期矗起的又一座高峰"。[4]同光体诗派在众多流派中脱颖而出，影响最大。

［1］转引自钱仲联主编《历代别集序跋综录·清代卷》，1749 页，江苏教育出版社，2005 年 10 月版。

［2］陈衍《石遗室诗话》卷三，则四，《民国诗话丛编》第 1 册，第 47—48 页。

［3］陈衍《陈石遗先生谈艺序》，《民国诗话丛编》第 1 册，第 700 页。

［4］钱仲联《近代诗坛鸟瞰》，载《社会科学战线》1988 年第 1 期，第 276 页。

同光体诗派人物主要活动于武昌、江宁。张之洞幕府是促成同光体形成的契机。光绪十五年（1889）十一月，张之洞任湖广总督，次年创办两湖书院，招邀四方人才广集武昌。陈三立曾记述当时盛况：

> 当是时，张文襄方督湖广，竞兴学建两湖书院，选录南北高才数百人，设科造士，海内名儒名哲就所专长，延为列科都讲，特置提调员，拔君重院事，余以都讲式阅，谬承乏备其一人焉。院中前后凿大池，长廊环之，穹楼复阁临其上，岁时佳日，辄倚君要遮群彦，联文酒之会，考道评艺，续以歌吟。文襄亦常率宾僚临宴杂坐，至午夜乃罢，最称一时之盛。[1]

光绪二十年（1894），张之洞署理两江总督。在江宁倡导风雅："光绪乙未……时南皮张文襄公总制两江，崇尚风雅，以诗相鸣。"[2] 其时郑孝胥在张之洞幕府，沈瑜庆主持筹防局事。

次年底，张之洞回任湖广总督，聘陈衍、沈曾植在两湖书院主持教席，邀郑孝胥前来办理芦汉铁路新政。陈、郑、沈是促成同光体诗派形成的重要人物，三人均有诗学卓识，有共同爱好与旨趣，在武昌机缘凑合，激发诗兴，切磋诗艺，热烈探讨，明确认识，共同提出同光体的审美观念。然此年初，陈三立已往长沙，侍其父陈宝箴推行新法，未与此三人同时居武昌。

同光体诗派的形成与张之洞有莫大关系。曾克耑说："散原、海藏、石遗三先生则是张孝达的幕客，凭着他们的政治后台关系，所以也就等于卿相的居高一呼，便开出一种新风气，成了一种新派系了。他们不只呼了一下便了事，他们有论诗的宗旨，对于古人的诗有新发现和新评价，而他们的作品又能够实践所言。各人有各人的面目，各人有各人的意态，同归殊途，总结一句，是要用最好方法做出最好的

---

[1] 陈三立《余尧衢诗集序》，《散原精舍诗文集》卷10，第956页，上海古籍出版社，2003年6月版。

[2] 李宣龚《涛园诗集跋》，《李宣龚诗文集》"硕果亭文集"，第331—332页，华东师大出版社，2009年10月版。

诗歌，所以他们便占了清代诗坛最重要的位置了。"[1]

同光体领军人物为陈三立、郑孝胥。杨声昭说："光宣诗坛，首称陈、郑。海藏向称简淡劲峭，自是高手。若论奥博精深，伟大结实，要以散原为最也。"[2]李渔叔认为："自散原出，与海藏雁行，乃各携炉鞴，成一代之作矣。"[3]

陈三立，字伯严，号散原，江西义宁人，中进士后弃吏部主事职，在长沙依其父参与推行新法。戊戌政变后退居江宁，锐意为诗。有《散原精舍诗集》。

郑孝胥，字太夷，别号海藏，闽侯人。曾到日本作神户、大阪总领事，后为京汉铁路南段总办，曾为龙州边防督办；参与维新与立宪活动。"九一八事变"后，挟溥仪出关，任伪"满洲国"国务总理，成为大汉奸，后去职而病死。有《海藏楼诗集》。

同光体重要人物还有：陈衍，字叔伊，号石遗，侯官人。光绪八年（1882）九月中举，后任学部主事。清亡后，任无锡国学专修馆教授。著有《石遗室诗话》《石遗室诗话续编》，编《近代诗钞》，是大诗论家、大选家。其有三大功劳：一是与郑孝胥共同举旗，提出同光体概念与内涵，对同光体进行初步分派；二是编诗钞，著诗话，保存一代文献，记载近代诗坛诸多交游活动；三是选评诗的标准主要看他是否"有感于诗与时世相关切"[4]，并指出其人诗学渊源。

陈衍

陈三立

沈曾植（1851—1922），字子培，号乙庵，晚号寐叟，嘉兴人。光绪间进士，任刑部主事时，赞助康有为等维新变法，后历任江西、安徽按察使。清亡后居上海。著有《海日楼诗集》。

[1] 曾克耑《论同光体》，载《颂橘庐丛稿》第四册，香港新华印刷公司1961年10月版。
[2] 杨声昭《读散原诗漫记》，《散原精舍诗文集》附录（中），1237页。
[3] 李渔叔《鱼千里斋随笔》，载《散原精舍诗文集》附录（中），1247页。
[4] 钱仲联《陈衍诗论合集》，福建人民出版社。

陈宝琛（1848—1935）字伯潜，号弢庵，一号橘隐，福建闽县人，同治七年（1868）进士，授翰林院编修。后为江西主考官，擢内阁学士兼礼部侍郎。后被革职归故里二十年，宣统元年复原职。清廷逊位后，他侍奉溥仪为师。

沈瑜庆（1858—1918），字志雨，号爱苍，别号涛园，侯官人。曾在江宁委办水师学堂，后历任山西按察使、江西布政使，官至贵州巡抚。

陈曾寿（1878—1949），字仁先，湖北蕲水人。清末进士，官广东道监察御史。民国初隐居不出，后往伪满洲国任文书吏。

范当世（1854—1904），字肯堂，号伯子，江苏通州（今南通）人。光绪十一年（1885）任武邑信都观津书院山长。

俞明震（1860—1918），字恪士，号觚庵，祖籍浙江绍兴。光绪十六年（1890）进士，授刑部主事，后任江南陆师学堂兼附设矿务铁路学堂总办。

民国初年，流寓上海的遗民、遗老，褉集赋诗，结超社、逸社，切磋诗艺，唱和编刊，期待着诗运的中兴。其中大多为同光体诗人，再次迸发创作高潮。他们的传统文化素养较高，有充裕时间从事诗歌创作与研究活动，能将诗艺提高到新的水平。但其诗或惋惜，或哀叹，怀旧气息相当浓重，也有不少是检讨清末政治的腐败。同光体诗派继续发挥领导旧体诗坛的巨大作用，其他派别则影响式微，有的改宗宋诗，受同光体影响，或者可以说，同光体犹如一块磁石，吸引其他派的诗人改变了诗学门径。所以林庚白从反方面也说出了同光体诗派在当时的广泛影响："民国诗滥觞所谓同光体，变本加厉。"[1]

俞明震

民国以来，在南京创办的南京高师、东南大学、金陵大学等高校，重视传统文化的继承，网罗不少江南名彦以及海外归来学有所成者。一批同光体诗派后学如王瀣、胡小石、胡翔冬、胡先骕、邵潭秋、汪辟疆等进入高校或文化界，他们中的不少人，会通中西文化，并创作旧体诗，培养学生，继承同光体之传统，出现学者诗人群体。

[1] 林庚白《今诗选自序》，《今诗选》1940 年出版，转引郭延礼《中国近代文学发展史》第 2 册，第 1403 页。

大约在抗日战争爆发前夕，诗派之畛域渐归泯灭，同光体诗派也走完了其历程。

二、同光体诗为变风变雅

汪辟疆认为："有清一代诗学，至道（光）咸（丰）始极其变，至同（治）光（绪）乃极其盛。"[1]"诗至道咸而遽变，其变也与时代为因缘。然同光之初，海宇初平，而西陲之功未竟，大局粗定，而外侮之患方殷，文士诗人，痛定思痛，播诸声诗，非惟难返乾嘉，抑且逾于道咸……在此五十年中，士之怀才遇与不遇者，发诸歌咏，悯时念乱，旨远辞文。"[2]同光体接续道、咸时期宋诗运动之后再放异彩，诗歌与时代共向发展。龚鹏程认为，同光以前诗作多为"一己之哀感"，至同光时代则发生改变，"诗非一己之哀戚，乃时代之写照。国家不幸，赋到沧桑，亦非某氏之穷通，抒怀感愤，实有理想与办法指寓其间，更非空为大言者。诗至同光为一大变，犹时自唐代中叶至道咸，道咸以后亦为一大变也"[3]。这里说的是整个同治光绪年间诗风，然用于同光体诗派，最为恰当。这种诗风之大变，乃由一时代风气所酿成。故以同光体命名此诗体，有其相当之理由，或可代表一时期诗坛之主流，也说明同光体领军人物有总揽一代诗风的雄心。

同光体的兴起，与社会亟变，人心思变，思潮竞起的晚清世运相关。此派与宋诗运动一脉相承，均产生于变风变雅时代，但外患更亟，国运更衰。变法失败，更使诗人心灵蒙上了阴影，他们看到改良无望，清廷难以维持，又害怕清廷垮台，有惶惶不可终日之感。但后来社会发生剧变，帝制被推翻，他们最担心的是传统文化也随之断绝，所以其诗作最能反映这一转轨时期的现实与内心的痛苦。陈衍多次谈到时代与诗创作的关系，在《祭陈后山先生文》中说："惟言者心之声，而声音之道与政通，盛则为雅颂，衰则为变雅变风。"[4]在《山舆楼诗叙》中说到变雅的特征："余生丁末造，论诗主变风变雅，以

[1] 汪辟疆《近代诗派与地域》，《汪辟疆文集》，第 275 页，上海古籍出版社，1988 年 12 月版。

[2] 汪辟疆《近代诗派与地域》，《汪辟疆文集》，第 283—284 页，上海古籍出版社，1988 年 12 月版。

[3] 龚鹏程《说晚清诗》，载《近代思想散论》第 202 页，台北东大图书股份有限公司 1981 年版。

[4] 钱仲联编校《陈衍诗论合集》下册，第 1077 页，福建人民出版社，1999 年版。

为诗者人心哀乐所由写宣，有真性情者哀乐必过人，时而齎咨涕洟，若创巨痛深之在体也。时而忘忧忘食，履决踵，襟见肘，而歌声出金石、动天地也。其在文字，无以名之，名之曰挚曰横，知此可与言今日之为诗。"[1] 在《小草堂诗集叙》中更进而说到同光体诗风形成的原因与特征："诗至晚清同光以来，承道（光）咸（丰）诸老蕲向杜、韩，为变风变雅之后，益复变本加厉。言情感事，往往以突兀凌厉之笔，抒哀痛逼切之辞，甚且嬉笑怒骂，无所于恤。"[2] 在皇权统治发生危机时，诗不仅嬉笑怒骂，其至敢于指斥时政，以"突兀凌厉"之笔法，抒"哀痛逼切"之情感，这就是陈衍对同光体诗风总的认识，并认为这与道光、咸丰以前模山范水、吟风弄月的诗风大不相同。这恰是《诗大序》中所说："乱世之音怨以怒，其政乖；亡国之音哀以思，其民困。"

同光体诗人对诗之变雅变风可说是达成了共识。石铭吾诗云："诸公丁世乱，雅废诗将亡。所以命辞意，迥异沈（德潜）与王（士祯）。"（《读石遗室诗集呈石遗老人八十八韵》）[3] 郑孝胥对清朝廷的腐败无能有所不满，认为这是一个衰世，"世衰士益放"（《答沈子培比部见访夜谈之作》）。同光体诗人大都经历过戊戌变法时的变故，他们虽然看到了专制王朝难以为继的总趋势，却对现实无可奈何，故诗作往往哀乐过人，真挚沉痛。陈三立诗云："国忧家难正迷茫，激荡骚雅思荒淫""陆沉共有神州痛，休问柴桑漉酒巾"（《次韵黄知县苦雨二首》）；"滔天祸水谁能遏，绕梦冰山各自倾"（《建昌兵备道蔡伯浩重来白下》）。似已预感到天翻地覆的剧变，所以潘若海说陈三立"掩泪题诗续变风"（《赠伯严吏部》）。沈曾植诗云："长啸宇宙间，斯怀吾谁与"（《长啸》）；"浩劫微生聚散看，空江老眼对辛酸"（《答石遗》）。痛定思痛，诗风哀婉凄切，不难看出清末行将崩溃的社会在同光体诗人身上留下的阴影。惨佛议论郑孝胥诗，也觉察到了时代与诗的关系："郑诗境界尤狭，无复雄博气象，则亦时代为之乎！"[4]

民国初年，政局不稳，更成乱世。清遗老、遗民纷纷迁居上海、

---

[1] 钱仲联编校《陈衍诗论合集》下册，第 1089 页，福建人民出版社，1999 年版。
[2] 钱仲联编校《陈衍诗论合集》下册，第 1074—1075 页，福建人民出版社，1999 年版。
[3] 石铭吾著，曾楚楠编校本《慵石室诗钞》，潮州市饶宗颐学术馆 1997 年出版。
[4] 惨佛《醉徐随笔》，转引自钱仲联主编《清诗纪事》光宣朝卷，第 18 册，第 12937 页。

天津、青岛等地，或退归故里，只有极少数人转入民国政权中任职。政治制度大转轨给他们带来不安与焦虑，空前的文化震荡与急剧转变更使他们精神极为痛苦。陈三立诗云："满意魂翻变徵声，弥天哀愤坐中倾"（《访杨子琴同年不遇》）；"复倾肝膈叠吟咏，寄痛略依变雅说"（《次答蒿叟叠用东坡聚星堂咏雪韵寄怀》）；"醉魂并入凌云气，世患收为变徵歌"（《和答闲止翁见赠同疴韵》）；"爬抉物象写离乱，自然变徵音酸楚"（《八月廿八日为渔洋山人生辰补松主社集樊园分韵得鲁字》）。多首诗中写到"变徵""变雅"，正是"亡国之音哀以思"。

三、同光体诗派学古求变以创新

在诗派众多之时，"同光体"只有翻新求变，找到自己的出路，才能独具风貌。宋诗刻意精深的内容与讲求句法的特质，为"同光体"学古而求变提供了通道与借鉴。同光体诸大家识见高明，以学宋诗为途径，这与他们认同当时乃为变风变雅时期有关。他们偏重于悲壮美、瘦峭风格，与诗多苦语相应的是，诗多硬语。无论"生涩"还是"幽峭"，其诗句都倾向于拗峭而不平直，劲健而不疲软。这些内质都与宋诗靠近，然而并非局限于宋，而是力求走出宋诗光环，上溯唐诗，超唐轶宋。

就诗家个人而言，大多同光体诗人都经历过学古途径的多次选择。他们在变古创新的道路上作过多种尝试，才确定以何者为主，何者为辅。如陈衍标榜他"于诗不主张专学某家"[1]。应取法多人，如果"但专学一家之诗，利在易肖，弊在太肖。不肖不成，太肖无以自成也"[2]。其诗先后学白居易、梅尧臣、杨万里、陆游诸家，"新颖清切，晚近颇喜用俗语俚字搀入"[3]。则为学白居易所致。这也就是王镇远之所以要从闽派中析出元白派的原因。

陈三立早年学汉魏南朝诗，中年以后学韩昌黎、黄山谷，"辛亥乱后，诗体一变，参错于杜、梅、黄、陈间矣"[4]。沈曾植初喜张籍、

---

[1] 陈衍《石遗室诗话续编》卷三，《民国诗话丛编》第1册，第579页。
[2] 陈衍《石遗室诗话》卷十四，则六，《民国诗话丛编》，第200页。
[3] 由云龙《定庵诗话》卷下，《民国诗话丛编》第5册，第585页。
[4] 陈衍《石遗室诗话》卷十四，则十，《民国诗话丛编》，第204页。

李商隐、黄庭坚，继学梅尧臣、王令，晚出入杜、韩、梅、王、苏、黄间。[1] 更提出过三关，效法至刘宋元嘉间，然"不取一法，不坏一法"；郑孝胥"三十以前，专攻五古，规杬大谢，浸淫柳州，又洗炼于东野。沉挚之思、廉悍之笔，一时殆无与抗手。三十以后，乃肆力于七言，自谓为吴融、韩偓、唐彦谦、梅圣俞、王荆公，而多与荆公相近，亦怀抱使然"[2]。同光体诗人从个体到群体几乎都存在前后诗风不一的现象。他们在几十年的创作道路上，努力寻求新的最能表现自己的道路，其创作道路有变化的轨迹可寻，这也正是同光体与宋诗运动诸大家不同之处。

同光体诗人既固守传统样式，同时在艺术上乃至用词措语方面力求创新。如梁启超说陈三立"不用新异之语，而境界自与时流异"[3]。此说未必对，与诗界革命派相似，陈三立也采用新异之语，吸收白话、新词汇入诗。这类词多半是随着社会发展而出现的词汇，但与诗界革命派连篇满纸罗列不同，只是选择适当，务求妥帖融化。如："家庭教育谈何善，顿喜萌芽到女权"（《题寄南昌二女士·周衍冀》）；"安得神州兴女学，文明世纪汝先声"（《视女婴入塾戏为二绝句》）；"要知天机灿宇宙，海底星辰搜一网""希腊竺乾应和多""世健者知谁何"（《次韵答王义门内翰枉赠一首》）。"主义侈帝国，人权拟天赋"（《次韵答黄小鲁见赠三首》）；"人权公例可灌输"（《雪晴放舟题寄乐群学舍诸子》）；"宪法顿输灌，合彼海裔辙"（《除日祭诗和剑丞》）；"地方自治营前模"（《除夕被酒奋笔书所感》）；"莫从报纸话兵戈"（《晓暾、公约相过》）；"等为玩具夸留存""飞车潜艇难胜原"（《和东坡咏雪浪石》）；"救亡苦语雪灯前"（《挽严几道》）等。这些诗句中的词语，为古代所无，令人感到亲切，表明陈三立对新思潮、新观念、法制及科技新产品的了解。当然，仅用若干口语、新名词，并不足以言新，要开拓诗境，还是要着力于炼字，善于取象，推陈出新，如梁启超评陈三立诗所云："每翻陈语逾清新。"（《广诗中八贤歌》）务求新奇，融注主观情感，扩大并丰富了词汇量与表现力，有的形成了奇诡意象。但诗中确实有过于艰涩处。李渔叔论陈三立，"惟其姿

---

[1] 见陈衍《沈乙庵诗序》，《沈曾植集》，第12页，中华书局2001年版。

[2] 陈衍《石遗室诗话》卷一，则五，《民国诗话丛编》，第21页。

[3] 梁启超《饮冰室诗话》，转引《散原精舍诗文集》附录（中），第1225页。

禀英迈，又以读书之博，导其思力，回入篇章，乃或过矜，贪于字句精新，惟饶奇致"[1]。"贪"字包含了陈三立致力于创新出奇的努力，又有因此而造成语言过于艰涩之意。

就陈三立所代表的同光体来说，如同唐代元和体，是新变之体，其成就启后人以无数法门。就两千年诗史来说，它总结屈原以至郑珍之经验，为古典诗之殿军，同时又为旧体诗的嬗变开了先声；即便对"五四"以后新诗而言，它同样为之做了先导，提供了参照，李金发的"朗月卧江底"与陈三立诗"一痕山卧烟"；闻一多的"好容易孕了一个苞子"与他的"千山孕绿待啼鹃"（《次韵季祠斋居即事》）等诗句颇为相似。

如何看待陈三立，究竟是古典诗歌的最后结束者，还是开风气者，有待重新认识。二十年前，有人将陈三立称为"古典诗歌的末路英雄"[2]，十多年前出版的《中国文学史》中，也认为他是"中国古典诗歌传统中最后一位重要的诗人……他的创作也表明在一定范围内古典诗歌形式仍有活力"[3]。

之所以持此说，乃是有见于古典诗歌在诗坛上让位于白话新诗，既然古典的、传统的诗被打倒了，没落了，退出历史舞台，因而"同光体诗"也就失去了价值，陈三立也就理所当然成了最后一位重要诗人，"末路英雄"推论大抵如此。甚至有人认为陈三立只不过是"为古典诗歌作了一个悲酸而又不失体面的收束"，即使对前人有所超越，"也很容易被熟烂的形式所销熔，被丰厚的前人遗产所淹没"。[4] 其立论基础是，古典诗早已形成完整严密的诗歌系统，音节与情感韵律已经定型，词语方式与意义的稳固契合造成意型的老化、硬化，语言的衰象、形式的熟烂，使得诗的创意无比艰难，所以古典诗不过是回光返照。这一论断否定了旧形式的可继承性、可利用性、可改造性。形式有相对稳定性，但其情感、词义相对而言是活跃的、可变的，而韵律只是一种通用规则，按照规则仍可如魔方般千变万化。可惜持论者仍沿袭五四时期"一班新人物"以形式主义看事物的眼光。

---

[1] 李渔叔《鱼千里斋随笔》，转引《散原精舍诗文集》附录（中），第 1247 页。
[2] 马卫中等《中国古典诗歌的末路英雄——陈三立诗坛地位重新评价》，《社会科学战线》1989 年第 1 期。
[3] 章培恒、骆玉明主编《中国文学史》下册，第 590 页，复旦大学出版社，1997 年版。
[4] 刘纳《陈三立：最后的古典诗人》，《文学遗产》1999 年 6 期，第 84 页—92 页。

　　近十年来，一些年轻学者的观点与前者已有很大不同，他们看到了陈三立与同光体诗人及其后学努力创新的一面，认为他们的诗作显现出旧体诗的活力。他们将其诗的求新求变看作是"现代转型"。如杨剑锋对刘纳等人观点作出针锋相对的评判："陈三立对旧体诗歌的现代转型所做的贡献是多方面的"，"应被视为用旧体诗歌创作的现代诗人。"[1] 笔者基本同意此说。

　　作为同光体诗派的领军人物，陈三立"用诗古文辞主东南坛坫者几三十年"。[2] 沈其光说："自散原老人提倡江西诗派，海内宗之。"[3] 罗敷庵诗云："散原品节匡山峻，老主诗盟一世雄。"（《呈伯严丈》）他和以他为代表的同光体诗，成为同时代或后学一大批诗人的典范，摹仿学习的榜样。受同光体影响，民国诗坛，多宗宋诗。吴宓说："近世中国旧诗人多为宋诗，宗唐者寡。"[4] "多为宋诗"并非某一人有此能力，这也是由于时代、社会变化诸种因素所形成局面，但与以陈三立为代表的同光体成就与影响是分不开的。

　　然而同光体诗及旧体诗还有拓展之前途。著名学者胡先骕指出，诗应富蕴理致。胡先骕（1894—1968）字步曾，号忏庵，江西新建人。早年留学美国加利福尼亚大学，获林学硕士归国。先后任南京高师、东南大学教授。在北平创办静生生物研究所。他是旧体诗的守望者，针对胡适《文学改良刍议》之论而作《中国文学改良论》（载《南京高等师范日刊》，1919 年《东方杂志》转载），认为文学革命之说偏激，是将中国文学不惜尽情推翻。但他又从时代的发展、中西对比的角度来看待旧体诗的前途。在《评尝试集》文中说："清末之郑子尹、陈伯严、郑苏堪不得不谓为诗中射雕手也，然以曾受西方教育、深知西方文化之内容者观之，终觉其诗理致不足，此时代使然，初非此数诗人思力薄弱也。"[5] 可见他对近代以来在中西文化交流的背景下旧体诗应如何发展有更广的视野，认为诗应表现理致。钱锺书有《胡丈步曾远函论诗却寄》诗中云："汲古斟今妙寡双，袖携西海激西

[1] 杨剑锋《从散原诗歌的意象变革看旧体诗的现代转型》，《近代文学学会第十四届年会论文集》下册。

[2] 袁思亮《跋义宁师手写诗册》，引自《散原精舍诗文集》附录（中），第 1219 页。

[3] 沈其光《瓶粟斋诗话》第 4 编上卷，见《民国诗话丛编》第 6 册，第 706 页。

[4] 吴宓《空轩诗话》22 则，《民国诗话丛编》第 6 册，第 43 页。

[5] 张大为等编《胡先骕文存》，第 58—59 页，江西高教出版社，1995 年版。

江。中州无外皆同壤，旧命维新岂陋邦。"论其所作贯通古今中外，传承创新。这也印证了早些时范罕所说："比归，语故弟彦矧曰：'胡君新诗人也。'予弟曰：'然亦旧诗人，今之同学辈殆无与匹者，'[1] 新在新思理、新境界，旧在仍用旧诗形式。

四、同光体诗人作品的传播

与当时文坛主流重在革新，与倡新诗、白话文不同，同光体诗人重在传统文化的传承与维系，通过《东方杂志》《庸言》《学衡》等现代媒介发表作品，倾诉心声，施展影响。

杨萌芽博士认为："1912 年后，陈衍在梁启超主编的《庸言》杂志上发表《石遗室诗话》，是近代宋诗运动进入到一个新的时期的标志。1915—1920 年宋诗派以《东方杂志》为阵地，发表了大量作品，同光体成为民国时期席卷古典诗坛的一种文学思潮。在《东方杂志》诗文栏内发表的 1700 首诗中，其中百分之七十属于宋诗派诗人的创作。学衡派是一个精神渊源上和宋诗派很相似的团体，人事上也有诸多纠葛。通过对宋诗派与这些文学群体的研究，我们发现这是一个凝聚力很强、对民初其他文学力量有较大影响的团体。清末民初宋诗派是一个介于传统文学流派于现代文学社团之间的过渡性文人群体，体现了中国文学从古典到现代过渡的复杂性。"[2] 这是同光体在民国时期影响极大的实证，但杨氏及一些学者每以宋诗派作同光体之代称，似不妥当，宗宋诗人极多，但不能简单说成是宋诗派。此之前还有翁同和，瓣香苏、黄，力倡宋调；严复心仪王荆公，多有和作，张荫桓接武苏东坡，歌行尤肖。但这些人通常也不能看作同光体或宋诗派。

二十年代，吴宓、梅光迪、胡先骕创办《学衡》刊物。胡先骕负责诗选，后交由邵潭秋负责，发表了不少同光体诗派诗作。沈孚威说：

> 由于胡先骕的关系，《学衡》杂志上大量刊登江西人的诗，且作者大都宗法宋诗（江西诗派），使得《学衡》杂志

---

[1] 范罕《忏庵诗稿序》，载台湾中正大学校友会编《胡先骕先生诗集》，第 2 页，1992 年台北刊本。

[2] 杨萌芽《清末民初宋诗派文人群体研究—以 1895—1921 年为中心》，复旦大学博士论文。

胡先骕　　　　　　　　吴宓　　　　　　　　梅光迪

的"文苑"成了"江西诗派"之绝响，南社社员之余音……同时宗法"宋诗"，崇尚"江西诗派"的同光体的许多诗人成为《学衡》的作者，也有非《学衡》作者的黄侃、胡小石等，和非江西籍的《学衡》作者汪东、王伯沆（瀣）、胡翔冬等宗法"宋诗"。而胡小石、胡翔冬本是李瑞清门人。20世纪30年代，在中央大学、金陵大学，这批宗法"宋诗"的诗人，还结为"上巳社"和禊社，同时吸引了文学新人如沈祖棻、程千帆等，随他们学习旧体诗词。[1]

自1927年起，由曹缵衡接办旧体诗园地《采风录》，附载于天津的《国闻周报》中。至1937年停刊为止，共出刊近五百期。"自同光诸老、并世名宿以至南北学校青年学子之作，惟善是求，无不登载。"（王仲镛《借槐庐诗集后记》）同光体诗人是其中的主要作者。当时远在贵州的李独清，在《洁园剩稿》自叙中就说到："晚清之际，诗风丕变。读《采风录》，时有伯严、乙庵、肯堂诸老之作，心窃好之，复沉潜于《散原精舍诗》《海日楼集》《石遗室诗话》诸书，更知有所谓同光体者。"[2] 借助现代传媒而了解名人诗作。在南京还有《国风》半月刊刊登旧体诗。1935年《民族诗坛》创刊于汉口，卢前主编。其宗旨是建设民族诗歌，主张诗在内容上写民族精神、爱国之志，形式上沟通新旧诗体。

[1] 见《作为文化保守主义批评家的胡先骕》，载《江西社会科学》2005年第3期。
[2] 李独清《洁园剩稿选》，贵州人民出版社，1982年4月版，第1页。

　　1940 年中正大学在泰和县成立，校长胡先骕、文史系主任王易都好吟诗，由此调动校内教授的吟兴，创办的《文史季刊》，以刊登赣派诗人诗作为主。同时江西省参议会创办《江西文物》，开辟"赣风录"栏目，"纪念陈三立"专栏。这一类报刊相继兴起，不仅维持诗学传统于不坠，且对传统文化的继承也发挥了极大的作用。

五、同光体赣派、闽派、浙派

　　由于同光体诗派队伍庞大，学古途径、创作手法各异，早有人对它进行了再分支派的研究。在《石遗室诗话》中，陈衍将道光以来至同光间的诗，按诗学渊源、风格分为清苍幽峭、生涩奥衍两派。两派即汪辟疆在《近代诗派与地域》一文中所说"闽赣派"，细分则为赣派与闽派，分别以陈三立、郑孝胥为领军人物。龙榆生说："晚清诗坛，鲜不受陈、郑影响，俨然江西、福建二派；江西主山谷、宛陵；福建则尚后山、简斋、放翁诸家。"[1] 钱仲联承汪辟疆"闽赣派"之说："百年以来，禹域吟坛大都不越闽、赣二宗之樊，力蕲咳唾，与之相肖。金陵一隅，尤为赣派诗流所萃。"[2]

赣派

　　赣派诗人的活动地域主要在南京与南昌两地。陈三立长期居南京，推崇者众，其与不少前辈诗人、在位或退隐的诗人交游。新生代学者诗人，也奉其为一代宗师。还有皖、粤、浙、闽等地，均有宗宋诗人受其影响。诚如吕贞白诗云："纵横大海掣长鲸，诗阵宏开拥主盟。高座记曾亲謦欬，得沾馀溉到鲰生。"（《追忆陈散原丈》）

　　从诗歌渊源来看，赣派可定名为韩黄派，即师法韩愈、黄庭坚，近代则效法陈三立。赣派与宋代江西派相比，并非冥搜枯索，刻画雕琢，而是熔情采于理趣之中，去枯涩而存奥莹，去生硬而取妩媚，学古而不泥于古。诗人各就性之所近，趣味之所投，既有紧随陈三立学诗者，也有出入江西派而能自张一军者。

　　赣派由四部分人组成：

　　（一）江西籍赣派诗人，他们近步陈三立，远宗宋诗，以黄山谷、

[1] 龙榆生《中国韵文史》，上海古籍出版社，2002 年版，68 页。
[2] 钱仲联《唐音阁吟稿序》，霍松林著《唐音阁吟稿》，陕西人民出版社，1988 年版，第 2 页。

陈后山为主，上窥杜、韩。如程学恂、华焯、胡祚方等。胡先骕说："自陈散原先生出，始重振西江绪余，夏映庵、华澜石、黄百我、杨昀谷诸前辈亦能各树一帜。"[1] 夏敬观主要学梅尧臣，与郑孝胥相近。钱仲联说："近代江西诗家，陈散原后最负盛名者推夏剑丞。其诗并不学山谷，而为宛陵之清苦。"[2]

后起之秀有王浩、吴天声等。陈三立说："过南昌，所遭乡里英俊少年六七辈，类多偏嗜山谷，效其体，竭其才思，角出新颖，窃退而称异，殆西江派中兴复振之时乎？"[3] 又说："吾乡英异少年则多依山谷，悬其鹄而争自立。王君简庵、然甫兄弟才俊而学勤，号尤能窥藩篱而振坠绪者也。"[4] 他满腔热忱推许王氏兄弟、胡诗庐等年轻江西诗人，寄托重振江西诗风的希望。

抗战期间，赣北沦陷，赣省政治、文化重心移至泰和县。诗人辗转流离，至此稍得安定，遂多忧愤之作。当时以旧省府职员为主成立"澄江诗社"。抗战胜利后，在南昌成立"宛社"。尽管时世乱离，生活维艰，诗人仍能活跃于诗坛，正如涂世恩诗句云"西江宗派今当盛"（《送四弟之浦城》），他们维系了江西半世纪以来的旧体诗传统。

（二）赣派学者诗人，能在传承中蜕变，风格由生涩奥峭转为崛健。部分为江西籍人，如辛际周，万载人。毕业于京师大学堂，历任《民报》主笔，厦门大学教授，江西省志馆总纂。发扬赣派传统，有诗云："诗派衍吾乡，千载资溉灌。屹屹义宁叟（陈三立），殿砥波流滥。继明仗后起，西江灯未暗。"著有《灰木诗存》。其诗采山谷之瘦峭，融后山之深婉，近法陈散原，其莽苍沉雄自成一格。

汪辟疆，彭泽县人。京师大学堂毕业后，历任心远大学、中央大学教授。他期待的诗的理想境界是："能于旖旎存风骨，且学婀娜见雪肌。"（《学诗一首示浚南》）他远受韩昌黎、黄山谷、陈后山等人影响，近受陈三立

汪辟疆

[1] 以上见《胡先骕文存》，江西高教出版社，1995年版，第313页。

[2] 钱仲联《梦苕庵诗话》则四十，《民国诗话丛编》第6册，上海书店出版社，2002年12月版，第178页。

[3] 陈三立《培风楼诗存序》，《散原精舍诗文集补编》，江西人民出版社，2007年1月版，第306页。

[4] 陈三立《思斋诗序》，王浩《思斋诗》，1924年王易刊本，第2页。

影响，是赣派后学中既能创作又擅长研究的中坚。

王易（1889—1956），字晓湘，号简庵。京师大学堂毕业后，他历任中央大学、中正大学教授。诗有黄山谷之错综句法，陈后山之坚苍骨力。弟子涂世恩，丰城人，中正大学副教授，著《彊学斋诗存》。自言"及事简庵（王易），导以李杜苏黄之途，旁及后山、简斋二家"（《与忏庵论诗书》）。

邵祖平（1898—1969），字潭秋，南昌人。在东南大学任教时结识陈三立。尔后，在之江大学任教时，又与适来杭州寓居的陈三立切磋诗文。著有《培风楼诗存》《续存》。陈三立序其诗集云："冥搜孤造，艰崛奥衍，意敛而力横，虽取途不尽依山谷，而句法所出颇本之，即谓之仍张西江派之帜可也。"陈衍在诗话中举其《自祖堂登牛首》等五首之后说："以上古近数篇，皆酷似散原者，'峰尖'一联尤神似…《后湖三绝句》亦神似散原。"[1]

还有涂公遂（1904—1991），修水人。曾在开封河南师院任职，后往香港任珠海书院中文系主任，其诗效法陈三立，形神俱肖，风格苍秀。著有《浮海集》。

还有部分是在南京高校中任教的赣派诗人，但并非江西籍。如中央大学教授王瀣，字伯沆，江苏溧水人。金陵大学教授胡翔冬，安徽和州人。苦心吟诗，避俗避熟，力求新怪。还有胡光炜，字小石，嘉兴人，历任东南大学、中央大学、金陵大学教授。两人壮年均从陈三立游。

（三）陈三立五子，衡恪、隆恪、寅恪、方恪、登恪均能诗。陈衍说："散原诸子多能文辞，余赠陈师曾诗，所谓'诗是吾家事，因君父子吟'者也。"[2]

（四）其他赣派诗人，如诗风逼肖陈三立的有贵池人刘诒慎。金天羽在《龙慧堂诗集序》中论其诗："坚苍蕴藉，中涵禅理，句法时学散原。"[3]合肥人李弥庵，炼字造法学陈三立，龙涧老人论其诗云："幽深瘦劲，其秀在骨，精光外溢，直继散原、海藏，了无愧色。"当

---

[1] 陈衍《石遗室诗话续编》卷三，则七二，《民国诗话丛编》第 1 册，第 579—580 页。
[2] 陈衍《石遗室诗话》卷二十一，则五，《民国诗话丛编》第 1 册，第 285 页。
[3] 转引自汪辟疆《光宣以来诗坛旁记》，《汪辟疆文集》，上海古籍出版社，1988 年 12 月版，581 页。

涂人奚侗，民国初年任江浦县知事。陈衍说他"诗语奇崛，余尝叙其诗，以为近于散原一派者。"[1]

罗惇曧，罗敷庵兄弟，广东顺德人。其诗力追黄山谷、陈后山，刻意求新，风格简远。钱基博认为："其在散原，亦犹苏门之有晁张也。"[2]

香港傅子馀说："辛亥而后，革命党诗人之最著名者为胡汉民。胡氏寝馈于荆公之诗甚深，加以记忆力最强，有过目不忘之誉。其诗喜用人名为对，用事准确不移，又无一首不与家国有关。故言民国之诗，莫不首推汉民，陈融翼而助之。……顾陈氏致力后山，与其高弟熊英沆瀣一气，若其门下诸子，则多趋向于兼葭楼诗。此外，与胡陈同辈而声气相孚者，又有廖仲恺、朱执信、陈树人及胡氏之弟毅生。但胡、陈二氏及其同辈，仍步同光后尘，未能自辟一途，以津逮来者。"[3] 傅子馀将胡、陈两人归于同光体后学。还有陈寂（1900—1976），广州人，陈永正认为其诗"大体上都是清末同光体诗人学宋一路"[4]。

闽派

以郑孝胥为首的闽派，以陈衍为理论家。傅子馀说："此派以郑孝胥为主，而鼓吹之力，则出自陈衍石遗，其《近代诗钞》及《石遗室诗话》早已风行全国，影响至六七十年代。当日闽中诗坛，名位最高者为陈宝琛，次为沈瑜庆，而何振岱、周达、林旭、李宣龚为其羽翼。"[5] 闽派宗宋诗，又有宗向宋某家或几家倾向的不同，谓之支派亦可，与赣派陈三立独居尊座的情况不同。不过，闽派群雄并起，而后学既尊其师，又受其他名师的影响，兼取他派之所长。既有门户，又

郑孝胥

---

[1] 陈衍《石遗室诗话》卷二九，则一七，《民国诗话丛编》第1册，第395页。

[2] 钱基博《现代中国文学史》"上编 古文学"，上海书店出版社，2004年8月版，191页。

[3] 傅子馀《二十世纪名家诗选序》，毛谷风编《二十世纪名家诗选》，华东师范大学出版社，1993年版，4—5页。

[4] 陈永正《枕秋阁诗词略论》，见《当代诗词》2011年第1期，第103页。

[5] 傅子馀《二十世纪名家诗选序》，毛谷风《二十世纪名家诗选》，第4页，华东师范大学出版社，1993年版。

不拘门户之约束，这其实是诗坛分化衍派的兴盛表现。

继郑孝胥而起者乃李宣龚，字拔可，号墨巢，闽县人。为近代一大作手。章士钊《论近代诗家绝句》中云："闽峤诗家郑与陈，君来应是第三人。"认为他在闽派中的地位是在郑孝胥、陈宝琛之后第三人。杨锺羲说："余谓闽人诗，沧趣典远，其绪密；海藏清刚，其气爽；拔可出稍后，深粹坚栗，境界日辟，亦不以千里畏人者。"[1]

闽派中的陈书、陈衍一支，诗宗白居易、陆少游。陈书，号木庵，是陈衍伯兄，近代学者并未将他看作同光体的重要人物，但他诗风清新，变革了闽诗的宗唐风气。陈衍的弟子，著名的有黄浚、黄曾樾，后者师从陈衍时，记录其师说诗语而有《陈石遗先生谈艺录》。此外还有梁鸿志。钱基博说他："足以张西江之壁垒，而殿同光之后劲者也。"[2]

闽派中还有何振岱、王允皙、林旭、郭曾炘、郭则寿等人，初受郑孝胥影响，宗法韦应物、柳宗元，又受陈宝琛影响，以王安石、黄庭坚、陈师道为门径，上溯韩愈。

还有曾克耑，闽侯人，为同光体之后劲。钱仲联说他："其祈向所在，似不外肯堂、散原二家。古体全学肯堂，差能具体，近体则以范、陈树骨，参以异派之长，与近代闽派诗人取径绝异。"[3]胡先骕评其诗云："健笔雄篇，上逼杜韩，高格超出闽诗范围甚远，洵一代之大手笔，五十年来所希见也。"[4]

浙派

钱仲联在《论同光体》[5]一文中，从赣派中析出浙派，乃因除沈曾植外，还有袁昶，后有金兆蕃，宗法相同，还因沈曾植主张过三关，将陈衍三元说（开元、元和、元祐）通到元嘉（刘宋年号），广泛吸收自南朝以来的诗歌之长，审美观念与赣派稍有异。

袁昶，字爽秋，号浙西村人，浙江桐庐人。任太常寺卿时，八国联军进犯大沽，他反对围攻使馆与对外宣战，被清廷处死。由云龙

[1] 杨锺羲《硕果亭诗序》，《海藏楼诗集》"附录"三，548 页。
[2] 钱基博《现代中国文学史》"上编　古文学"，上海书店出版社，2004 年 8 月版，192 页。
[3] 钱仲联《梦苕庵诗话》复九，《民国诗话丛编》第 6 册，第 350 页。
[4] 见胡宗刚编《胡先骕先生资料长编》百花洲文艺出版社，2008 年，第 643 页。
[5] 钱仲联《论同光体》，载《梦苕庵清代文学论集》，齐鲁书社，1983 年版，第 115—118 页。

说："浙西村人袁爽秋，亦学宋体者而好用僻典，与嘉兴沈乙庵有同调焉。"[1] 其诗清健近黄山谷。

　　沈曾植的传人金蓉镜（1856—1930），字甸丞，号香严，浙江秀水人。清末任兵部主事，民国后归故里。从沈曾植学诗，改变诗风。还有王蘧常，嘉兴人。任教于无锡国专。陈衍说："嘉兴王瑗仲蘧常，沈乙庵高足也，与常熟钱仲联萼孙为文字骨肉，刊有《江南二仲诗》，大略瑗仲祈向乙庵，喜锻炼字句。然乙庵诗虽多诘屈聱牙，而俊爽迈往处正复不少。"[2]

　　同光体诗派阵营中，浙派人数最少，影响也小。曲高和寡，是此派影响小的重要原因。但这一派具有学人之诗的特征，从传统诗的发展来看，诗言理趣，也许是未来最有价值的诗。

沈曾植

[1] 由云龙《定庵诗话》，《民国诗话丛编》第三册，第583页。
[2] 陈衍《石遗室诗话续编》卷一，则二五，《民国诗话丛编》第1册，第488页。

第四节　转型期的南社及其诗歌

一、南社的成立、发展与解体

南社创立于清末，发起人为陈去病、柳亚子、高旭。1909 年 11月在苏州虎丘召开了第一次会议，宣布南社成立。与会者朱锡梁、庞树柏、陈陶遗、沈砺、俞锷、林砺、朱少屏、诸宗元等"十七筹好汉"，大多是同盟会会员。"踵东坡之遗韵，萃南国之名流"，一时之盛，传播宇内。它的成立已隐然含有政治目的，以"南风"作号召，与北朔清廷相对抗。众多成员痛愤清廷腐败，怀抱救国和振兴文学的志向，以诗鼓吹反清革命，宣传民主革命。当时在报刊登载了成立启事、章程。至辛亥革命前，南社社友第二次通讯录所载社员 228 人。

辛亥革命后，成员迅速增加，陈去病说："既而革命军兴，南都建国，由是四方贤豪毕集吴会，而社友乃益盛遍中国矣。"（《南社杂佩》）据《南社通讯录》记载，1912 年有社员 321 人，次年 1100 余人。其时上海聚集了许多有革命倾向的文化人，他们陆续加入南社，为南社注入了极大的活力。特别是在革命军中担任重要职务的宋教仁、黄兴、陈英士、姚雨平加入南社，使南社"渐渐为人注目起来"。田桐、杨杏佛发起成立了北京南社通讯处，宋教仁设立南社北京事务所，北京的社员们举行了黄兴宅临时雅集、畿辅先哲祠雅集、陶然亭雅集、中央公园临时雅集（两次），宁调元在广州成立南社粤支部，余天遂、周伟重组淮南社，湘籍社员在琴庄、枣园、半园举行临时雅集。这些机构设立和活动的开

1909 年南社第一次雅集

展，增加了南社的凝聚力。他们对创造新社会满怀希望，汇聚在南社旗帜下，风云际会，遂使南社成为中国前所未有的最大的文学团体。所以柳亚子自豪地说："请看今日之域中，竟是南社之天下。"每于春秋佳日，必为文酒之会。从南社创立到 1917 年，在上海等地共举行过十五次雅集，每次集会后编辑诗集出版，名曰《南社丛刻》，分诗、文、曲 3 类，共刊行 22 册。1916 年《重订南社姓氏录》时有成员 825 人，主要分布在江苏、浙江，次则广东、湖南、福建。一部分人成为国民党军政要人，如汪精卫、于右任、居正、叶楚伧；一部分成为著名学者，如胡朴安、黄侃、吴梅、胡先骕、马君武、邵元冲、陈匪石。

民国成立，为南社诗人们带来短暂的兴奋，他们讴歌民主的到来。但袁世凯窃取大总统职，残酷镇压革命党人，激起诗人们的极大义愤，不少社员参加反袁斗争，或投笔从戎，或通电声讨。南社骨干宋教仁、宁调元等在二次革命失败后被杀害，使南社大伤元气。但后来随着袁世凯的死去，南社推翻专制独裁的共同目标顿失，南社内部政治意识与文学观念的分歧愈加明显，唐宋诗之争成了导火线。

柳亚子以尊唐为号召，树帜吟坛，强调民国成立后应别创新声，写出"黄钟大吕，朗然有开国气象"的作品。他还作诗云："一代典型嗟已尽，百年坛坫为谁开？横流解语苏黄罪，大雅应推陈夏才。"（《时流论诗多骛两宋，巢南独尊唐风，与余相合》）表明柳本人及其跟随者力图创新树帜的愿望。他相信，只要高扬布衣之诗的旗帜，以盛唐大气磅礴之气来扫除同光体诗的雕琢晦涩之习，就必定能开创新

诗风，赢得诗坛的主体地位。陈去病声援他，有诗云："蠹管应无忤，门墙要自持。"（《寄安如》）在此诗小序中说："自后世拨西江之死灰而复燃之，由是唐音于以失坠，闽士晚出其声益噍杀而厉。至于今蜩螗沸羹莫可救止，而国且不国矣。柳子安如独能挥斥异己，挽狂澜于既倒，予甚壮之，因为诗三章以寄。"将唐宋诗之争升级为政治之争。以致后来还有人认为："唐宋诗之争，在当时就成了革命思想与封建思想的斗争在文学上的反映。"[1] 对复杂的诗学之争做了简单的判断。

　　1914 年，柳亚子发表《论诗六绝句》，其中云："郑陈枯寂无生趣，樊易淫哇乱正声。一笑嗣宗广武语，而今竖子尽成名。"指名道姓批评同光体首领郑孝胥与陈三立，中晚唐诗派首领樊增祥与易顺鼎，"以竖子成名"嘲弄之。响应者有凌景坚、田梓琴、叶楚伧、陈去病等人。由此引起南社内部一些诗人的不满。1916 年初，姚鹓雏在《民国日报》连载诗话，认为郑孝胥、陈衍、陈宝琛、陈三立诸人"生平可以勿论，独论其诗，则皆不失为一代作者矣！"8 月 8 日傅熊湘在《长沙日报》发表诗话，认为"七律莫盛于唐，宋代继之，遂开新响，山谷其一大宗也，近人惟陈散原能为之""海内竞尚陈散原""亚子宗唐之说益孤掌矣"。8 月 23 日，姚大慈在《长沙日报》发表《愿陆沉室诗自叙》，自述由学唐转学宋的经过，称誉陈三立七律源于江西诗派而自成一家，对傅熊湘语表示赞许。[2]

　　当时在四川的吴虞发表文章声援柳亚子："上海诗流，几为陈郑一派所垄断，非得南社起而振之，殆江河日下矣。"柳亚子极为高兴，致函吴虞，动员他加入南社："今读先生所言，知于曩时持论，若合符节。窃情吾道不孤，私以入道为请，甚以先生不弃鄙陋，惠然肯来，则拔帜树帜，可以助我张目，万幸万幸！"拉吴虞入社以壮大其声势，可见南社内部反对柳亚子的力量不小。

　　1917 年 3 月，胡先骕（1914 年经杨杏佛介绍入社）写信给柳亚子，赞誉同光体。柳亚子极为气愤，即在《民国日报·文坛艺薮》栏目发表《妄人谬论诗派，书此折之》，其一云："诗派江西宁足道，妄将燕石砥琼琚。平生自有千秋在，不向群儿问毁誉。"4 月 23 日又在

［1］殷安如、刘颖白编：《陈去病诗文集》（上编），北京：中国社科文献出版社，2009 年，第 119 页。
［2］《愿陆沉室诗自叙》，《南社史长编》，中国人民大学出版社 1995 版。

《民国日报》发表《与杨杏佛论文学书》，指斥胡先骕为"江西派中一小卒"，推许吴虞为"诗界革命"的"健者"。朱鸳雏嘲笑吴虞反对同光体是"执螟蛉嘲龟龙"[1]，指斥柳亚子是妄人。闻野鹤在《民国日报》上著文盛称同光体的好处，柳亚子极为愤怒，发表《质野鹤》一文，认为"欲中华民国之诗学有价值，非扫尽江西派不可。反对吾言者皆乡愿也"。又发表《再质野鹤》，将同光体斥为亡国之音，欲扫清不可："今既为民国时代矣，自宜有代表民国之诗，与陈、郑代兴，岂容嘘已死之灰而复燃之，使亡国之音重陈于廊庙哉！亚子虽无似，不敢望诗界之拿破仑、华盛顿，亦聊以陈涉、杨玄感自勉。"[2]

7月6日，姚鹓雏发表论诗四首，认为郑孝胥等自成风气，属闽派，和江西诗派无关；作诗不必"主唐奴宋"。并以钱谦益和张溥为例，说明作家的节操和文采是两回事："闽派年来数郑陈，豫章风气不相邻。无端阑入西江社，双井还应笑后人。""诗家风气不相师，春兰秋菊自一时。何事操戈及同室，主唐奴宋我终疑。"7月31日，朱玺在《中华新报》发表《论诗斥柳亚子》，赞誉郑孝胥、陈三立诗，嘲笑柳亚子不识诗坛流派，只知谩骂政击："当年派别未分明，扪烛原来是一盲。如此厚颜廉耻丧，居然庸妄窃诗盟。海藏倘游自俊流，散原诙怪亦无俦。竖儿枉自矜蛮性，螳臂当车不解羞。"宗唐宗宋之争渐成意气之争，双方极尽谩骂之词。柳亚子盛怒之下，以南社主任名义，布告驱逐朱鸳雏出社。成舍我提出抗议，8月9日，柳亚子又宣布驱逐成舍我出社。南社内部唐宋诗之争达到了白热化。成舍我继续发表《答客问》，声言"人人有天赋之权""诗宗何派，任人自由，干涉之者必反对之"。同时联合蔡守、刘泽湘、周咏等人在上海成立南社临时通讯处，发表紧急通告，提出"南

南社新南社联合临时雅集

---

[1]《民国日报》1917年7月9日，见《南社史长编》，中国人民大学出版社，1995年版，第450页。

[2]《民国日报》1917年8月，见《南社史长编》，中国人民大学出版社，1995年版，第451页。

社革命"，打倒柳亚子。9月，田梓琴、叶楚伧、陈去病等237人在《民国日报》上发表启事，支持柳亚子，声明"驱除败类，所以维持风骚；抵制亚子，实为摧毁南社"。

10月，南社改选，柳亚子仍以多数当选主任，但柳本人至此已因种种刺激，多次提出辞职。南社分裂为两派，两派对立严重，互相攻击，多次爆发内讧，元气大伤，愈加呈现分崩离析之势，至1923年基本停止活动。

二、南社诗人诗风的多样性

南社的文化主导思想是"振起国魂，弘扬国粹"，欲以文学来唤起国民意识与民族精神，改造国民品质，激发献身祖国，为创建新社会奋斗的牺牲精神。在艺术上追求气势磅礴、雄浑豪放和刚健遒劲的诗风，带有理想主义、浪漫主义色彩。

南社中的杰出人士，既受龚自珍的影响，也受诗界革命派的影响，提出"诗坛请自今日始，大建革命军之旗"[1]。高旭说："世界日新，文界诗界当造出一新天地，此一定之公例也。黄公度诗独辟异境，不愧中国诗界之歌伦布矣，近世洵无第二人。"(《愿无尽庐诗话》)他们的视野是开放的，"多读西诗以扩我之思想"[2]，"融合古今中外哲学家言"以"自铸伟词，别成一家"而为"诗界更新之雄杰"。[3]他们以振起国魂为目标，南社许多作品力求冲决陈陈相因的诗风、开拓新的意境，较其他诗派更不受拘束，其内涵吸纳了更多的近代意识、革新意识，把诗界革命推向了革命诗潮。

南社诗人往往以抒情的手法来议论时局，表达政见，振臂呼号，有强烈的功利色彩，又带有些浪漫色彩，感情热烈，气势豪壮，不仅写出忧时爱国的情绪，而且还写出其决心与胆量。诗人自我形象常常跃然纸上。在发表政见、议论时局的同时，常使用"拔剑""磨剑""提刀""横刀"之类字眼。如柳亚子诗云："拔剑为君遥起舞，海天如墨雨如丝"(柳亚子《寄少华甬上四首即效其体》)；"横刀跃马昆仑少，悲角寒笳壁垒粗"(《乙卯八月集磨剑室联句》)。或表现

---

[1] 杨天石、曾景忠编《宁调元集》，湖南人民出版社，1988年版，第135页。
[2] 胡怀琛《海天诗话》，上海广益书局，1915年版。
[3] 周祥骏：《更生斋诗话》，《更生诽全集》，新华社印局，1944年版。

斗争挫折时那种提剑四顾、苍凉悲壮的心情，或表现激烈斗争时豪迈勇武的气概。他们常以古代侠士自况，抒发除暴安良的决心与反抗精神。如联句诗云："左手高擎公路首，右手狂倒葡萄酒（剑霜）。如此方称奇男子，放眼乾坤几曾有？（悼秋）高歌一曲大江东（剑霜），风云暗淡日不红……"起首言左手提袁术之头，借指袁世凯；右手倾酒痛饮，极富浪漫色彩。又好用夸张手法以增强表现效果，如言"愤来吸尽沧海水""酒酣欲负天地走""袖中藏得富士山"。有的任意驰骋想象，借神话传说而发挥，写得恣肆恍惚、瑰伟奇谲，诗人思想、抱负蕴含其中。常熟黄人，任苏州东吴大学教席。其《太平洋七歌》诗，把祖龙鞭石、龙伯钓鳌、壶公缩地等神话传说都织进诗内，构成奇幻境界。然后，其抨击袁世凯的独裁："共和仍设民口防，笑倒地下周厉王。"诗人愿作精卫鸟，衔石填平沧海，使世界太平："呜呼太平洋七歌兮，不愿为鲲为鹏愿为衔石鸟，填平沧瀛成大道。"

民初政局混乱，不少南社社员在理想破灭后陷入悲观失望中，昂扬奋发与低沉感伤的情绪揉和在一起，表现得回环往复。有的诗偏于深沉凝重，以精警凝炼的笔触来抒写心中的哀感郁气，表达对国家命运的忧虑，对遭受挫折的慨叹以及壮志未酬的悲伤。有时借助自然景物的描写来烘托和渲染气氛。如陈去病《哭钝初》首联云："柳残花谢宛三秋，雨阁云低风撼楼。"暗喻袁世凯专制统治下的社会现实。以柳残花谢比喻宋教仁的暗杀。

南社成员众多，其思想、旨趣乃至艺术修养等存在着较大的差别，诗风并不一致。如高天梅崇尚屈原、鲍照、李白，他说："前身我是鲍参军，逸兴横飞思不群"（《赠哲夫四首》）；"屈原狷者青莲狂，我于其间必翱翔"（《石子招饮湖上酒楼醉歌》）。有的成员诗风随着时代形势与个人身世遭遇的变化而变化。如宁太一早年的诗作清新刚健，由于两次入狱，备受折磨，遂使他的诗朝着顿挫凝重一路发展。

不少南社诗人成就卓著，特别是宗宋派或兼学唐宋的诗人，成就相当高。在他们身上，体现了进步知识分子的一些特点：能够与时俱进，胸怀开阔，仗义执言，有独立之思想、自由之精神。他们潜心诗艺，学养深厚，宗宋或兼学唐宋，汲取同光体诗派长处，克服了柳亚子、陈去病等人尊唐的偏颇，力图将诗人之诗与学人之诗合为一身，力图创新，吸纳时代气息、科学精神与学理。

但南社也有不少诗夸而不当，流于叫嚣亢厉，词语存在陈旧、粗糙、雷同、浅率的毛病。在急剧变革时期，人们要求以诗干预政治，重视诗的社会功能，着重诗言志，而忽略对诗艺术的探讨，也较缺少人生独特感受的意象；缺少描写社会现实生活的力作，倾向于浪漫幻想的铺陈。加之大批附庸风雅者混迹其中，鱼龙混杂，造成诗风的浮躁。后来胡适对南社诗人有相当不恭的评价，寄陈独秀一信中说："南社诸人，夸而无实，滥而不精，浮夸淫琐，几无足称者。更进，如樊樊山、陈伯严、郑苏庵之流，视南社为高矣，然其诗皆规摹古人，以能神似某人某人为至高目的。"这是打倒一大片的做法，其目的是全面推倒旧体诗。林庚白虽曾入南社，但他也说："南社诸子倡导革命，而什九诗才苦薄，诗功甚浅，亦无能转移风气。"（《今诗选自序》）林与柳亚子为至交，文学见解相近，其言尚如此。钱基博说："南社者，始于让清光绪乙酉，为东南革命诸钜子所组合；虽衡政好言革命，而文学依然笃古。诗唱唐音，不尚江西；文喜挨藻，亦非桐城；无一定宗派，初以推倒满清为主，故多叫嚣亢厉之音。又一派则喜学为龚自珍之体，徒为貌似而失其胜概；其下者更辞无涓选，殊足为玷。但就其铮铮者而论，亦足各自成家。"（《现代中国文学史》）。以南社诗学主张为崇尚唐音，忽视了南社有一批宗宋与唐宋兼宗的诗人，未免以偏概全。下面介绍几位有影响的南社诗人，以见胡适等人议论之不当。

柳亚子（1887—1958），江苏吴江县人。少年时广交四方文人。湖南革命党人陈家鼎有诗赠他："诸将岳王年最少，东南旗鼓早登坛。"（《申江赠亚卢》）希望他建坛立帜。民国临时政府成立，一度任大总统府秘书，未久因病返回上海。先后在《天铎报》《民声日报》《太平洋报》任编辑。袁世凯窃国，他写了不少诗哀悼反袁而死于屠刀之下的烈士，如《三哀诗》《哭哀鸿》《哭勇忱》《哭仲穆》等。又如哀宁太一诗云："当年专制犹

南社主任柳亚子夫妇和其女以及内兄郑桐荪留影

文学的双重变革——清末民初文学史

开网，此日共和竟杀身。早识兴朝菹醢急，不应左袒倡亡秦。"其诗受李太白、夏完淳、顾炎武及龚自珍诗影响，洋溢着爱国激情，苍凉激越，气势充沛，悲歌慷慨，但欠含蕴灵动。诚如蒋逸雪所评："早年才华纵逸，词尚藻丽，晚岁兼采常语、新辞入诗，益显挺劲，惟有时欠圆融耳。"（《读诗偶记》）

陈去病（1874—1933），字佩忍，号巢南，吴江人。1916年任参议院秘书长，孙中山为大元帅时，他为大本营宣传部主任，后任江苏革命博物馆馆长。著有《浩歌堂诗钞》。柳亚子序云："先生之诗，去华反朴，屏绝雕镌，且其奋斗之精神、恢弘之器宇，皆有不可磨灭者。"诗多忧国伤时、慷慨悲歌之语，但总的来说，他的诗风格个性还不突出，有些措语落套。

高旭（1877—1925），字天梅，号剑公，上海金山人。南社发起人之一。先后编辑《觉民》《醒狮》等刊。民初任众议员。袁世凯死后，他自叹"未妨袖手对神州""不如去作糟丘长"等。后来曹锟贿选议员，他被收买投票，为世人所诟。著有《天梅遗集》。古风多慷慨豪放，近体多沉郁哀婉，俞剑华评其诗云："长歌多作蛟龙鸣，短韵工裁春旖旎。"

高燮（1879—1966），号吹万，高旭堂侄。1918年，柳亚子辞职，众人推他为盟主，坚辞不受，志在隐居，著有《吹万楼诗》。他的诗渊雅而又合乎时代，有唐诗之雄放而又兼宋诗之峭健。柳翼谋评《吹万楼诗》云："导源葩经，淹有唐宋之长，不屑于刻划字句，故有游行自在、弹丸脱手之妙，真合白（居易）陆（游）为一手，岂寻常雕肝钵骨辈所能望其肩背耶？"

胡石予（1868—1938），名蕴，江苏昆山人。在吴地执教多年，嗜书成癖，治经尤勤。著有《半兰旧庐诗集》，金鹤望认为他是"诗骨之清而不染时习者，然苦无佳题，故乏变化"。沈瘦东认为其诗"如野蔌山肴，不称豪举"。

胡寄尘（1885—1938）名怀琛，安徽泾县人。主办过《神州日报》，著有《大江集》。工五古，颇有情致，如《咏司的克》，将一根手杖，幻化为龙，灵思妙想，驰于无边天空。用现代新名词如无线电、银幕入诗中，融化无迹，使人于冥思静悟中生无穷妙绪。

庞树柏（1884—1916），常熟人。民初主讲于上海圣约翰大学。

著有《龙禅室诗》。其诗上窥王维、孟浩然，神韵又似王渔洋，以写景诗见长。

苏曼殊（1884—1918），名玄瑛，字子谷，号曼殊，广东香山人。生于日本，先后入大同学校、早稻田大学高等预科读书，归国后，先后在苏州吴中公学、南洋爪哇岛中华学校任教。武昌起义爆发时，他闻讯赴沪，应太平洋报社主笔政。袁世凯窃取总统一职，他在《民国杂志》发表《讨袁宣言》，不久病逝。诗受李商隐、杜牧及龚定庵的影响，又带有西方自由而浪漫的情调。感时忧国之意与其缠绵悱恻之情，融结为空灵优美而有神韵的诗。清浅有余，雄厚不足，格调悲凄，表现了无奈的出世思想与惆怅幻灭的情调。

苏曼殊

林庚白（1897—1941），字学衡，闽侯人。民初任众议院秘书长，后随孙中山参加护法运动；后隐退居上海，复入政坛，任立法委员；抗战中避居香港，为日寇所害。著有《丽白楼诗话》《丽白楼遗集》等。起初从陈衍学诗，受同光体影响，郑孝胥在赞许他"能诗通性命"的同时又劝他"何妨取径近艰辛"（《题林学衡诗本》）。后来他反戈一击，批同光体流弊。入南社后，与柳亚子等相切磋。自认为其诗"一变而熔经铸史，兼擅魏晋唐宋人之长"（《吞日集自序》）。闻一多、章士钊认为其诗"以精深见长"，今人或以其诗的深刻与柳亚子诗的博大并列为南社诗的两大支流。

林庚白

诸宗元（1875—1932），字真长，又字贞壮，号大至，浙江绍兴人。清末先后在江西、江苏巡抚幕府中任职。曾掩护南社社友的革命活动，与黄节、刘师培、陈去病等在上海创设国学保存会。入民国，先后任浙江都督府秘书、教育部秘书。著有《大至阁诗集》。叶恭绰认为其诗"骨格腾健，望之莫及。中岁偶读数作，则益转为苍浑，骎骎与散原、映庵诸公并驰"[1]。

冒孝鲁说在南社诗人中他最推崇黄节。黄节（1873—1935），字

[1] 叶恭绰《大至阁诗序》，见钱仲联主编《清诗纪事》第20册，江苏古籍出版社，1989年版，第14302页。

晦闻，广东顺德人。1917 年被聘为北京大学教授，后兼任北师大教授与清华研究院导师。有《蒹葭楼诗》两卷。学王安石、黄山谷、陈师道，其诗瘦而有神，婉而健劲。香港傅子馀说："粤人黄节字晦闻，其诗不学放翁，更不喜龚自珍之光怪陆离，而蜕变于以苦吟见称之陈后山，思精笔健，面目一新，足与同光诸老争一日之短长，世人多归之同光体，而不知其为南社中人也。"[1]

姚鹓雏（1892—1954），名雄伯，上海松江县人。先后编辑过《太平洋报》《民国日报》等，晚年任松江县长。有《恬养簃诗集》《红豆簃诗》。他与施蛰存信中言其"少日作诗，步趋散原、石遗，好为硬语；既而从南社诸君子为唐音，境界渐得开朗。及间关入蜀，得山川之助，遂法自然，效元遗山放笔为直干，至是而诗乃为自家生活"[2]。可见他先学宋，后学唐，最后学元好问，始能自成一家。

高燮（1879—1966），号吹万，上海金山人。反对满清专制，倡平等，创立国学商兑会，志在存国学之一脉。其感时诗哀愤沉著，咏物诗寓志深沉，游历诗清爽飞动，题赠唱酬诗亲切真诚，缅怀悼念诗沉挚悲郁，反映了转轨时期的社会。有唐诗之雄放而又兼宋诗之峭健，渊雅爽净。

三、南社的衰变

南社的形成，是文学的变动，诗派、社团的大量出现以及资产阶级革命思潮交互作用的结果。它以诗词、小说为宣传工具和革命武器，兼有革命与文学的双重性质，是处于由传统向现代转型时期的文学社团，而不是艺术风格相同或相近的诗派；人数众多，也不可能要求有相同的艺术趣旨。王飚先生在《再论南社》一文中有一新定义，认为南社"是 20 世纪初以民主革命启蒙思想宣传家、文学家为中坚，以推翻清朝统治为共同政治基础，以振起国魂、弘扬国粹为主导文化思想的，全国性、近代性文学和文化社团"[3]。

南社定期举行雅集聚会，其组织运作已是近代方式，有组织条

---

[1] 傅子馀《二十世纪名家诗选序》，毛谷风编《二十世纪名家诗选》，华东师范大学出版社，1993 年版，第 5 页。

[2] 施蛰存《恬养簃诗序》，《姚鹓雏文集·诗词卷》，上海古籍出版社，2009 年 6 月版，第 1 页。

[3] 王飚等主编《纪念南社成立一百周年论文集》，中国美术出版社，2011 年版，第 2 页。

例，入社要有介绍人，交纳社金，填写入社书并编号。领导人经选举产生，有社刊即《南社丛刻》。同时，注意收集乡邦文献，整理出版典籍。

南社总体的文学思想是革命的，继承了诗界革命派以来的革新精神，以富于激情的诗鼓吹推进革命，标榜爱国主义。正如曹聚仁所说："十九世纪，可以说是一个革命的时代……南社首先揭出革命文学的旗帜，和同盟会的革命相呼应。我们可以说，南社的诗文，活泼淋漓，有少壮朝气，在暗示中华民族的更生。那时年轻人爱读南社诗文，就因为她是前进的、革命的、富有民族意识的。"[1]

柳亚子有诗云："裁红量碧都无取，要铸屠鲸剚虎辞。"他往往将饱满的革命热情融注于创作，把旧体诗看作是他的政治宣传品，是他的武器。以这种理念主导其创作，制约了他在艺术上的进一步追求。他总是力图表达主观的意图，宣泄其激动不安的情绪，使诗缺少余蕴，奇警之句不多。他与陈去病等人在诗歌理论上甚少建树，在一定程度上影响了南社的凝聚力。

南社内部的唐宋诗之争，将艺术宗旨与政治观念混为一谈，致使南社分裂，论辩之激烈，造成诗坛的震荡，激发人们的深刻反思，同时也为此后的分化组合，与同光体诗派的交流弥合埋下了伏笔。

南社中有的人对传统文化持比较保守的态度，邓实、诸宗元、黄节等成立国学保存会。还有的人对梁启超等推崇法国伏尔泰等启蒙家不满，认为中国的传统文化可以"称伯五洲"，应"共谋保存国粹，商量旧学"，以诗词顿复旧观，"为光明灿烂之望"。[2] 甚至如高旭所说："然新意境新理想新感情的诗词，终不若守国粹的用旧语句为愈有味也"（《愿无尽庐诗话》）。新文化运动兴起后，南社除吴虞、柳亚子、易白沙等少数人积极响应反孔外，多数人不参与，甚至持反对态度。当白话新诗出现时，南社大多人持反对态度。老报人包天笑说："这班人都是研究旧文学的，不能与后起的新文学沆瀣一气。有些人是无论如何不肯写白话文的，而且也不赞成那种欧化的新文学与新诗词的。"[3]

[1] 曹聚仁《南社，新南社》，见《南社纪略》，上海人民出版社，1983 年版，第 248 页。
[2] 冯平《梦罗浮馆诗集序》，《南社丛刻》，第 21 集。
[3]《钏影楼回忆录》，山西古籍出版社、山西教育出版社，1998 年版，第 454 页。

柳亚子起初反对白话诗，为保持旧体诗地位提出过一些异议，他说："余谓文学革命所革当在理想，不在形式。形式宜旧，理想宜新，两言尽之矣。"[1] 五四运动后其思想逐渐左倾，崇拜列宁，自署为"李宁私淑弟子"。1923 年 10 月发起成立新南社，在《成立布告》中提出："新南社的精神，是鼓吹三民主义，提倡民众文学，而归结到社会主义的实行。"[2] 表明他努力跟上朝代。他甚至拥护白话诗，诗中说："继往开来吾有愿，愿以吾诗旧囊新酒成津梁。旧诗会入博物馆，新诗好置飞机场。"表明他对旧体诗前途产生了怀疑。他的言论激起了部分南社成员特别是湘籍成员的不满。1924 年在长沙成立的南社湘集，与新南社针锋相对。发起人即傅熊湘，他在《湘集导言》中明言其宗旨："同人为欲保存南社旧观，爰就长沙为南社湘集，用以联络同志，保存组织，提倡气节，发扬国学，演进文化。"[3] 在新文化兴起时，他们被视为保守者。其雅集活动与出刊直至三十年代初才停止。

可以说，发源于黄遵宪、梁启超的"诗界革命"精神，一方面由南社起而承之，具新旧交替、继往开来的革命形态，对民族文化传统采取传承、吸收的态度，他们的创作既具有时代精神，又贴近现代人的生活，吸纳了新的词汇，熔铸了新意境。这一传统后来由以《学衡》为标志的会通中西派所继承，传统诗词的生生不息，南社有其功劳。另一方面，胡适的新诗运动，也继承了"诗界革命"精神，但为适应时代，以狂飙突进、除旧布新的革命形态，对民族文化传统采取割断、打倒的态度，旧体诗词形式也因此遭受了长期的打压、歧视、冷落，但打而不倒。

同时，南社对传统文化的省察、批判又存有不足，政治观念的单一，特别是在满清政权、袁世凯政权倒台之后，缺少进一步前进的动力。这些问题，经由新文学运动的洗礼，逐渐暴露了出来。

不过，南社以及后来的南社湘集在当时发扬国学之举、不废传统诗词的努力应值得肯定与珍惜。其声音虽然微

---

[1] 柳亚子《与杨杏佛论文学书》，《民国日报》1917 年 4 月 27 日。

[2]《南社纪略》，第 103 页，上海人民出版社，1983 年版。

[3] 傅熊湘编《南社湘集导言》，转引自孙之梅《南社研究》，人民文学出版社，2003 年版，第 377 页。

弱，但对新文化运动的领袖们全盘否定传统文化的做法仍有一定的制衡作用。南社后来解体，一部分成员进入政界做官去了，但还有不少散布各地的成员仍在积极从事国学的研究，典籍的整理，或从事诗词文的创作，为文化的传承光大做出了巨大贡献，其价值与意义在当代得到了重视。

四、南社作品的传播与整理

清末民初，南社的人数迅增，名声大振，与新闻报刊的传播有相当大的关系。南社人以新闻报刊为阵地，对报纸的版面、编排、管理、发行、栏目设置、广告代理等方面都做了积极的尝试，对报刊业务的发展也做出了贡献。新闻报刊业对南社的形成与发展又起到凝聚作用。最先将社员们聚合在一起的主要是民族革命的政治倾向，通过报刊互相沟通。高旭、陈去病等人除了编辑具有民族革命倾向的《觉民》《二十世纪大舞台》《江苏》《国粹学报》《中华新报》外，还在多种报刊上发表诗文，他们有肝胆相照、此呼彼应的相知感、群体感。有的是因作品与南社人的作品在同一份报纸上发表，受南社社员的影响而加入南社，如《民吁》《民立》的陈其美、宋教仁都属这种情况。

1905 年到辛亥革命前，南社人在新闻报刊界的活动有两个特点：其一，以省为界，进行小型组合，如《醒狮》主要由江苏的陈去病、高旭、柳亚子编撰；《洞庭波》《汉帜》主要由湘籍人宁调元、傅尊、陈家鼎编撰；《晋乘》由山西人景定成、景耀月编撰。此外云南、广东、四川都有南社人编撰的杂志。其二，南社人有向大都市上海聚合的趋向。《醒狮》《复报》《洞庭波》在上海编辑、发行；1907 年后，南社人新闻报刊的编辑出版中心也由海外移到了上海，于右任创办的《神州》《民呼》《民吁》《民立》都以上海为基地，甚至《民吁》报社成为南社人在上海的聚集之所。社长范鸿仙，发行人朱少屏，总编辑景耀月，编辑王无生、杨天骥、谈善吾均是南社成员，文苑栏作者大多数是南社成员，如王无生、景耀月、高旭、陆曾沂、叶楚伧、柳亚子、沈道非等。《民立报》社长于右任，主笔宋教仁、范鸿仙、景耀月、吕志伊、谈善吾、王无生、邵力子、陈其美、陆曾沂、叶楚伧都是南社成员，副刊的小说、文苑、笔记的大部分作者也是南社中人。

方汉奇在《中国近代报刊史》中论述辛亥革命到五四前夕的新闻

报刊业形势时说，南社担任报刊编辑工作的有 128 人，"分布于北京、上海、天津、广州、长沙、杭州、吉林、无锡、香港等地的四十余家报纸"。只要是南社人编辑的报纸副刊，就会发表不少南社人的作品。新闻报刊在南社的形成发展中，所起的凝聚作用是突出的。

其次，报刊为南社提供了发布消息，发表作品、内部争论的园地。近代随着新闻报刊业的兴起，传播手段已大不同于古代口耳手抄相传模式。南社成立前后，正是于右任创办《神州日报》和"竖三民"，在上海乃至全国的舆论界打破沉寂、掀动风雷之时，《神州日报》发行量遥遥领先，超过《申报》《新闻报》。10 月 17 日，此报刊登高旭的《南社启》，宣布"与陈子巢南、柳子亚卢有南社之结，欲一洗前代结社之积弊，以作海内文学之导师"。10 月 27 日又公布了《南社例十八条》。10 月 28 日陈去病发表了《南社诗文词选叙》，阐述南社"寄托毫素"，抒写国家危亡、民族沉沦之情。10 月 29 日又发表宁调元的《南社诗序》，揭示南社意在"钟仪操南音，不忘本也"的微旨。11 月 6 日，陈去病又发表《南社雅集小启》，定于 11 月 13 日（夏历十月初一）在苏州虎丘召开南社第一次会议。《民吁报》于 11 月 19 日被迫停刊，48 天中，南社成立的消息几乎与之相始终，借助此报的声望迅捷地传播到文人之中，成立后诗词又通过《光华日报》《南社丛刻》得到及时的发表。

从 1903 年到 1922 年间，登载过南社人的诗词文、小说、杂著作品的报刊在一百种左右，特别是南社成立后，《民吁》《民立》《太平洋报》《民权报》《民权素》《民国日报》的副刊几乎是南社的天下。现有诗文集的作家如柳亚子、高旭、陈去病、于右任、叶楚伧等，都在报刊上或多或少有散佚的作品，说明报刊上的作品量要超过他们集子的总量；还有很多不以文人自居的成员，或由于种种情况没能结集的成员，他们的作品主要是保存在报刊上。从此意义上来说，近代报刊是近代文学的渊薮。至于《南社丛刻》二十集言（不包括一、二集），保存南社人的诗 11867 首，文 1394 首，词 2785 首（不包括附录），作者 400 人左右。

但应指出的是，由南社社员创办或操持的众多报刊，未能充分利用报刊的传播功能，创造出一种启迪民智、自由讨论、公开进言，不同观点交流的兼收并蓄的宽松氛围，而是变为笔战之场，表现出党同伐异的狭隘积习。

柳亚子为南社人的遗著整理出版，不遗余力。南社有的人物早逝或就义，生前的诗文散落各地和各种报刊，柳亚子自任其责，为亡故社友保留遗文，收拾烈士遗文，提玄钩隐。宁调元生前奔走革命，后身陷囹圄，牺牲后，其诗文经由傅熊湘等人搜集后，交柳亚子整理。傅熊湘在《亡友宁太一事略》中说："调元所著书凡三十馀种，然多散佚。吴江柳弃疾为辑《太一遗书》若干卷。"陈蜕庵于 1913 年 5 月病卒后，汪文溥将遗稿交柳亚子，1915 年陈蜕庵集整理告竣，名为《陈蜕翁遗稿》，柳亚子作编后记，详叙《遗稿》收集、整理始末。傅熊湘在《苏曼殊〈燕子龛遗诗〉跋》中说："比年社中如陈蜕庵诸人，得以平生心血表现身后者，皆亚子搜集传布之力也。"

柳亚子对南社社员的文学成就极为关注，尽管后来南社解体，但他仍一如既往地品评、题叙南社诗文集。《磨剑室文录》中经他叙介的作家有二十几人之多。如庞檗子、胡寄尘、胡朴安、余十眉、吴悔晦、王玄穆、林秋叶、李洞庭、吕天民、田星云、余天遂、陈去病、沈长公、沈次公、诸宗元、郁曼陀等人。《磨剑室诗词录》中题品的南社诗人也有数十人。柳亚子认为，最能代表南社文学成就的是苏曼殊与林庚白。对于前者，他曾进行了长期系统的研究；对于后者的研究，也表现出相当的关注。他还整理记载南社史事，撰有《南社纪略》等。为南社作品的流传做出了极大的贡献。

第五章
各具特色的诸体散文

　　诗文在我国传统文学史上一向处于主导地位。然而，到了清末民初，随着西方文学观念的涌入，这种格局被逐渐打破，散文文体也随之发生了巨大的变化。散文是一个十分复杂的"文学"概念，也是一种十分棘手的"文学"文体。人们对它的认识不像诗歌、小说、戏剧（戏曲）那样明晰。我国古代，将不押韵和不重排偶的散体文章，包括经传、史书，都称为散文，即除诗、词、曲、赋之外，不论是文学作品还是非文学作品，都一概称之为"散文"，以与韵文、骈文相区别。到了近代，尤其是晚清，梁启超发起文学界革命，文学的四分法，即小说、诗歌、散文和戏剧基本确立，但即使如此，散文的内涵与外延仍然难以得到有效界定，不过与此前相比，这时的散文概念不再宽泛无边。晚清是一个救亡与启蒙的时代，尽管传统的诗文地位一落千丈，但论政和述学之文仍然风起云涌，为政坛和文坛增加了一道别样的景观。康有为、严复、谭嗣同、梁启超、章太炎、章士钊、林纾等人之文，各显特色，各有千秋，代表了这一时期散文的主要成就。

第一节　康有为的政论文

　　康有为（1858—1927），字广厦，号长素，广东南海人，出身名族，世以理学传家。早聪慧，过目不忘，且有志于圣贤之学。清光绪年间进士，官授工部主事。近代著名政治家、思想家、社会活动家和学者，信奉孔子儒家学说，并致力于将儒家学说改造为可以适应现代社会的国教，曾担任孔教会会长。著有《春秋董氏学》《孔子改制考》《新学伪经考》《日本变政考》《大同书》《欧洲十一国游记》《广艺舟双楫》以及其他一系列论政之文等。从内容上看，这些著作可以分为政论文与述学文，这里只谈其政论文。

一、康有为政论文之三变

　　康有为的政论文凡三变，戊戌之前，力主变法，此一变。作为政治活动家，康有为政论文的第一个突出特点是主张变法，提倡民权，并根据时势的变化提倡君主立宪。"有为经世之怀抱在大同，而其观现在以审次第，则起点于小康、拨乱。有为论政之鹄的在民权，而其揆时势以谋进步，则注意于君主、立宪。"[1]

---

[1] 钱基博：《现代中国文学史》，上海书店出版社，2004 年，第 250 页。

康有为早就萌生经世救民的思想，他在《与沈刑部子培书》中说："仆生于穷乡，坐睹族人、乡人困苦，年丰而无米麦，暖岁而无襦裤，心焉哀之。且受质近厚，仁心太盛，自弱少已好任侠之举，虽失己为之不恤。加十年讲求经世救民之学，而日日睹小民之难，无以济之，则不得不假有国者之力。盖不忍人之心，凝聚弥满，融于血气，染于性情，不可复抑矣。马端临曰：'古者户口少，而才智之民多；今户口多，而才智之民少。'所经之地，所阅之民，穷困颛愚，几若牛马。慨然遂有召师之责，以为四海困穷，不能复洁己拱手而谈性命矣。"[1] 丰年无食，暖岁无衣，乡人生活在困苦之中。这种社会现实使康有为再也不能"洁己拱手而谈性命"，他把自己任侠的个性发挥出来，使自己成为经世救民的儒侠。作为一代政治家、社会活动家，康有为的政论文从晚清特殊的国情出发，论述时局之危，提出自己之见，试图得到明君贤相的高度重视，通过由上而下的路线，实行变法维新，"日日睹小民之难，无以济之，则不得不假有国者之力"。在他看来，只有假"有国者之力"才能推行自己的变法主张。

康有为像

《康有为政论集》书影

1883 年，中法战争爆发，法帝国主义侵略中国西南边陲，满腔爱国热忱的康有为上书请求变法。1888 年底，他撰写了长篇政论《上清帝第一书》，开篇痛陈国势之危："窃见方今外夷交迫，自琉球灭、安南失、缅甸亡，羽翼尽翦，将及腹心。比者日谋高丽，而伺吉林于东；英启藏卫，而窥川滇于西；俄筑铁路于北，而迫盛京；法煽乱民于南，以取滇、粤；教民会党遍江楚河陇间，将乱于内。"大清的属国灭的灭，失的失，亡的亡，高丽也将不保。更有甚者，"羽翼尽翦，将及腹心"，列强瓜分中国的局面就在眼前，而国人仍然沉睡

[1] 康有为撰：《康有为全集　第 1 集》，上海：上海古籍出版社，1987 年，第 380 页。

不醒，"臣到京师来，见兵弱财穷，节颓俗败，纪纲散乱，人情偷情，上兴土木之工，下习宴游之乐，晏安欢娱，若贺太平。顷河决久不塞，兖豫之民，荡析愁苦，沿江淮间，地多苦旱，广东大水，京师大风，拔木百余，甚至地震山倾，皆未有之大灾也"[1]。

鉴于中国面临亡国的危险，康有为毅然提出"变成法""慎左右""通下情"三条纲领。他明确指出：

> 今论治者，皆知其弊，然以为祖宗之法，莫之敢言变，岂不诚恭顺哉？然未深思国家治败之故也。今之法例，虽云承列圣之旧，实皆六朝、唐、宋、元、明之弊政也。我先帝抚有天下，不用满洲之法典，而采前明之遗制，不过因其俗而已。然则世祖章皇帝已变太祖、太宗之法矣。夫治国之有法，犹治病之有方也，病变则方亦变。若病既变而仍用旧方，可以增疾。时既变而仍用旧法，可以危国。……故当今世而主守旧法者，不独不通古今之治法，亦失列圣治世之意也。[2]

康有为从历史变迁与法律变迁之关系、病变与药方之关系来论述变法的必要性，具有很强的说服力。他提醒光绪皇帝，对自己身边的人要谨慎，要有忠佞之辨，注重下情上达，最后达到"皇上正一身以正百官，正百官以正万民，士节自奋，风俗自美"[3]的目标。康有为参政心切，不断向光绪皇帝上书，屡屡放言变法维新，建设立宪政体。他在甲午战后的《上清帝第二书》中提出富国的方法："曰钞法，曰铁路，曰机器轮舟，曰开矿，曰铸银，曰邮政。"[4]还提出"养民之法"："一曰务农，二曰劝工，三曰惠商，四曰恤穷"[5]。这些主张切中时弊，非常有价值，显示出康有为作为一代政治家的锐利眼光。

戊戌政变之后，康有为的政论文又为之一变，内容不再是雄心勃勃力主变法，而是呈现出忧国忧民的愤激色彩。在政治上，他不再恭维慈禧太后、朝廷重臣，把后党与帝党区分开来，给予后党严厉抨

[1] 汤志钧编《康有为政论集》上册，中华书局1998年，第52页。
[2] 汤志钧编《康有为政论集》上册，中华书局，1998年，第58页。
[3] 汤志钧编《康有为政论集》上册，中华书局，1998年，第58页。
[4] 汤志钧编《康有为政论集》上册，中华书局，1998年，第123页。
[5] 汤志钧编《康有为政论集》上册，中华书局，1998年，第126页。

击，同时保皇立场越来越鲜明，如《复依田百川君书》《上粤督李鸿章两书》《与张之洞书》《驳后党张之洞千荫霖伪示》《致两江总督刘坤一书》等文。"有为经世之怀抱在大同，而其观现在以审次第，则起点于小康、拨乱。有为论政之鹄的在民权，而其揆时势以谋进步，则注意于君主、立宪。"[1] 这一时期，他撰写的《复依田百川君书》《上粤督李鸿章两书》《与张之洞书》《驳后党张之洞千荫霖伪示》《致两江总督刘坤一书》《答南北美洲诸华商论中国只可行立宪不可行革命书》《大同书》《光绪帝上宾请讨贼哀启》等政论文，体现出忧国忧民的鲜明特色。

1899 年，康有为在《复依田百川君书》中借外人之口说："凡贵国议论之纷纭，率由未知敝国帝后之嫌故也。敝国向来大权皆在西后，皇上不过祭则寡人而已，当割台之后，仆开强学会于京师，切责枢臣翁常热以变法，常熟方兼师傅，日与皇上擘画变政之宜。皇上锐意维新，侍郎长麟、汪鸣銮，学士文廷式、御史安维峻皆劝上收揽大权，太监寇良材亦请西后归政于皇上。西后大怒，长、汪、文、安诸君，遂皆贬谪，寇良材被杀，甚至二妃被杖，而上于是乎几几废矣，幸恭邸力谏乃止。迨胶、旅继割，政权利权，纷纷输失，上傍观坐视，积愤忧怒。乃使人告太后曰：'吾不能为亡国之君，若不与我权，我宁逊位。'西后忧而阳慰许与之，阴乃与荣禄而谋废立。于是皇上与常熟锐意维新，仆之说常熟以变法，亦颇犹西乡、大久保、木户之拥三条、岩仓、近卫而维新也。……盖敝国之情势，西后则守旧耽乐，皇上则明圣维新，若坐视皇上见废，则敝国从此沦亡，故思居间画策，以救圣主，渐为皇上收揽大权、渐选人材以为亲臣，渐选将材以得兵权，若使事集，则皇上既有兵力以行其大权，则西后无能为，而敝国天子专制之权，雷霆万钧，无不披靡，有何所谓巨室大官者哉？或优其爵禄以待之，或解其柄权以驭之，在指顾间耳。"[2] 作者在中日维新变法的对比中，高度赞扬日本的变法，赞扬光绪皇帝锐意变法的远大志愿，抨击了慈禧顽固守旧阻碍变法的罪恶行径。

康有为的言论具有很强的鼓动性，他忧国忧民忧皇上，并把救光绪皇帝等同于救四万万国人。在《游域多利温哥华二埠记》一文中，

---

[1] 钱基博《现代中国文学史》，上海书店出版社，2004 年，第 250 页。

[2] 汤志钧编《康有为政论集》上册，中华书局 1998 年，第 126 页。

他声称："吾以一逋臣无补国艰，何足道，而邦人相爱至此，非惟爱吾也，爱变法也；非爱变法也，爱其国也，忧其国也。夫以如是之人心，何所不可哉！吾乃告乡人曰：今中国虽危弱，而实篡后权臣一二之故耳。皇上复位。则吾四万万同胞之兄弟皆可救矣。"[1] 流亡中的康有为可谓有感而发，他希望国家强大起来，关键是依靠皇上发动从上而下的改革，如今，这种思想不能不引起我们的深思。

民元以后，康有为的政论文再为之一变，政治上和文化上都更趋保守，对辛亥革命后的政局严加抨击。这一时期撰写的政论文《不忍杂志序》《中国以何方救危论》《问吾四万万国民得民权平等自由乎》《中国颠危误在全法欧美而尽弃国粹说》《请袁世凯退位电》《与徐世昌书》《共和平议》均体现出这一特色。

1912 年 12 月 22 日，他为《不忍杂志》撰写的序充分表现了康有为的心境和无穷哀嚎：

康有为主编的《不忍》杂志

> 睹民生之多艰，吾不能忍也；哀国土之沦丧，吾不能忍也；痛人心之堕落，吾不能忍也；嗟纪纲之亡绝，吾不能忍也；视政治之窳败，吾不能忍也；伤教化之陵夷，吾不能忍也；见法律之蹂躏，吾不能忍也；睹政党之争乱，吾不能忍也；慨国粹之丧失，吾不能忍也；惧国命之分亡，吾不能忍也。怵焉心厉也，怒焉陨涕也，凄凄焉悲挤？袂也，逝将去之，莫能忘斯世也。愿言拯之，侧恻沈详予意也，此所以为《不忍》杂志耶？

他不忍民生多艰，不忍国土沦丧，不忍人心堕落，不忍纲纪亡绝，不忍政治腐败，不忍教化陵夷，不忍蹂躏法律，不忍政党争乱，不忍国粹丧失，不忍国命分亡。这种哀号反映了一代名士晚年对国家与民族、民生与人心等方面巨大危机的深切关注。

辛亥革命以后，军阀混战，政局动荡，康有为对共和制丧失信心，他曾感慨万千地说："吾用法国责任内阁之制，则总统、总理日

---

[1] 汤志钧编《康有为政论集》上册，中华书局 1998 年，第 399 页。

相争轧，黎宋卿、冯华甫、徐菊人之与段祺瑞，至于之战德国、战湖南。甚至于军事二十一条与日本为争具，前几亡国，后起争裂，幸而德败美胜，日本解约，否则中国亡之久矣。此法国共和制之不可行也。瑞士七总裁制广东行之，岑、伍、孙、唐争祸至今，瑞制又不可行矣。……十二年来号称共和，而实共争、共乱、共杀，以召共管而已。"[1] 他还谴责道："今之共和，非革清朝之命，实革孔子圣教之命，黄帝民族之命，故可惊可痛，莫此为甚也。窃惟方药不论补泻，惟在能起沉疴；政体不论君民，惟在足以立国。盖身有老少强弱之异，决无万应之单方；国有历史风俗之殊，难全从人而舍己。若误行之，可以死亡。今中国群医之误，几以共和之方杀中国，成效已毕见矣。"[2]

从激进的政治思潮角度看，民元后的康有为落后于时代，为时代所抛弃；从民生的角度看，他对辛亥革命后的动乱的政局、凋敝的经济的抨击，蕴含一定的民本思想；从文化的角度看，他对孔子圣教的充分肯定，至今仍不失其价值和意义。

二、康有为政论文的特色

康有为政论文的语言特点是，杂取百家，自成一体，滔滔不绝，气势磅礴。它打破传统古文程式，汪洋恣肆，骈散不拘，开梁启超"新文体"先河。康有为之文，"揉杂经语、诸子语、史语，旁及外国佛语、耶教语，而出之以狂荡豪逸之气，写之以倔强奥衍之笔，如黄河千里九曲，浑灏流转，挟泥沙俱下，崖激波飞，跳踉啸怒，不达海而不止，返虚入浑，积健为雄，权奇魁垒，诗外常见有人也。自负为先知先觉，及为文章，誉已如不容口。言大道，则薄后进而以为不如我知。论政俗，则轻欧美而以为不及中国"[3]。有为诡诞大言，"言学杂佛、耶，又好称西汉今文微言大义，能为深沉瑰伟之思，实思想革新者之前驱。而发为文章，则糅经语、子史语，旁及外国佛语、耶教语，以至声光化电诸科学语，而冶以一炉，利以排偶，桐城义法，至有为乃残坏无余，恣纵不傆，厥为后来梁启超新民体之所由蚄"[4]。"其

---

[1] 上海市文物保管委员会编：《戊戌变法前后》，上海：上海人民出版社，1986 年版，第 590 页。

[2] 同上页 [1]，第 486 页。

[3] 钱基博《现代中国文学史》，上海书店出版社，2004 年，第 255 页。

[4] 钱基博《现代中国文学史》，上海书店出版社，2004 年，第 243 页。

教弟子，以孔学、佛学、宋明学为体，以史学、西学为用。其教旨专在激励气节，发扬精神。其学纲，曰志于道（格物克己，励节慎独），据于德（主静出倪，养心不动，变化气质，检摄威仪），依于仁（敦行孝弟，崇尚任恤，广宣教惠，同体饥溺），游于艺（礼、乐、书、数、画、枪）。其学目，曰义理之学（孔学、佛学、周秦诸子学、宋明学、泰西哲学），考据之学（中国经学、史学、万国史学、地理学、数学、格致科学），经世之学（政治原理学、中国政治沿革得失、万国政治沿革得失、政治实际应用学、群学），文章之学（中国词章学、外国语言文字学）。"[1]

［1］钱基博《现代中国文学史》，上海书店出版社，2004 年，第 250 页。

第二节　严复的政论文与古文

　　严复（1854—1921），原名宗光，字又陵，后改名复，字几道，汉族，福建侯官人，晚清著名的启蒙思想家、翻译家和教育家。曾任京师大学堂译局总办、上海复旦公学校长、安庆高等师范学堂校长。民国四年，被列名于筹安会之发起人之一。他平生学非所用。著译编为《侯官严氏丛刊》《严译名著丛刊》。

一、严复的政论文

　　作为启蒙思想家，严复翻译了英国生物学家赫胥黎的《天演论》，以"物竞天择，适者生存""时代必进，后胜于今"作为救亡图存的理论依据，在当时产生了巨大的影响。"时独有侯官严复，先后译赫胥黎《天演论》，斯密亚当《原富》，穆勒约翰《名学》《群己权界论》，孟德斯鸠《法意》，斯宾塞《群学肄言》等数种，皆名著也。虽半属旧籍，去时势颇远，然西洋留学生与本国思想界发生关系者，复其首也。"[1] 他可谓近代中国译介西方思想之第一人。

　　严复学贯中西，视野开阔，大力提倡西学，力主变法图强。这是

---

[1] 梁启超：《清代学术概论》，上海古籍出版社，1998 年，第 98 页。

严复　　　　　　　　严复所译《赫胥黎天演论》
书影

他政论文的一个显著特点。1895 年，他发表了振聋发聩的战斗檄文
《论世变之亟》，开篇一句就让人震惊不已：

> 呜呼！观今日之世变，盖自秦以来未有若斯之亟也。夫
> 世之变也，莫知其所由然，强而名之曰运会。运会既成，虽
> 圣人无所为力，盖圣人亦运会中之一物。既为其中之一物，
> 谓能取运会而转移之，无是理也。彼圣人者，特知运会之所
> 由趋，而逆睹其流极。唯知其所由趋，故后天而奉天时；唯
> 逆睹其流极，故先天而天不违。于是裁成辅相，而置天下于
> 至安。后之人从而观其成功，遂若圣人真能转移运会也者，
> 而不知圣人之初无有事也。即如今日中倭之搆难，究所由
> 来，夫岂一朝一夕之故也哉！

严复通过比较中学与西学之优劣，认为中西事理最大的不同，
"莫大于中之人好古而忽今，西之人力今以胜古；中之人以一治一乱、
一盛一衰为天行人事之自然，西之人以日进无疆，既盛不可复衰，既
治不可复乱，为学术政化之极则。盖我中国圣人之意，以为吾非不知
宇宙之为无尽藏，而人心之灵，苟日开瀹焉，其机巧智能，可以驯致
于不测也。而吾独置之而不以为务者，盖生民之道，期于相安相养而
已"。西方之所以强盛，中国之所以衰弱，不在于汽机兵械等形下之
粗迹，而在于学术刑政等形上之命脉，其命脉"不外于学术则黜伪而
崇真，于刑政则屈私以为公而已。斯二者，与中国理道初无异也。顾

彼行之而常通，吾行之而常病者，则自由不自由异耳"。他认为，中国人缺乏西方人前瞻眼光和整体发展观念，鼠目寸光。就政治文化而言，他指出："中国最重三纲，而西人首明平等；中国亲亲，而西人尚贤；中国以孝治天下，而西人以公治天下；中国尊主，而西人隆民；……其于为学也，中国夸多识，西人尊新知。其于祸灾也，中国委天数，而西人恃人力。"他认为，西学的可贵之处在于"学术则黜伪而崇真"，"刑政则屈私以为公"，中学则反之，不能崇真，不能尚公，更不能尚自由，尊天性。严复猛烈地抨击了封建专制制度，愤怒声讨帝国主义的侵略罪行，呼吁人们改变现状、变法维新、奋发自强。

《辟韩》针对韩愈《原道》一文而作。在《原道》中韩愈从建立封建等级制度、维护封建统治秩序的角度，论述了君统治民的合法性。严复则严厉批驳了韩愈的观点，猛烈抨击自秦以来的封建君主专制制度，指出"秦以来之君，正所谓大盗窃国者"；封建君主的愚民政策正是国家贫弱局面、无力抵御外敌的原因。严复还提出学习西方富强的经验、建立君主立宪国家的维新主张。尽管严复的政治观点有资产阶级改良派的局限性，但他以被视为孔孟以后道统继承人的韩愈的文章作为批判对象，这本身就是对封建道统的大胆挑战，在当时具有批判现实的进步意义，也因此引起了强烈的反响。

在《原强》中，他提出，一个国家的强弱存亡决定于人的体、智、德三方面，"一曰血气体力之强，二曰聪明智慧之强，三曰德性义仁之强"。并主张"鼓民力""开民智""新民德"。"是以今日要政统于三端：一曰鼓民力，二曰开民智，三曰新民德。"所谓鼓民力，就是全国人民要有健康的体魄，要禁绝鸦片和禁止缠足恶习；所谓开民智，主要是以西学代替科举；所谓新民德，主要是废除专制统治，实行君主立宪，倡导"尊民"。严氏还重提孟子的"民为重，社稷次之，君为轻"的主张，并认为"此古今之通义也"。

严复在《救亡决论》中主张废八股、兴西学。他指出，当下之中国不变法则亡，若变法，则先废八股，因为八股使人才匮乏。他痛陈八股的三大弊害，曰"锢智慧""坏心术""滋游手"。他反对洋务派"中学为体，西学为用"的观念，批判说"牛体安能有马用"，主张全面学习西方，并且刻不容缓。严复的政论文，能够洞悉时势，为病人膏肓的中国把脉，他看准了病情，开对了药方，显示出一代启蒙思想家的远见卓识。这样的政论文彪炳青史，垂范后人。

二、严复的古文

嘉、道以后，桐城之文积弊而衰，"流俗相沿，已逾百岁，其敝至于浅弱不振，为有识者所讥"（黎庶昌：《续古文辞类纂叙》）。到道光末年，风气颓放已极，曾国藩乃重整桐城旗鼓，遂有"同治中兴"，一时间，曾门幕府豪彦云集，并包兼罗，张裕钊、黎庶昌、薛福成和吴汝纶号称"曾门四弟子"，桐城古文迎来曙光。其末流如严复、林纾等人则为桐城古文延续一线。梁启超曾对严复和林琴南的古文翻译评价道："时独有侯官严复，先后译赫胥黎《天演论》，斯密亚当《原富》，穆勒约翰《名学》《群己权界论》，孟德斯鸠《法意》，斯宾塞《群学肄言》等数种，皆名著也。虽半属旧籍，去时势颇远，然西洋留学生与本国思想界发生关系者，复其首也。亦有林纾者，译小说百数十种，颇风行于时，然所译本率皆欧洲第二三流作者。纾治桐城派古文，每译一书，辄'因文见道'，于新思想无与焉。"[1]

作为近代启蒙思想家，严复无疑像历代文人那样作纯粹的古文辞。他学贯中西，尤其精通西洋近代政治思想，并视为中国富国强民之本，于是肆力译介。在译介的过程中，他十分严肃认真，精心揣摩。胡先骕说："严氏译文之佳处，在其殚思竭虑，一字不苟，'一名之立，旬月踟蹰'。故其译笔信雅达三善俱备，吾尝取《群己权界论》《社会通诠》，与原文对观，见其义无不达，句无滕义。……要为从事翻译者永久之模范也。"[2] 在原文的译述和自己所加的按语里，他深厚的古文素养得以展现。严译名著处处散发出古文辞的魅力，为古文开拓了一片新的天地。胡适说："严复的译书，有几种——《天演论》《群己权界论》《群学肄言》，——在原文本有文字价值，他的译本在古文学史也应该占一个很高的地位。"[3]

从以下《天演论》的段落中可以略见一斑：

---

[1] 梁启超：《清代学术概论》，上海古籍出版社，1998 年，第 98 页。

[2] 转引自贺麟《严复的翻译》，载《论严复与严译名著》，北京：商务印书馆 1982 年，第 33 页。

[3] 胡适：《五十年来中国之文学》，《胡适说文学变迁》，上海古籍出版社，1999 年，第 95 页。

文学的双重变革——清末民初文学史

赫胥黎独处一室之中，在英伦之南，背山而面野，槛外诸境，历历如在几下。乃悬想二千年前，当罗马大将恺彻未到时，此间有何景物。计惟有天造草昧，人功未施，其借征人境者，不过几处荒坟，散见坡陀起伏间，而灌木丛林，蒙茸山麓，未经删治如今日者，则无疑也。怒生之草，交加之藤，势如争长相雄。各据一抔壤土，夏与畏日争，冬与严霜争，四时之内，飘风怒吹，或西发西洋，或东起北海，旁午交扇，无时而息。

严复具有深厚的中国古典文学素养，对先秦散文很有研究。他翻译西方的政论著作、社会学著作都具有古色古香的先秦文风。吴汝纶在《天演论序》中说："抑汝纶之深有取于是书，则又以严子之雄于文，以为赫胥氏之指趣得严子乃益明。自吾国之译西书，未有能及严子者也。"并认为其译著"乃骎骎与晚周诸子相上下"，评价甚高。严复的译笔遭到梁启超的严厉批评，梁氏指出："其文笔太务渊雅，刻意摩仿先秦文体，非多读古书之人，一翻殆难索解。夫文界之宜革命久矣。欧美、日本诸国文体之变化，常与其文明程度成正比。况此等学理之书，非以流畅锐达之笔行之，安能使学童受其益乎？著译之业，将以播文明思想与国民也，非为藏山不朽之名誉也。文人结习，吾不能为贤者讳矣。"[1] 梁氏主张对深奥的学理应用流畅锐达的文笔表现出来。可是严复不以为然，他回复道："窃以谓文辞者，载理想之羽翼，而以达情感之音声也。是故理之精者不能载以粗犷之词，而情之正者不可达以鄙倍之气。中国文之美者，莫若司马迁、韩愈。……仆之于文，非务渊雅也，务其是耳。"[2] 他们彼此的批评与反批评因侧重点不同而各有其合理性。严复的文体观念在其"信、达、雅"的翻译理论中得到鲜明体现。"信"是指译文要忠实地传达原文的内容，"达"是指译文要语言流畅，"雅"是指翻译要讲究辞藻，注意遣词造句。严复提倡翻译不仅要传信，而且

《严复集》书影

---

[1] 梁启超：《介绍新书·原富》，《新民丛报》，1902 年第 1 册。
[2] 王栻主编：《严复集》第三册，中华书局，1986 年，第 516—517 页。

还要文字通达，语言雅洁。他"在翻译西方学术著作中，采用意译的方式，把原文的第一人称改为第三人称，按照汉语句法，主要是先秦文言的句法，把原文的复合长句拆开变为平列句式，多用排比、对偶等修辞手法，语言古雅而不刻板，形成了一套独特的表达方式和语句系统"[1]。

[1] 王群《中国近代文学理论批评文体的演进》，《复旦学报》(社会科学版)，2005 年第 3 期。

第三节　谭嗣同、梁启超的新体散文

作为晚清政治运动和文学革新运动的代表人物，康有为、梁启超、谭嗣同大胆进取，锐意改革，他们的散文无视传统古文的程式，直抒己见，畅所欲言，是政治斗争的有效工具。梁启超的新体散文更是对一切传统古文的猛烈冲击，为晚清的文体解放和"五四"的白话文运动开辟了道路。晚清文学改良运动，用浅显平易的新体散文代替僵化的桐城派古文、八股文和骈文等传统文体，并逐渐发展成一种新的文体，称为"新文体"，或"时务体""报章体""新民体"。

一、谭嗣同的报章文

1897 年，谭嗣同在《时务报》上发表《论报章文体》一文，认为"报章文体"在内容上无所不包，在形式上打破传统的文章观念的束缚，以便于发表言论和宣传为标准。他指出，总揽一切知识与学术的史家与选家，都不足以根据时代的急剧变化，知识的快速更新，而描述记载并囊括之，惟有报章能够担当如此之重任。报章文体与旧式文体相比有无比巨大的优越性。往昔文章体例，除词赋之外，其他的可以分为三类十种，"名"类包括"纪""志""论说"和"子注"四种。"形"类包括"图""表"和"谱"三种。"法"类包括"序

例""章程"和"计"三种。这十
种文体不能适应现代知识更新和时
代发展的需要，而报章文体不仅兼
有传统十种文体的功能，而且贴近
社会现实，"其体裁之博硕，纲领
之汇萃，断可识已。胪列古今中外
之言与事，则纪体也；缕悉其名与
器，则志体也；发挥引申其是非得
失，则论说体也；事有未覈，意有
未曙，夹注于下，则子注体也；绘

《时务报》第十五册　　　《谭嗣同全集》书影

形式，明交限，若战守之界限，货物之标识，则图体也；纵之横之，
方之斜之，事物之比较在焉，价值之低昂在焉，则表体也；究极一切
品类，一切体性，则谱体也；宣撰述之致用，则叙例体也；径载章
程，则章程体也；句稽繁琐，则计体也；编幅纤馀，又以及于诗赋、
词曲、骈联、俪句、歌谣、戏剧、舆讼、农谚、里谈、儿语、告白、
招帖之属，盖无不有焉。……斯事体大，未有如报章之备哉灿烂者
也"[1]。谭氏试图从诸种不同的传统文体中吸收有益的成分，创造出更
有活力，更能适应报章的新文体，这一理想在梁启超那里得以实现。

谭嗣同具有深厚的古文功底。在《三十自纪》中，他说："嗣同
少颇为桐城所震，刻意规之数年，久自以为似矣。出示人，亦以为
似。诵书偶多，广识当世淹通娉壹之士，稍稍自惭，即又无以自达。
或授以魏晋间文，乃大喜，时时籀绎，益笃耆之。由是上自秦汉，下
循六朝，始悟心好沉博绝丽之文，……所谓骈文，非四六排偶之谓，
体例气息之谓也。"[2] 其文章，气势磅礴，热情奔放，古代的骈文缺乏
这种宏大的格局，倒是八股文里的好"长比"有这种气息。谭嗣同创
造性地运用骈偶，而又不拘束于狭义的骈偶内，灵活运用一些短小句
式，形成一种长排；同时突破骈偶、古文的语义局限，广泛纳入现代
词汇，尤其是关于科学知识、西方近代哲学、社会科学知识的一些词
语，并结合报章的特点，让人容易接受。

[1]《谭嗣同全集》，生活·读者·新知三联书店，1954 年，第 118—119 页。
[2]《谭嗣同全集》，生活·读者·新知三联书店 1954 年，第 204 页。

二、梁启超的报章文

1899 年，梁启超在《夏威夷游记》中提出"文界革命"的口号，主张改造文体，他认为日本三大新闻主笔之一的德富苏峰"善以欧西文思入日本文"，其文"雄放隽快"，使文界别开生面。"中国若有文界革命，当亦不可不起点于是也。"[1] 他希望诗文蕴含西方现代民主政治思想，从而获得一种不同于中国传统诗文的崭新特质。

梁启超创造的报章文体风行一时，这种文体"务为平易畅达，时杂以俚语及外国语法，纵笔所至不检束。学者竞效之，号'新文体'，老辈则痛恨，诋为野狐。然其文条理明晰，笔锋常带感情，对于读者，别有一种魔力焉"[2]。胡适指出其特点和影响，"梁启超最能运用各种字句语调来做应用的文章。他不避排偶，不避长比，不避佛书的名词，不避诗词的典故，不避日本输入的新名词。因此，他的文章最不合'古文义法'，但他的应用的魔力也最大"[3]。梁启超采用的措施，不是全部推倒传统诗文，而是借传统诗文以"竭力输入欧洲之精神思想"。这种"新文体"在内容和形式上都发生了重大变化。如他撰写的《罗兰夫人传》：

梁启超所写的《罗兰夫人传》

罗兰夫人柯人也？彼生于自由，死于自由。罗兰夫人何人也？自由由彼而生，彼由自由而死。罗兰夫人何人也？彼拿破仑之母也，彼梅特涅之母也，彼玛志尼、噶苏士、俾士麦、加富尔之母也。质而言之，则十九世纪欧洲大陆一切之人物，不可不母罗兰夫人；十九世纪欧洲大陆一切之文明，不可不母罗兰夫人。何以故？法国大革命为欧洲十九世纪之母故。罗兰夫人为法国大革命之母故。

这种文体的特点是大量对比使用短句，在反复中略有变化，由此形成一种强大的语势，产生强大的语言冲击力。

---

[1] 梁启超《夏威夷游记》，《饮冰室合集》，中华书局 1989 年版，第 191 页。

[2] 梁启超《清代学术概论》，上海古籍出版社，1998 年版，第 85—86 页。

[3] 胡适《五十年来中国之文学》，《胡适文集》(4)，人民文学出版社，1998 年版，第 350 页。

梁启超反对专制，崇尚思想自由，认为思想自由是文明发达的根源。国民没有思想自由，以传统的思想为自己的思想，以专制君主的思想为自己的思想，没有自己的主见，这等于沒有自己的头脑，这样的国民无异于行尸走肉，这样的民族无异于一具巨大的僵尸，缺乏生命活力。他接受了资产阶级的自由观，并把它作为自己著作的宗旨，特意著《自由书》。"西儒约翰弥勒曰，人群之进化，莫要于思想自由、言论自由、出版自由。三大自由，皆备于我焉，以名吾书。"[1]《时务报》时期，梁启超发挥了今文经学的精神，从事于有益于社会的实践活动。在他看来，参加由报刊发起的启蒙运动是最佳途径，其报章文就是这种实践的成果。

由于文界革命，僵化的桐城派古文、八股文和骈文等传统文体，逐渐为浅显畅达的新体散文所代替，"报章体"（或者说"新文体"，或"时务体""新民体"等）由此而生。梁启超的报章文热情洋溢，气势充沛，具有强烈的感染力，如《少年中国说》一文：

> 少年智则国智，少年富则国富，少年强则国强，少年独立则国独立，少年自由则国自由，少年进步则国进步，少年胜于欧洲，则国胜于欧洲，少年雄于地球，则国雄于地球。红日初升，其道大光；河出伏流，一泻汪洋。潜龙腾渊，鳞爪飞扬；乳虎啸谷，百兽震惶；鹰隼试翼，风尘翕张。奇花初胎，矞矞皇皇；干将发硎，有作其芒。天戴其苍，地履其黄。纵有千古，横有八荒。前途似海，来日方长。美哉，我少年中国，与天不老！壮哉，我中国少年，与国无疆！

《少年中国说》

文章把少年与老年相比较，把少年中国与老大帝国相比较，极力歌颂少年的朝气蓬勃，"少年中国"的壮丽景象，不拘格式，多用比喻，具有强烈的鼓动性与强烈的进取精神，寄托了作者希望造就一代新少年，建造一个新中国的美好理想。

---

[1] 梁启超：《自由书·序言》，《饮水室合集》专集之二，中华书局，1989年，第1页。

如果说谭嗣同侧重文体的融合，那么梁启超则侧重语言的融合。他一反严复的渊雅文笔，使用浅近文言，提倡新式文体，这受到康有为的重大影响。钱基博评论说，康有为诡诞大言，"言学杂佛、耶，又好称西汉今文微言大义，能为深沉瑰伟之思，实思想革新者之前驱。而发为文章，则糅经语、子史语，旁及外国佛语、耶教语，以至声光化电诸科学语，而冶以一炉，利以排偶，桐城义法，至有为乃残坏无余，恣纵不傥，厥为后来梁启超新民体之所由昉"[1]。报章体雅而不渊，畅而不俗，易于为读者接受。

晚清"新文体"产生了强烈的社会反响，极力赞成者有之，肆意攻击者有之。1902 年，黄遵宪致函《新民丛报》，反映这种文体产生的巨大影响，"乃至新译名词，杜撰之语言，大吏之奏折，试官之题目，亦剿袭而用之。精神吾不知，形式既已大变矣；事实吾不知，议论既已大变矣"[2]。1922 年，胡适在《五十年来中国之文学》中指出"新文体"魔力很大的原因：这种文字在当日确有很大的魔力。其原因约有几种：（1）文体的解放，打破一切"义法""家法"，打破一切"古文""时文""散文""骈文"的界线；（2）条理的分明，梁启超的长篇文章长于条理，最容易看下去；（3）辞句的浅显，既容易懂得，又容易模仿；（4）富于刺激性，"笔锋常带情感"。[3]"新文体"不拘一格，一切为"我"所用。它打破文体界限，打破文白疆界，充满激情，富有活力。它犹如一股飓风席卷晚清各界。官场上，大吏的奏折借鉴它；科场上，试官的题目采用它；报刊界，大小报人竞相模仿它。这种巨大的威力，这种深刻的影响激起复古派与顽固派的强烈反对。"新文体"是对桐城派古文"雅洁"的反拨，古文家严复一向讲求语言"雅训"。他翻译的"信、达、雅"标准以及他的翻译实践都体现了这个特点。语言驳杂不纯的"新文体"强烈地刺激着他敏感的神经，他痛斥"新文体"，谓"报馆之文章，亦大雅之所讳也"[4]。不仅如此，他还对梁启超进行人身攻击，"大抵任公操笔为文时，其实心救国之意浅，而俗谚所谓出风头之意多"[5]，企图消解"新文体"

的启蒙意义。然而，严复也不得不承认"任公文笔，原自畅达，其自甲午以后，于报章文字，成绩为多，一纸风行海内，观听为之一耸"[1]。他也认识到这种文体产生的巨大效应，"梁任公笔下大有魔力，而实有左右社会之能。故言破坏，则人人以破坏为天经。倡暗杀，则党党以暗杀为地义"[2]。顽固派叶德辉面对急速发展的新文体所运用的新词语，激切地说："观《湘报》所刻诸作，如热力、涨力、艾力、吸力、摄力、压力、支那、震旦、气垫、放线、血输、脑筋、灵魂、以太、黄种、白种、四万万人等字眼，摇笔即来，吾恐朱子欲废三十年科举之说，将行于近日。"[3] 还感慨地说："而后有新学之猖狂，有桐城湘乡文派之格律谨严，而后有今之《时务报》文之藩籬溃裂！"[4] 批评也罢，赞成也罢，谭嗣同、梁启超等人毕竟怀着强烈的使命感，极力主张使用新文体，他们采用浅近的文言、新的语汇入文。这种语言形式与报章特有的传播载体联系在一起，形成一种感染力极强的文体。报章体不仅在散文文体方面影响甚大，在思想文化方面则更是如此。

[1] 严复《与熊纯如书》，王栻《严复集》第三册，中华书局1986年版，第648页。
[2] 严复《与熊纯如书》，王栻《严复集》第三册，中华书局1986年版，第645页。
[3] 叶德辉《翼教丛编：湘省学约》，复旦《中国近代文学史稿》，中华书局1960年版，第174页。
[4] 叶德辉《翼教丛编：叶吏部与石醉六书》，复旦《中国近代文学史稿》，中华书局1960年版，第174页。

第四节　章太炎的论战文与述学文

　　章太炎，名炳麟，字枚叔，初名学乘，后改名绛，号太炎，早年又号"膏兰室主人""刘子骏私淑弟子"等，浙江余杭人，清末民初民主革命家、思想家、中国近代著名朴学大师。著名学者，研究范围涉及小学、历史、哲学、政治等等，著述甚丰。太炎之文，影响最大的是其论战文，其次是其述学文。

一、章太炎的论战文

　　鲁迅曾说太炎的"战斗的文章，乃是先生一生中最大，最久的业绩"[1]。庚子事变后，他不满自立会"一面排满，一面勤王"，与之公然决裂，去发时发表《解辫发》一文，宣誓革命。他既是伟大的革命宣传家，积极撰写批判维新派的立宪主张，又是积极的革命活动家，积极参加革命活动。

　　1900 年 7 月下旬，唐才常等改良派在上海张园召开"中国议会"，他们"一面排满，一面勤王"，章太炎对此非常激愤，与改良派公然决裂，"宣言脱社，割辫与绝"，声称与以孙中山为代表的革命派

---

[1] 鲁迅：《鲁迅全集》第六卷，人民文学出版社，2005 年，第 567 页。

为伍，不久在《中国旬报》第十九期上发表《解辫发》。顺治曾颁布了一道"留头不留发，留发不留头"的诏令，要求汉族官员改变"蓄发盘头"的汉族习俗，遵从"剃发梳辫"的满族习俗，这是清政府对汉人严酷统治的一种表现。那么，对汉人来说，解辫或剪辫就意味着反抗清政府统治，

章太炎　　　　　　《章太炎全集》书影

具有革命意义。《解辫发》尽管只有六百字，却意义深远，他是章太炎的政治宣誓，也是许多革命党人的政治宣誓。章太炎指出，发辫在中国古代一直被认为是夷狄之俗，"支那总发之俗，四千年无变更"，可是自从剃发令颁布后，满服发辫弥漫全国，许多故老深以为耻。由于满清统治中原两百多年，汉人"习夷俗久，……以为当然，无所怪愕"。而"日本人至，始大笑悼之"，"欧罗巴诸国来互市者，复蚩鄙百端……欧罗巴者，在汉为大秦，与天毒同柢，其衣虽迮小，方裕直下，犹近古之端衣，惟吾左辅之日本，亦效法焉，服之盖与箬桑门衣无异趣云"[1]。在章太炎看来，西服与汉民族服饰相近，穿西服既是对汉民族文化的继承，又是对西方文化的认同，对满族文化的排斥，特别是对清政府的反抗。

在《驳康有为论革命书》中，章太炎说：

> 长素足下：读与南北美洲诸华商书，谓中国只可立宪，不能革命，援引今古，洒洒万言。呜呼长素，何乐而为是耶？热中于复辟以后之赐环，而先为是龃龉不了之语，以耸东胡群兽之听，冀万一可以解免。非致书商人，致书于满人也！夫以一时之富贵，冒万亿不韪而不辞，舞词弄札，眩惑天下，使贱儒元恶为之则已矣；尊称圣人，自谓教主，而犹为是妄言，在己则脂韦突梯以佞满人已耳，而天下之受其盅

---

[1]《章太炎政论文选》上册，北京：中华书局，1977年，第148—149页。

惑者，乃较诸出于贱儒元恶之口为尤甚！吾可无一言以是正之乎？谨案长素大旨，不论种族异同，惟计情伪得失以立说。虽然，民族主义，自太古原人之世，其根性固已潜在，远至今日，乃始发达，此生民之良知本能也。长素亦知种族之必不可破，于是依违迁就以成其说，援引《匈奴列传》，以为上系淳维，出自禹后。

章太炎以犀利之笔揭露康有为主张立宪的本质，"夫以一时之富贵，冒万亿不赀而不辞，舞词弄札，眩惑天下，使贱儒元恶为之则已矣"。他极力倡导革命。在《革命军·序》中，他大肆揭露满清残酷统治中国的罪行，"夫中国吞噬于逆胡二百六十年矣，宰割之酷，诈暴之工，人人所身受，当无不昌言革命"。而一些封疆大吏和学者，如曾国藩、李鸿章、左宗棠、王船山等，"悖德逆伦"，不思反抗，诚斯可忍孰不可忍。他倡言革命：

> 夫中国吞噬于逆胡二百六十年矣，宰割之酷，诈暴之工，人人所身受，当无不昌言革命。然自乾隆以往，尚有吕留良、曾静、齐周华等持正议以振聋俗，自尔遂寂泊无所闻。吾观洪氏之举义师，起而与为敌者，曾、李则柔煦小人；左宗棠喜功名，乐战事，徒欲为人策使，顾勿问其题非枉直，斯固无足论者。乃如罗、彭、邵、刘之伦，皆笃行有道士也，其所操持，不洛、闽而金溪、余姚。衡阳之《黄书》，日在几阁，孝弟之行，华戎之辨，仇国之痛，作乱犯上之戒，宜一切习闻之。卒其行事，乃相缪戾如彼。材者张其角牙以覆宗国，其次即以身家殉满洲，乐文采者则相与鼓吹之。无他，悖德逆伦，并为一谈，牢不可破。故虽有衡阳之书，而视之若无见也。然则洪氏之败，不尽由计画失所，正以空言足与为难耳。
>
> ……
>
> 抑吾闻之，同族相代，谓之革命；异族攘窃，谓之灭亡；改制同族，谓之革命；驱除异族，谓之光复。今中国既灭亡于逆胡，所当谋者，光复也，非革命云尔。容之署斯

名，何哉？谅以其所规画，不仅驱除异族而已，虽政教、学
术、礼俗、材性，犹有当革者焉，故大言之曰"革命"也。

鲁迅极力赞扬章太炎的革命功绩，他说："考其生平，以大勋章
作扇坠，临总统府之门，大诟袁世凯的包藏祸心者，并世无第二人；
七被追捕，三入牢狱，而革命之志，终不屈挠者，并世亦无第二人：
这才是先哲的精神，后生的楷范。"[1]

二、章太炎的白话述学文

1926 年 8 月，周作人在《语丝》94 期上发表了《谢本师》一文，
对章太炎重政治而轻学问的做法表示深深的惋惜。周氏说，他在东京
《民报》社里听章太炎讲学，"当时先生初从上海西牢放出，避往日
本，觉得光复一时不易成功，转而提倡国学，思假复古之事业，以寄
革命之精神，其意甚悲，亦复可感"。并认为，尽管有些先哲做过他
思想的导师，但真正授过业，启发过他的思想，可以称作他的师者，
实在只有先生一人。可是，民国成立以来，"先生太轻学问而重经济
（经济特科之经济，非 Economics 之谓），自己以为政治是其专长，
学问文艺只是失意时的消遣"，这实在太可惜了，"先生倘若肯移了在
上海发电报的工夫与心思来著书，一定可以完成一两部大著，嘉惠中
国的后学"。

自言与刘师培"学术素同，盖乃千载一遇"[2]的章太炎，在刘氏
尝试白话述学文五年之后，也以《教育今语杂志》为阵地经营起白话
述学文来。此时，曾经因"学术素同"而与章太炎"情好无间"的刘
师培早已叛变革命，"依端方于江南"[3]。即便如此，曾以"二叔"（太
炎字枚叔、师培字申叔）并称的两位革命派大学问家不约而同地尝试
白话述学文的实践，其意义和影响仍不容低估。

章太炎在《教育今语杂志》刊发的白话述学文，计六篇，分别为
第一、二、三、四册之"社说"和第二册"群经学"栏目《论经的大
意》、第三册"诸子学"栏目《论诸子的大概》，署名"独角"。1921

---

[1] 鲁迅：《鲁迅全集》第六卷，人民文学出版社，2005 年，第 567 页。

[2] 章太炎：《再与刘光汉书》，《章太炎全集》（四），上海人民出版社，1985 年，第 157 页。

[3] 蔡元培：《刘申叔事略》，《刘申叔先生遗书》卷首，宁武南桂馨校印本，1936 年。

年收入《章太炎的白话文》一书时，原来无标题的加了标题，有标题的也做了变更。1921 年，在以白话文运动为标志的文学革命风起云涌之际，章氏将自己十年前刊发过的几篇旧文重新包装，公然打出"章太炎的白话文"旗号，可谓别有用心。但不管著作者和编者出于何种动机，这部充满戏剧性的著作的行世，无疑用事实证明了太炎先生早在五四白话文运动兴起之前就做过白话文，而且"以极浅显的白话，说最精透的学理，可以作为白话文的模范"[1]。如此说来，胡适定位的"复古的文家""古文学"的收束人物和"清代学术史的押阵大将"[2]，原来曾经是白话文的开路先驱。

《教育今语杂志》第一册《社说》谈论"中国文化的根源和近代学术的发达"，从中国开化、文字起源说起，集中讲述了三方面的内容：中国文字学、历史学和哲学（思想史），意在医治国人由于"不学"而造成的"崇洋"心理。第二册《社说》谈论"常识与教育"问题。第三册"社说"《论教育的根本要从自国自心发出来》，认为中国学说"大势还是向前进步"，强调教育的根本要以民族文化为基础。第四册"代社说"《庚戌会衍说录》，讲"留学的目的和方法"，主张德育、智育、体育并重；认为"求学不过开自己的智，施教不过开别人的智"，求智就要打破各种迷信，尤其是盲目崇洋的迷信；要在吸收外国学问的基础上，锻造具有自己民族特色的新的学问。[3] 章太炎所撰四篇"社说"的根本宗旨，意在反对学术文化思想方面的民族悲观主义和民族虚无主义，弘扬中国传统学术文化，树立民族自尊心和自信心。

《论经的大意》围绕"六经皆史"立论，"于群经源流派别，及传授系统，一一详言，以为读经之门"[4]。《论诸子的大概》对诸子九流十家之"源流分合，及各家宗旨之所在，胥明其故，俾国人得因以寻其涂辙也"；其对老子开九流著书的风气之褒扬，对九流十家各家"精深的道理"的点拨，对后世"做目录的一代不如一代"的讥刺，

---

[1] 吴齐仁：《编者短言》，《章太炎的白话文》，上海泰东图书局，1921 年，第 1 页。

[2] 胡适：《五十年来中国之文学》，《胡适说文学变迁》，上海古籍出版社，1999 年，第 114—119 页。

[3] 独角：《庚戌会衍说录》，《教育今语杂志》第四册，1910 年 6 月 6 日。

[4]《教育今语杂志章程》，《教育今语杂志》第一册，1910 年 3 月 10 日。

均显示出学问渊博的大师风范。[1]"提奖光复，未尝废学"的太炎先生论经讲学的根本宗旨，在于强调中国学术文化自有其不可磨灭的光彩与价值。

章太炎的白话述学文，大抵属于带有演说风的"拟演讲稿"，其拟想"听众"主要是留日学生和海外华侨。鉴于此，太炎先生在采取"浅显之语言"系统讲述国学经典"常识"的同时，还要考虑如何加强演说的现场效果，因而文中借题发挥之处颇多，涉及中国现实政治和学术思潮以及日本社会乃至汉学界的现状等。这样，其白话述学文在内容上就形成了谈学术而兼及社会批评的特点，既有国学和教育等领域的专门知识的讲述，又穿插了不少平易风趣的政治、社会和文化批评材料。而其语言风格，则是平易、活泼和风趣的。我们看一段太炎先生介绍伏羲、仓颉、孔子、老子的白话文：

> 中国第一个开化的人 不是五千年前的老伏羲么 第一个造文字的人 不是四千年前的老仓颉么 第一个宣布历史的人 不是二千四百年前的孔子么 第一个发明哲理的人 不是二千四百年前的老子么 伏羲的事 并不能实在明白 现存的只有八卦 也难得去理会它 其余三位 开了一个法门 倒使后来不能改变 并不是中国人顽固 其实也没有改变的法子[2]

太炎先生把四位中国历史上伟大的圣贤人物当作了普通人，他们不过是年长的长者，闻道在先的可爱的老先生，亲切中不失尊敬，拉近了古圣贤与今人的距离。同时，也使得文章的风格活泼而有风趣。

可见，"拟演讲稿"所带来的演说风格，使太炎先生的白话述学文成为与其文言述学文风格迥异的"文章"。这批数量不多却别具一格的白话述学文章，借助章氏在近代政坛、文坛和学术思想界的盛名，在传播知识和思想的同时，无意中提升了现代书面语的学术含量，从而为我们考察现代书面语的产生，提供了另一途径。

对于一向以"文笔古奥，索解为难"著称的经学大师章太炎来说，其对白话述学文的经营不仅难能可贵，而且用心良苦。太炎先生

---

[1] 参见独角《论诸子的大概》,《教育今语杂志》第三册，1910年5月8日。

[2] 独角:《社说》,《教育今语杂志》第一册，1910年3月10日。

怀着"保存国粹，振兴学艺，提倡平民普及教育"的宏愿，将国学的种子、民族的自尊、不迷信权威的科学精神及自强不息的信念，播撒给青年一代，期待着秋天的收获。然而最终收获的果实，却有些出乎其意料。他的几位高足参与其中且起到引领风潮作用的五四新文化运动和白话文运动，其思想之激进、反传统之彻底，均超出了章氏所能接受的心理底线。白话与文言已经发展到你死我活的对抗之途，这绝非太炎先生所愿；然而他开启的以白话述学之文风，确曾起到垂范后生的历史作用。

附刘师培的白话述学文

早在 1904 年，搭乘上民族民主革命列车的学术新星刘师培，就在《中国白话报》上连续发表了《学术》《中国理学大家颜习斋先生的学说》《黄黎洲先生的学说》《王船山先生的学说》《刘练江先生的学说》《中国思想大家陆子静先生学说》《泰州学派开创家王心斋先生学术》《西汉大儒董仲舒先生学术》等一批较为典型的白话述学文，其开创意义（尤其是文体和语体试验）应认真对待，不可等闲视之。

1904 年初的刘光汉，以"激烈派第一人"自诩，革命排满思想如日中天。他在《中国白话报》刊发的四十余篇白话文，题材大都涉及国学领域，思路均以讨论学术而隐喻民族主义和排满革命思想为旨归。其中，"学说"和"学术"专栏刊发的 11 篇白话文，属于较典型的述学文；"历史"专栏的 6 篇讲史之文和"传记"栏目的《孔子传》，也大体属于述学之文。而刊于《中国白话报》第 9 期"历史"栏目的《学术》篇，不仅讲述了中国历代学术之大略，而且为当下学术之发展制定了宗旨，指示了方向，可谓透视刘光汉述学之文的绝佳门径。

《中国白话报》"历史"专栏之《学术》篇，将西

刘师培

《中国白话报》第二期封面

人学术日有进步和中国学术日有退步的原因，归结为思想、言论、出版三大自由权之有无，并在反思批判中国学术不振之现状的基础上，高调标出当前从事学术建设所应遵循的三大宗旨：讲国学、讲民族、主激烈。这"两讲一主"三大指针，可说是解读刘师培白话述学文的"九字真经"。

刘师培的所有白话述学文可以说都是"讲国学"的典范。其所演述与表彰的颜习斋、黄黎洲、王船山、刘练江、陆子静、王心斋、董仲舒诸先贤的学说，以及以"学术"之名行"警语录"之实的《论责任》《说君祸》《讲民族》《说立志》诸篇，乃至探讨与考察中国历代学术、兵制、田赋、刑法、宗教、教育及中国历史大略的"历史"专栏的白话论说文，其题材和内容都属于"国学"的范畴。其"讲国学"的基本动机和目的，主要是想从先哲身上发掘出中国本土学术矿藏中蕴藏的具有革命性或建设性的思想源泉。他从中国先哲留下的学术遗产中着意打捞的，主要有经世思想、民权观念、法制精神、夏夷之辨等理论资源，以及独立、自强、平等之精神源泉。

刘师培所谓"民族"，乃狭义的大汉民族，服务于排满革命之宗旨。《中国白话报》第 14 期"学术"专栏《讲民族》一文，可说是集中国历代大学问家"讲民族"言论之大成，民族主义观念在中国本土学术思想史上可谓源远流长。他褒扬王夫之，看重的是其作为"排外大家"的一面，言其"一生的学问，都是攘夷的宗旨"；演述船山先生的学说，着意阐发的是其"攘夷宗旨"的两个层面：攘夷的道理和攘夷的法子，称其为"王先生顶大的学问"[1]。他阐发《春秋公羊传》之大旨，称"大半都是言内夏外夷的"，"所以夷狄乱华，是董子最伤心的事情"，"可见董子的宗旨，还是主张攘斥夷狄的"。[2] 至于其论政之文和讲史之文中体现出来的狭隘的民族主义观念，更是不胜枚举。

《刘练江先生的学术》则是其践履"主激烈"宗旨的范文。他追封明朝万历年间的扬州同乡刘练江先生为"中国激烈派"和"绝大的学问家"，言其平生以"恨人平和""恨人中立"为宗旨，举凡乡愿、中庸、圆通、持平、模棱等态度，都是他痛恨和反对的，视之为患得

---

[1] 光汉：《王船山先生的学说》，《中国白话报》第 7 期，1904 年 3 月 17 日。
[2] 光汉：《西汉大儒董仲舒先生学术》，《中国白话报》第 21—24 期，1904 年 10 月 8 日。

患失、趋利避害的表现。[1] 以"中国激烈派第一人"自诩的刘光汉最后发挥道："这种没有知识的人，叫做下等动物；这种没有热心的人，叫做凉血动物；这种没有风骨的人，叫做无肌骨动物。现在的中国，都不外这三种的人，哪里能够独立呢？"[2] "光汉"时期的刘师培，大张革命排满之帜，主张激烈的破坏主义。

　　排满革命的宣传家的激烈，思想敏锐的学问家的识见，根柢深厚的文章家的笔力，共同建构了刘光汉集思想性、知识性和趣味性于一炉的白话述学文。其白话述学文语体，既与文言文表达判然有别，也与成熟的古白话书面语有着明显差异，从语汇、语法到结构都体现出鲜明的口语表达特征。大体而言，接近模拟官话写作，不避古语、俗语和外来词，言简意赅，平易而富赡。

[1] 光汉：《刘练江先生的学术》，《中国白话报》第 9 期，1904 年 4 月 16 日。
[2] 光汉：《刘练江先生的学术》，《中国白话报》第 9 期，1904 年 4 月 16 日。

第五节　章士钊的论战文与逻辑文

　　由于历史的发展，时代的需要，新的散行文体不断萌生。作为时代战斗檄文的"逻辑文体"随着报刊的不断发展而迅速发展，并逐渐成熟，其代表人物是章士钊。胡适认为，"甲寅派的政论文在民国初年几乎成一个重要文派。……这一派的健将，如高一涵、李大钊、李剑农等，后来也都成了白话散文的作者。"[1]

　　章士钊（1881—1973），字行严，笔名黄中黄、烂柯山人、孤桐、青桐、秋桐等，汉族，湖南善化（今长沙）人。著名民主人士、学者、作家、教育家和政治活动家。曾任《苏报》主笔，后留学日本。1914年5月，李士钊与陈独秀等在东京创办《甲寅》杂志，提倡共和，反对袁世凯。章士钊是严复之后近代中国精通逻辑学的

章士钊

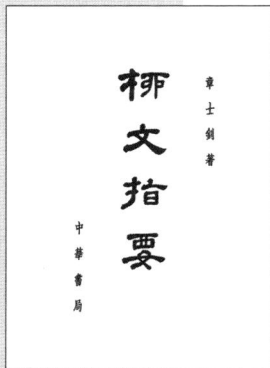
《柳文指要》

---

[1] 胡适：《五十年来中国之文学》，《胡适文集》（4），人民文学出版社，1998年，第122页。

第一人，他不仅逻辑学的学术造诣深厚，而且在运用逻辑思想撰写政论方面卓有成就，可谓开一代风气。

章士钊的逻辑文有两方面内容，即论革命和论政。他论革命的时间相对较短，而论政的时间较长，前者主要集中于清末的数年间，后者基本上伴随他前大半生。他具有深厚的传统古文功底，好唐宋八大家而独崇柳宗元，撰有《柳文要旨》。章氏借刘子厚之言综论道："子厚《答韦中立书》，自道文章甘苦，有曰：'参之《谷梁》以厉其气，参之孟、荀以畅其支，参之老、庄以肆其端，参之《国语》以博其趣，参之《离骚》以致其幽，参之太史以著其洁。'夫于气则厉，于支则畅，于端则肆，于趣则博，于幽则致，于洁则著，相引以穷其胜，相剂以尽其美，凡文章之能事，至此始观止矣。就中洁之云者，尤为集成一贯之德，有获于是，其余诸德自帖然按部而来，故子厚殿以为文章之终事。自来文家，美中所感不足，盖莫逾'洁'字之道未备。韩退之《致孟东野书》，一篇之中至连用'其'字四十余次，此科以助词未甚中程，似不为过。苏子瞻论文，谓'宜求物之妙，使了然于口于手'，此独到之见，恒人所无。然东坡之文，往往泥沙俱下，气盛诚有之，言宜每不尽然。为宜之道则奈何？曰：凡思之未慊于意者，勿著于篇。凡字之未明其用者，勿厕于句。力戒模糊，鞭辟入里，洞然有见于文境、意境，是一是二，如观游涧之鱼，一清见底，如察当檐之蛛，丝络分明。命意遣词，所定腕下必遵之律令，不轻滑过，要其归于洁而已矣。"[1] 这就是章士钊论文之要旨。

一、章士钊的论战文

章士钊的论战文与他的革命思想和革命活动密切相关。晚清，章士钊思想十分激进，是时代的革命急先锋。当时在江南陆师学堂求学的章士钊对沙俄撕毁中俄条约，企图长期霸占东北的恶劣行径十分愤慨，毅然参加拒俄运动。他不顾学堂总办俞明震劝阻，率陆师同学三十余人赴上海，加入蔡元培等人组织的军事民教育会。不久他被聘为上海《苏报》主笔，经常发表激烈的革命言论，并因此结识了章太炎、张继、邹容，他们意气相投，结拜为兄弟，这是一群革命兄弟。

---

[1] 钱基博：《现代中国文学史》，上海书店出版社，2004 年，第 350—351 页。

在《苏报》上，他满腔热情地向读者推荐了邹容的《革命军》，同时发表自己的《读〈革命军〉》一文，盛赞其革命意义。章氏认为，教育普及在于求知识，练技能，而不同的人在知识与技能方面的职责不同，奴隶主义者"以其知识技能尽奴隶之职"，国民主义者"以其知识技能尽国民之职"，进而指出：

> 夫以奴隶主义之人，而增其知识，练其技能，则适足以保守其奴隶之范围，完全其奴隶之伎俩，将使奴隶根性，永不可拔。是其非教育界之罪人，而我国民之公敌哉！居今日我国而言教育普及，惟在导之脱奴隶就国民。脱奴隶就国民如何？曰革命。[1]

在章士钊看来，通过革命思想的教育与革命行动，能够把奴隶主义者教育或改造成国民主义者。要达此目的，就必须推翻清政府的专制统治："今日世袭君主者，满人。占贵族之特权者，满人。驻防各省以压制奴隶者，满人。夫革命之事，亦岂有外乎去世袭君主、排贵族特权、复一切压制之策者乎？是以排满之见，实足为革命之潜势力，而今日革命者，所以不能不经之一途也。"[2] 章氏的革命排满思想跃然纸上。他最后指出，《革命军》是今日国民教育之第一教科书。后来他又写了一篇《杀人主义》，文中说："读法兰西革命史，遥想当年，杀气冲天，悲声遍地；独夫民贼处于末路，而英雄志士，豪兴勃发，不可遏止。今天情况也如此，'借君颈血，购我文明，不斩楼兰死不休'。"文章最后指出："路易死法乃强（指法国大革命），英去美乃昌（指美国独立战争），毋馁尔气，毋蹈尔错，插义旗于大地，复政府于中央，扫除妖孽，还我冠裳，时则独立厅建自由钟，率我四百兆共和国民，开一杀人之大纪念会，以示来者于弗忘。"他高呼"扫除妖孽，还我冠裳"，"建自由钟"，造"共和国民"。[3]

为了更好地宣传革命思想，章士钊特意以日本宫崎寅藏所著《三十三年落花梦》为底本，编译成《大革命家孙逸仙》一书，并撰

---

[1] 章士钊：《读〈革命军〉》，李妙根编选《章士钊文选》，上海远东出版社，1996年，第1页。
[2] 章士钊：《读〈革命军〉》，李妙根编选《章士钊文选》，上海远东出版社，1996年，第2页。
[3] 章士钊：《杀人主义》，《苏报》，1903年6月22日。

写自序，在其端曰：

> 孙逸仙，近今谈革命者之初祖，实行革命者之北辰，此有耳目之所同认。今中黄之译录此书，标之曰"孙逸仙"，岂不尚哉？而不然。孙逸仙者，非一氏之新私号，乃新中国新发露之名词也。有孙逸仙而中国始可为，则孙逸仙者，实中国过渡虚悬无薄之隐针。天相中国，则孙逸仙之一怪物，不可以不出世，即无今之孙逸仙，吾知今之孙逸仙之景与魍魉亦必照此幽幽之鬼域也。世有疑吾言乎？则请验孙逸仙之原质为何物，以孙逸仙之原质而制作之又为何物。此二物者，非孙逸仙之所独有。不过吾取孙逸仙而名吾物，则适成考孙逸仙而已。既知此义，则谈兴中国者，不可脱离孙逸仙三字，非孙逸仙而能兴中国也，所以为孙逸仙者而能兴中国也。然则孙逸仙与中国之关系，当视为克虏伯炮弹成一联属词，而后不悖此书本旨。吾，黄帝之子孙也。有能循吾黄帝之业者，则视为性命所在，且为此广义，以正告天下，以视世之私谊相标榜，主张伪说迷惑天下者，读此书当能辨之矣。共和四千六百一十四年八月二十日。[1]

《苏报》

《三十三年落花梦》

该著作突出孙逸仙的革命事迹，在当时产生了很好的革命影响，促进了革命思想的广泛传播。

二、章士钊的逻辑文

章士钊成就最大的是论政文，其着重从理论和实践两方面论述了国家政权的组织形式及其实施，具有严密的逻辑性，可称为逻辑

---

[1] 转引自钱基博《现代中国文学史》，上海书店出版社，2004年，第352—353页。

之文。

《苏报》案后，章士钊回到湖南，在长沙与黄兴创立华兴会，与洪帮哥老会联合举事，失败后亡命日本。未几，他"顿悟党人不学，妄言革命，祸发且不可收拾，功罪必不相偿，渐谢孙文、黄兴，不与交往，则发愤自力于学"[1]。是时，章太炎出狱赴日，与孙毓筠一起强邀章士钊加入同盟会，共图大事。章士钊一直不答应。于是，大家献计，认为如果能够使时任同盟会英文书记的吾弱男与章士钊婚配，章士钊一定就范。吾弱男为名门名媛，"清末四公子"之一的吴保初的女儿，正值青春妙龄，年十七八岁，倜傥好事、通晓中英文；而章士钊也只有二十四岁，风华正茂。他俩自由缔婚，而章士钊终不入会。1907 年，章士钊进入苏格兰大学治逻辑学，得到戴慰孙教授（Prof. Davidson）的锐意奖藉，"自是践履逻辑途径，步步深入，兴会亦缘而高"，1918 年应陈独秀之邀任北京大学文科研究院教授，讲授逻辑学。1930 年，至东北大学讲授名理，"以墨辩与逻辑杂为之"，试图融中西逻辑思想于一体。他在《〈逻辑指要〉自序》中指出："寻逻辑之名，起于欧洲，而逻辑之理，存乎天壤，其谓欧洲有逻辑中国无逻辑，謷言也，其谓人不重逻辑之名而即未解逻辑之理者，尤妄说也。且欧洲逻辑外籀部分，自雅理士多德以至十七世纪，沉滞不进，内籀则雅理诸贤未或道及，自倍根著新具经，此一部分始渐开发，逻辑以有今日之仪容。若吾之周秦名理，以墨辩言，即是内外双举，从不执一以遗二……"[2] 章士钊是严复之后近代中国精通逻辑学的第一人，他不仅逻辑学的学术造诣深厚，而且在运用逻辑思想撰写政论方面卓有成就，可谓开一代风气。他曾说"文自有逻辑独至之境，高之则太仰，低焉则太俯，增之则大多，减之则太少，急焉则太张，缓焉则太弛，能斟酌乎俯仰、多少、张弛之度，恰如其分以予之者，唯柳予厚为能，可谓宇宙之至文也"[3]。其逻辑严密的政论文章常常刊登国内报刊，介绍西欧各派政治学说，力主"为政尚异"思想，对当时中国政坛很有影响。"先生之文，词旨渊稚，思理缜密，凡有述作，咸

---

[1] 王森然：《近代名家评传》初集，北京：生活·读书·新知三联书店，1998 年，第 354 页。
[2] 章士钊：《〈逻辑指要〉自序》，李妙根编选《章士钊文选》，上海远东出版社，1996 年，第 394 页。
[3] 同上，第 355 页。

有典则。所以《甲寅杂志》以出，风行海内，《甲寅》周刊印行，七日中接函二千三百件，大抵读其文而喜与来复者（后晶报后题），何其盛也。"[1]

民国肇造，百废待举，而立国会、兴民权等为当务之急。章士钊深明宪法，通晓政情，为革命党人所器重，欲纳其入同盟会，遭到章氏的婉言谢绝。于是，章士钊被攻讦，被污与立宪党有瓜葛。他曾与人言自己独立的政治立场："《民立报》革命党机关，光复时声光最盛，南京政府既立，同盟会人执政，南方新闻，群以立宪派嫌怨，遇事不敢论列，《时报》至数周不载社论，当时惟《民立报》有作诤友之资地，于右任复以言论独立颂言于人。弟因缘入该社，与右任要约，务持独立二字不失，冀于同盟会炙手可热之时，以中道之论进，使有所折衷，不丧天下之望，此种设想本不自量，至其心则无他也。自从《民立报》与同盟会提携之道，不出于朋比而出于扶掖，弟意有所不可，辄不安为假借，有时持论，势不得不与党人所见取义互有出入，而卒以此伤同盟会人之心。夫伤其心，宜也，弟决不以为彼等咎。……以共和之邦，文网尔密，弟决不愿更争旦夕之命也。……今民国既建，革命已成，险阻艰难变为荣华，依附末光，此其时矣，胡乃以吴稚晖、张搏泉、于右任之敦劝，而弟不入同盟会，以黄克强、胡经武之推挽，而弟复不入国民党。弟始终持此，弟自有其一人之见，人尽议其刚愎，尽訾其别有用心，而以明弟不借革命党之头衔自重，要为有余。弟被骂甚，革命党中之知弟者，每举弟昔年实行诸迹以谋间执，无论彼等可曰弟始革命而终保皇，其口仍不可以间执也，即间执矣，而弟谓大是隔靴搔痒之事。夫民国者，民国也，非革命党所得而私也。今人深体挽近国民权利，自有为于其国。宁有以非革命党之故，而受人非礼之排击者。弟固让一步承之。弟固不为政闻社员，而亦让一步应之。凡此俱不足以使弟自生惭怍，退然无动，且正以革命党贪天之功，于稍异己者，妄挟一顺生逆死之见以倒行而逆施，行见中华民国汩没于此辈骄横卑劣者之手而不可救，愈不得不困心横虑，谋有以消其焰。吾舌可断，斯言不可毁也。"[2] 章士钊坚持自己的独立政见，不为名，不求利，与革命党相左，誓言九死而不悔。

[1] 王森然：《近代名家评传》初集，北京：生活·读书·新知三联书店，1998 年，第 293 页。
[2] 钱基博：《现代中国文学史》，上海古籍出版社，2004 年，第 357—360 页。

袁世凯任临时大总统时，欲重用章士钊，让他主持宪法，享受高官厚禄。章士钊趁夜逃遁，抵达上海，造访黄兴，策划在南京举兵，并呈递讨袁檄文，二次革命遂起。事后，章士钊亡命日本，创办《甲寅》杂志，以发表自己与袁世凯集权制迥异的联邦论。

1914 年，章士钊提出了人类社会政治文明建设的一个根本性问题，即"政本"。他指出：

> 　　先生释为政之本，曰："在有容"。何谓有容？曰："不好同恶异"。欲得是说，最宜将当今时局不安人心惶惑之象，爬罗而剔抉之，如剥蕉然，剥至终层，将有见也。往者清鼎既移，党人骤起，其所以用事。束缚驰驱，卤莽之弊，随处皆有；国人乃皇皇然忧，以谓暴民终不足以言治。群相结合，肆其牴排，有力者利之，从而构煽，鬼蜮万状，莫可迫穷；党人不胜其愤，暴起蹶如，如黔之驴，卒为耽耽者断喉尽肉以去。[1]

他认为，为政之道在于"有容"，在于"不好同恶异"。这是他主张两党制的学理基础，执政党应借反对党之刺激而维持其进步。他进一步指出："为国如为医然，得其方则治；否则亡。其方为何？曰：为政在人！人存而政即举。政治为枝叶，人才为根本。用才云者，乃尽天下之才，随其偏正高下所宜，无不各如其量以献于国。……有一分之才，务得一分之用。毋投间，毋猎进，用为所学，学为所用，于是天下之智勇辩力，各得其所。太息之声，不闻于陇畔，责任之重，尽肩于匹夫。……君子曰：为政有本，不好同恶异，斯诚政之本矣。"[2] 他把为政与用人联系起来，"政治为枝叶，人才为根本"是他的洞见，人尽其才，才尽其用，综合采纳各种不同的意见，才能更好地施政。

不久，章士钊又发表《学理上之联邦论》等一系列关于政体的文章。他论述到：

---

[1] 王森然：《近代名家评传》初集，北京：生活·读书·新知三联书店，1998 年，第 296 页。
[2] 王森然：《近代名家评传》初集，北京：生活·读书·新知三联书店，1998 年，第 297 页。

　　……欲知联邦之为何物，兹或不无小补。至物之为美为恶，终俟读者自为权衡，故今番所陈，亦由之而赞否可得以施，非欲垄断他人思想之力也。愚因之有感矣，联邦之说，微露于辛亥革命之际，徒以倡统一者专制舆论，说乃不张，偶有言之，辄指目为暴乱，恭者追论，至今犹觉龂龂。愚为此言，非叹息斯说之见杀于当日，纵令不尔，施行之结果，亦未必良。特近顷以来，统一之失，日益章明，智者发策以虑难，贤者虚衷而求治，恍若联邦之制，行之有道，容足奠民生于安利，拯国命于纷纠。愚也政识不周，实际上此制是否可行，愿闻贤豪长者之教，但在理想上，联邦之论必当听其独立发展，政府不加禁斥之词，社会不表闭拒之态，乃愚所绝对主张。凡在一国政治之事，有两领域，广袤等焉，一即实际，一即理想。无实际政治无由行，无理想政治无由进，前者政家所为，后者哲家所为。政学两派融和而并迈，固最足尚，苟不可得，即一时之舛迕，亦无所防，要之一国有政而无学，举所施厝，皆苟且颟顸之为，而无辨理析义之士，盾乎其后，其国将不足以久存。是故史家记政治史与思想史并重，盖舍思想而言政治，亦如无本之泉，涸可立待已耳，不足称也。

　　在他看来，联邦制有三个要点，即"组织联邦，邦不必先于国"；"邦非国家，与地方团体相较，只有权力程度之差，而无根本原则之异"；"实行联邦，不必革命，所需者舆论之力而已"。他宣称联邦制可以用舆论力量达到革命的目的，引证西文学说，结合中国政治实际，为时人重视。

　　章士钊逻辑严密的政论文章常常刊登于国内报刊，介绍西欧各派政治学说，力主"为政尚异"思想，对当时中国政坛有很大影响。他认真研究过论理学，其文章的长处在于文法严谨，论理完美。他既受到严复的影响，又受到章太炎的影响，其文章有严复的严谨与修饰，而没有他的古癖；有梁启超的清晰条理，而没有他的堆砌之弊。他使用古文，又有点欧化，却使古文变得紧密、繁复，使古文焕发活力。[1]
罗家伦认为，《甲寅》杂志"在民国三四年的时候，实在是一种代表
时代精神的杂志，政论的文章，到那时候趋于最完备的境界，即以文
体而论，则其论调既无'华夷文学'的自大心，又无'策士文学'的
泛泛气；而且文字的组织上又无形中受了西洋文法的影响，所以格外
觉得精密"[2]。钱基博曾说："自衡政操论者习为梁启超排比堆砌之新
民体，读者既稍稍厌之矣，于斯时也，有异军突起，而痛刮磨湔洗，
不与启超为同者，长沙章士钊也。大抵启超之文，辞气滂沛而丰于情
感，而士钊之作，则文理密察而衷以逻辑。逻辑者，侯官严复译曰名
学者也。惟士钊为人，达于西洋之逻辑，抒以中国之古文，绩溪胡适
字之曰欧化的古文，而于民国初元之论坛顿为改观焉。"[3] 由此可见士
钊之文在近代政论文中的重要地位。

---

[1] 胡适：《胡适说文学变迁》，上海古籍出版社，1999 年，第 122 页。
[2] 罗家伦：《近代中国文学思想的变迁》，《新潮》，1920 年第 5 号。
[3] 钱基博：《现代中国文学史》，世界书局，1935 年，第 351 页。

第六节　林纾的古文

　　林纾是清末民初文学翻译界的一代宗师，著名的古文家、诗人、画家和小说家，五四新文学的"不祧之祖"，为古文的传承、西方小说的译介做出了杰出的贡献。

林纾像

　　林纾（1852—1924 年），字琴南，号畏庐、畏庐居士，别署冷红生，晚称六桥补柳翁、春觉斋主人，室名春觉斋、烟云楼等；福建闽县（今福州）人，中国近代文学家、翻译家、书画家，译介泰斗、古文殿军。林纾自幼十分刻苦，勤奋好学。光绪八年（1882）举人，会试不第，一生未仕。光绪二十三年（1897）任"苍霞精舍"中学堂汉文总教习，主授《毛诗》和《史记》。后居杭州，主讲东城讲舍。光绪二十六年（1900）入京，主讲五城学堂，曾任教于京师大学堂、正志学校。以经济特科被荐，辞而不应。后在北京专以译书售稿与卖文卖画为生。1924 年病逝于北京，享年 72 岁。著作有《畏庐文集》《续集》《三集》《春觉斋论文》《讽喻新乐府》《巾帼阳秋》等 40 余部，翻译了 170 多部外国文学著作。

林琴南对古文的贡献包括四个方面：用古文翻译的小说、古文创作、古文选评、古文研究及古文教学。他试图力延古文之一线。这里只概览前二者，忽略后二者。

一、林译小说的古文成就

林琴南涉足翻译，纯属偶然。那年，林氏爱妻仙逝，林琴南落落寡欢。友人魏瀚、王寿昌怂恿他借翻译茶花女故事消愁解闷。于是，由精通法语的王寿昌照着原版《茶花女》口述，林琴南才思敏捷，一边仔细聆听，一边奋笔疾书。当故事发展至动人处，林琴南竟掩卷痛哭，不能自已，"余既译《茶花女遗事》。掷笔哭者三数，以为天下女子性情，坚比士大夫"。不久《巴黎茶花女遗事》便以"冷红生"为译者付梓印行，出版后轰动一时。当时有人评点："中国近有译者，署名冷红生笔，以华文之典料，写欧人之性情，曲曲以赴，煞费匠心，妙语穿珠，哀感顽艳，读者但见马克之花魂，亚猛之泪渍，小仲马之文心，冷红生之笔意，一时都活，为之欲叹观止。"[1] 林纾翻译的《巴黎茶花女遗事》摘录如下：

> 马克常好为园游，油壁车驾二骡，华妆照眼，遇所欢于道，虽目送之而容甚庄，行客不知其为夜度娘也。既至园，偶涉即返，不为妖态以惑游子。余犹能忆之，颇惜其死。马克长身玉立，御长裙，仙仙然描画不能肖，虽欲故状其丑，亦莫知为辞。修眉媚眼，脸犹朝霞，发黑如漆覆额，而仰盘于顶上，结为巨髻。耳上饰二钻，光明射目。

《巴黎茶花女遗事》

这段译文古色古香，勾画了马克美丽动人的形象。难怪胡适在《五十年来中国之文学》中评说："平心而论，林纾用古文做翻译小说的试验，总算是很有成绩的了。古文不曾做过长篇的小说，林纾居然

---

[1] 邱炜萲：《客云庐小说话》，阿英：《晚清文学丛钞·小说戏剧研究卷》，北京：中华书局，1960年，第408页。

用古文译了一百多种长篇的小说。古文里有很少滑稽的风味，林纾居然用古文译了欧文和迭更司的作品。古文不长于写情，林纾居然用古文译了《茶花女》与《迦茵小传》等书。古文的应用，自司马迁以来，从没有这种大的成绩。"胡适充分肯定了林译小说在体制、内容、风味上对传统古文的突破。

"林译小说"滋养了鲁迅、郭沫若、茅盾、郑振铎等一大批"五四"新文学家。鲁迅曾多次在文章中提及林琴南的翻译。他在《且介亭杂文二集》中曾说："绍介已经闻名的司各德，迭更司，狄福，斯惠夫福的，竟是只知汉文的林纾。"在与友人信中也说："当时流行林琴南用古文翻译的外国小说，文章确实很好……"周作人翻译《红星佚史》，是受林纾翻译的《埃及金塔剖尸记》影响和启发。郭沫若也曾说，林译小说当时很流行，他最嗜好读《迦茵小传》。这部著作原本没有什么地位，但经林琴南的那种简洁古文译出来，就大为增色，广泛流传。钱锺书也认为，古文风格的"林译小说"比林纾所译的西洋文学原著还好，诙谐者留之，啰唆者去之，既传达原著风格韵味，又以古文义法来解构西洋小说，对原著中之弱笔处加工、改造和润色，把语感和文体分开，融会贯通，使古文"不古、不纯、不雅"，因势因境因时而变，扩展了桐城派古文之空间。他还对林译小说做了历史定位："林纾的翻译所起'媒'的作用，已经是文学史上公认的事实，我自己就是读了他的翻译而增加学习外国语文的兴趣的。商务印书馆发行的那两小箱《林译小说丛书》是我十一二岁时的大发现，带领我走了一个新天地，一个在《水浒》《西游记》《聊斋志异》以外另辟的世界。"（钱锺书《林纾的翻译》）钱锺书是学贯中西而又博通古今的学术大师，他对"林译小说"的高度评价绝非溢美之辞。

二、林纾创作的古文成就

林纾的古文创作，有的描写风景名胜，有的抒发爱国思亲之情，有的是杂记与杂感。他的古文创作与其性格关系密切，他纯朴忠厚，耿直刚正，讲究忠孝节义，乃血性之人。其写人记事之作，描绘世态人情，抒发人间况味，情意盎然，感人至深。

《苍霞精舍后轩记》是一篇精致的叙悲之作。第一段交代"苍霞洲"的环境。第二段追叙往事，以琐事写深情，以乐景写哀情，富有极强的艺术感染力。作者选取生活中的几个细节，"宜人病，常思珍味，得则余自治之。亡妻纳薪于灶，满则苦烈，抽之又莫适于火候，亡妻笑"。夫妻俩在厨房为病中的母亲准备膳食的情景清晰如画，"亡妻笑"，"一家相传以为笑"，极写其乐融融的情景。第三段写母逝妻亡的感伤。作者用教女儿诵读杜诗以破除家庭沉闷的氛围，来衬托妻子由"疲"至"病"乃"卒"的沉重气氛，表现了作者对妻女的深深怀念之情。第四段由往事转入当下，"栏楯楼轩，一一如旧，斜阳满窗，帘幔四垂，乌雀下集，庭墀闃无人声"。母逝妻亡，母亲寝轩之双扉紧闭，其上妻子留下的一针一线犹在，作者不免感慨万分，物是人非，简直是欲哭无泪。第五段点明主题，记轩叙悲。林纾写人叙物，感情充沛。张僖《畏庐文集序》云："畏庐，忠孝人也，为文出之血性。"又说："畏庐文字，强半爱国思亲作也。"所谓"爱国思亲"之作，大抵皆遗老感时伤事之言，亦即史称其文之"尤善叙悲，善吐凄梗，令人不忍卒读"者。苏雪林说，林纾"天性纯厚，事太夫人极孝，笃于家人骨肉的情谊。读他《先母行述》《女雪墓志》一类文字，常使我幼稚心灵受着极大的感动"[1]。

　　林纾的古文素养极其深厚，时人往往目之为桐城派，实际上他已经超越了桐城一派。1921年5月，林纾在上海拜访康有为，康氏问林纾为何学桐城。林纾说，生平读书寥寥，左、庄、班、马、韩、柳、欧、曾外，不敢问津，于归震川则数周其集，方、姚二氏，略微寓目而已。有为怃然。林纾因论《史记》菁华，颇为震川所撷取。还说，"文安得有派，学古者得其精髓，取途坦正，后生遵其轨辙而趋，不知者遂目为派。然则程朱学孔子，亦得谓之曲阜派耶！"[2] 林纾自言他的古文无派，当然他也无所谓党，无党无派的林纾被新文学家树立为"桐城谬种"之靶子，穷追猛打，原因何在？至于林纾其人其文，苏雪林早有论述，不容笔者赘言，苏雪林说："读他的作品，我因之而了解文义，而能提笔写文章，他是我幼年时最佩服的一个文士，又是我最初的国文导师。""总之，林琴南先生可谓过去人物了，

---

[1] 苏雪林：《林琴南先生》，《苏雪林文集》第二卷，安徽文艺出版社，第374页。（电子图书，缺版权页）

[2]《林畏庐先生学行谱记四种》，《民国丛书》第三编之七十六，上海书店影印本，第45—46页。

但我个人对他尊敬钦慕之心并不因此而改。他是一个典型的中国读书人，一个有品有行的文士，一个木强固执的老人，但又是一个有血性，有骨气，有操守的老人！"[1]

---

[1] 苏雪林：《林琴南先生》，《苏雪林文集》第二卷，安徽文艺出版社，第 372 页。(电子图书，缺版权页)

第六章

清末民初的翻译文学

第一节 清末民初翻译文学的发展概况

中国翻译传统源远流长。早在近代以前，中国历史上就曾出现过两次翻译高潮。第一次是自汉末至宋初绵延十多个世纪的大规模的佛经翻译运动，鼎盛期在唐代，翻译主体是西域高僧。这一历时千载的佛经翻译运动，对中国文化各个层面都产生了深远影响，中国的哲学思想、本土信仰、社会风尚、宗教组织以及语言、文学、民间文艺等，都因为佛学通过翻译在中国传播而为之发生新变。第二次高潮是明末清初的科技翻译，翻译主体是来自欧洲的耶稣会传教士。通过翻译，他们将国外的天文、地理和自然科学知识引进中国，这不但直接影响了当时的先进士大夫阶层，也间接启发了两个多世纪之后的晚清自强革新运动中的知识分子群体。晚清以降出现的大规模的西学翻译活动，可视为中国历史上的第三次翻译高潮，在其中扮演主要角色的则是近代中国的知识分子。而中国近代有意识、成规模的文学翻译，则迟至甲午战争之后才出现，在 20 世纪初掀起高潮，并迅速形成繁荣局面。

洋务运动期间，国内最有代表性的几家译书机构，京师同文馆（1862 年创办）以译述公法书籍为主，江南制造局翻译馆（1867 年创办）以翻译自然科学和应用技术方面的基础理论书籍为主，广学会

（1887 年创办）以译述与宗教相关的书籍为主。甲午败绩之后，国人渐知西方富强之术尤在其制度与学术。嗣后，译介西方政治、历史、法律、教育、哲学等社会科学类著作的风气渐开。1896 年，梁启超撰《西学书目表》，首列西学（算学、电学、化学、声学、光学、天文等）诸书，次列西政（史志、官制、学制、法律等）诸书，再次为杂类（游记、报章等）之书，根本不提西洋文学书籍。在以"致用"为目的的译书原则指导下，并非"有用之书"的西洋文学作品不为时人所重，尚未提到翻译日程上来。

如果不把外国传教士宣传基督教义和西方文明的文字中夹杂的一鳞半爪的文学译作纳入考察范围的话，中国近代翻译文学的萌芽当始于 19 世纪 70 年代。1871 年，王韬、张芝轩合作编译的《普法战纪》，可视为近代散文翻译之滥觞；其中的《法国国歌》（即《马赛曲》）和德国《祖国歌》，可视为近代翻译诗歌之肇端。1873 年，蠡勺居士翻译的英国长篇小说《昕夕闲谈》在近代第一份文艺杂志《瀛寰琐记》连载，这一标志性事件，可视为近代翻译小说之起点。但总体而言，此时期西方文学之价值尚未为国人所认知，文学翻译寥若晨星，影响亦很有限。

甲午一役，唤醒了国人四千年之夜郎自大梦，西学乘借维新变法之东风强劲东渐，译述之业因之大盛，文学翻译，尤其是小说翻译，也得到了迅猛发展。维新派领袖们对小说文体的推崇和对翻译小说的倡导，为译介域外小说提供了理论依据，奠定了舆论基础。1897 年，康有为所编《日本书目志》特设"小说门"，收日本小说（包括笔记）1058 种，并在"识语"中呼吁："亟宜译小说而讲通之，泰西尤隆小说学哉！"同年，严复、夏曾佑为《国闻报》所撰《本馆附印说部缘起》中称"且闻欧美、东瀛，其开化之时，往往得小说之助"，并拟广为采辑"译诸大瀛之外"之小说。1898 年，梁启超在《译印政治小说序》中声称："彼美、英、德、法、奥、意、日本各国政界之日进，则政治小说，为功最高焉"，明确表示"今特采外国名儒所撰述，而有关切于今日中国时局者，次第译之，附于报末"。于是，域外小说的译介工作被视为改良群治、新民救国宏大事业的重要组成部分。

1898 年，严复译的《天演论》风行一时，不仅以振聋发聩的思想震撼力大大提高了西方社会科学在国人心目中的地位，同时又以其"骎骎与晚周诸子相上下"的古雅文笔和"信、达、雅"的翻译标准，对当时及其后的西学（包括文学）翻译产生了极大的推动作用。1898 年底，随着梁启超译介的日本作家柴四朗的《佳人奇遇》在《清议报》开辟的"政治小说"专栏中连载，一个翻译小说的热潮迅速到来。作为晚清第一部翻译政治小说，该著不仅宣传了弱小国家救亡图存的复国活动，也反映了译者要求与西方列强抗衡的民族主义意识。作为梁启超译印政治小说理论的最初实践，《佳人奇遇》拉开了晚清政治小说翻译的序幕。

1899 年，林纾与王寿昌合译的《巴黎茶花女遗事》的刊行与风靡，是翻译界和小说界的大事，在中国近代翻译文学史上具有里程碑意义。林纾以"工为叙事抒情，杂以恢诡，婉媚动人，实前古所未有"[1]的古文，"哀感顽艳"的风格，向中国读者打开了一扇通往世界的文学之窗，极大地提高了域外小说在中国士人心目中的地位，扩大了西方文学的影响力。

1902 年之后，在"小说界革命"影响下，一批文学期刊纷纷创办，为翻译文学，尤其是域外小说提供了重要阵地。1902 年创刊的《新小说》杂志，1903 年创刊的《绣像小说》，1904 年创刊的《新新小说》等，均以"著译参半"相号召；1906 年创刊的《月月小说》，更是明确把"译著"放在首位，"撰著"放在第二位。其后陆续创办的小说杂志和综合性报刊，大都兼刊译著，乃至于出现重译介而轻创

《绣像小说》第 55 期封面　　《月月小说》第 1 期封面　　《小说林》第 1 期封面

---

[1] 钱基博：《现代中国文学史》，上海书店出版社，2004 年版，第 128 页。

译作的倾向。据小说林社的徐念慈统计，1907 年的"著作小说与翻译小说"，"著作者十不得一二，翻译者十常居八九"[1]。期刊杂志和书局出版商对翻译小说的青睐，印证了翻译小说当时不错的出版业绩和市场前景，也反映出时人不约而同的阅读期待和普遍的社会心理。

　　这是一个以意译为风尚的时代。译著者的翻译动机出于改良群治也好，出于娱乐消遣也罢，总之，为我所用的原则决定了该时期文学翻译对原著非忠实的态度。尽管严复提出的"信、达、雅"翻译原则在晚清影响很大，然而小说翻译界从一开始就把"雅"而不是"信"放在首位。译著者注重的是"译笔雅驯"，而牺牲掉的则是翻译的准确性，接受中的误读和译介中的删改现象普遍存在。然而晚清翻译家非但不以为非，还常常颇为得意地道出改篡原因与细节，且不忘加一句"不违作者原意"的声明。一个颇具典型意义的著例是梁启超《十五小豪杰》第一回"译后语"。这部法国通俗小说家凡尔纳的作品，经由法文译成英文，再由英文转译成日文，最后由梁氏从森田氏的日文译成中文。第一次翻译时"用英人体裁，译意不译词"，第二次转译时"易以日本格调"，第三次转译时"又纯以中国说部体段代之"——如此三次倒手，且每次都经历了不同程度的"民族化"转化，其译本早与原著大异其貌，然而梁启超仍颇为自信地宣称"丝毫不失原意"。[2] 在这一时代风气鼓荡之下，一大批胆大而心不细的"豪杰译作"在晚清风行一时，而忠于原著的"直译"之作不仅少见且不受欢迎。

　　1907 年是近代翻译文学史至为重要的年份，翻译文学不仅在数量上达到高峰，质量上亦有明显提升。据徐念慈对商务印书馆、小说林社、广智书局等 15 家出版机构的不完全统计，是年出版的翻译小说达 79 种之多，约占全年小说出版总数（122 种）的 70%。这一年还是晚清文艺报刊创刊最多的年份，《小说林》《竞立社小说月报》《中外小说林》《新小说丛》《小说世界》（香港）等晚清较有影响的小说期刊均创刊于这一年，且所刊作品均以翻译小说居多。是年，以"输进欧美文学精神"相标榜的《小说林》杂志问世，大力提倡对世

[1] 觉我：《余之小说观》，《小说林》第 9 期，1908 年 2 月。

[2] 少年中国之少年：《十五小豪杰》第一回"译后语"，《新民丛报》第 2 号，1902 年 2 月22 日。

界名家名著的译介，说明中国翻译家在选择译介对象时，开始注意其在世界文学史上的地位。此前及其后的几年里，域外小说的翻译档次明显提高，"名著名译"显著增加。[1] 短篇小说数量的增加和质量的提高，是此期小说翻译界发生的明显变化。其在清末民初时期的代表性成果，荟萃于周氏兄弟的《域外小说集》（1909）和周瘦鹃编译的《欧美名家短篇小说丛刻》（1917）之中。马君武、苏曼殊等诗歌翻译家在这一时期的出现，则标志着以独立的篇章形式，有目的、有意识地翻译外国诗歌的新阶段的到来。

《竞立社小说月报》
第 1 期封面

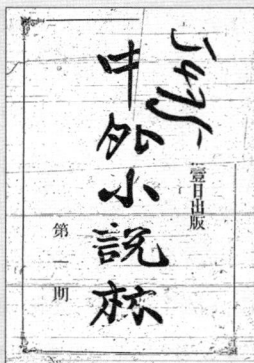

《中外小说林》
第 1 期封面

《小说世界》
第 1 年第 6 期封面

从语言和文体来看，近代翻译文学大体以文言为主，兼用白话，显示出文白并用，文言渐趋浅易化，白话渐趋欧化的发展趋势。周桂笙、徐念慈、吴梼、武光建、曾孟朴等小说翻译家使用白话和直译的方式进行的文学翻译活动，在一定意义上显示出近代翻译文学的实绩，昭示着近代翻译文学的新途径。陈景韩、包天笑、周瘦鹃等厕身报界且著、译兼治的通俗小说家有声有色的文学翻译活动，丰富着近代翻译文学的题材、类型与风格，某些方面亦显示出近代化的步履与

---

[1] 如吴梼译《银钮碑》（1907；今译《当代英雄》，莱蒙托夫著），伍光建译《侠隐记》（1907；今译《三个火枪手》，大仲马著），林纾与曾宗鞏合译的《鲁滨孙漂流记》（1906；今译《鲁滨逊漂流记》，笛福著），《海外轩渠录》（1906；今译《格列佛游记》，斯威夫特著），林纾与魏易合译的《撒克逊劫后英雄略》（1905；今译《艾凡赫》，司各特著），《孝女耐儿传》（1907；今译《老古玩店》，狄更斯著），《块肉余生述》（1908；今译《大卫·科波菲尔》，狄更斯著），《不如归》（1908；德富芦花著），商务印书馆编译所译《孤星泪》（1907；今译《悲惨世界》，雨果著），包天笑译《六号室》（1910；今译《第六病室》，契诃夫著），曾朴译《九十三年》（1913；今译《九三年》，雨果著），马君武译《心狱》（1914；今译《复活》，托尔斯泰著）等。

轨迹。1909 年，周氏兄弟合译的《域外小说集》的问世，标志着新一代翻译家和新一代小说家的出现，尽管周氏兄弟的这一身份要到许多年之后才被社会广泛认可。

　　中西文化的剧烈碰撞，促成了近代翻译文学异彩纷呈的繁荣局面。而域外文学的大量输入，向中国读者打开了一扇通往世界的文学之窗，渐渐动摇了中国知识阶层在思想上存在着的牢不可破的民族文学优越感，促成了文学观念的极大转变，丰富和健全了中国近代文体类型，在中国文学由古典走向现代的过程中起到了至关重要的作用。

文学的双重变革——清末民初文学史

第二节 林纾与林译小说

　　林纾是清末民初文学翻译界的一代宗师，亦是著名的古文家、诗人、画家和小说家。康有为有"译才并世数严林"的说法，尽管林纾当年并不以为然，此后却成为历史的定评。在林纾心目中，古文第一，诗第二，翻译小说只能忝列末席。然而，历史定评与其主观意愿恰恰相左，他以翻译小说垂史，晚年则因为桐城古文护法而被新文化阵营斥为"桐城谬种"。

　　1899 年，《巴黎茶花女遗事》在福州刻印，一纸风行，从此一发而不可收地开始了译书生涯。1901 年冬（50 岁）应聘入京，主金台书院讲席，又受聘为五城学堂总教习，授修身、国文等课。是年，结识桐城派古文宗师吴汝纶，所作古文为吴氏推崇，声名益著，遂自觉为桐城古文张目。1906 年以文名被京师大学堂聘为预科和师范馆经学教员。民国成立后，严复首任北京大学校长，林纾任文科教授，后辞去北大教职，主要以翻译小说和卖文卖画为生，亦在正志学校、旅京闽学堂、高等实业学堂等兼过教职，后与新文学家相冲突，郁郁以去。

一、林译小说概况与举要

作为小说翻译大师，林纾译著了 180 余种域外小说，而且有"40 余种世界名著"（郑振铎言）。其古文创作集中在晚年，有《畏庐文集》（1910）、《畏庐续集》（1916）和《畏庐三集》（1924）存世。后半生一直致力于古文选评、教授和理论撰述，古文研究成果荟萃于《韩柳文研究法》（1914）、《春觉斋论文》（1916）和《文微》（1925），并有多种古文选评本行世。诗有《闽中新乐府》（1897）、《畏庐诗存》（1923）。画论有《春觉斋论画》遗稿（1935）。著有文言长篇小说《剑腥录》（1913）、《金陵秋》（1914）等 5 部，短篇小说《践卓翁短篇小说》（1913—1917）、《技击余闻》（1914）等 5 种，传奇《蜀鹃啼传奇》《合浦珠传奇》《天妃庙传奇》（1917）3 种。

林纾自言"不审西文"，其小说翻译完全靠与通外文的口述者合作完成。其主要合作者，法文有王寿昌、王庆通、王庆骥、李世忠等，英文有魏易、曾宗巩、陈家麟、毛文钟等。自 1914 年起，商务印书馆开始编辑《林译小说丛书》，共收书 100 种，风靡全国。"林译小说"便成为林纾翻译的外国小说的统称和中国近代文学史上一个专有名词。林译小说涉及英、法、美、俄、希腊、挪威、瑞士、日本、比利时、西班牙等十几个国家近百位作家的作品 180 多种，其中包括托尔斯泰、莎士比亚、狄更斯、雨果、巴尔扎克、大仲马、小仲马、易卜生、塞万提斯、欧文、斯托夫人、柯南道尔、笛福等世界著名作家，数量之巨，范围之广，创造了中国近现代文学史上前所未有的记录。

林纾翻译得最多的是英国作家哈葛德的小说，有《迦因小传》《鬼山狼侠传》等 20 种；其次为柯南道尔，有《歇洛克奇案开场》等 7 种。林译小说中属于世界名家名著的，英国有迭更斯（狄更斯）《块肉余生述》《贼史》等 5 种，莎士比亚《凯撒遗事》等 4 种，司各特《撒克逊劫后英雄略》等 3 种，达孚（笛福）《鲁滨孙飘流记》，斐鲁丁（菲尔丁）《洞冥记》，斯威佛特（斯威夫特）《海外轩渠录》，斯地文（斯蒂文森）《新天方夜谭》，安东尼·贺迫（霍普）《西奴林娜小传》等；美国有欧文《拊掌录》等 3 种，斯土活（斯托）夫人《黑奴吁天录》；法国有小仲马《巴黎茶花女遗事》等 5 种，大仲马《玉楼花劫》等 2 种，巴鲁萨（巴尔扎克）《哀吹录》，预勾（雨果）

《双雄义死录》等；俄国托尔斯泰《现身说法》等6种；希腊伊索《伊索寓言》；挪威伊卜森（易卜生）《梅孽》；西班牙西万提司（塞万提斯）《魔侠传》；日本德富健次郎《不如归》等。现择要介绍几种。

《巴黎茶花女遗事》（1899）[法]小仲马著　林纾　王寿昌　译

1899年初在福州刊行，由"晓斋主人（王寿昌）口译""冷红生（林纾）笔述"。此书是林译小说处女作。此书一出，立即风靡。译界泰斗严复禁不住慨叹："可怜一卷茶花女，断尽支那荡子肠。"（《甲辰出都呈同里诸公》）

今人论及《巴黎茶花女遗事》的主题意义时，往往突出"反封建主题"，言其揭露了资产阶级道德的虚伪和等级观念的罪恶，这种观点既有悖林纾译介该著的原意，也与当时的读者反应不相吻合。林纾言"余译马克，极状马克之忠"，这才是其译介该著的出发点；他为之"掷笔哭者三数"，是慨叹"天下女子性情，坚于士夫"；他欣赏与感佩的是马克格尼尔"挚忠极义"的自我牺牲精神。（林纾：《〈露漱格兰小传〉序》）时人看重的也是这部外国小说中的道德主题，其所蕴含的西方的个性自由观念在译著中并未被彰显。赞颂茶花女的真挚爱情却又

《巴黎茶花女遗事》书影

着意突出她知晓大义、富于自我牺牲精神的崇高德性，林纾在译介的过程中悄然置换了原著旨在批判资产阶级虚伪道德观念的主题。但是同时，我们还应该看到，因为主要情节基本忠实地被译出来了，小说原有的西方近代人文精神在价值观念上对封建礼教造成了很大冲击。其重大突破在于，它为当时的中国小说提供了一种新的价值模式：只要是出于纯真爱情的相恋，即便是违背了现行的伦理道德，它仍然是值得赞颂的。既不排斥真情，又要使之合乎道德规范，面对这一两难困境，当主人公需要在情与理之间做出选择时，牺牲感情就成了唯一的选择，于是悲剧就不可避免。这一价值取向和悲情基调，对《玉梨魂》《断鸿零雁记》等民初最具代表性的言情小说产生了重要影响。

《黑奴吁天录》（1901）[美]斯土活夫人　著　林纾　魏易　译

斯土活（斯陀）夫人（H.B.Stowe，1811—1896）创作的《汤

《黑奴吁天录》书影

姆叔叔的小屋》（*Uncle Tom's Cabin*，1852）被林肯誉为"一部导致一场伟大战争的书"，着重揭露美国南部奴隶制的残暴和黑人所处的非人的悲惨境地。1901 年，林纾和魏易合译该著，名之曰《黑奴吁天录》。这是林译小说的第二部，也是影响最大的译作之一。

此书出版正值反美华工禁约期间，又是《辛丑条约》签订之年，对具有民族意识的国人不啻是晨钟暮鼓，达到了林纾"为振作志气、爱国保种之一助"的译著目的。《译林》第五期所登《新译黑奴吁天录告白》中称此书"情文凄惋，闻者酸鼻，庶吾支那人读之，可以悚然知惧，奋然知所以自强"。

《撒克逊劫后英雄略》（1905）　[英] 司各特 著　　林纾 魏易 译

原名 *Ivanhoe*，今译《艾凡赫》，是英国作家司各特（Scott，1771—1832）1819 年创作的一部以中世纪的英格兰为背景的历史小说，生动地描述了被诺曼贵族征服了的原盎格鲁－撒克逊民族各阶层人民对征服者的顽强反抗，以及诺曼征服者内部"狮心王"理查与兄弟约翰亲王之间争夺王位的斗争，具有强烈的戏剧效果和浪漫主义激情。

《撒克逊劫后英雄略》两种书影

1905 年，魏易将其口述给林纾，林纾被作者擅长处理线条错综、矛盾多重的交叉历史画面的艺术魅力和细腻的人物性格刻画所折服。译本出版后，立即走红。这除了它"隽妙"的艺术趣味之外，还在于其所描写的撒克逊民族与诺曼贵族的斗争，引起了饱受帝国主义列强欺侮的国人的强烈共鸣。鲁迅、周作人、茅盾、郭沫若等都对该著留下异常深刻的印象。这部小说在 20 世纪三四十年代有多种译本，但在发行量和影响方面，都远逊于林译本。

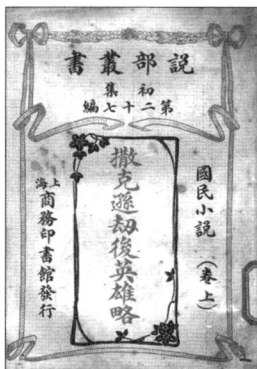

《块肉余生述》（1908） ［英］迭更司 著 林纾 魏易 译

《快肉余生述》（*David Copperfield*，今译《大卫·科波菲尔》）是英国 19 世纪中期杰出的批判现实主义作家狄更斯（Dickens，1812—1870）最偏爱的作品，带有很强的自传性，是狄更斯的代表作之一，亦是林纾最满意的译作之一。林纾看重的是该著对下等社会普通人的生活的真实细腻、形象生动的描写及其出色的结构艺术。小说人物众多、枝节繁多，但主线清晰，情节环环相扣，引人入胜。林纾称这种结构为"铁骨观音"式。

《块肉余生述》三种书影

《不如归》（1908） ［日］德富健次郎 著 林纾 魏易 译

《不如归》（1900）是日本明治时代著名小说家德富芦花（1868—1927）的代表作，描写了明治时代一位旧式的懦弱女子浪子同一位年轻的海军士官川岛武男的爱情悲剧。1908 年林琴南与魏易据日本盐谷荼的英译本译成中文后，大受欢迎。林纾在序中言，在自己当时已译的 60 种书中，《不如归》在悲剧性方面仅次于《黑奴吁天录》和《巴黎茶花女遗事》。但他选译此书的重

《不如归》二种书影

要动机，还在于该书对甲午战争的描述。德富芦花以饱蘸热情的文笔，讴歌了日本军人在甲午海战中为了国家的荣誉，在尸山血渠中英勇无畏、置自身生死于度外的悲壮场景。林纾在序中坦露译介该著的目的在于"日为叫旦之鸡，冀吾同胞警醒"。

二、林译小说的文学史意义

林译小说作为林纾翻译实绩的代名词，构成了中国近代翻译文学史上一道亮丽的风景线，影响了几代人，有着不容低估的历史意义。

以显赫的翻译实绩和巨大的社会影响力，初步扭转了中国士人对外国文学的偏见，开了翻译域外小说的风气，丰富和健全了中国近代小说的文体与类型。

19世纪末的中国知识阶层几乎没有接触过西方真正的文学作品，在思想上存在着牢不可破的民族文学优越感。1877年，郭嵩焘在赴欧日记中谈及在英伦的见闻时说："此间富强之基，与其政教精实严密，斐然可观；而文章礼乐，不逮中华远甚。"（《伦敦与巴黎日记》）晚清士人仍然相信中国文章、中国文学"天下第一"的神话，并不以西洋文学为然。而在中国小说历来是"小道"，中国士人对外国小说更为轻视。19世纪70年代以降，虽有《昕夕闲谈》（1873）、《百年一觉》（1894）、《译华震笔记》（1897）等西洋小说译介过来，但译笔不够生动，原著本身也缺乏动人心魄的情感力量，其传播范围和产生的社会反响与文学效应都很有限，尚不足以改变中国士人对西洋文学的偏见。直到《巴黎茶花女遗事》问世，西洋文学新异的思想面貌、富有魅力的人物形象及摧魂撼魄的情感力量才第一次被国人认识到。林纾在二十多年的时间里译介了180多种外国文学作品，向中国读者打开了一扇通往世界的文学之窗，掀起了近代翻译西洋小说的热潮，丰富和健全了中国近代小说的文体与类型。

以古朴畅达的拟古文体译著小说，极大地提高了小说的社会文化地位和文学地位。

20世纪初叶，中国士人对小说的兴趣和小说观念的切实改变，与这一时期风靡一时的林译小说关系甚大。尽管林译小说所使用的古文语体，并不符合1902年以后兴起的"小说界革命"的语体革新精神，但两者在提高小说的文体地位方面却起到了异曲同工的效应。

胡适就严复用古文翻译《天演论》所作的那个著名的譬喻——"严复用古文译书，正如前清官僚戴着红顶子演说，很能抬高译书的身价……"——同样适用于林纾。他对林译小说历史功绩的评价——"古文不曾做过长篇的小说，林纾居然用古文译了一百多种长篇小说，还使许多学他的人也用古文译了许多长篇小说；古文里很少滑稽的风味，林纾居然用古文译了欧文与迭更司的作品；古文不长于写情，林纾居然用古文译了《茶花女》与《迦茵小传》等书。古文的应用，自司马迁以来，从没有这种大成绩"——今天看来也还站得住脚。[1] 林译小说的流行，极大地提高了小说作为知识分子读物的级别，从而使小说的文体地位得到提升。使用较为自由活泼的文言翻译小说，不自觉地促进了语言和文体的变革。

林纾翻译西洋小说所用的语言是他心目中认为较通俗、自由、活泼的文言，尽管保留很多"古文"成分，但比"古文"自由得多。从词汇和句法看，规矩不甚严密，收容量亦很宽大。古文里绝不容许的所谓"隽语"与"佻巧语"，如梁上君子、五朵云、土馒头、夜度娘等，口语如小宝贝、爸爸等，流行的外来新名词如普通、程度、幸福、社会、团体、脑筋等，音译词如密司脱、安琪儿、苦力、俱乐部等，在林译小说中纷纷出现了。林译小说的语言既继承了传统古文的某些优点和风格，又冲破了古文森严的戒律，在语法、句法上进行了必要的革新，把白话口语、外来语乃至欧化句法引入译文，对于近代文学语言由旧向新的过渡转型产生了重要影响。

以《巴黎茶花女遗事》为代表的林译小说所开启的具有现代意义的叙事模式对清末民初新小说创作产生了直接的影响，在中国小说叙事模式由传统向现代的转变过程中发挥了举足轻重的作用。

《巴黎茶花女遗事》所采用的倒装叙述方式和大量出现的内心叙事，对清末民初新小说产生了广泛影响；其采用的第一人称限制叙事视角和日记体形式，启迪了新小说家的限制叙事意识，推动了中国小说叙事角度的近现代转型。该著采用了三重第一人称限制叙事视角：一是旁观的叙述人；二是男主角亚猛；三是重病缠身的马克格尼尔（日记形式）。为了避免读者将原著的第一人称叙述误认为是译者

的叙述，林纾将本是小说中的旁观叙述人"我"改为"小仲马"，这种改变大概可以看出晚清小说家对西洋小说的理解不够彻底。限制性人物视角的出现，标志着小说中个人主体意识的增强。作为第一部影响中国小说第一人称限制叙事的翻译作品，《巴黎茶花女遗事》对中国小说影响深远，吴趼人的《二十年目睹之怪现状》、符霖的《禽海石》、苏曼殊的《断鸿零雁记》《碎簪记》、何诹的《碎琴楼》、吴双热的《孽冤镜》等清末民初小说都有意识地学习这种叙事方式。至于其第一人称的变体——书信体小说，我们从徐枕亚的《玉梨魂》《雪鸿泪史》、周瘦鹃的《花开花落》、包天笑的《飞来之日记》、吴绮缘的《冷红日记》等小说中，都可见其模仿的痕迹。

　　林译小说对一大批现代作家文学倾向的形成、文学道路的选择产生过直接的影响。鲁迅、周作人、胡适、郭沫若、茅盾、朱自清、冰心、庐隐、钱锺书等都有过嗜读林译小说的经历。郭沫若坦言林译小说对他日后的文学倾向有决定性的影响。周作人亦谓："老实说，我们几乎都因了林译才知道外国有小说，引起一点对于外国文学的兴味。"[1] 钱锺书曾说："林纾的翻译所起的'媒'的作用，已经是文学史上公认的事实……接触了林译，我才知道西洋小说会那么迷人。"[2] 正因如此，林纾被后世文学史家追认为五四新文学的"不祧之祖"。

[1] 周作人：《林琴南与罗振玉》，《语丝》，1924 年第 3 期。
[2] 钱锺书：《林纾的翻译》，《旧文四种》，

第三节 清末民初周氏兄弟的翻译文学

　　除了林译小说，清末民初最具代表性的还有周氏兄弟的翻译文学。这时期，中学与西学，新学与旧学大碰撞与大融合，传统书院逐渐向新式学堂嬗变，人们通过各种报刊和书籍接受新的思想和文化。学堂为他们提供了接受新知识、新文化、新思想的有利场所；留学更彻底改变了他们的知识结构和思想观念。在此过程中，他们展开自己的文学活动，文学观念不断发生变化，他们的翻译文学更是如此。1920 年 3 月，鲁迅在《域外小说集》的新版序文中说："我们在日本留学的时候，有一种茫漠的希望：以为文艺是可以转移性情，改造社会的。因为这意见，便自然而然的想到介绍外国文学这一件事。"[1]

　　在 1923 年 7 月兄弟俩失和之前，二人的思想相近相似，学界称他们为"周氏兄弟"。鲁迅（1881—1936），新文学先驱者，伟大的无产阶级文学家、思想家、革命家，浙江绍兴人，原名周树人，字豫山、豫亭，后改为豫才。出身于仕宦之家，家道中落。官费留学日本，经幻灯片事件后，毅然弃医学文。注重国民性批判，提倡立人立国。参与发起文学研究会，左联盟主，被称为"民族魂"。

---

[1]《周作人回忆录》，湖南人民出版社，1982 年 1 月，第 185 页。

文学的双重变革——清末民初文学史

鲁迅

周作人

周 作 人（1885—1976），是鲁迅（周树人）之弟，中国现代著名散文家、文学理论家、评论家、诗人、翻译家、思想家，中国民俗学开拓人，新文化运动的杰出代表。原名櫆寿（后改为奎绶），又名启明、启孟、起孟，笔名遐寿、仲密、岂明，号知堂、药堂等。清末官费留学日本。“文学研究会”发起人之一，提倡人的文学、平民文学。曾任国立北京大学教授、燕京大学新文学系主任，《新青年》的重要作者，“新潮社”主任编辑。一生著述颇丰。

清末民初，周氏兄弟先后翻译的小说有《哀尘》（1903）、《斯巴达之魂》（1903）、《月界旅行》（1903）、《地底旅行》（1903）、《北极探险记》（1904，已佚）、《造人术》（1905）、《域外小说集》（与周作人合作翻译，1909）。周作人的文学翻译活动始于1904年。他译自《天方夜谭》里的《亚利巴巴与四十个强盗》最初在《女子世界》连载，很快又出了单行本，名之曰《侠女奴》。同年，他将美国作家E.Allenpoe的小说《黄金虫》译出，小说林社出版时更名为《玉虫缘》。1907年，译著《红星佚史》的出版，标志着作为小说翻译家的周作人文学立场的自觉。其余还有《炭画》《黄华》《黄蔷薇》和《点滴》。

一、《月界旅行》等科学小说

周树人早年十分重视科学小说的译介，他译介了重要的科学（科幻）小说，有《月界旅行》（1903）、《地底旅行》（1903）、《北极探险记》（1904）、《造人术》（1905）等。前三部小说均为法国著名科幻作家儒勒·凡尔纳（Jules Verne）的作品，末一篇的原作者为美国科幻作家路易斯·斯特朗（Louise J. Strong）。

鲁迅提倡“科学小说”，重点不在于普及具体的科学知识，而在于提倡科学精神，如科学理念、科学世界观等，正如他所言，“若培伦氏，实以其尚武之精神，写此希望之进化者也"。

鲁迅采用晚清通行的意译之法，翻译时不受底本的约束，译文古雅优美，流畅奔放，颇有严译与林译之风格。如《月界旅行》第三回"巴比堪列炬游诸市 观象台寄简论天文"述及众人欢呼情景：

《月界旅行》书影　　　　《地底旅行》书影

> 加之天又凑趣，长空一碧，星斗灿然，当中悬着一轮明月，光辉闪闪照着社长，格外分明。众人仰看这灿烂圆满的月华，愈觉精神百倍，……到了半夜，仍是十分热闹，扰扰攘攘，引动了街市人民，不论是学者，是巨商，是学生；下至车夫担夫，个个踊跃万分，赞叹这震铄古今的事业。凡是住在岸上的，则在埠头；住在船上的，则在船坞；都举杯欢饮，空罐如山。那欢笑声音，宛如四面楚歌，嚣嚣不歇。

鲁迅之"意译"，虽不准确，却很能体现其个性和蓬勃朝气。其科学小说的翻译具有重要的意义。首先，通过撰写《〈月界旅行〉辨言》，首次在中国比较全面地阐释了科学（科幻）小说的内涵。

他认为，"科学小说"要以科学知识为基础"托之说部"，即科学与文学相结合。在"辨言"中明确指出："默揣世界将来之进步，独抒奇想，托之说部。经以科学，纬以人情。离合悲欢，谈故涉险，均综错其中。间杂讥弹，亦复谭言微中。十九世纪时之说月界者，允以是为巨擘矣。然因比事属词，必洽学理，非徒摭山川动植，多为诡辩者比。故当觥觥大谈之际，或不免微露遁辞，人智有涯，天则甚奥，无如何也。"又由于科学缺乏小说的乐趣，容易使读者厌烦，把一些科学知识及科学精神融入小说中，提倡科学小说，能够发挥很好的社会效果，于是在救亡与启蒙成为当务之急的晚清，大力提倡科学小说就势在必行。"假小说之能力，被优孟之衣冠"，使科学知识以文学的形式呈现在读者面前。鲁迅界定的"科学小说"与通常意义上的科幻

小说的概念十分接近。

　　1903 年，他在《月界旅行·辨言》中说："我国说部，若言情、谈故、刺时、志怪者，架栋汗牛，而独于科学小说，乃如麟角。智识荒隘，此实一端。故苟欲弥今日译界之缺点，导中国人群以进行，必自科学小说始。"用科学去战胜迷信，让理智去驱除愚昧，"故掇取学理，去庄而谐，使读者触目会心，不劳思索，则必能于不知不觉间获一斑之智识，破遗传之迷信，改良思想，补助文明，势力之伟，有如此者！"这不仅意味着科学精神在欧洲击败了封建神学，而且将逐渐在世界范围战胜封建迷信。在周氏看来，"科学小说"要以科学知识为基础，"比事属词，必恰学理"，这是基本的要求。这样还不够，还必须用文学形式，尤其是小说体裁，把科学幻想与人间生活融合在一起，并突出人情因素。"假小说之能力，被优孟之衣冠""经以科学，纬以人情"，[1] 交错融会人间的离合悲欢。科学小说不仅要包含一定科学知识，更要蕴含科学理念、科学精神。科学小说在清末民初引起较大反响。定一认为："今日改良小说，必先更其目的，以为社会圭臬，为旨方妙。……中国小说之不发达，犹有一因，即喜录陈言，故看一二部，其它可类推，以至无进步，可慨可慨！然补救之方，必自输入政治小说、侦探小说、科学小说始。盖中国小说中，全无此三者性质，而此三者，尤为中国小说全体之关键也。"[2] 计伯在《广东戒烟新小说》第七期上发表《论二十世纪系小说发达的时代》一文，其中对小说类型做了全面描述，其中说："未能作启智秘钥，为阐理玄灯，以著科学小说。"[3]

　　鲁迅强调文学的审美感特征。他说："至小说家积习，多借女性之魔力，以增读者之美感，此书独借三雄，自成组织，绝无一女子厕足其间，然仍光怪陆离，不感寂寞，尤为超俗。"鲁迅还突出小说的趣味性。"盖胪陈科学，常人厌之，阅不终篇，辄欲睡去，强人所难，势必然矣。惟假小说之能力，被优孟之衣冠，则虽析理谭玄，亦能浸淫脑筋，不生厌倦。彼纤儿俗子，《山海经》，《三国志》诸书，未尝梦见，而亦能津津然识长股，奇肱之域，道周郎，葛亮之名者，实

[1]《〈月界旅行〉辨言》，《鲁迅全集》第十卷，第 163—164 页，人民文学出版社，2005 年版。
[2] 定一《小说丛话》，《新小说》1905 年第 15 号。
[3] 计伯《论二十世纪系小说发达的时代》，《广东戒烟新小说》1907 年第 7 期。

《镜花缘》及《三国演义》之赐也。故掇取学理，去庄而谐，使读者触目会心，不劳思索，则必能于不知不觉间，获一斑之智识，破遗传之迷信，改良思想，补助文明，势力之伟，有如此者！"[1]

二、《域外小说集》

《域外小说集》，开了翻译弱小民族文学之先河。

《域外小说集》是鲁迅与周作人合译的外国短篇小说集，1909 年在日本东京出版，分两册，第一册于三月出版，第二册七月出版，署"会稽周氏兄弟纂译"。1921 年上海群益书社出版增订本（将东京版的二册合并），署周作人译。其中鲁迅据德文转译三篇，其余为周作人据英文翻译或转译。1925 年上海群益书社再版，全一册。《域外小说集》是一个复杂的文学译本，关涉晚清与五四两个急剧变化的时代，又与这两个时代的文学翻译风尚不完全吻合，体现出鲜明的超前性。它所表现出的启蒙思想、直译风格、审美观念等方面的超前性，对五四时期的文学翻译具有导向作用。

第一，《域外小说集》启蒙思想的超前性。

早期周氏兄弟提倡人道主义思想。其人道主义思想首先体现在他对作为独立个体的人的充分肯定，对人的自由的追求，并要求充分发挥人的个性，而期盼人的个性的充分发挥，实际上就是对人无限创造性的渴望。反对压抑、束缚个性充分发展的一切外部势力，如封建专制制度。这种精神也体现了他的积极浪漫主义精神，前面已经论述，此处从略。其次，鲁迅的人道主义思想体现在对世界上被压迫的弱小民族的同情与关注。他特别关注并译介"弱小民族文学""被压迫民族的文学""被压迫人民的文学"。其出发点就是关心"人"，为了"人"，尤其是中下层社会。他

《域外小说集》第一册书影   《域外小说集》第二册书影

---

[1]《〈月界旅行〉辨言》，《鲁迅全集》第十卷，第 164 页，人民文学出版社，2005 年版。

与其弟周作人合译的《域外小说集》译介的重点之一是北欧诸小国，如波兰、波斯尼亚、希腊等国作家关心中下层人民的作品。如显克微支，其短篇"多描写民间疾苦，用谐笑之笔，记悲惨之情"，如所译介的《乐人扬珂》《天使》《灯台守》《酋长》等作品，均令人感动。

周氏兄弟的理论主张蕴含着鲜明的人道主义精神，这在《域外小说集》中体现得十分鲜明。《域外小说集》共37篇作品，"以近世小品为多，后当渐及十九世纪以前名作。又以近世文潮，北欧最盛，故采译自有偏至"[1]。至于非弱小国家，周氏兄弟仍然坚持人道主义的标准，选择那些描写被压迫人民的作品。如英国王尔德的作品《安乐王子》"特有人道主义倾向"；俄国斯蒂普虐克的作品"多言俄国民生疾苦"，所译介的《一文钱》就是如此。迦洵尔提倡人道主义，主张非战，所译介的《四日》就是非战文学的名作。总之，"这三十多篇短篇里，所描写的事物，在中国大半免不得很隔膜；至于迦尔洵作中的人物，恐怕几于极无，所以更不容易理会。同是人类，本来决不至于不能互相了解；但时代国土习惯成见，都能够遮蔽人的心思，所以往往不能镜一般明，照见别人的心了。"

第二，《域外小说集》直译风格的超前性。

与晚清的意译不同，《域外小说集》的直译具有鲜明的超前性。晚清意译大致表现在四个方面：一、改用中国人名、地名，便于阅读记忆。二、改变小说体例、割裂回数，甚至重拟回目，以适应章回小说读者的口味。三、删去"无关紧要"的闲文和"不合国情"的情节，前者表现了译者的艺术趣味，后者则受制于译者的政治理想。四、译者大加增补，译出好多原作中没有的情节和议论来。[2] 晚清意译作品突出"中国化"，以《域外小说集》为代表的直译作品突出"西化"。对于晚清读者来说，意译作品无疑更受青睐，直译作品则令人生厌。

此前，周氏兄弟的文学翻译与晚清其他译者一样采用意译，他们有时不惜对底本内容进行大量删减，以便适合于晚清读者。鲁迅翻译的《月界旅行》以日本井上勤的译本为底本，"凡二十八章，例若杂

[1] 鲁迅：《〈域外小说集〉略例》，《鲁迅全集》第10卷，北京：人民文学出版社，2005年，第170页。

[2] 陈平原：《陈平原小说史论集》中册，石家庄：河北人民出版社，1997年，第625页。

记"，他则"截长补短，得十四回"，还将那些"措辞无味，不适于我国人者，删易少许"[1]。这样的译本与原著相距甚远，而与晚清读者很近。周作人的《孤儿记》更是亦译亦著，他既声称《孤儿记》是"有感于嚣俄（即雨果）《哀史》而作"，又坦言该作中有两章"多采取嚣俄 *Claude Geaux* 大意"，

《域外小说集》两种书影

"不敢掠美"。[2] 由于意译存在不忠实于原文造成的严重弊端，他们很快抛弃"意译"，与时代翻译风尚逆向而行，"任个人而排众数"，撇开流俗，采用"直译"。

《域外小说集》的直译是"摹仿式"直译，就是尽量"西化"，这与晚清"中国化"的意译文本形成鲜明对照。尽管译文"词致朴讷"，不够流畅，只要"弗失文情"，他们在所不辞。为此，人名地名"悉如原音，不加省节者，缘音译本以代殊域之言，留其同响；任情删易，即为不诚。故宁拂戾时人，迻徙具足耳"[3]。甚至还采用一些当时并未流行的标点符号，如表示大声的"！"，表示问难的"？"，表示语义不尽或语义中辍的"虚线"，表示略微停顿的"直线"，以及表示句子位置的"括弧"等。同时，对文中的典故、其他不关鸿旨者，均进行技术处理，尽量不使译文"失真"（与原文相距甚远）。全息照相般的直译是为了把原文丰姿"摹写"得更为逼真。

五四前后，周氏兄弟继续坚持"摹仿式"直译，揣摩原作，模拟行文，使译作西化而非汉化。为了更多地保存原文信息，他们的"直译"甚至精确到"字"，即尽可能逐字逐字地翻译。他们均强调"循

---

[1] 鲁迅：《〈月界旅行〉辨言》，《鲁迅全集》第十卷，北京：人民文学出版社，2005 年，第 164 页。

[2] 邹振环：《影响中国近代社会的一百种译作》，北京：中国对外翻译出版公司，1996 年，第 177 页。

[3] 鲁迅：《〈域外小说集〉略例》，《鲁迅全集》第 10 卷，北京：人民文学出版社，2005 年第 170 页。

字逐译"，认为这样"庶不甚损原意"[1]，并要求译文"不像汉文"，尤其是"有声调好读的文章"，"因为原是外国著作。如果用汉文一般样式，那就是我随意乱改的胡涂文，算不了真翻译"。[2] 在《〈点滴〉序》中，周作人还重申："应当竭力保存原作的风气习惯语言条理，最好是逐字译，不得已也应逐句译，宁可'中不像中，西不像西'，不必改头换面。"[3] 后来，鲁迅还说："只求易懂，不如创作，或者改作，将事改为中国事，人也化为中国人。如果还是翻译，那么，首先的目的，就在博览外国的作品，不但移情，也要益智，至少是知道何地何时，有这等事，和旅行外国，是很相像的：它必须有异国情调，就是所谓洋气。"[4] 揣摩原作的"洋气"，使译作"摹仿"出原作的"异国情调"。周氏兄弟坚持的"直译"自五四以降，渐成风尚。直译倡导者多为新文学家，周氏兄弟是先驱者，他们翻译的《域外小说集》是直译的里程碑。周作人的直译在五四初期就获得高度评价，"周启明君翻译外国小说，照原文直译，不敢稍以己意变更。……我以为他在中国近来的翻译中，是开新纪元的"[5]。尽管他们的"摹仿式"直译带来一些弊端，如"词致朴讷""诘屈聱牙"，但他们仍然一再坚持，这与他们所追求的审美观念密切相关。

第三，《域外小说集》审美观念的超前性。

晚清的"意译"关注异国风情与政教得失，却忽视域外小说的艺术价值，随意改变小说体例、删去"无关紧要"的闲文、增补情节和议论，使原文艺术风格严重丧失。为了纠正这种偏向，周氏兄弟采用"直译"，他们不仅最大限度地保留原文思想内涵，而且最大限度地保留原文的艺术风格，从而表现出超前的审美观念。

《域外小说集》超前的审美观念，首先体现在突破传统诗学，积极吸收现代西方文学的创作技巧等方面。周氏兄弟以"摹仿式"直译为基础，极力模仿原著的丰姿，尽量保存原文结构、表现手法、语言

[1] 鲁迅：《〈艺术玩赏之教育〉译者附记》，《鲁迅全集》第10集，北京：人民文学出版社，2005年，第459页。

[2] 周作人：《古诗今译》"题记"，陈福康：《中国译学理论史稿》，上海：上海外语教育出版社，1992年，第176页。

[3] 周作人：《知堂序跋》，北京：中国人民大学出版社，2004年，第17页。

[4] 鲁迅：《"题未定"草》，《鲁迅全集》第6卷，北京：人民文学出版社，2005年版，第364页。

[5] 钱玄同：《关于新文学的三件要事·答潘公展》，《新青年》1919年第6卷第6号。

方式等诸多艺术信息，将"异域文术新宗"输入中国。他们一再强调"直译"背后所追求的审美观念，采用直译以便"竭力想保存原书的口吻，大抵连语句的前后次序也不甚颠倒"[1]，力求再现原文的句子结构，以便"尽汉语的能力所能及的范围内，保存原文的风格，表现原语的意义，换一句话就是信与达"[2]。重视原作艺术风格的"直译"在五四时期已经风行，这是对晚清忽视艺术风格的"意译"的反动。新文学家认为，晚清的"译者"介绍的东西和所用的介绍方法都不甚精粹，只译介"原书的事实"，不注重"原文的艺术"，许多好的作品遭删节与误会，以至于损失原意，而他们的"直译"既"力求与原文切合"，又"力求翻译艺术的精进"。[3]要想使艺术精进，翻译时就要"直译"，既"不妄改原文的字句"，又"能保留原文的情调与风格"。[4]在周氏兄弟看来，"原书的口吻""原书的风格"最能体现原作者的创作技巧，也是他们翻译的重心所在。《域外小说集》就是这样的译作，其超前的审美观念使晚清读者感到无所适从。

《域外小说集》超前的审美观念，其次体现在大力提倡新体短篇小说。清末民初，有的小说期刊对所征集的新体短篇小说，从形式（即字数）上做了要求，以五千字为宜，短的不低于二三千字，长的不超过八千字。五四初期，开始从实质上界定。胡适认为："短篇小说是用最经济的文学手段，描写事实中最精采的一段，或一方面，而能使人充分满意的文章。"他所谓的"最经济的""最精彩的"主要是指一个关键部分的"横切面"[5]。鲁迅是文学文体变革的先锋，特别关注域外的新文体与文体家。1921年，他在一篇译者附记里写道："跋佐夫不但是革命的文人，也是旧文学的轨道的破坏者，也是体裁家（Stylist）"。[6]鲁迅的译作与创作在文学文体上的贡献特别突出，于是他被誉为文体家。"在中国新文坛上，鲁迅君常常是创造'新形式'

---

[1] 鲁迅：《〈出了象牙塔〉后记》，《鲁迅全集》第10卷，北京：人民文学出版社，2005年，第271页。

[2] 周作人：《〈陀螺〉序》，周作人：《知堂序跋》，北京：中国人民大学出版社，2004年，第33页。

[3]《文学研究会丛书缘起》，《东方杂志》1921年6月第18卷第11号。

[4] 沈雁冰：《"直译"与"死译"》，《小说月报》1922年8月第13卷第8号。

[5] 胡适：《论短篇小说》，《新青年》1918年第4卷第1号。

[6] 鲁迅：《〈战争中的威尔珂〉译者附记》，《鲁迅全集》第10卷，北京：人民文学出版社，2005年，第199页。

的先锋，《呐喊》里的十多篇小说几乎一篇有一篇的新形式，而这些新形式又莫不给青年以极大的影响，欣然有多数人跟上去试验。"[1] 从晚清《域外小说集》的翻译，到五四时期《呐喊》的创作，鲁迅关于新体短篇小说的实践取得辉煌的成就，从而奠定了现代中国短篇小说的基础。

周氏兄弟既提倡文学的社会功利观，更主张文学的审美观，尤其是现代西方的审美观。他们也言"情"，但不是狭义的"才子佳人"之情，而是广义的普通人的悲欢离合之情。如科学小说"经以科学，纬以人情。离合悲欢，谈故涉险，均综错其中"。把普通人情置于科幻世界中，其境界别开生面。他们也追求审美，不是"道统文统"之美，而是"主体自由"之美。"泰西诗多私制，主美，故能出自繇之意，舒其文心。"[2] 这种自由创造之作不在于道德说教，而在于移人性情。他们也追求自然之美、风俗之美，但更注重其中的异国情调。如周作人情有独钟的匈牙利作家育珂摩尔的作品，"长于创造""意象挺拔"，藻采纷呈，"情态万变""秾丽富美"[3]，鲜有匹敌者。作品《黄华》，"描写自然，无造作痕""民风物色，别具异彩""观所叙述，宛若画图"[4]，既可以作论说读，又可以作诗词观。周作人最喜欢《黄华》这篇作品，在于该作"以人国言""以艺术言"都十分优秀，"记其国土人情，善见特色；且文思富美，盎然多诗趣"[5]，可称之为绝唱。1920 年《域外小说集》"再版序"声称，这三十多篇短篇中所描写的人与事，在中国不免有隔膜，但"同是人类，本来决不至于不能互相了解"[6]，因为人类的心灵是相同的。现代西方文学的审美特性对中国传统诗学产生巨大冲击，其特有的魅力使周氏兄弟等"直译者"激动不已，他们自觉地将其输入中国，然而，《域外小说集》审美观念的超前性，使晚清读者难以适应。

《域外小说集》在启蒙思想、直译风格、审美观念等方面具有超

[1] 沈雁冰：《读〈呐喊〉》，《文学周刊》1923 年第 91 期。
[2] 哈葛德、安度阑俱：《红星佚史》，周逴译，上海：商务印书馆，1913 年。
[3] 育珂摩耳：《匈奴奇士录》，周逴译，上海：商务印书馆，1915 年。
[4] 周作人：《知堂序跋》，北京：中国人民大学出版社，2004 年，第 10 页。
[5] 周作人：《知堂序跋》，北京：中国人民大学出版社，2004 年，第 11 页。
[6] 鲁迅：《〈域外小说集〉序》，《鲁迅全集》第 10 卷，北京：人民文学出版社，2005 年，第 178 页。

前性，同时，产生于初创阶段的《域外小说集》处于探索阶段，存在不成熟或幼稚的一面，如译语艰涩拗口，不够流畅；有的直译过于僵化，缺少变通；译作内容远离时代，远离读者，等等，以至于读者甚少，难以发挥应有的社会作用。

文学的双重变革——清末民初文学史

第四节 清末民初其他翻译文学

一、周桂笙、徐念慈、伍光建等的翻译小说

在近代翻译文学史上，周桂笙和徐念慈是用白话和直译的方式进行小说翻译的前锋，吴梼、武光建、曾孟朴等小说翻译家则是后起之秀。他们的文学翻译活动，在一定意义上显示着近代翻译文学的实绩，昭示着近代翻译文学的新途径。

周桂笙（1873—1936），字树奎，上海南汇人。早年就学于上海中法学堂，专攻法文，兼攻英文，对英法文学有较深入的了解。1900 年，所译《一千零一夜》在《采风报》连载，是这部阿拉伯文学名著中译之发端。1902 年，所译《公主》《乡女人》《猫鼠成亲》《狼羊复仇》《乐师》等 15 篇童话在《寓言报》刊载，这些童话分别选自《伊索寓言》《格林童话》和《豪夫童话》等书，次年汇集成《新庵谐译初编》一书，是较早的儿童文学翻译集。1906 年，《月月小说》在上海创刊，周桂笙任"总译述"，吴趼人任"总撰述"，恰成黄金搭档。周桂笙翻译出版了 20 多本外国作品，成为晚清影响较大的文学翻译家。他对西洋文学涉猎极广，译作涵盖了侦探小说、科学

小说、冒险小说、政治小说、言情小说、教育小说、滑稽小说、札记小说等种类，其中有长篇、中篇和短篇小说，有童话、寓言和民间故事。

周桂笙

周桂笙是近代侦探小说和科学小说翻译的先驱者，先后翻译了《毒蛇圈》（1903）、《双公使》（1904）、《歇洛克复生侦探案》（1904）、《福尔摩斯再生案》（1904—1907）、《失女案》（1905）、《红痣案》（1907）、《海底沉珠》（1907）等侦探小说，在其译作中占很大比重。他译介侦探小说，意在开通风气，以小说的形式输入西方文明。周桂笙十分重视译介科学小说，意在借此宣传和普及西方近代科学思想与知识，较有影响的有《水底渡节》（1904）、《窃贼俱乐部》（1905）、《地心旅行》（1906）、《飞访木星》（1907）、《伦敦新世界》（1907）等。周氏译品中有大量"札记小说"，散见于报刊，后有部分收集在《新庵译萃》（1908）、《新庵译屑》（1914）等著，其内容包罗万象，涉及西洋各国的政治、经济、外交、军事、地理、人口、宗教、历史、科学、文艺、医药、交通、社会新闻，乃至风土人情等各个方面，显示出其开阔的眼界和对西洋读物广泛的阅读兴趣。

周桂笙是使用白话进行西洋文学翻译的先驱者，亦是"直译"法较早的尝试者。其小说翻译，大抵以通俗的白话和浅近平易的文言为主，这在晚清译界并不多见。他历来主张采用"直译"法，其译文非常忠实于原著，与当时盛行的"意译"风尚大相径庭。他翻译的《毒蛇圈》（1903），纯用近乎口语的白话，语言自然流畅，是晚清不可多得的上乘直译小说。其开篇采用的"欧化"的倒装叙述方式对吴趼人的《九命奇冤》等晚清小说创作产生了直接影响。

徐念慈（1875—1908），别号觉我、东海觉我。江苏常熟人。通英、日文，擅长数学和写作。1903年起开始文学生涯，翌年与曾朴、丁祖荫在沪创办小说林社，任《小说林》杂志译述编辑。译著有《海外天》、《黑行星》（1905）、《美人妆》、《新舞台》（1904）等，多用白话文和浅近文言，力求保持原著的面貌，开拓了翻译的新途径，对翻译界影响很大。其《小说林缘起》《余之小说观》等文，吸纳黑格

尔等西方美学家的理论营养，对小说的艺术特性进行美学研究，观点超越流俗，颇富建设意义。他创作了《新法螺先生谭》（1905），是中国近代科幻小说创作的前锋。

徐念慈的翻译小说多用纯粹的白话或浅近的文言，加之他注意选择故事性强、情节生动曲折的作品，因而其译作在光宣之际曾风行一时，影响颇大。徐念慈主张"直译"，其译作能保持西洋小说原有的体裁、结构与风格，对晚清以降的文学翻译有着积极的影响。

在近代译坛上，周桂笙和徐念慈是以白话和直译的方式翻译西洋小说的先驱者，是开拓文学翻译新途径的前锋。继周桂笙、徐念慈之后，且在白话的应用上更为纯熟，对翻译文本的文学性更为重视，译文可信度和质量更高，贡献更大的文学翻译家，有以翻译俄罗斯文学名著著称的吴梼，以翻译欧洲古典名著闻名的伍光建，以译介法国文学成就最著的曾孟朴等。

吴梼（1880？—1925）浙江杭州人，又名丹初，字亶中。精通日文，其译作多本自日文。1903年曾任上海爱国学社历史教员，并为商务印书馆编写小学历史教材。后在商务印书馆编译所任编辑。吴梼的文学翻译活动始于1904年，其最早译作是本自日译本的德国作家苏德蒙的《卖国奴》（1904—1905年在《绣像小说》连载）。1907年，吴梼译著的莱门忒夫（即莱蒙托夫）的《银钮碑》（即《当代英雄》第一部第一章《贝拉》）、溪崖霍夫（即契诃夫）的《黑衣教士》、戈厉机（即高尔基）的《忧患余生》（即《该隐和阿尔乔姆》）等俄国小说问世，是为三位俄罗斯大文豪的第一个中译本，由此奠定了其作为近代俄罗斯文学翻译重镇的译坛地位。吴梼对日本文学翻译用力颇勤，译著有尾崎红叶的《侠黑奴》（1906）、《寒牡丹》（1906），广津柳浪的《美人烟草》（1906），黑岩泪香的《寒桃记》（1906），上村左川的《五里雾》（1907），柳川春叶的《薄命花》（1907），押川春浪的《侠女郎》（1915）等。其他译作有马克多槐音（即马克·土温）的《山家奇遇》、葛维士的《理想美人》、科南道尔的《斥候美

谈 》、星科伊梯（即显克微支）的《灯台卒》、勃拉锡克的《车中毒针》（1905）、莫泊桑的《五里雾》（1907）等。

吴梼是继周桂笙之后较早用白话文翻译外国小说的文学翻译家，尤以翻译莱蒙托夫、契诃夫和高尔基的名著而闻名。其选本较为注重名家名著，范围涉及俄、日、英、法、德、美、波兰等国家，题材旁及社会小说、英雄小说、冒险小说、侦探小说、历史小说、军事小说、种族小说、言情小说等领域；语言为简洁明快、通俗畅达的白话；出版由知名度最高的商务印书馆包揽，连载不外著名的小说杂志《绣像小说》和《东方杂志》两家……反映出吴梼依托文学市场而又能超越流俗的翻译眼光和雅俗共赏的译著品格。

伍光建（1867—1943），原名光鉴，笔名君朔，广东新会人。15岁考入天津北洋水师学堂，拜师于严复门下，后被派往英国格林威治皇家海军学院深造五年。1892年归国后就教于天津水师学堂。曾任出使日本大使随员、出洋考察宪政五大臣的一等参赞。宣统元年获赏文科进士出身，此后在海军部任职。民国成立，历任财政部参事，盐务署参事，盐务稽核所英文股股长，长达十载。北伐军兴，南下任国民政府行政院顾问，外交部条约委员会委员。不久，定居上海，专事翻译文学作品。武光建一生译著甚多，所译哲学、历史、文学等著作共130余种。其中包括大仲马、雨果、狄更斯、萨克雷、霍桑、陀思妥耶夫斯基、巴尔扎克、欧·亨利、史蒂文森、塞万提斯、契诃夫、夏洛蒂·勃朗特、艾米丽·勃朗特等一大批欧美文学大师的经典名著。

五四之前，伍光建的文学译著不多，只有大仲马的《侠隐记》（今译《三个火枪手》，1907）、《续侠隐记》（今译《二十年后》，1907）和《法宫秘史》（1908）几种，但每一种书都很畅销，大受欢迎。上述作品均译自英文本，伍光建只对原著进行了少量删削，非常符合大众阅读的节本的原则；其白话译文简洁明快，不失原著风格，人物对话个性鲜明，是近代小说译品中不可多得的上乘之作。

在近代译坛，主张用白话直译且要表现出原著的语言文法特点及风格神韵的小说翻译家，还有翻译法国文学成就最著的曾孟朴。他在清末民初译介的嚣俄（即雨果）的小说《马哥王后佚史》（1906）、

伍光建　　　　　　　　　《侠隐记》第一册书影　　　　　《续侠隐记》第一册书影

《九十三年》（1913），戏剧《枭欤》（1916），语言明白晓畅，达到了"信、达、雅"的统一，显示了较高的翻译水准。

二、陈景韩、包天笑、周瘦鹃等的翻译小说

清末民初的上海文艺界，活跃着一批报人出身的著、译兼治的通俗小说家。其成就较著者，有以翻译虚无党小说著称的陈景韩，以译介教育小说驰名的包天笑，以翻译《欧美名家短篇小说丛刊》为文坛瞩目的周瘦鹃等。

陈景韩（1877—1965），一名景寒，笔名冷、冷血、华生、新中国之废物等。江苏松江人。1897 年入湖北武备学堂。1899 年留学日本早稻田大学，攻读文学。1901 年参加同盟会，1902 年归国后历任《大陆》《时报》《申报》和《新新小说》《小说时报》编辑。在清末文坛和译界，陈景韩以译著虚无党小说而闻名，影响较大的有《虚无党》（1904）、《虚无党奇话》（1904—1907）、《女侦探》（1908）、《爆裂弹》（1908）、《杀人公司》（1908）、《俄国皇帝》（1908）等作品。他采用浅易之文言，译笔简洁而冷隽，时称"冷血体"。虚无党小说由于契合了清末革命派中盛行的暗杀风潮，格外受一部分热血青年的青睐，极为风行。然而就翻译质量而论，此类作品在其翻译小说并不突出。受当时译界崇尚意译风气影响，陈氏

陈景韩像

虚无党小说的翻译和创作并没有清晰的界限，很多是半译半述。相比之下，他在翻译一些名家的名著时，态度较为严谨，译文质量更好一些。如法国作家毛白石氏（即莫泊桑）的《义勇军》（1904）、嚣俄（即雨果）的《卖解女儿》（1911）、大仲马的《赛雪儿》（与毋我合译，1911）、俄国作家痕苔（即安特莱夫）的《心冷》（1910）、蒲轩根（即普希金）的《俄帝彼得》（1909）、《神枪手》（与毋我合译，1911）等，皆以浅近文言译之，雅洁而流畅，且大都不失原著风格。

陈景韩不仅是时誉颇高的小说翻译家，而且是名重一时的报界巨擘和小说家。他是晚清至民国时期报界与文坛上的激进派，是改造国民性、启蒙民众的开路先锋。陈景韩的创作小说有《催醒术》《路毙》《新中国之豪杰》《新西游记》《商界鬼蜮记》《凄风苦雨录》《白云塔》（一名《新红楼》）等，计159篇。

包天笑（1876—1973），名公毅，字朗孙，常用笔名天笑生、天笑、笑、钏影、钏影楼主等。江苏吴县人。近代著名报人、小说家和翻译家。他是鸳鸯蝴蝶派代表作家之一，又是清末民初极为多产的翻译家，译著达80余种。1901年，蟠溪子（杨紫麟）口译、天笑生笔述的《迦因小传》问世，是为其文学翻译活动之起点。包天笑日语较好，其后的译著泰半译自日译本。他译著的教育小说《馨儿就学记》（1910）、《苦儿流浪记》（1912）、《埋石弃石记》（1912），合称"三记"，受到中华民国教育部褒奖，在民初影响很大。其中，《馨儿就学记》影响最大。该著是意大利作家亚米契斯《爱的教育》的删改本，属于典型的"豪杰译"。不仅删节近半，而且增改很多，还有几节创作。原著中的人名、地名、时间、文物、习俗等，全都采取了中国化的"归化"处理。语言采用浅易文言，半文半白，明快流畅，可读性很强。这部与原著大异其貌的译述之作，彼时却颇受读者尤其是中小学生的欢迎，发行达数十万册。

包天笑

包氏译著中亦有一批"名家名著"，如俄国奇霍夫（即契诃夫）的《六号室》（今译《第六病室》，1910），托尔斯泰的《六尺地》

（1914），法国器俄（即雨果）的《侠奴血》（1905）、《铁窗红泪记》（1906），大仲马的《嫁衣记》（1916），以及据莎士比亚《威尼斯商人》改编的《女律师》（1911）等。这些译著大体展现了原著的精神风貌，就文学翻译的角度而言，更能代表包天笑的翻译水准。

周瘦鹃（1894—1968），名国贤，号瘦鹃，别署泣红、侠尘、兰庵、紫罗兰主等，苏州人。1911年开始文学生涯，成为鸳鸯蝴蝶派作家中的代表人物之一。1913年加入南社。民国初年至五四前，周瘦鹃还是一位多产的小说翻译家，译著多达165种，为近代翻译文学界的后起之秀。在其众多的文学翻译活动中，影响最大的是1917年出版的《欧美名家短篇小说丛刊》。该书收录了周瘦鹃译介的英、法、美、俄、德、意、匈牙利、西班牙、瑞士、丹麦、瑞典、荷兰、芬兰、塞尔维亚等14个国家的短篇小说50篇，涉及包括高尔基在内

周瘦鹃

的20多位世界知名作家，是近代收录短篇小说数量最大、国别最广、名家名著最多的域外小说集。时任国民政府教育部佥事科长的周树人给予其很高评价，赞其"足为近来译事之光"，可谓"昏夜之微光，鸡群之鸣鹤"，并报请教育部嘉奖。

周瘦鹃的文学翻译多为中短篇小说，且眼界颇高，译著中名家名著居多[1]，并注意译介东欧和北欧"弱小民族"国家的作品。这一点与此前翻译《域外小说集》（1909）的周氏兄弟类似。不同的是，周瘦鹃的小说翻译有浅易之文言体，亦有晓畅之白话体（约占三分之

---

[1] 英国狄更斯的《星》（1914），笛福的《死后之相见》（1917）；美国马克·吐温的《妻》（1915），欧文的《这一番花残月缺》（1915），斯托夫人的《惩骄》（1917）；俄国托尔斯泰的《黑狱天良》（1914）、《宁人负我》（1917），屠格涅夫的《死》（1917），高尔基的《大义》（1917），安特莱夫的《红笑》（1917）；法国莫泊桑的《势力》（1915）、《伞》（1917）、《心照》（1917）、《手》（1918）、《芳家》（1918），大仲马的《梦耳》（1916）、《玫瑰一枝》（1917），伏尔泰的《欲》（1917）；德国歌德的《驯狮》（1917）等。

一）；虽偶有直译，但大多为意译。不过，五四前作为
小说翻译家的周瘦鹃比周氏兄弟幸运得多，名气也大
得多。

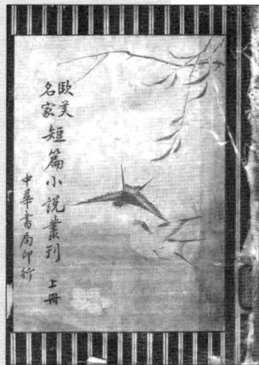

《欧美名家短篇小说丛刊》
上册书影

三、马君武、苏曼殊等的翻译诗歌

　　诗歌翻译在近代中国面世最早，但在很长一段时
间里都是以零章片段的形式附在其他译著之中。1870
年代，王韬所译《法国国歌》和德国的《祖国歌》见
于《普法战纪》之中；1890 年代，严复所译英国诗人
蒲伯（Pope，1688—1744）《人道篇》片段和丁尼生
（A.Tennyson，1809—1892）的长诗《尤利西斯》之一节见于《天
演论》之中；1902 年，梁启超所译拜伦的《渣阿亚》片段和《哀希
腊》之两节见于《新中国未来记》之中……以独立篇章形式出现，有
意识地译介外国诗歌的阶段则始于 20 世纪初年，尤其是马君武、苏
曼殊等诗歌翻译家出现之后。

　　马君武（1881—1940），原名道凝，改名和，号君武。广西桂林
人。资产阶级民主革命家、科学家、教育家、学者、诗人和翻译家。
先后留学日本与德国，1915 年在德国获工学博士。马君武精通英、
日、德、法等国文字，翻译了许多社会科学著作，如达尔文的《物
种由来》、约翰·穆勒的《自由原理》、斯宾塞的《女权篇》、卢梭的
《民约论》、黑格尔的《一元哲学》等；编译了大量自然科学著作，如
《平面几何学》《微分方程式》
《矿物学》《动物学》《植物学》
等；译介过拜伦、歌德、席勒
等人的著名诗篇；翻译了托
尔斯泰的《心狱》（今译《复
活》，1914）、席勒的《威廉
退尔》（1915）等世界名著；
编译了《德华字典》等书，是
近代著名的翻译家。

　　光宣之间，马君武以雄

马君武

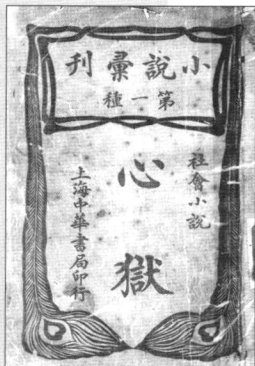

《心狱》书影

豪深挚的诗笔，采用古歌行和近体诗形式，翻译了拜轮（即拜伦）的《哀希腊歌》（1905），胡德的《缝衣歌》（1907），歌德的《米丽容歌》《阿明临海岸哭女诗》等著名诗篇，并产生了较大影响。1905年，他用古歌行体翻译拜伦的长诗《哀希腊歌》，共十六节，其五云："希腊之民不可遇，希腊之国在何处？但余海岸似当年，海岸沉沉亦无语。多少英雄古代诗，至今传诵泪犹垂。琴荒瑟老豪华歇，当是英雄气尽时。吁嗟乎！欲作神圣希腊歌，才薄其奈希腊何！"该歌通过一位希腊诗人之口，缅怀了希腊的光荣历史，哀叹今日祖国被土耳其人入侵凌辱，号召希腊人民起来和侵略者战斗。此前，梁启超采用《沉醉东风》和《如梦忆桃源》曲牌译介过该诗的第一、三节；其后，苏曼殊以五古，胡适以骚体，闻一多以新诗体，分别翻译过拜伦的这首著名诗篇。然而，以气势之雄豪、辞义之畅达、情感之深挚而论，马君武的翻译水准更高，尤受时人欢迎。

苏曼殊（1884—1918），近代著名诗人、小说家和翻译家。其翻译活动始于小说，而大著于诗歌。1903 年，他和陈独秀合译的雨果的《悲惨世界》的第一个中译本《惨社会》（后又名《惨世界》）刊行，产生了不小的社会反响。同马君武一样，苏曼殊亦是拜伦的崇拜者。颇具浪漫气质和诗人才情的苏曼殊，在西方浪漫主义诗歌译介上可谓独步译林。约在 1907 年居日期间，他开始翻译拜轮（拜伦）的诗歌。1908 年成书的《拜轮诗选》，包括《哀希腊》《赞大海》《去国行》等抒情诗杰作，是我国翻译史上第一本外国诗歌翻译集，在清末民初掀起了一股"拜轮热"。他以五言古体翻译《去国行》，"悠悠苍浪天，举世无所忻；世既莫吾知，吾岂难离群？"译作者孤独飘零的家国身世之感与原作者倜傥不羁的诗魂取得了共鸣，打动了许多读者的心。他用四言古体翻译《赞大海》，"谁能乘蹻，涉彼狂波？藐诸苍生，其奈公何"，以古雅的诗体风格，传

苏曼殊像　　　《苏曼殊译作集》书影

达出对作为自由和力量象征的大海的礼赞之情。他用五古翻译《哀希腊》，"巍巍希腊都，生长奢浮好""一为亡国哀，泪下何纷纷""愿为摩天鹘，至死鸣且飞"辞句典雅整饬，感情沉郁悲壮，加上其契合时人阅读期待心理的庄严的主题，颇打动了一批爱国青年的心。

苏曼殊被誉为"中国的拜伦"，这不仅因为他受拜伦的影响最大，是全面译介拜伦诗歌的第一人，而且因其性格、行为和生命历程是对拜伦浪漫不羁精神最好的阐释和注解。大体而言，苏曼殊译出了拜伦诗雄奇的风格，但遣词用字未免古奥晦涩。其译诗全部采用古体，尤长于五古。新旧杂陈是时人阅读苏曼殊翻译诗歌的突出印象，思想和情感是新异的，而语言和诗体则是传统的。或许正是这种亦新亦旧、旧瓶装新酒的过渡形态，才使得苏曼殊的译诗获得了思想半新不旧的清末民初知识阶层的青睐。

苏曼殊不仅系统地向中国译介拜伦，还译介了西方其他浪漫主义诗人，如彭斯、雪莱、豪易特、歌德等的诗作，并把中国古典诗歌推向海外，涉猎范围之广，一时无人比肩。他编选的四部翻译诗集《文学因缘》（英译中国古典诗歌集，1908）、《拜轮诗选》（苏曼殊和盛唐山民译拜伦诗集，1908）、《潮音》（英汉诗词曲互译集，1911）、《汉英三昧集》（中英诗歌合集，1914），对于扩大西洋翻译诗歌在中国之影响以及促进中国古典诗歌走向世界，均有重要意义。

参考文献

[1] [美] 詹姆斯·哈威·鲁滨孙著，齐思和等译. 新史学 [M]，北京：商务印书馆，1997

[2] 阿英. 晚清小说史 [M]，北京：东方出版社，1996

[3] 阿英编. 晚清文学丛钞·传奇杂剧卷 [M]，北京：中华书局 1960

[4] 阿英编. 晚清文学丛钞·小说卷（一卷）[M]，北京：中华书局，1960

[5] 阿英编. 晚清文学丛钞·小说戏曲研究卷 [M]，北京：中华书局，1962

[6] 巴赫金. 文本、对话与人文 [M]，石家庄：河北教育出版社，1998

[7] 包天笑. 钏影楼回忆录 [M]，香港：大华出版社，1971

[8] 蔡建国. 蔡元培先生纪念集 [M]，北京：中华书局，1984

[9] 蔡元培. 蔡元培全集 [M]，高平叔编，北京：中华书局，1984

[10] 陈伯海、袁进主编. 上海近代文学史 [M]，上海：上海人民出版社，1993

[11] 陈福康. 中国译学理论史稿 [M]，上海：上海外语教育出版社，1992

[12] 陈平原、夏晓虹编. 二十世纪中国小说理论资料（第一卷）[M]，北京：北京大学出版社，1997

[13] 陈平原. 陈平原小说史论集 [M]，石家庄：河北人民出版社，1997

[14] 陈三立. 散原精舍诗文集 [M]，上海：上海古籍出版社，2003

[15] 陈铮编. 黄遵宪全集 [M]，北京：中华书局，2005

[16] 樊骏主编. 中华文学通史（第五卷）[M]，北京：华艺出版社，1999

[17] 范泉总编纂. 中国近代文学大系·小说集 6[M]，上海：上海书店，1991

[18] 郭延礼. 中国近代文学发展史 [M]，济南：山东教育出版社，1993

[19] 郭预衡.中国散文史[M],上海:上海古籍出版社,1993

[20] 胡怀琛.海天诗话[M],上海:广益书局,1915

[21] 胡适.胡适说文学变迁[M],上海:上海古籍出版社,1999

[22] 胡宗刚编.胡先骕先生资料长编[M],南昌:百花洲文艺出版社,2008

[23] 黄遵宪.日本国志[M],上海:上海古籍出版社,2001

[24] 解弢.小说话[M],上海:中华书局,1919

[25] 李妙根编选.章士钊文选[M],上海:上海远东出版社,1996

[26] 梁启超.清代学术概论[M],上海:上海古籍出版社,1998

[27] 梁启超.饮冰室合集[M],北京:中华书局,1989

[28] 刘师培.刘申叔遗书[M],南京:江苏古籍出版社,1996

[29] 柳亚子.南社纪略[M],上海:上海人民出版社,1983

[30] 龙榆生.中国韵文史[M],上海:上海古籍出版社,2002

[31] 鲁迅.鲁迅全集[M]第六卷,北京:人民文学出版社,2005

[32] 鲁迅.中国小说史略[M],北京:人民文学出版社,1973

[33] 论严复与严译名著[M],北京:商务印书馆,1982

[34] 冥飞等.古今小说评林[M],上海:民权出版部,1919

[35] 潘益民,李开军辑注.散原精舍诗文集补编[M],南昌:江西人民出版社,2007

[36] 钱基博.现代中国文学史[M],上海:上海书店出版社,2004

[37] 钱仲联.梦苕庵清代文学论集[M],济南:齐鲁书社,1983

[38] 钱仲联编校.陈衍诗论合集[M],福州:福建人民出版社,1999

[39] 钱仲联校注.沈曾植集校注[M],北京:中华书局,2001

[40] 钱仲联主编.历代别集序跋综录·清代卷[M],南京:江苏教育出版社,2005

[41] 任建树等编.陈独秀著作选(第一卷)[M],上海:上海人民出版社,1993

[42] 沈曾植.沈曾植集[M],北京:中华书局2001

[43] 时萌.曾朴研究[M],上海:上海古籍出版社,1980

[44] 时萌编.中国近代文学的历史轨迹[M],上海:上海书店出版社,1999

[45] 苏雪林.苏雪林文集(第二卷)[M],合肥:安徽文艺出版社,1996

[46] 孙之梅．南社研究 [M]，北京：人民文学出版社，2003

[47] 谭彼岸．晚清的白话文运动 [M]，武汉：湖北人民出版社，1956

[48] 谭嗣同．谭嗣同全集 [M]，北京：生活·读书·新知三联书店，1954

[49] 汤志钧编．康有为政论集 [M]，北京：中华书局，1998

[50] 汪辟疆．汪辟疆文集 [M]，上海：上海古籍出版社，1988

[51] 王梦生．梨园佳话 [M]，上海：商务印书馆，1915

[52] 王森然．近代名家评传 [M]，北京：生活·读书·新知三联书店，1998

[53] 王栻主编．严复集 [M]，北京：中华书局，1986

[54] 王韬．扶桑游记 [M]，长沙：岳麓书社，1985

[55] 文字改革出版社编．清末文字改革文集 [M]，北京：文字改革出版社，1958

[56] 邬国平、黄霖．中国文论选（近代卷下）[M]，南京：江苏文艺出版社，1996

[57] 吴趼人．吴趼人全集 [M]，哈尔滨：北方文艺出版社，1998

[58] 杨天石，王学庄编著．南社史长编 [M]，北京：中国人民大学出版社，1995

[59] 杨天石、曾景忠编．宁调元集 [M]，长沙：湖南人民出版社，1988

[60] 姚鹓雏．姚鹓雏文集 [M]，上海：上海古籍出版社，2009

[61] 张大为等编．胡先骕文存 [M]，南昌：江西高教出版社，1995

[62] 张枬，王忍之编．辛亥革命前十年间时论选集（第一卷下册）[M]，北京：生活·读书·新知三联书店，1963

[63] 张寅彭主编．民国诗话丛编（第一册）[M]，上海：上海书店出版社，2002

[64] 章培恒、骆玉明主编．中国文学史 [M]，上海：复旦大学出版社，1997

[65] 章太炎．章太炎全集 [M]，上海：上海人民出版社，1985

[66] 章太炎的白话文 [M]，上海：泰东图书局，1921

[67] 周作人．知堂序跋 [M]，北京：中国人民大学出版社，2004

[68] 周作人．中国新文学的源流 [M]，南京：江苏文艺出版社，2007

[69] 邹振环．影响中国近代社会的一百种译作 [M]，北京：中国对外翻译出版公司，1996

后　记

　　承蒙高玉教授抬爱，让我参加"中国新文学发展史研究丛书"的撰写工作，任务是撰写"清末民初文学史"。尽管我从事这一领域的文学研究已经十五年，却难以承担这一艰巨任务。由于力量不逮，我特意邀请友人河南大学文学院的胡全章教授、江西省社会科学院文学研究所的胡迎建研究员加入，呈现出来的是这样的一颗青果。尽管它不免苦涩，却花费了我们不少心血。合作的过程是温馨的、愉快的，也是令人难以忘怀的。全书各章节的撰写情况为：付建舟撰写第二章（与张雪花合撰）、第三章、第五章第一节、第二节、第三节、第四节（与胡全章合撰）、第五节、第六节、第六章第三节。胡全章撰写第一章、第四章第一节、第二节、第五章第四节（与付建舟合撰）、第六章第一节、第二节、第四节。胡迎建撰写第四章第三节、第四节。本书中有不少图片，这些图片的来源分散且广泛，难以一一标明其出处，我对此深表遗憾。

　　浙江工商大学出版社的副总编郑建为本书的出版付出不少心血，在此特意致谢！

付建舟

2016 年 11 月 30 日